Le Mystère des Templiers

Du même auteur,
au cherche midi

La Conspiration Vatican, 2020

Ernest Dempsey

Le Mystère des Templiers

Une aventure de Sean Wyatt

TRADUIT DE L'ANGLAIS (ÉTATS-UNIS)
PAR **ÉTIENNE GOMEZ**

le cherche midi

Vous pouvez consulter notre catalogue général
et l'annonce de nos prochaines parutions sur notre site :
www.cherche-midi.com

Directeur de collection : Arnaud Hofmarcher

Titre original : *The Templar Curse*
Éditeur original : Enclave Publishing

92, avenue de France
75013 Paris

Mis en pages par Nord Compo
Dépôt légal : novembre 2021
ISBN 978-2-7491-6894-4

Pour mon amie Brandi.

PROLOGUE

CHINON,
13 OCTOBRE 1307

Sebastian, tapi dans l'ombre, attendait. Sa main droite empoignait froidement le manche de son glaive. Depuis une quarantaine d'années, cette arme était devenue son amie et son salut. Elle avait vu la mort dans de nombreuses contrées, parmi lesquelles la France, où il vivait dans la clandestinité avec d'autres Templiers.

Né dans une famille de paysans, il avait très tôt rejoint cet ordre, troquant sa bêche et sa charrue contre un glaive et un écu. À force de victoires contre des armées de Maures et des hordes de païens, il s'était endurci. Il était désormais un homme forgé au creuset de la guerre. Un soldat.

Cette attaque ne l'avait pas complètement surpris. Sebastian avait pressenti le mal. La venue de ce jour avait été annoncée, même si les chefs des Templiers avaient refusé de quitter le pays. Jamais ils ne commettraient un tel acte de couardise : telle était l'expression qu'ils avaient employée.

Les Templiers n'avaient pas pour habitude de se rendre, encore moins de se replier.

Mais il ne s'agissait pas là de garder sa position sur le champ de bataille. L'enjeu était différent. Il s'agissait de perpétuer, au-delà de l'ordre, une entité trop prestigieuse pour qu'un homme ou un groupe puissent jamais espérer l'incarner.

Il entendit les hommes tambouriner dehors. La porte céda un instant plus tard. Ils s'engouffrèrent à l'intérieur et leurs pas résonnèrent sur le plancher. Des tables furent renversées. Des récipients, des tasses et des ustensiles de toutes sortes voltigèrent dans la pièce. Les inquisiteurs fouillaient le bâtiment, guettant des traces de Sebastian Le Marc.

Sebastian savait parfaitement à qui il avait affaire. Il s'était préparé à l'événement. Malgré les avertissements répétés de bien des Templiers, certains avaient refusé de quitter la ville, espérant que le roi et le pape entendraient raison.

Sebastian n'était pas naïf à ce point. Il connaissait bien la nature humaine. Il savait que la soif de l'argent et du pouvoir était inextinguible.

Fort de cette connaissance, il s'était construit un lieu de retranchement. Grâce à son enfance à la ferme, il avait développé des talents de menuisier, et les secrets des Templiers lui avaient donné l'occasion d'approfondir ce savoir-faire. C'était ainsi qu'il avait aménagé une pièce secrète derrière une fausse bibliothèque. Mais ce n'était qu'un leurre.

Sachant que les inquisiteurs s'empresseraient de détruire tous les livres des Templiers – les jugeant hérétiques –, Sebastian avait rempli les rayonnages. Les dizaines de volumes, emportés dans des sacs, seraient brûlés dans un autodafé géant sur la place de la ville. Mais aucun d'eux ne contiendrait rien d'important. Sebastian avait soigneusement fait le tri. Les livres qui lui avaient été confiés étaient en sécurité dans la pièce secrète. Celle-ci, dissimulée derrière les parois de la fausse bibliothèque, s'ouvrait grâce à une tirette métallique placée dans l'ébrasement de la cheminée attenante. Nul ne pouvait la trouver sans l'avoir d'abord cherchée.

« Oh ! » s'exclama soudain l'un des inquisiteurs. Sebastian comprit qu'il venait de soupçonner l'existence de sa cachette.

Il entendit plusieurs craquements, l'homme poussant sur les rayonnages pour essayer de déplacer l'ensemble.

« Emportez tous ces livres, vite ! Il doit y avoir une cachette derrière. Je suis sûr qu'il y est ! »

C'était le chef des opérations, l'homme à l'origine de cette chasse aux sorcières.

Nombreux étaient les Templiers qui s'étaient laissé capturer. Tous avaient été livrés à la torture, puis à une exécution sommaire. La violence des inquisiteurs leur avait arraché des aveux de sorcellerie, d'occultisme et de magie noire qui ne contenaient pas une once de vérité. Peu importait. Aux yeux de la population, les aveux suffisaient.

Les inquisiteurs mirent dans des sacs tous les livres qu'ils avaient jetés à terre et achevèrent de saccager la bibliothèque, sans trouver le mécanisme d'ouverture. Enfin, ils sortirent dans la nuit, et le bruit de leurs pas diminua.

Sebastian attendit encore un moment avant de sortir. Il s'élança jusqu'à la fenêtre et, soulevant un pan de rideau, regarda dehors pour vérifier qu'ils n'étaient plus là.

La rue était déserte.

Sans doute avaient-ils enchaîné avec leur prochaine cible, mais ils pouvaient toujours revenir, et ils le feraient sans doute tôt ou tard. Les hommes du roi ne renonçaient pas facilement. S'ils rentraient bredouilles, ils s'exposaient à un châtiment impitoyable.

Sebastian eut le cœur serré en repensant aux croisades où il avait combattu à leurs côtés. Leur soif d'honneurs et de fortune les avait éloignés de l'ordre à leur retour. Pour la plupart, ils n'étaient pas devenus plus riches pour autant, même si le port de l'uniforme assurait à certains quelques… avantages… auprès du beau sexe.

Sans perdre un instant, Sebastian para au plus urgent. Il retourna dans la pièce secrète et entreprit de recueillir les objets que lui avait confiés Bertrand, le chef des Templiers.

Il ne voulait pas être pessimiste, mais Bertrand avait toujours refusé de partir. Sans doute était-il en ce moment même en transit vers la forteresse, enchaîné, maltraité, prêt à recevoir la torture pour le peu de temps qu'il lui restait à vivre.

Les trois coffres étaient déjà chargés sur le plateau d'une charrette, à une minute de là. Les transporter dans les écuries avait représenté un énorme risque, mais Sebastian n'avait pas eu le choix. S'il les avait entreposés chez lui, les inquisiteurs auraient pu les découvrir. Il savait que deux autres hommes avaient été chargés de missions similaires, avec des destinations différentes.

Sebastian devait partir vers le nord, mais il ne savait pas où iraient les deux autres. Cela faisait partie du plan. Si nul ne savait où les autres allaient, ils augmentaient leurs chances de rester cachés et diminuaient le risque d'être dénoncés aux hommes du roi et du pape.

Après s'être muni de son sac, où il fourra quelques objets supplémentaires, Sebastian noua à sa taille la ceinture à laquelle étaient attachés son glaive et son fourreau, puis descendit l'escalier en flèche.

Des cris résonnaient dans les rues boueuses de la ville. Les hommes hurlaient. Les femmes pleuraient. Les enfants faisaient l'un et l'autre.

Les inquisiteurs semblaient se trouver à quelques rues de là, dans la direction opposée à celle où il devait aller. C'était une bonne nouvelle pour Sebastian, qui venait de passer la tête par la porte pour regarder à droite et à gauche avant de s'aventurer sur le pavé.

Il se hâta vers les écuries en rasant les murs tout en faisant de son mieux pour ne pas paraître pressé. Il ne voulait surtout pas être dénoncé aux autorités par un inconnu qui le verrait s'éloigner au pas de course.

La rue devant lui conduisait aux écuries, à gauche. Il poussa un soupir de soulagement en atteignant l'intersection. *Bientôt arrivé*, songea-t-il.

Les écuries n'étaient qu'un modeste bâtiment de pierre au cœur de la ville. Son cheval y logeait depuis son arrivée, plusieurs années auparavant, avec ses compagnons.

Quelle façon étrange de quitter cette ville ! se dit-il en poussant la lourde porte de bois. Ceux qu'il avait appelés ses amis, en qui il avait placé sa confiance, voire qu'il avait aimés, ne pensaient plus désormais qu'à dénoncer ceux qu'ils soupçonnaient d'être des Templiers.

Sebastian balaya la pièce du regard et repéra immédiatement la charrette à l'endroit exact où il l'avait laissée, derrière une porte de cabine, attelée à sa monture.

Il referma la porte et, en entrant dans la cabine, salua le cheval d'une caresse sur le museau. Du temps où il se battait pour les Templiers, il aurait préféré mourir que d'entrer sur le champ de bataille avec une rosse comme celle-là. Mais le temps des guerres était révolu, du moins ce qui se jouait n'était pas une guerre proprement dite. C'était désormais contre des ombres, contre des traîtres qu'il devait se battre, au service d'un roi et d'un pape rebelles qui avaient oublié tout ce que les Templiers avaient fait pour eux.

Sebastian fut attristé par le souvenir de ses frères qui avaient versé leur sang au combat, se sacrifiant pour des hommes qui, maintenant, cherchaient leur mort. Tout cela, dans quel but ?

Ce but, maintenant, ne lui échappait plus.

Il se trouvait sur le plateau de la charrette.

Sebastian se livra aux derniers préparatifs, puis sortit de la cabine et rouvrit la lourde porte de bois pour permettre à l'animal de sortir.

Le cheval n'avait pas fait deux pas lorsque Sebastian sentit la pression d'un objet froid et dur au milieu de son dos.

« Pas un geste, Sebastian ! »

Il n'eut pas besoin de se retourner pour savoir d'où venait la voix qui venait de parler. Beauregard, le maître des écuries, s'était caché dans l'ombre, attendant son heure. Il se voyait déjà acclamé en héros par l'Église et la couronne.

« Beau, tu n'as pas intérêt, dit Sebastian en se retournant pour regarder derrière son épaule.

– Ah, mais bien sûr que si. Ils m'ont tout raconté : vos séances de sorcellerie, d'occultisme et de magie noire. Ils m'ont parlé des chambres secrètes où vous vous adonnez au culte du diable. Je sais bien que c'est grâce à lui que vous vous êtes élevés aussi haut. Mais le Tout-Puissant est en train de prendre sa revanche !

– Tu crois donc à ces sornettes ? Tu nous vois en train de faire des choses pareilles ? Nous nous sommes battus pour le pape ! Des milliers d'hommes sont morts à son service et au service de Dieu. Pourquoi aurions-nous changé de camp ? »

La question déstabilisa le maître des écuries, qui resta ferme cependant, du moins pour le moment.

« Aucune idée. Et d'ailleurs peu m'importe. »

Là-dessus, il ne mentait pas : sans doute le payait-on.

« Combien d'écus t'ont-ils promis ? lui demanda Sebastian. Une bonne trentaine, j'espère. »

Beauregard fut de nouveau perturbé par cette question.

« Il faut bien vivre, non ?

– Je te l'accorde.

– Et maintenant, mets les mains en l'air, que je les voie bien. Pas trop vite.

– Beau, rien ne t'oblige à commettre un tel acte. Tu peux me laisser partir, personne n'en saura rien. »

Beauregard s'esclaffa. « Si je te livre, Sebastian, on me donnera bien plus ! Je te le garantis. »

Sebastian leva lentement les mains, et sa cape glissa derrière son dos. Son glaive et son poignard furent ainsi révélés au maître des écuries. Il expira lentement par les narines. Ce n'était pas la première fois qu'il était surpris par l'ennemi. Il s'était déjà retrouvé dans des situations bien pires.

Sebastian savait néanmoins qu'il ne fallait pas sous-estimer l'adversaire. Il n'aurait aucune pitié envers Beauregard, mais l'idée de tuer un homme qu'il avait considéré comme un ami pendant tant d'années lui faisait de la peine. Cette amitié n'avait clairement pas plus de poids qu'une feuille d'automne.

« Beau, tu n'as pas intérêt ! »

Le visage de Beauregard était presque démoniaque, comme si un être surnaturel s'était soudain emparé de sa personne pour prendre possession de son corps. Ses dents sales et mal alignées ressortaient comme les crocs d'un chien sauvage, et Sebastian attendait le moment où il allait se mettre à saliver.

« Ah, mais bien sûr que si ! Toute ma vie, j'ai travaillé aux écuries. Maintenant, c'est fini. Ils me donneront assez d'argent pour que je puisse sortir à jamais de ce trou. »

Sebastian entendit approcher les chevaux des inquisiteurs. Le bruit des sabots sur les pavés boueux devenait de plus en plus fort.

Jusque-là, la stratégie de Sebastian avait été de gagner du temps, de laisser parler Beauregard – qui avait toujours aimé ça – en attendant de le voir commettre un faux pas dont il pourrait tirer parti pour le tuer – à grand regret.

Maintenant, Sebastian devait hâter l'issue de l'événement. Il avait déjà décidé comment tuer le maître des écuries. La situation ne lui laissait guère de possibilités.

L'arrivée des inquisiteurs venait cependant brouiller le tableau. Il y avait désormais une incertitude. Il ne savait pas combien d'hommes étaient à la porte et combien d'armes ils transportaient. Ces deux facteurs, ainsi que d'autres, auraient leur importance dans le combat qui se tramait.

Sebastian avait appris depuis longtemps que moins il en savait sur la force de l'adversaire, plus il devait compter sur la sienne pour en triompher. Il était parfaitement conscient de ce qu'il avait sous la main : son glaive (encore dans son fourreau), son poignard (dans l'étui à sa ceinture) et son arc avec plusieurs carquois sur le plateau de la charrette, sans oublier, bien sûr, les coffres. Sa monture n'était pas aussi rapide que son cheval de combat. C'était là une faiblesse à laquelle il devrait remédier dès la première étape du voyage : ce ne serait d'ailleurs sans doute pas une mauvaise idée que de se procurer un second cheval dans une situation comme celle-ci.

Le bruit des sabots monta crescendo avant de s'évanouir.

Le sourire mauvais de Beauregard s'élargit encore : « On dirait que notre avenir est à la porte. »

Son erreur ultime fut de regarder de ce côté-là. En une fraction de seconde, Sebastian avait sorti son glaive de son fourreau. L'acier, toujours bien acéré, trancha la main du maître des écuries, qui tomba en même temps que l'arme.

Beauregard ouvrit grand les yeux en apercevant son moignon saignant. Tout était arrivé si vite qu'il ne sentait toujours pas la douleur.

Il allait se mettre à crier lorsque le glaive lui entra dans la nuque. Son corps tressaillit pendant une seconde, après quoi sa tête roula au sol. Enfin, ses jambes fléchirent et il s'effondra de tout son long.

Des coups retentirent soudain à la porte.

« Beauregard ! C'est moi ! Ouvre-nous ! »

La porte était fermée à clé. Le maître des écuries n'avait heureusement pas prévu que les inquisiteurs arrivent aussi vite. Peut-être était-il négligent ? En tout cas, Sebastian avait désormais plus de temps qu'il ne lui en fallait.

Grimpant sur la charrette, il saisit son arc ainsi que deux carquois. Avec le glaive et le poignard qu'il portait déjà au côté, il était armé jusqu'aux dents. Cela, pourtant, suffirait-il ?

La victoire n'était jamais acquise, même pour l'un des plus vaillants guerriers au monde. Sebastian pouvait bien sûr essayer d'améliorer ses chances, mais sans garantie.

Il avait déjà repéré l'échelle qui, sur sa gauche, conduisait à l'étage. Il en escalada les barreaux en faisant le moins de bruit possible. Il aurait ainsi l'avantage de la hauteur, et les cabines du rez-de-chaussée lui faciliteraient la tâche. Il aurait une vue sur chacune d'entre elles, mis à part celles qui se trouvaient sous le plancher de l'étage, mais, si ses adversaires tentaient de se cacher dessous, il n'aurait qu'un pas de côté à faire pour avoir une vue dégagée.

La lourde porte de bois trembla à nouveau sous les poings de l'inquisiteur.

Puis le silence retomba. Sebastian savait ce qui allait suivre.

Lorsque la porte céda dans une quasi-explosion, il ne trembla pas. Un instant plus tard, les hommes s'engouffraient dans le bâtiment, et l'un d'eux était chargé d'un bélier à tête de lion. Ils avancèrent, jusqu'au moment où la vue du corps décapité les arrêta net.

Le chef de la bande avait une épaisse chevelure brune qui ondulait jusqu'aux épaules. Il n'avait pas le même teint que ses hommes, qui avaient les joues pâles des habitants de la région. S'il avait des vêtements et une armure semblables, il était clair qu'il venait de loin.

Sebastian le suivit attentivement depuis sa cachette à l'étage. Il avait déjà pris trois flèches dans la main gauche. Dans un silence mortel, il en mit une en position. Non seulement il avait identifié son adversaire au premier coup d'œil, mais il savait parfaitement quel était le rang de cet homme.

La querelle n'était pas nouvelle. Depuis déjà plusieurs années, une lutte de pouvoir opposait les deux groupes de combat d'élite les plus puissants que le monde eût jamais connus : du côté de la chrétienté, l'ordre du Temple ; de l'autre, un groupe dont la discrétion, la ruse et la cruauté étaient légendaires.

Leur nom saisissait de crainte le cœur des faibles, empêchait les plus puissants de dormir. Certains étaient devenus fous à l'idée de voir un de ces hommes s'introduire dans leur chambre en pleine nuit et les tuer sans qu'ils aient eu le temps de réagir.

Cet homme appartenait à l'ordre des Assassins.

Sebastian refoula la haine au fond de lui et fit en sorte que la discipline prenne le dessus. Voir un Assassin mettait toujours sa volonté à l'épreuve. Ce n'était pas la première fois. Et ce ne serait sans doute pas la dernière.

Il compta une douzaine d'hommes, dont le chef de bande. Il s'était retrouvé dans pire situation, même si cela ne lui était pas arrivé souvent.

Il se serait bientôt sorti d'affaire.

Lorsqu'il vit l'Assassin lever les yeux, il se cacha derrière le montant d'une cabine.

Les yeux de l'Assassin balayant l'espace où il se trouvait, il tendit la corde encore davantage. Devait-il faire le mort ? Il voyait mal ces hommes quitter les écuries en se disant qu'il était déjà reparti. Il savait qu'ils passeraient plutôt les lieux au peigne fin. Ce silence qui s'éternisait ne devait rien au hasard. L'Assassin tenait à lui faire savoir qu'il était conscient de sa présence. Sebastian le sentait, comme si cet homme assoiffé d'adrénaline n'attendait plus que l'ouverture des hostilités.

Non, il ne laisserait pas ce brigand et sa petite bande s'en tirer sains et saufs. Ils avaient largement mérité de mourir. Combien de compagnons Sebastian avait-il perdus de leur fait ? S'il les laissait partir, d'autres victimes suivraient. Il préférait même se sacrifier pour que d'autres puissent continuer le combat.

Là-dessus, il se rappela sa mission. Il voyait désormais parfaitement clair. Les coffres sanglés sur le plateau de la charrette au-dessous de lui valaient plus que la vie de tous les chevaliers réunis.

L'Assassin se dirigea tout à coup vers la charrette. Quelque chose avait attiré son œil.

Sebastian prit une longue et profonde inspiration avant d'expirer par la bouche. Le chef de la bande était maintenant à deux pas de la charrette. Il n'était pas question de laisser cet Assassin souiller ce chargement de ses mains putrides. Le moment était venu de se révéler.

Sebastian se raidit, visa et laissa partir la flèche.

1

CENTRALIA, MISSOURI, AUJOURD'HUI

Sean regarda leurs yeux plutôt que leurs revolvers. Il avait appris depuis longtemps que les yeux renseignaient bien plus vite que toute autre partie de l'anatomie : c'était là, il le savait parfaitement, qu'il trouverait des réponses à ses questions sur les intentions des deux hommes.

Depuis une dizaine de jours, il était lancé sur la piste du trésor de Jesse James, le hors-la-loi du Far West. Tous les indices qu'il avait trouvés pointaient vers cette parcelle à la périphérie de la ville.

En fait de ville, Centralia était un petit patelin de quatre ou cinq mille habitants perdu au fin fond des États-Unis, dont les fermes s'étalaient sur les plaines onduleuses entre Saint-Louis et Kansas City.

Sean avait repéré les deux hommes. Il les avait vus approcher, mais n'avait pas cru qu'ils poseraient le genre de problème impliquant revolvers et regards menaçants.

« Pardon, les gars. Je suis chez vous, c'est ça ? »

Ils ne répondirent pas.

Leurs visages ne respiraient pas la vie. Leurs yeux clignaient. Leurs narines tressaillaient. Leurs poitrines se soulevaient. Mais ils ressemblaient plus à des zombies qu'à autre chose, ou alors ils étaient des morts-vivants et leur créateur avait trouvé le moyen de contrôler leurs mouvements à distance.

Ils étaient vêtus de jeans et de minces coupe-vent. Leurs joues étaient rasées, quoique pas tout à fait de frais. Sean eut l'impression qu'ils n'avaient pas touché à un rasoir depuis deux jours.

Des milliers de questions lui passèrent par la tête, mais il savait qu'elles n'avaient aucune importance. La seule qui en avait – qui étaient ces deux types ? – dominait tout le reste, et il devait la faire passer au second plan pour se concentrer sur sa situation.

« OK, pardon. Sincèrement, je ne me doutais pas que j'étais sur votre terrain. Je croyais que c'était public, ici. »

Là-dessus, Sean aurait pu soupirer s'il en avait eu le temps. Il vit pourtant une étincelle dans les yeux de l'homme à sa droite, et il sut ce qui allait suivre. L'écart entre eux et lui était à peine de plus de trois mètres. Impossible de les rater en cas de danger.

Or, Sean le savait bien : le danger était là.

Le tressaillement de sa prunelle avait trahi les intentions de l'adversaire, et celles-ci consistaient à appuyer sur la détente. Sean, qui avait vécu cette scène des centaines, voire des milliers de fois, savait qu'il lui restait moins d'une seconde pour réagir, après quoi son corps serait criblé de balles. Il préféra ne pas s'attarder sur le sort qu'ils lui réserveraient par la suite. Peu lui importait s'ils voulaient l'abandonner dans le champ à l'ombre d'un petit bosquet ou lui creuser une fosse : Sean ne jouerait pas le rôle du cadavre.

Suspendu dans un étui à son épaule, sous sa veste, se trouvait son pistolet. L'air printanier lui caressa la peau, plaquant une mèche de cheveux rebelle contre son oreille. Une corneille croassa derrière lui dans les arbres.

Sean sentait et entendait tout.

Soudain, il se mit en mouvement.

Il plongea sur sa droite et roula au moment même où son adversaire tirait. Au sol, il fourra la main dans sa veste et en sortit son Springfield calibre 40. Il roula plusieurs fois dans les hautes herbes, puis pointa son arme. Les mouvements des deux hommes étaient plus difficiles à suivre derrière le rideau vert. Détectant une masse sombre, il appuya sur la détente. Le canon retentit dans un éclair. Son assaillant glapit, la balle lui ayant déchiré tout le côté de la jambe, arrachant des bouts de muscle ainsi que des tissus et broyant l'os à l'intérieur.

L'homme s'effondra et disparut momentanément du champ de vision de Sean.

Son partenaire réagit avec l'agilité d'un agent d'intervention spéciale. Cette expérience n'avait rien de nouveau pour Sean. Et pour cause : il en faisait autant lui-même ! Peut-être un peu moins vite maintenant, mais jeune, il en avait été capable. La quarantaine était passée par là.

L'âge n'est qu'un chiffre…, s'était-il répété. Mais ce chiffre semblait avoir un effet très réel sur ses capacités.

Il se redressa et regarda au-dessus des herbes. Le second tireur avait disparu. Pourtant, il fallait bien qu'il se cache quelque part. Sean fit un cercle complet et le repéra. L'homme leva son arme. Il ouvrit le feu. Sean plongea et roula à nouveau sur le sol. Il sentit soudain quelque chose qui butait contre son bras droit et, en se retournant, vit le premier tireur pris dans des contorsions sous le coup de la douleur.

Lorsqu'il aperçut Sean juste à côté de lui, son visage fut envahi par une expression de panique. Il leva son revolver pour lui loger une balle dans le crâne, mais Sean fut plus rapide et lui immobilisa le poignet au moment même de la détonation. Le bruit, à une telle portée, était plus qu'assourdissant, mais Sean ne perdit rien de son courage et ne fut pas tenté non plus de se couvrir les oreilles pour les empêcher de siffler.

Son adversaire essayant de ressaisir son arme de sa main libre, Sean lui tordit le poignet et lui cogna la tempe de la crosse de son propre pistolet. Les bras de son assaillant retombèrent, et sa tête s'inclina sur le côté, les paupières closes dans la lumière crue du soleil.

Sean se mit en position accroupie et balaya la zone avec son pistolet. Les questions, maintenant, l'assaillaient. Qui étaient ces deux types ? Que voulaient-ils ? Pourquoi avaient-ils essayé de le tuer ?

Le fait est qu'il pouvait avoir de nombreuses personnes à ses trousses. Tout au long des années, il s'était mis pas mal de monde à dos. Voilà ce qui arrivait quand on s'opposait aux méchants ! Le plus souvent, il leur faisait la peau, mais, de temps en temps, l'un d'entre eux parvenait à s'échapper. C'était à eux que Sean pensait lorsqu'il se réveillait au beau milieu de la nuit, pistolet au poing, pour chasser des ombres.

Il refoula à nouveau ces questions pour concentrer son attention sur le second tireur.

Sean perçut un léger mouvement face à lui, sur sa droite. L'homme cherchait à le contourner lentement pour pouvoir le surprendre.

Il ne lui en laisserait pas le loisir.

Il se redressa, visa et tira trois fois, criblant son adversaire d'autant de balles. À une aussi petite distance, un pro comme Sean avait peu de chance de rater sa cible. Le résultat de toutes ses années de travail dans les services secrets – les entraînements, les missions pour l'ultraconfidentielle agence Axis –, c'était que ses balles faisaient toujours mouche.

Le tireur s'effondra en gémissant.

Sean enjamba les hautes herbes en direction de sa cible. Il gardait son pistolet braqué sur cet homme et ne le perdait pas de vue. Qui disait qu'il ne faisait pas le mort histoire de pouvoir lui planter une balle facile, à bout pourtant ?

Mais, loin de faire le mort, le second tireur se tordait par terre et couvrait ses blessures de ses mains, le sang lui coulant entre les doigts. Avec une opération, il pourrait peut-être s'en sortir. Du moins à vue de nez. Comment savoir ? Une balle s'était logée dans sa hanche. Une autre lui avait traversé l'épaule. Mais c'était la troisième, entrée dans le flanc, qui donnait le plus d'inquiétude à Sean : que d'organes derrière cette fine couche de peau et de muscles !

Sans être chirurgien, il avait vu assez de blessures similaires pour savoir que sa vie se jouait à pile ou face.

En tout cas, il ne voulait pas l'exécuter. Trop de questions se pressaient en lui.

Il poussa celle de ses épaules qui n'était pas touchée pour le faire rouler sur le dos.

Le blessé grimaça, à l'agonie. Sean coinça son revolver sous son pied pour l'empêcher de s'en servir.

« Qui es-tu ? » lui demanda-t-il sèchement en pointant le canon sur son visage. Comme il se tenait debout dans la lumière du soleil, il se réduisait à une silhouette, monstrueuse et menaçante, aux yeux de sa cible.

L'homme ne répondit pas.

« Je vais devoir répéter ma question, dit Sean, et j'attends une réponse. Sinon la douleur que tu éprouves en ce moment te paraîtra une caresse. Compris ? »

L'homme déglutit avec un imperceptible hochement de tête.

« Je ne me trompe pas en disant que tu sais qui je suis et, du même coup, ce dont je suis capable ? »

Même réaction.

« Bien. Alors on se comprend. Tu vois, tu as une balle dans l'épaule et une balle dans la hanche, mais ce n'est pas ça qui va te tuer. C'est vrai que tu peux faire une croix sur le basket, mais tu ne vas pas mourir pour ça. Pour la balle que tu as dans le ventre, par contre, la question se pose. Elle est peut-être allée se loger dans l'estomac, dans une artère ou dans un autre organe vital. Tant que tu n'es pas passé sur le billard, il n'y a pas moyen de savoir.

– Je ne te dirai rien. »

L'homme avait parlé d'une voix sinistre et déterminée. Sean connaissait tout ça par cœur : ensuite, les langues ne tardaient pas à se délier.

« Quel dommage, dit-il en remuant la tête. Moi qui croyais qu'on s'entendrait… Maintenant, tu ne me laisses pas le choix, il va falloir que j'ajoute à ta souffrance.

– Tu peux y aller, je suis prêt à tout. »

L'homme avait du courage. Sean devait le reconnaître. Ou était-il idiot ? Car on confond souvent les deux !

Sean hésita et relâcha la pression sur la détente. Il n'aimait pas ce genre de situation. C'était l'une des nombreuses raisons pour lesquelles il avait quitté Axis, malgré les instances de sa directrice.

Plus il retournait la question, plus il bouillonnait de colère. Une petite ville comme Centralia, en pleine campagne, entourée de fermes ! Comment l'avaient-ils trouvé là ? C'était une énigme, mais du genre qui agaçait Sean au plus haut point. Ne pouvait-il même plus partir passer ses vacances dans un trou perdu sans devenir une cible ?

Son doigt se raidit à nouveau sur la détente, avec la rotule en ligne de mire.

Pour qui voulait infliger une douleur abominable à son adversaire, quelle que fût sa motivation, les genoux faisaient figure de favoris. Le résultat était garanti, qu'il s'agisse de les broyer au marteau ou de les pulvériser par balle : telle était peut-être la seule certitude que Sean avait retenue de sa formation. L'ironie, comme il avait eu de nombreuses occasions de s'en apercevoir depuis, c'était que la pègre recourait au même procédé. Ainsi allait le monde, et c'était pour lui une raison de plus de renoncer à ce genre de vie.

Depuis qu'il avait quitté Axis quelques années plus tôt, il n'avait fait qu'une seule mission pour la directrice, Emily. Malgré sa profonde réticence, il était parti en lui promettant de l'aider en cas de besoin, pour ne pas pécher en laissant inexploité un talent comme le sien. Le monde était rempli de méchants qu'il convenait d'éliminer.

Une objection le taraudait parfois : ne se prenait-il pas pour Dieu ? Ne tranchait-il pas à la place d'autres personnes, en jouant à la fois le rôle de juge, de juré et de bourreau ?

Cette objection tombait d'elle-même, car tous les hommes qu'il avait tués avaient voulu blesser des innocents. C'étaient eux-mêmes qui s'étaient pris pour Dieu – ou, en l'occurrence, pour le diable. De toute façon, tous les arguments s'effaçaient devant la nécessité de l'action.

Le cas du blessé à ses pieds n'était pas différent.

Avec son compagnon, il avait essayé de le surprendre et de l'éliminer en traître. Sean regarda cet homme en proie aux convulsions et se demanda combien de fois il lui faudrait revivre le même scénario. Comment savoir combien de personnes dans le monde voulaient encore sa mort ? Il avait envie d'en finir, même s'il savait aussi que cela n'était qu'un vœu pieux.

Sean sonda le regard du blessé à ses pieds et sentit sa détermination. Rien ne l'empêchait de lui tirer une balle dans la cheville, puis dans les tibias et dans les genoux, en remontant ainsi jusqu'au moment où il s'évanouirait de douleur, s'il ne mourait pas de ses blessures. Pourtant, le type ne bronchait pas.

Soudain, Sean aperçut une trace sur la peau de cet homme. Une trace à peine visible sous la manche. Relâchant la pression sur la détente, il fit remonter le vêtement du bout de sa chaussure.

Sur la face intérieure du poignet, juste au-dessus de l'articulation, se trouvait un tatouage.

Sean plissa le front, tourna la tête à droite et à gauche pour s'assurer que son partenaire n'était pas revenu à lui, et regarda plus attentivement le dessin sur son bras.

Il préféra s'abstenir de lui demander ce que c'était. Le type ne lui répondrait pas.

Sean avait vu de nombreux tatouages dans sa vie. La plupart des militaires avec qui il avait travaillé en avaient plusieurs. Il avait fréquenté des bars. La mode qui avait commencé à la fin des années 1990 n'avait fait que s'amplifier depuis. Ce tatouage, cependant, était unique.

Il dessinait un peu la lettre A, sauf qu'en lieu et place de la traverse se trouvait un emblème incurvé qui ressemblait à une langue de feu. La branche de droite était arrondie et remontait légèrement, plus large en haut qu'en bas. Le front de Sean se marqua encore davantage. Il avait déjà rencontré ce motif.

« Tu tiens ça d'où ? » demanda-t-il.

Pour toute réponse, l'homme envoya un crachat qui manqua de peu la chaussure de Sean.

Chez n'importe qui, un tel geste aurait provoqué une réaction hargneuse, voire violente. Si Sean avait suivi son instinct, il lui aurait flanqué un coup de pied dans les côtes ou une balle dans la tête. Il résista cependant à cette tentation, préférant se pencher avec un regard déterminé et presque sinistre.

« J'ai déjà vu ce dessin quelque part. Tu tiens ça d'où ? »

Les pupilles noires de son adversaire se rétrécirent, et un sourire mauvais lui envahit le visage.

« Si c'était le cas, tu serais un homme mort.

– Tu crois ? »

Sean contourna son adversaire par la gauche. L'homme le suivit avec attention en se demandant ce qui allait suivre. Sans doute s'attendait-il à recevoir une dernière balle. Cela n'avait pourtant aucune chance d'arriver. Tuer un insolent ne servirait à rien. Sean avait des questions, et les réponses – sauf autopsie – ne venaient jamais des morts.

« Fais de beaux rêves », dit Sean.

L'homme jeta un regard surpris au moment même où Sean prenait son élan pour le cogner à la tempe. La tête de son adversaire retomba dans l'herbe et Sean l'observa un moment pour s'assurer qu'il s'était bien évanoui.

Satisfait d'avoir ainsi neutralisé ses deux agresseurs, il sortit son téléphone de sa poche et chercha le nom d'Emily dans sa liste de contacts.

Elle répondit avant même la troisième sonnerie :

« Quelle prison, quel pays ? »

Sean s'esclaffa.

« Je suis en liberté. Et je suis toujours aux États-Unis.

– Ah ? Alors tu m'appelles pour reprendre du service ? »

Elle le tançait toujours pour qu'il revienne. Quand cesserait-elle ?

« Non, mais je te remercie pour ta proposition.

– Je plaisantais.

– Tu me rassures à peine. »

Sean regretta qu'elle ne soit pas là pour voir son sourire moqueur. « Je suis à Centralia, dans le Missouri. »

Il y eut un blanc.

« Tu… es allé faire quoi, là-bas ? Tu veux te faire oublier ? Tu t'es fait des ennemis ?

– Justement, je…

– Toujours un truc qui cloche, avec toi ! »

Il remua la tête, incrédule, tout en vérifiant à nouveau l'état de ses deux adversaires. Ils étaient toujours évanouis.

« Il faudrait que tu m'envoies un véhicule. »

Emily soupira.

« Qu'est-ce qui t'est arrivé, encore ? Ta voiture est en panne ?

– Non. Moi, ça va. Mais j'ai deux colis en urgence. Une urgence médicale, pour l'un d'entre eux.

– L'autre est vivant aussi ? »

Emily avait immédiatement compris la situation : là était le résultat de plusieurs années de collaboration.

« Oui, mais l'un d'eux est en piteux état.

– Et… à qui ai-je l'honneur ? »

Sean regarda encore le poignet du tireur, cherchant à se rappeler où il avait déjà vu son tatouage. « Justement, je comptais sur toi pour me le dire. »

2

Atlanta

La porte s'ouvrit, laissant entrer Emily. L'horloge faisait un tic-tac incessant, et c'était l'une des raisons pour lesquelles elle se mettait des bouchons dans les oreilles pour traiter ses papiers.

Sean était installé dans l'un des deux fauteuils en cuir qui se trouvaient en face de son bureau. Il s'était mis en route une demi-heure plus tôt, juste après avoir reçu son appel.

La veille, les hommes étaient arrivés sur la scène en moins de vingt minutes. Le personnel médical avait confirmé que le blessé grave survivrait à ses blessures et celui-ci, bien attaché, avait été installé dans une ambulance avec son partenaire.

Après un séjour dans un hôpital de Kansas City pour parer au plus urgent, ils avaient été transportés dans un lieu plus discret et plus sécurisé à Atlanta. Ils étaient désormais loin des regards, et Axis payait le personnel médical pour ne laisser filtrer aucune information concernant leur identité ou leur état.

Une chose était sûre : Emily dirigeait les opérations d'une main experte. Elle n'était pas douée pour la microgestion, mais, en cas de problème, elle était toujours au courant de tout dès le premier moment. À la moindre nouvelle concernant l'un ou l'autre des deux prisonniers, elle aurait immédiatement tous les éléments qu'il lui faudrait pour prendre une décision.

Axis ne rendait de comptes qu'au président des États-Unis. Le grand public ignorait tout de l'existence de cette agence ultrasecrète qui avait été créée pendant la guerre froide pour lutter contre l'espionnage et le terrorisme. Emily ne voulait certainement pas que ça change.

Elle s'enfonça dans son fauteuil, croisa les jambes, puis entrecroisa les doigts de ses deux mains. « Toujours aussi incapable de rester tranquille, à ce que je vois ? »

Sean haussa les épaules. « Moi, je n'y suis pour rien », répondit-il en écartant les bras.

Il n'eut pas besoin de demander les dernières nouvelles. Il voyait bien, à son visage, qu'elle n'avait rien pu tirer des deux hommes.

« Ils sont muets comme des tombes », dit-elle.

Il afficha un sourire suffisant.

« À moi non plus, ils n'ont rien voulu dire.

– Une analyse du tatouage est en cours. Ils ont tous les deux le même, au fait. » Sean l'avait deviné aussi. « En tout cas, pour l'instant, on n'a pas beaucoup de pistes. » Elle posa ses deux mains entrecroisées sur le bureau en soupirant. « D'après nos renseignements, ils n'ont pas de casier judiciaire. Les empreintes digitales n'ont rien donné non plus.

– Un peu bizarre, ça. Tu ne trouves pas ? demanda-t-il en arquant un sourcil.

– Peut-être. Pas vraiment. Tu sais bien que ces criminels de niveau international ne se déplacent pas avec leurs papiers.

– Soit. Mais ils n'ont pas pris l'avion pour aller dans le Missouri ? »

Emily réfléchit. « De toute façon, on poursuit notre enquête. On a retrouvé une voiture abandonnée pas loin, sans doute louée sous un faux nom. Notre nouveau logiciel de reconnaissance faciale devrait nous permettre de tirer quelque chose d'Interpol. Sinon on a d'autres ficelles. On va bien finir par trouver. »

Sean ne laissa rien transparaître de son scepticisme. Depuis son retour en avion à Atlanta, il repensait sans cesse à ce tatouage. Il l'avait déjà vu, mais où ? Cette question l'avait taraudé pendant toute la journée, après quoi, épuisé, il avait eu un sommeil tourmenté.

Il connaissait les ressources technologiques d'Axis. Il avait peu de doutes sur la capacité de l'équipe d'Emily à identifier les deux hommes. La question était de savoir *pour qui* ils travaillaient. Leur identité en tant que telle n'était pas très importante : c'étaient deux voyous, rien de plus. Deux voyous prêts à tout, certes, mais qu'est-ce que ça changeait ? A priori, ils n'étaient pas venus dans un but de vengeance. Sean avait des ennemis aux quatre coins du monde, mais ces ennemis n'auraient pas pris tant de précautions, fait tant de calculs, rien que pour le tuer. Et comment auraient-ils pu savoir qu'il se trouvait au fin fond du Missouri ?

Les seules personnes qui étaient au courant à Centralia étaient Tommy et ses deux assistants au labo, Alex et Tara – « les jeunes », comme ils les appelaient affectueusement –, ainsi qu'Adriana, qui n'était plus à Atlanta depuis un certain temps. D'ailleurs, ça faisait une semaine qu'ils ne s'étaient pas reparlé, ce qui était inhabituel. Sean eut le cœur serré.

Adriana lui manquait affreusement. Ils menaient la plupart du temps leur vie chacun de leur côté, mais il n'aimait rien de plus que les moments qu'il passait avec elle. Il se demanda quel précieux objet elle était encore partie chercher en terre étrangère. Il profita de ses réflexions pour faire une prière pour elle, en son for intérieur.

« Je vais vous laisser à votre travail, toi et tous tes experts, dit-il ensuite en se levant.

– Déjà ? demanda Emily en fronçant les sourcils. Je pensais que tu resterais un peu. On peut déjeuner dans une demi-heure, si ça te dit.

– Merci, Emily. Ton invitation me fait plaisir, mais je dois rentrer au QG. Je dois avoir une petite discussion avec Tommy. »

Emily le scruta de son regard analytique.

« Primo, le QG, on y est. Secundo, tu es en train de me dire que tu reprends du service ?

– Tu n'as pas changé, Emily, répondit Sean en se fendant d'un large sourire. Appelle-moi dès que tu trouves quelque chose. »

Il quitta le bureau sans se retourner. Il la connaissait trop pour ne pas deviner son jeu : Emily retroussait les lèvres et remuait la tête d'un air incrédule avant de se replonger dans son dossier ultrasecret du moment.

Le trajet jusqu'au siège de l'IAA fut assez bref. Il se réjouissait qu'Emily ait transféré le siège d'Axis à Atlanta plusieurs années plus tôt. À bonne distance de Washington, ils pouvaient ainsi renforcer leur autonomie tout en se préservant de l'ingérence et des ambitions, pour ne pas dire de la corruption, de la capitale.

Sean gara sa voiture dans la grande avenue qui longeait le parc du Centenaire. La façade vitrée du nouveau bâtiment étincelait sous les rayons du soleil. Il était loin, le temps du vieil édifice gris qui l'avait précédé, entièrement détruit par une explosion qui avait visé Sean et ses compagnons.

Il scanna sa carte de sécurité et salua le gardien au passage.

« Bonjour, Henry.

– Bonjour, monsieur Wyatt. Bientôt la saison du baseball ! »

Sean ne comptait plus le nombre de discussions qu'il avait eues sur les Braves d'Atlanta avec Henry. Étant donné la nature de leurs relations, ça ne durait en général pas très longtemps, mais il leur arrivait de se plonger dans des débats fougueux – en vrais fans qu'ils étaient – sur tel transfert, tel lanceur, tel batteur, etc.

Sean aimait le baseball et les Braves d'Atlanta, mais il n'était guère optimiste quant à la saison qui allait commencer.

« Henry, combien de fois t'ai-je dit de m'appeler Sean ? En tout cas, oui, on va sans doute bien s'amuser, encore une fois. » Il disait cela pour lui faire plaisir, car il était convaincu que l'équipe ne s'en sortirait pas mieux que les années précédentes.

« Espérons-le, Sean !

– Ah ! Parfait. Laissons les *monsieur Wyatt* pour mon père. »

Sean regretta aussitôt cette réplique. Il détestait les clichés, et celui-ci lui avait échappé par mégarde. En tout cas, c'était vrai : il n'était pas encore prêt pour « monsieur ». Au contraire de Henry.

« Bonne journée, monsieur, conclut celui-ci.

– Toi aussi, Henry. »

Sean alla au bureau de Tommy mais le trouva désert. Son ami se trouvait sans doute au laboratoire, au sous-sol, avec Alex et Tara, même si ceux-ci faisaient bien plus de missions de terrain qu'avant. Tommy trouvait que c'était une bonne chose que de sillonner la planète et de faire l'expérience de cette histoire à laquelle ils contribuaient par leurs travaux. Il ne s'inquiétait pas pour eux en cas de pépin, et Sean non plus.

Alex et Tara étaient des tireurs d'élite et avaient fait leurs preuves au combat à mains nues.

Quelques années plus tôt, ils n'avaient pas hésité à sauter dans l'avion pour aller leur sauver la vie au Japon, où ils étaient en péril dans un monastère au sommet des montagnes.

Une fois dans les entrailles du bâtiment, Sean poussa une porte de verre après avoir passé son pouce sur un lecteur d'empreintes. Le dispositif de sécurité venait d'être renforcé à la suite d'une intrusion. Les points de contrôle avaient été multipliés, chacun avec son procédé d'identification de la personne entrante.

C'était un peu désagréable, mais compréhensible. On ne pouvait jamais être trop prudent lorsqu'il s'agissait de conserver les artéfacts les plus secrets et les plus énigmatiques du monde. C'était d'ailleurs pourquoi tant de gouvernements et d'organisations privées faisaient confiance à l'IAA.

Sean aperçut Tommy à l'autre bout du laboratoire, avec Alex et Tara, et traversa le labyrinthe de bureaux, de tables et de plans de travail en granit.

Tommy observait un petit objet en argile déposé sur un bureau lorsqu'il aperçut son ami qui approchait.

« Et le sas de désinfection ? lui demanda-t-il, courroucé. Ça valait bien la peine de l'installer ! » Il se leva et, les bras croisés, lança à Sean un regard irrité.

« Si tu veux qu'on soit obligé de passer par là, pourquoi n'as-tu pas condamné cette porte latérale ? » Sean était le seul des deux à trouver cette question à la fois pertinente *et* drôle.

« Finies, les vacances dans ce trou à rats ? dit Tommy en levant les yeux au ciel.

– Je… J'ai eu un pépin.

– Je sais. »

Sean s'arrêta à hauteur de Tommy et de ses associés. Alex et Tara étaient âgés d'un peu plus d'une vingtaine d'années, et Sean et Tommy étaient convaincus qu'ils avaient une liaison, mais jusqu'à présent ils n'avaient pas de preuve. Et, au fond, ça ne les regardait pas.

« Euh… tu es au courant ? demanda Sean d'un air surpris. C'est Emily qui te l'a dit ?

– Ça se peut bien, répondit Tommy avec un sourire narquois.

– Celle-là, alors…, dit Sean en remuant la tête. Elle ne peut rien garder pour elle…

– Elle m'a d'ailleurs annoncé que tu nous quittais pour retourner là-bas.

– Elle ne lâchera jamais le morceau.

– Elle a l'air de croire que tu fais du beau travail, dit Tommy en haussant les épaules. J'essaie de lui ouvrir les yeux, mais elle ne m'écoute pas. »

Cette taquinerie fit sourire Sean. Il se tourna vers Alex et Tara, qui époussetaient tous leurs tessons d'argile avec une grande méticulosité. Une tablette se trouvait non loin de là, gravée dans une écriture qui ne ressemblait à rien de ce que connaissait Sean.

« Qu'est-ce que c'est que ça ? Non mais vous êtes vraiment en train de faire de l'archéologie ? »

Les deux jeunes affichèrent un large sourire.

« Très drôle, dit Tommy d'un air renfrogné.

– Rien de très original dans un laboratoire d'archéologie », ajouta Tara.

Alex leva les yeux au plafond.

« Et à part des ennuis, tu as trouvé des trucs, dans le Missouri ?

– Ha, ha ! répondit Sean. Des fois je me demande pourquoi on ne se recycle pas en humoristes. » Il marqua une pause. « En tout cas, non, je n'ai rien trouvé. Malheureusement, je n'ai pas pu m'éterniser.

– Dommage.

– À qui le dis-tu ! Mais j'ai rapporté un petit quelque chose. »

Sean sortit de sa veste une photo qu'il avait imprimée. Il la posa sur le bureau en évitant tout contact avec l'objet sur lequel ils travaillaient.

Tommy, Alex et Tara s'approchèrent pour regarder la photo, où apparaissait un poignet avec un étrange tatouage.

« Un poignet ? demanda Tommy.

– Un tatouage ! lui répondit Sean.

– Un sacré tatouage, remarqua Tara. C'est qui ?

– Je n'en sais rien. C'est pour ça que je vous le montre. »

Alex le regarda d'un air perplexe. « Euh… Je te souhaite bien du courage pour identifier le propriétaire sur la seule base de son tatouage. En tout cas, ce n'est pas la spécialité du labo. »

Sean s'esclaffa. « Je sais. Je me demandais juste si vous connaissiez ce motif. Il me rappelle quelque chose, mais je n'arrive pas à mettre le doigt dessus. »

Tommy regarda la photo de plus près, et ses jeunes associés en firent autant.

« Ce n'est pas la première fois que je vois ça, dit-il. Mais il faudrait que je fasse des recherches.

– Et vous ? » demanda Sean en regardant Alex et Tara.

Ils firent non de la tête.

« Je ne sais pas, dit Alex, mais l'artiste n'était pas un débutant. Lignes nettes, encre noire, pas de bavure… S'il fallait que je fasse une hypothèse, je dirais que ce tatouage est récent. »

Sean écouta attentivement ce commentaire, même si celui-ci ne lui était guère utile : il n'était pas venu leur demander leur opinion sur la valeur artistique du tatouage.

« Bon, si vous avez besoin de moi, je suis dans mon bureau. Je vais poursuivre mes recherches.

– Tu sais, Sean, c'est peut-être un motif que ce type a inventé, lui dit Tommy. Tout le monde veut son tatouage. C'est un peu en vogue, ces temps-ci. On en voit sur les bras, sur le cou, et sur je ne sais quoi encore… Partout ! Ça ne veut pas forcément dire grand-chose. »

Sean s'était fait la même réflexion au début. De ce point de vue, Tommy avait raison. Les gens cherchaient des motifs toujours plus extravagants et ils payaient pour se les faire tatouer à l'encre indélébile. Celui-ci, cependant, était un cas à part.

« Je suis d'accord avec toi, sauf sur un point capital. »

Trois regards pleins d'attente se dirigèrent vers lui.

« C'est-à-dire ? demanda Tommy.

– Mes deux agresseurs avaient le même tatouage, comme si c'était un signe de reconnaissance, ou quelque chose comme ça.

– Peut-être étaient-ils frères ? demanda Tara. Ou membres d'une confrérie ? »

Sean avait aussi envisagé ces deux hypothèses avant de les écarter. Ces deux types avaient quelque chose de louche.

« C'est possible, concéda-t-il. Ils avaient un peu la même coupe de cheveux, mais je ne pense pas qu'ils étaient frères. Ni d'ailleurs qu'ils étaient de la même famille.

– Des potes ? » demanda Tommy.

Sean ignora cette question.

« Donc, si vous avez besoin de moi, je suis dans mon bureau. Merci de vous pencher là-dessus quand vous aurez fini de… nettoyer ce tesson, ou je ne sais quoi.

– Sean, c'est un vrai boulot, tu sais, répondit Tommy en augmentant le volume à mesure que Sean s'éloignait. Tu l'as dit toi-même tout à l'heure : on *fait de l'archéologie* ! »

Il gloussa d'un air de réprobation.

3

WASHINGTON

Darren Sanders, le secrétaire d'État, s'installa confortablement dans le bureau ovale. Il ne comptait plus le nombre de fois qu'il l'avait visité au cours des trois dernières années.

John Dawkins, le président des États-Unis, l'avait nommé au cours de son deuxième mandat à la suite de la démission de son prédécesseur pour raison de santé.

Sanders faisait figure d'étoile montante dans la sphère politique. Véhément et exigeant à la fois, il ne s'en laissait pas conter. Aussi suscitait-il des réactions diamétralement opposées. Dès les premiers jours de son arrivée à Washington, il s'était fait autant d'amis fidèles que d'ennemis jurés. Si Dawkins n'était pas toujours d'accord politiquement avec Sanders, il aimait son autorité et ne le sentait pas du genre à se laisser influencer, ni corrompre.

Enfant des rues de Chicago, Sanders s'était imposé comme un phénomène politique, déjouant les obstacles un à un dans un parcours que beaucoup n'hésitaient pas à qualifier de miraculeux. Il passait pour trop ambitieux aux yeux de certains. « Il n'y a pas de progrès sans ambition », rétorquait immanquablement Sanders.

Si Dawkins était un président ferme mais juste, Sanders avait une nette préférence pour la fermeté. Si la justice était de la partie, tant mieux ! Mais là n'était pas sa préoccupation principale. Jusque-là, leur duo avait bien fonctionné en matière de relations étrangères, et les États-Unis en avaient tiré grand profit.

Sa position ne le portait pas à la générosité, mais aux décisions fermes, implacables et à ce qu'on appelait une poigne de fer. Il avait maintes fois convaincu le président de procéder à des frappes stratégiques sur les bastions ennemis en Afghanistan, en Irak et en Asie du Sud-Est. À chaque fois, il savait qu'il y aurait des pertes civiles, mais il mentait invariablement sur ce point.

Sans donner dans la sensiblerie, Dawkins n'avait rien d'un président impitoyable. Il ne souhaitait pas provoquer la mort de personnes innocentes. Il savait que les frappes entraînaient toujours des dommages collatéraux, mais réduire les pertes civiles était toujours pour lui une nécessité de premier ordre.

Certains de ses prédécesseurs les avaient considérées comme inévitables en temps de guerre. Dawkins, lui, étudiait scrupuleusement chaque cible avant de donner son feu vert. Si bombarder une cache d'armes pouvait affaiblir une organisation terroriste, Dawkins refusait de causer la mort d'un veilleur de nuit innocent dans l'opération.

Sanders, lui, ne se posait même pas la question. La sécurité des Américains était sa priorité numéro 1. Si un civil mourait dans une frappe stratégique, c'était que, dès le départ, sa vie dans un pays qui abritait des terroristes était dénuée de valeur.

Il regarda sa montre pour la troisième fois depuis son arrivée dans le bureau ovale. Comme beaucoup de personnes très haut placées, Sanders n'appréciait pas qu'on le fasse attendre, même pour un entretien avec le président des États-Unis.

Sanders prit pourtant son mal en patience. Dawkins l'avait appelé la veille au soir pour lui demander un rendez-vous le lendemain matin dès huit heures trente. Sachant que le président devait faire une conférence de presse une heure plus tard, le secrétaire d'État en avait conclu que le rendez-vous ne durerait pas longtemps, et il avait son idée sur l'affaire dont il voulait l'entretenir.

Sanders n'avait jamais fait mystère de ses ambitions présidentielles.

Il lorgnait la Maison-Blanche avant même d'arriver à Washington. Il aimait le pouvoir, et le président des États-Unis était celui qui en avait le plus dans le monde libre.

Parfois, un doute venait le titiller, et il se demandait si cette fonction lui conviendrait réellement. Il se ressaisissait bien vite en se disant qu'une fois qu'il serait monté au sommet, il prendrait place dans ce splendide fauteuil en face de lui pour siroter un verre de bourbon tout en admirant son nouveau cadre de travail.

Sanders n'avait pas été nommé secrétaire d'État par accident. Il avait tout fait pour exister aux yeux de Dawkins, attirant son regard dès le début de son premier mandat. Il avait pris des décisions polémiques et fait des déclarations dont il savait qu'elles seraient vivement critiquées tout en lui assurant l'avantage sur Dawkins dans les journaux.

Ils s'étaient entendus quasiment dès le premier jour. Sanders soutenait Dawkins sur tous les plans, n'hésitant pas à critiquer ses propres rangs au Sénat, quitte à s'attirer les foudres d'un grand nombre d'adversaires.

C'était le cadet de ses soucis. Il n'avait qu'un seul but en tête, et il savait que le plus court chemin pour y arriver consistait à devenir secrétaire d'État. C'était du moins ce que lui montrait l'histoire des États-Unis.

Le second mandat de Dawkins arrivait à son terme. Sanders avait été un conseiller loyal, et, s'il s'était parfois senti un serviteur plus qu'autre chose, c'était pour la bonne cause, et il était persuadé que l'objet de ce rendez-vous n'était pas étranger à cela.

Les rumeurs allaient bon train sur la personne dont Dawkins appuierait la candidature. La plupart des commentateurs pariaient sur le vice-président. Sanders riait sous cape.

Il connaissait peu d'hommes aussi faibles que Theodore Hollingsworth. Né dans une famille aisée du Massachusetts, il n'avait jamais travaillé de sa vie, du moins à ce que Sanders en avait entendu dire. Ils n'étaient pas de la même trempe. Hollingsworth ferait un président pitoyable. Le terme même de dirigeant, appliqué à lui, semblait déplacé. Non, cet homme ne serait pas président. Sanders le savait. Dawkins n'était pas idiot.

Tout commençait à prendre forme pour Darren Sanders, et le grand jour s'annonçait. Pour quelle autre raison le président l'aurait-il convoqué ?

Dawkins annoncerait à Sanders qu'il le soutenait à sa succession.

Ce choix serait largement approuvé. Les électeurs étaient lassés de voir des candidats qui n'avaient pas d'expérience politique. C'était l'une des raisons qui expliquaient la victoire de Dawkins. Il connaissait le fonctionnement de Washington et savait comment éviter les écueils politiques. Sanders avait hérité de son expertise et en faisait le meilleur usage.

Une porte s'ouvrit, laissant entrer un agent des services secrets qui, après un bref examen de la pièce, fit place au président.

Sanders se leva avec un sourire forcé en serrant la main de Dawkins.

« Monsieur le président.

– Merci, Darren, de vous être rendu disponible si rapidement. Je vous en prie, ajouta Dawkins en désignant le fauteuil que Sanders venait de quitter. Installez-vous.

– Merci, monsieur le président. »

Sanders jouait son rôle de serviteur méthodiquement. Il était tout sauf flagorneur, mais, s'il connaissait parfaitement les leviers du système, il savait aussi s'effacer devant le chef.

« Vous devez vous demander pourquoi je vous ai fait venir », dit Dawkins en contournant son bureau avant de s'installer dans son fauteuil. Il croisa les doigts devant sa poitrine.

Sanders fit l'ingénu. « Sans doute ces rumeurs à propos de la Corée du Nord ? » dit-il en haussant les épaules.

Dawkins fit non de la tête après un bref sourire, comme si ces paroles l'avaient amusé.

« Je me fiche bien des Coréens. Je sais qu'il faut les surveiller, en effet, mais ils en sont encore au Moyen Âge sur… eh bien, à peu près sur tout ! Ils sont rationnés en alimentation et en énergie. Ils ont de moins en moins de ressources naturelles. Ils vont imploser, ce n'est plus qu'une question de temps.

– Ou peut-être exploser, monsieur le président ? »

Dawkins inclina la tête un instant, puis désigna Sanders.

« C'est ça qui me plaît, chez vous, Darren : vous gardez la tête froide. Toujours prudent, toujours conscient des dangers qui s'annoncent. On fait une fine équipe ! C'est un grand honneur de travailler avec vous.

– Merci, monsieur le président. L'honneur est partagé.

– Ne vous inquiétez pas des Coréens. On les a à l'œil ! À la moindre incartade, on les sanctionne. »

Sanders ne doutait pas le moins du monde de la sincérité du président.

« Non, ce n'est pas pour vous parler des Coréens que je vous ai convoqué ce matin. Je souhaite vous annoncer mon choix pour le candidat à ma succession. » Là-dessus, Dawkins écarta les bras comme pour présenter les lieux à un nouveau visiteur.

Voilà. Le moment tant attendu arrivait enfin. Né dans les bas-fonds, Sanders se tenait maintenant au seuil du palais. Ses veines frémirent sous le coup de l'adrénaline.

Peu anxieux, ni nerveux de nature, il dut retenir ses mains de trembler. Il avait comme des battements d'ailes au creux du ventre. Il touchait enfin au but de son existence. Il allait devenir l'homme le plus puissant du monde libre.

Le camp d'en face était toujours très affaibli et leurs adversaires cherchaient en vain un candidat acceptable aux yeux de la population. Ils étaient en déroute, incapables, dans leurs querelles idiotes, de se mettre d'accord sur quoi que ce soit.

Les journalistes faisaient leurs choux gras de cette situation presque quotidiennement depuis six mois. Le simple fait que le parti n'ait pas encore choisi son candidat à moins d'un an du jour des élections en disait long, prouvant au public qu'il n'était plus une option viable.

Dawkins se pencha et posa ses mains entrecroisées sur le *Resolute desk*.

« J'ai beaucoup réfléchi. Beaucoup prié. Je ne vois qu'une solution. Le peuple américain mérite un dirigeant digne de ce nom. D'ailleurs, j'espère en avoir été un pendant ces sept années.

– Bien sûr, monsieur le président. »

Sanders dut réprimer un sourire en prononçant ces paroles et adopter le visage impassible dont il avait l'habitude.

« Merci, Darren. Un chef d'État a le plus grand besoin du genre de soutien désintéressé et méritoire que vous me témoignez. Et cela nous conduit à la raison de ce rendez-vous. Je veux vous demander votre soutien au cours de la prochaine campagne. »

Son soutien ? Comment ça ? Son corps fut envahi par un sentiment de malaise qui balaya en un instant toute l'assurance qu'il avait eue avant.

« J'ai décidé d'appuyer Alycia Freeman, présidente de la Chambre des représentants, dans la prochaine campagne. »

Sanders resta abasourdi, ces paroles ayant eu sur lui à peu près le même effet qu'un coup de massue en pleine poitrine.

« Je vous demande pardon, monsieur le président ? Alycia Freeman ? » Il faisait de son mieux pour garder sa composition, mais il se sentait comme un prétendant éconduit après une vibrante déclaration d'amour.

« C'est une femme remarquable. Et il faut un homme remarquable à ses côtés. C'est pourquoi je vous demande de vous présenter avec elle pour devenir vice-président des États-Unis. Elle pourra compter sur un homme comme vous, et je sais que vous serez pour elle un atout inestimable. »

Sanders déglutit avec peine. Il regarda un moment le tapis en s'efforçant de rassembler ses pensées et de contenir ses émotions. Son instinct d'homme de la rue lui soufflait de se jeter sur le bureau pour donner à Dawkins la raclée de sa vie. Alycia Freeman ? Mais pourquoi ?

Au cours des trois dernières années, Sanders avait fait tout ce que le président avait voulu. Freeman, au contraire, lui avait tenu tête des dizaines de fois, et souvent publiquement. Les journalistes avaient souvent parlé d'une rivalité très ancienne. Sanders n'avait guère prêté attention à tous ces commérages. Maintenant, il s'en mordait les doigts.

Alycia Freeman ? Cette interrogation tournait en boucle dans son crâne. Cela n'avait ni queue ni tête !

Dawkins parlait toujours, mais ses paroles étaient comme assourdies, et elles restaient confuses aux oreilles de Sanders. « Je sais qu'elle et moi, nous n'avons pas toujours été d'accord, mais c'est une femme de caractère. Elle fera une excellente présidente, surtout avec quelqu'un comme vous derrière. »

Sanders déglutit à nouveau avec difficulté, puis hocha lentement la tête, comme étourdi. « Oui, monsieur le président. Je… Les mots me manquent. » Et il ne mentait pas ! Aucune parole ne lui venait. Il avait envie de hurler, de dire à Dawkins qu'il était fou de ne pas l'avoir choisi. Le candidat à soutenir, c'était lui et non Alycia Freeman !

Le visage de Dawkins s'allongea tout à coup, empreint de gravité.

« Darren ? Vous allez bien ?
– Oui, monsieur le président. Je… Quelle nouvelle !
– C'est une étape décisive, mais je vous crois prêt. »
Imbécile ! Ce n'est pas une étape décisive ! songea Sanders. Comment le plus grand dirigeant du monde libre pouvait-il être idiot à ce point ? Comment pouvait-il ignorer que Sanders visait le bureau ovale ?

« Je… je vous remercie, monsieur le président. Je suppose que vous comptez annoncer votre décision ce matin. »

Dawkins hocha vigoureusement la tête.

« Exact. Et, si vous le permettez, je tiens à vous appuyer moi-même auprès d'elle. Pour mon soutien, je le lui ai déjà accordé, et elle l'a accepté.
– Merci, monsieur le président. C'est un honneur. »

Sanders se leva et tendit le bras en travers du bureau. Le président en fit autant et ils échangèrent une poignée de main ferme.

« Vous ferez des merveilles à la tête de l'État, Darren ! Je n'en doute pas. »

Sanders hocha péniblement la tête. « Bon, mais vous avez un discours à préparer. Je vais donc vous laisser. Merci encore, monsieur le président. »

Le secrétaire d'État sortit dans la pièce adjacente, où de nombreux employés étaient affairés. Notes de service, e-mails, téléphone : ils répondaient aux mille et une sollicitations auxquelles la Maison-Blanche devait faire face quotidiennement.

Sanders vit la pièce tournoyer. Il prit une grande inspiration pour retrouver son calme. Lui qui n'était pas souvent sujet à la confusion s'y trouvait soudain noyé jusqu'au cou.

Il sentait aussi la colère qui bouillonnait en lui, et lorsqu'il se fut enfin ressaisi, il traversa le bureau d'un pas décidé.

Il franchit les contrôles de sécurité avant de ressortir sur Pennsylvania Avenue, dont il avait longtemps espéré faire son adresse personnelle. La décision du président l'en empêcherait sans doute jusqu'à la fin de ses jours. Il était rare qu'un vice-président gagne une élection. C'était un handicap, et Dawkins semblait l'avoir oublié.

Croyait-il vraiment rendre service à Sanders ? Le secrétaire d'État ne put s'empêcher de se demander si Dawkins ne poursuivait pas en réalité un plan maléfique.

Non, impossible.

Sanders avait toujours travaillé dur pour gagner la confiance du président. Or, pour toute récompense, il allait croupir au poste de vice-président pendant quatre ans, voire huit ! Et s'il se présentait ensuite à la présidentielle, il aurait un âge bien plus avancé et peu de chances d'être élu.

D'ici là, le parti adverse aurait largement le temps de surmonter toutes ses difficultés. À Washington, c'était un balancier perpétuel. Le pouvoir changeait de main au bout d'un certain temps.

Sanders envisagea l'avenir auquel le vouait Dawkins et sa conclusion fut sans appel : jamais il ne serait président des États-Unis.

4

Atlanta

Sean se redressa dans son lit. Son insomnie le contrariait. Les événements de ces derniers jours l'avaient épuisé, et il n'avait pas eu de mal à s'endormir. Pourquoi se réveillait-il au milieu de la nuit ?

Ce problème remontait à la fin de ses études. Il l'attribuait à l'anxiété mais ne s'était jamais donné la peine de consulter un professionnel sur ce point. Il prenait un certain nombre de plantes médicinales et de suppléments alimentaires, qui ne faisaient jamais grand effet.

Son père ne jurait que par la mélatonine : il en prenait jusqu'à trente milligrammes chaque soir. Sean avait essayé, mais n'avait pas retrouvé un sommeil profond.

Il jeta un coup d'œil sur sa table de chevet et regretta son geste immédiatement. Le réveil affichait trois heures trente. « Pas tout à fait l'heure à laquelle j'avais prévu de me lever… »

Poussant un soupir, il souleva la couverture et posa les pieds sur le parquet. Un instant plus tard, il se levait tant bien que mal.

Dans la cuisine, il ouvrit la porte chromée du réfrigérateur et sortit un pack de lait amande-chocolat. Il s'astreignait généralement à un régime vegan depuis qu'il avait appris dans une vidéo qu'il s'agissait d'un mode de vie plus sain.

Il mangeait quand même un peu de fromage de temps en temps, un steak, et pourquoi pas un hamburger une fois par mois. Il avait toujours un pack de lait amande-chocolat au réfrigérateur pour s'en servir une tasse avec son expresso, mais, à part ça, il s'en tenait à son régime. Son médecin l'y encourageait depuis qu'il avait constaté les résultats sur son taux de cholestérol.

Sean s'en versa un verre et but une gorgée de cet épais liquide brun. Ça n'avait pas grand-chose à voir avec le chocolat au lait de son enfance, mais c'était bon quand même, et il se sentit transporté un bref instant dans cette période de sa vie où tout était simple.

Il rangea le pack dans le réfrigérateur et se dirigea lentement vers le coin table où il avait laissé son ordinateur. Il se jucha sur sa chaise avant de le rouvrir. L'écran et le clavier s'éclairèrent aussitôt, et les six onglets qu'il avait laissés ouverts s'affichèrent dans le navigateur.

Il cliqua sur l'un d'eux et se retrouva face à une série d'images. Cinq heures plus tôt, avant de céder à un sommeil tourmenté, il avait traîné sur toutes sortes de sites avec des photos de symboles et d'emblèmes divers.

Le tatouage de ses deux agresseurs de l'avant-veille ne le laissait plus tranquille, et le narguait un peu comme une aiguille qu'on aurait oubliée dans un vêtement et qui le piquerait au moindre mouvement.

Ne pas savoir était insupportable à Sean. Certains sujets le troublaient moins que d'autres. Par exemple, la culture des insectes chez les Amérindiens du XVIIIe siècle ne l'empêchait pas de dormir. Là, cependant, c'était très différent. Il était urgent de résoudre ce problème.

Ses deux agresseurs cachaient quelque chose, et il n'était pas prêt à croire qu'ils cherchaient seulement à se venger ou qu'ils s'étaient trouvés au mauvais endroit au mauvais moment.

Non, au contraire, ils avaient tout prévu.

Ce que Sean ne comprenait pas, c'était qu'ils ne l'aient pas tué de loin. Ils n'avaient que des pistolets, pas d'arme à longue distance. S'ils avaient cherché à le tuer, ils auraient pris un fusil à lunette. Le terrain était dégagé, et un tireur d'élite n'avait qu'à prendre position dans la forêt voisine. Sean serait mort sans même voir le coup arriver.

Erreur tactique, ou simple négligence ? La seconde hypothèse ne le convainquait pas. Ses deux agresseurs étaient sans doute partis du principe qu'il se retrouverait seul contre deux et qu'il renoncerait au combat.

Ou bien…

Peut-être voulaient-ils lui extorquer des informations avant de le tuer ? Mais quelles informations ?

Les deux hommes étaient désormais en détention à Washington. Pour les interroger, il devrait demander une autorisation et trouver le temps de faire le déplacement.

Il déroula la page du site sans repérer aucun emblème qui corresponde à ce qu'il avait vu.

Il était toujours tenté de se dire que ce tatouage n'était qu'une fantaisie sur laquelle ces deux hommes s'étaient portés après une soirée trop alcoolisée.

Mais il repoussait à chaque fois cette hypothèse.

Ces deux types n'étaient pas du genre à faire une chose pareille.

Le scénario le plus probable, c'était qu'ils faisaient partie du même gang, voire de la même organisation clandestine.

Sean passa à un autre onglet où s'affichaient les photos de tatouages de gangs connus, parmi lesquels les Crips et les Bloods de Los Angeles et les nombreux gangs latinos qui sévissaient depuis des années aux États-Unis. Il avait eu quelques escarmouches avec eux au cours de son séjour dans le nord de la Géorgie, où ils n'étaient du reste pas aussi violents qu'ailleurs. Leurs activités se limitaient généralement à des combats au poing, des actes de vandalisme et des cambriolages occasionnels.

Les tatouages de gangs étaient cependant très caractéristiques avec leurs crânes, leurs visages de clown, leurs larmes ou encore les trois points de la MS-13, généralement sur la main ou sur le poignet. Ses deux agresseurs avaient des tatouages un peu plus élégants, si du moins ce mot s'appliquait.

Sean passa à la page suivante et examina les emblèmes de groupes plus clandestins dont certains étaient aussi plus anciens : Illuminati, francs-maçons, Templiers ou encore rosicruciens… Rien ne correspondait.

Il soupira et prit une autre gorgée de « chocolat ».

Rien là non plus. Ses yeux atteignirent bientôt le bas de la page, où il cliqua sur le numéro suivant.

Vers le milieu de la troisième page, il arrêta le défilement. Il serra un instant les paupières avant de se pencher vers l'écran, puis se frotta les yeux comme pour s'assurer qu'il n'avait pas de visions.

À droite, il reconnut l'emblème de ses deux agresseurs, sans aucun doute possible : il s'agissait d'un A avec des fioritures à chaque branche et une flamme en guise de barre.

Sean cliqua sur l'image et fut dirigé vers un site qui véhiculait toutes sortes de théories conspirationnistes, de légendes sur des sociétés secrètes et de résumés à mille lieues de l'histoire officielle.

Toutes les informations sur le motif et sur son origine étaient détaillées au pied de l'image. Sean battit plusieurs fois des paupières pour s'assurer qu'il avait bien lu.

Il ouvrit un nouvel onglet, saisit un nouveau terme de recherche et cliqua sur le premier résultat.

Sean avait toujours été lent à la lecture. Il lisait deux ou trois livres par an à tout casser, toujours de la fiction. Ses recherches historiques et scientifiques dans le cadre de ses activités à l'IAA occupaient la plupart de ses journées, même s'il lui arrivait de rester tard le soir lorsqu'il avait une affaire importante. Comme celle-ci, par exemple.

Techniquement, ce travail n'avait aucun rapport avec l'IAA, mais cela ne changeait rien. Il devait déterminer d'où venaient ces hommes, qui ils étaient et qui était leur chef. Si celui-ci l'avait surpris une fois, ce scénario pouvait se reproduire.

Sean déchiffra les paragraphes avec autant de minutie que s'il passait un test ophtalmologique. Il inspecta soigneusement les images, où le même emblème apparaissait plus d'une fois.

La réponse à la question qui le taraudait depuis deux jours se trouvait sous son nez.

Malheureusement, elle n'avait rien de rassurant. Elle ne fit au contraire que redoubler ses craintes.

Sean remua la tête, encore sceptique.

Il cliqua sur « retour », puis sur un autre site dans la liste de résultats. Les photos étaient différentes, mais le message était sensiblement le même.

Sean inspira avant de pousser un profond soupir. « Mais comment est-ce possible ? Ça fait des siècles qu'ils ont disparu. »

C'était du moins ce qu'il avait cru.

Il connaissait suffisamment ce genre d'organisations pour savoir qu'elles gardaient de nombreux secrets. C'était d'ailleurs leur principe même.

Sean préféra ne pas écarter l'hypothèse qui se dessinait. Il avait vu assez de bizarreries dans sa carrière pour savoir que rien n'était inenvisageable, même un ordre qui aurait survécu dans la clandestinité pendant des siècles.

La plupart des gens se refusaient à croire que ce genre de groupes nébuleux œuvraient dans l'ombre pour soumettre à leurs volontés les gouvernements et les populations. Sean avait pourtant eu l'occasion de le constater par lui-même, et il avait l'impression de n'avoir vu que la surface de l'iceberg.

Cet ordre, cependant, ne se limitait pas à des réunions clandestines où les membres étalaient leurs marques de reconnaissance. C'était un groupe de tueurs. La mort était leur commerce. S'ils étaient loin d'être les seuls dans leur catégorie à avoir donné dans le meurtre, l'emblème affiché à l'écran renvoyait à un ordre dont le nom suffisait à donner des frissons.

Les Assassins.

5

WASHINGTON

Darren Sanders traversa le bureau de sa secrétaire d'un pas traînant à huit heures passées de quinze bonnes minutes.

Depuis trois ans qu'il occupait ce poste, il n'était jamais arrivé en retard. Pourtant, il n'avait pas de chef au-dessus de lui pour venir s'assurer qu'il était à son bureau à huit heures précises. Mais pour Sanders la ponctualité n'était pas une affaire de bonne pratique : c'était une religion.

À peine sa montre avait-elle marqué huit heures cinq que sa secrétaire l'avait bombardé de SMS pour lui demander où il était. Cinq minutes de retard, pour quelqu'un comme Sanders, équivalaient à plusieurs heures pour d'autres.

« Vous allez bien, monsieur ? » lui demanda Nancy en se levant de derrière son bureau. Cette femme d'âge moyen, d'un naturel enjoué, avait un air inquiet. Ses yeux étaient écarquillés et ses lèvres retroussées.

« Ça va, Nancy. Je sors d'un rendez-vous avec le président. Rien de plus. » Il fit comme si son retard n'avait aucune espèce d'importance et poursuivit jusqu'à son bureau. « Vous pouvez filtrer mes appels pour le moment ? »

Il avait déjà ouvert la porte lorsqu'elle l'arrêta : « C'est noté, monsieur, mais vous avez déjà un visiteur. »

Il la dévisagea, perplexe.

« Je vous demande pardon ?

– Ce monsieur était déjà là quand je suis arrivée ce matin. Il m'a dit qu'il avait quelque chose à vous dire. »

Sanders fronça encore davantage les sourcils. Il pivota ses épaules sur sa droite pour jeter un coup d'œil à l'intérieur. Un homme était installé devant son immense bureau, face à la fenêtre. Sanders tressaillit et se retourna vers sa secrétaire. Son regard était chargé de milliers de questions qui tournaient toutes autour d'une seule.

Qui donc était cet homme ?

Elle lui répondit par une moue qui voulait dire : « Aucune idée » tout en haussant les épaules pour lui suggérer qu'elle n'avait rien pu faire.

Nancy relâchait-elle sa vigilance en cette fin de mandat présidentiel ? Sanders allait devoir lui rappeler ses obligations de gardienne !

Il se retourna, résigné, vers son bureau. *Bon*, songea-t-il. *Voyons ce que cet homme veut me dire. Si c'est un journaliste, je change de secrétaire.*

Il entra avant de fermer la porte derrière lui. L'inconnu, un homme brun, ne bougea pas le petit doigt. Il ne se leva pas, ni ne se tourna pour regarder Sanders approcher.

« Bonjour, monsieur le secrétaire d'État », dit-il cependant d'une voix douce.

Son accent n'était pas américain, mais Sanders ne réussit pas à le situer. Européen, sans doute, mais le pays ? L'Espagne, peut-être le Portugal, ou bien la France, à en juger par sa pointe de nasalité.

« Bonjour », répondit Sanders sur le ton le plus chaleureux dont il fut capable.

Il s'installa dans son fauteuil en posant son attaché-case à côté de lui, puis se pencha au-dessus du bureau. « Darren Sanders, dit-il en tendant la main à son visiteur. Mais vous le savez sans doute déjà. À qui ai-je l'honneur ? Que puis-je faire pour vous ? »

L'inconnu serra furtivement la main de Sanders.

Son large front s'élevait sous des cheveux bruns coupés très ras et son nez écrasé suggérait un vieux gars des rues, ou peut-être un boxeur ou un amateur de sports de combat. Son teint un peu hâlé aurait évoqué le Moyen-Orient si son accent n'avait pas contredit cette impression.

« Tout cela n'a aucune importance, monsieur le secrétaire d'État. »

Les sourcils de Sanders se froncèrent involontairement. Ou presque. Comment ça, aucune importance ? Et si c'était le cas, que faisait cet homme dans son bureau ?

« Je vous demande pardon ?

– Je… représente une… organisation, monsieur le secrétaire d'État.

– Une organisation ? En tout cas, cessez de m'appeler monsieur le secrétaire d'État. »

Trois ans durant, Sanders n'avait vu aucune objection à cette formule. Mais il était alors persuadé que le président le désignerait comme successeur. Maintenant, plus rien n'était pareil.

« Veuillez accepter mes excuses, monsieur Sanders. Je comprends ce que cette formule peut avoir de frustrant à la lumière des… derniers événements. »

Mais… ? Comment savait-il que… ?

Sanders entreprit de confondre son visiteur.

« Les derniers événements ? Lesquels ?

– La décision qu'a prise le président de soutenir Alycia Freeman. Nous savons bien que vous avez des vues sur la Maison-Blanche, vous qui avez gravi les échelons un à un pendant toutes ces années ! Vos ambitions sont… admirables. »

La voix monocorde du visiteur était tout aussi irritante que sa détermination à taire son identité, mais ses connaissances sur Sanders étaient pour le moins déconcertantes.

Comment cet homme savait-il quoi que ce soit de son parcours, de sa situation et de ses ambitions ?

« Excusez-moi, rétorqua Sanders, mais je n'ai rien vu passer là-dessus. »

La fêlure dans sa voix venait démentir cette déclaration.

« Rassurez-vous, monsieur Sanders. Nous n'avons pas l'intention de faire circuler des rumeurs sur la cruelle déception que vous venez de connaître. »

Voilà qui faisait froid dans le dos ! Sanders allait se lever pour chasser son visiteur, mais celui-ci parla le premier.

« Que diriez-vous si nous donnions un petit coup de pouce au destin ? »

L'inconnu avait le même ton depuis le début : régulier, froid, calculateur, comme s'il connaissait son hôte par cœur. Il avait également quelque chose de sinistre, et Sanders n'arrivait pas à mettre le doigt dessus.

« Mais de quoi parlez-vous ? » demanda-t-il en persistant à faire l'ingénu. L'inconnu lisait-il dans ses pensées ? Il n'avait confié ses ambitions à personne, pas même à Nancy. Dans ce panier de crabes qu'était Washington, Nancy était la seule personne à qui il lui était arrivé de se livrer – le plus souvent sur des affaires privées, d'ailleurs, la tête sur l'oreiller. Ses ambitions, pourtant, il les avait gardées pour lui.

« Pas la peine de faire l'innocent, monsieur Sanders. Vous visez la Maison-Blanche. Et nous pouvons vous aider. »

Encore ce « nous » !

« Au nom de qui parlez-vous, depuis tout à l'heure ?

– Asseyez-vous et je vais vous raconter une histoire. »

Sanders, refusant spontanément d'obéir, resta debout et fronça les sourcils.

L'homme se leva. Il faisait près d'un mètre quatre-vingt-dix, bien plus que Sanders avec son mètre soixante-quinze.

« Allez, asseyez-vous », répéta-t-il en dardant vers lui ses yeux noirs. Sa voix avait un accent de menace.

Sanders tomba dans son fauteuil et agrippa les accoudoirs comme un noyé se raccrochant aux branches. Le puissant secrétaire d'État n'était désormais plus qu'un enfant apeuré.

L'inconnu se dirigea vers une fenêtre à sa droite en croisant les mains dans son dos et regarda la ville par le carreau.

Il prit une longue inspiration avant de parler : « Je ne vous apprendrai sans doute pas l'existence de toutes ces organisations qui influencent les gouvernements dans leur politique économique et sociale ? »

Les sourcils de Sanders se rejoignirent.

« Pardon ? Quelles organisations ?

– Il y en a beaucoup, monsieur Sanders. Tout le monde connaît au moins les francs-maçons. Les ignorants parlent d'organisations clandestines. Ça se défend, sans doute, puisque nous travaillons dans l'ombre. »

Dans l'ombre ?... Organisations clandestines ? De quoi cet homme parlait-il donc ?

Sanders n'eut pas le temps de poser la question.

« Depuis plus de mille ans que nous existons, nous travaillons toujours dans l'ombre et nous infléchissons l'histoire du monde à notre guise.

– Alors vous êtes un franc-maçon, c'est ça ? »

L'inconnu tourna la tête et le regarda par-dessus l'épaule. Il y avait une lueur d'irritation dans son regard. C'était la première fois que Sanders le voyait trahir une émotion depuis qu'il était entré dans le bureau. Venait-il de dire une bêtise ?

« Vous n'y êtes pas du tout. Depuis sa fondation, notre organisation a pour but de répandre la lumière et la vérité dans le monde. Malheureusement, une profonde obscurité règne depuis deux mille ans. Ceux qui ne rêvent que de cacher la vérité, de l'enfouir sous la croûte terrestre, ont laissé l'immoralité proliférer. Pendant plusieurs siècles, nous avons affronté nos adversaires, convaincus que Dieu nous aiderait à gagner cette guerre. Nous avons rongé notre frein en attendant que notre heure vienne. Mais elle n'est jamais arrivée. »

Sanders chercha le bouton d'alerte sous le plateau de son bureau. Ce fou à lier devait passer la nuit au poste, voire le restant de ses jours dans un asile. Il tenait le même genre de discours que ces fanatiques dont les disciples s'étaient suicidés en masse en croyant que le « vaisseau-mère » viendrait récupérer leur âme in extremis.

« Ce bouton ne vous sera d'aucune utilité », dit l'inconnu. Toujours face à la fenêtre, il suivait quelque chose dehors.

Comment connaissait-il l'emplacement de ce bouton ? Ça passait la mesure. Il fallait en finir.

« Rassurez-vous, monsieur Sanders. Je ne suis pas armé. Et je ne vous veux pas de mal. Comme je l'ai déjà dit, je suis ici pour vous aider.

– Pour m'aider ?

– Auriez-vous des problèmes d'oreille ? Je pensais avoir été clair. Vous visez la Maison-Blanche. Et nous pouvons vous aider. »

Sanders réfléchit un instant. Le tic-tac de l'horloge lui semblait un marteau-piqueur. L'inconnu avait dit qu'il n'était pas armé. Il n'avait sans doute pas menti. Sinon il n'aurait pas franchi les contrôles de sécurité. Il ne l'avait pas menacé non plus.

« Très bien. Supposons que vous avez raison et que je vise la Maison-Blanche. Quelle aide pouvez-vous m'apporter exactement ?

– Mon organisation veut se procurer quelque chose à quoi elle a de bonnes raisons de croire que le président a accès.

– Alors pourquoi ne pas le lui demander directement ? Pourquoi venir me déranger ?

– John Dawkins est un imbécile. Il ne sait rien de cet objet, ni de l'endroit où il se trouve. »

Cet objet ? Quel était ce mystérieux *objet* dont il parlait ?

« Le président est en possession d'une relique d'une importance capitale pour mon organisation. Elle nous revient de droit. Nous voulons la récupérer. »

Sanders fronça les sourcils. « Vous venez de me dire qu'il ignorait tout de cet objet. Comment peut-il l'avoir sans le savoir ? »

L'inconnu ne fut déstabilisé en rien par cette question.

« Ne peut-on pas être rongé par le cancer sans s'en rendre compte avant qu'il soit trop tard ?

– Je ne dirai pas le contraire.

– Cette relique doit nous être restituée. Si Dawkins apprenait son existence, il l'enverrait dans un musée ou il la remiserait dans un sous-sol fédéral où elle serait oubliée. C'est pourquoi nous avons besoin de vous. »

Sanders devint songeur. Il essayait de comprendre ce qu'il entendait, mais toute cette histoire lui paraissait absurde.

Un inconnu débarquait dans son bureau pour lui apporter de l'aide dans la course à la présidence, et tout ce qu'il réclamait, c'était un bijou de famille ?

« Quelle est donc cette… relique qui vous occupe ? Votre proposition ne m'a pas l'air très équitable, si vous voulez mon avis. Vous me mettez à la tête des États-Unis, et pour toute récompense, vous voulez une antiquité ? C'est quoi, cette relique, le Saint-Graal ? »

Il rit de sa plaisanterie, mais d'un rire nerveux, et le regard que lui lança le visiteur ne fit que renforcer son anxiété.

« Vous n'êtes pas tombé loin. »

Sanders rit de nouveau, puis s'aperçut que l'inconnu était sérieux. « Attendez une minute. Vous êtes en train de me dire que John Dawkins est sans le savoir en possession du Saint-Graal ? »

Il était temps de se débarrasser de ce dingue. Sanders appuya sur le bouton d'alerte. En moins d'une quinzaine de secondes, les premiers gardiens de sécurité seraient arrivés.

« Je vous avais pourtant dit que ça ne servirait à rien. »

Comment avait-il pu le voir ? Il regardait encore par la fenêtre !

« Le Saint-Graal n'est qu'un mythe. La relique qui nous intéresse est bien plus importante pour nous. Elle est… sacrée. Une fois que vous serez élu, vous nous laisserez fouiller les lieux. Et une fois que nous aurons cet objet, nous vous laisserons tranquille et plus jamais vous n'entendrez parler de nous. Vous pourrez diriger le pays à votre convenance : vous serez devenu l'homme le plus puissant du monde libre. »

Sanders fut frappé par l'accent qu'il avait mis sur le mot « libre », mais ne s'y arrêta pas.

« Très bien, dit-il après un temps de réflexion. Et par quel procédé, exactement, comptez-vous me faire accéder à la Maison-Blanche ? Le président a déjà annoncé qu'il soutenait Alycia Freeman. Vous êtes forcément au courant. Je ne vois pas d'issue.

– Laissez-nous faire. »

6

ATLANTA

Tommy Schultz déboula dans son bureau, pas vraiment réveillé. Il s'était couché au petit matin, après avoir cherché à lire une inscription sur les tessons d'argile qui l'avaient occupé la veille avec les jeunes. Il s'était endormi frustré. Le déchiffrage devrait attendre.

L'espoir de percer très vite ce mystère s'envola dès lors qu'il trouva Sean assis dans son fauteuil.

« Tu sais que tu as un bureau à toi ? » dit-il en soupirant.

Sean lui sourit jusqu'aux oreilles.

« Entre. Assieds-toi ! dit-il en désignant l'un des fauteuils en face de lui.

– Merci, mais mon fauteuil, c'est celui-là, lui répondit Tommy en montrant celui dans lequel il était installé.

– Je te le rends dans une minute. »

Sean mordit à belles dents dans un croissant et fit glisser un sac de papier kraft sur le bureau. « Tiens, je t'en ai pris un. »

Tommy s'installa sans enthousiasme, avant de prendre sa viennoiserie dans le sac.

« Pourquoi cette joie, ce matin ?

– Et toi, pourquoi cette tête ? répondit Sean. Tu n'as pas fermé l'œil de la nuit ?

– Pas avant une heure du matin.

– Petit joueur ! Je me suis levé à quatre heures. »

Tommy le regarda, perplexe. « Pourquoi ? Toujours ton anxiété ? »

Sean et Tommy étaient amis depuis toujours, ou presque. Ils s'étaient rencontrés très jeunes et le courant était tout de suite passé. Ils aimaient tous les deux l'histoire, le sport et mille autres choses. Tommy n'ignorait aucun aspect de la vie de Sean et ses insomnies l'inquiétaient depuis longtemps. Il les attribuait à l'anxiété, mais Sean n'était pas convaincu.

« Un peu, reconnut celui-ci. J'ai fini par trouver ! »

Tommy lui lança un regard confus.

« Par trouver quoi ?

– Tu n'as pas pris ton café, ce matin ? demanda Sean avec le front plissé et les paupières baissées.

– Non, j'étais à la bourre. Je comptais en prendre un ici. »

Sean jeta sur le bureau une pile de photos et de documents imprimés avant de les glisser vers son ami.

« C'est quoi ? » demanda Tommy en se penchant. Il les rapprocha de lui du bout des doigts.

« Les tatouages de mes agresseurs, dans le Missouri. C'étaient des Assassins. »

Tommy fronça les sourcils.

« Euh… Oui, d'après ce que tu m'as dit, ils ont essayé de t'assassiner. Mais normalement ce terme est réservé au cas où la cible a une certaine importance.

– Là, tu me blesses, Schultzie. »

C'était le surnom qu'il donnait à son ami depuis l'enfance. Tommy lui adressa le sourire le plus satisfait dont il était capable.

« Non, ce n'est pas ce que je voulais dire, poursuivit Sean. Ils appartenaient à l'ordre des Assassins. » Il prononça ce dernier mot *Haschichins*, selon le nom d'origine de cet ordre ancien.

Tommy resta figé, le temps d'assimiler ce qu'il venait d'entendre. Puis il saisit la pile en face de lui et se rappuya contre le dossier de son fauteuil. Il inspecta les photos une par une avec des yeux ronds.

Sean n'était pas de nature à tirer des conclusions hâtives. Il était rationnel et méthodique dans presque tout ce qu'il faisait. S'il pensait avoir réuni les preuves que ses agresseurs appartenaient à un ordre ancien, Tommy n'allait pas le soupçonner d'avoir construit son raisonnement sur rien. Il devait avoir réuni des preuves tangibles.

Tommy prit les documents imprimés. Il ne s'attarda pas sur l'historique, car il avait déjà les bases.

L'ordre des Assassins, originaire de Perse – autrement dit l'Iran moderne –, était une unité d'élite qui provenait de la secte islamique des nizârites. La légende faisait remonter sa fondation à la fin du XIe siècle autour du « Vieux de la Montagne », qui s'était donné pour mission de combattre les hérétiques. Dès le siècle suivant, les Assassins allèrent jusqu'en Syrie et s'en prirent régulièrement aux hordes de Croisés sur la route de Jérusalem.

« Hassan ibn al-Sabbah, dit Tommy en croisant les jambes après avoir posé la liasse sur le bureau : l'homme auquel la plupart des historiens attribuent la fondation de cet ordre.

– Exact.

– Ces photos sont intéressantes. Mais tout ça, ce ne sont que des légendes. On manque de renseignements sur les Assassins. Tous les écrits qu'on a sur eux, du moins sur leurs débuts, venaient de leurs ennemis, de leurs victimes. Ce ne sont que conjectures.

– Je sais. J'y ai déjà pensé. Dis donc, l'ami : tu me connais mieux que ça… Tu crois que je me satisfais du premier lien que je trouve sur Google ?

– C'est vrai, dit Tommy en levant la main. Pardon. Je te laisse continuer.

– Merci. J'ai donc fait des recherches…

– À quatre heures du matin…

– Voilà… et il se trouve qu'il y a eu des incidents où cet emblème a ressurgi un peu partout dans le monde. »

Le front de Tommy se plissa. « Des incidents ? » répéta-t-il d'un air songeur.

Sean hocha la tête, puis glissa un autre document en travers du bureau. On y voyait une carte du globe en deux cercles, avec des X à l'encre rouge dans des endroits qui semblaient choisis au hasard.

« C'est toi qui as fait tous ces X ? demanda Tommy avec une pointe d'ironie dans la voix.

– Eh oui !

– Mieux qu'*Une balle signée X* ! »

Sean ne répondit pas tout de suite, laissant à Tommy le temps d'observer la carte.

« Chacune de ces marques rouges signale un endroit où un meurtre a eu lieu au cours des dix dernières années. »

Tommy leva les yeux d'un air sceptique.

« C'est tout ? Il y a pourtant des tas de meurtres tous les ans.

– Oui, mais ici, il n'y a que les meurtres où cet emblème a été repéré », répondit Sean en tapotant une reproduction du motif qu'il avait vu sur le poignet de son agresseur.

Tommy se pencha, les deux pieds plaqués au sol. Ses yeux passaient de la carte à l'emblème, et vice versa.

« OK, dit-il après un temps de réflexion. Admettons que tu aies raison, que tous ces meurtres aient été commis par un ordre ancien qui aurait pris le nom d'Assassins. Qu'est-ce que ça prouve ? Je ne t'ai pas attendu pour savoir qu'il y a des organisations secrètes qui font la loi dans ce monde. Et ce n'est pas un conspirationniste qui te parle !

– Je sais, répondit Sean.

– De toute façon, les Assassins ont disparu depuis longtemps.

– Cette carte suggère le contraire.

– Mais pourquoi auraient-ils tué ces gens ? Qui sont-ils ? Et que cherchent-ils ?

– Pourquoi ne réapparaissent-ils que maintenant, surtout ?

– Tu dis que cette carte montre les dix dernières années ? »

Sean fit oui de la tête. « Avant, il n'y a rien. Personne n'a vu ce symbole. »

Tommy accueillit ces paroles d'un air dubitatif.

« Et pourquoi se sont-ils cachés pendant mille ans ? Qu'ont-ils fait pendant tout ce temps ? Et pourquoi ont-ils soudain décidé de revenir tuer des gens ?

– Exactement ! » s'exclama Sean en levant le doigt en l'air.

Tommy fut plus perplexe que jamais.

« Exactement quoi ? Ça n'est pas plus clair.

– Non… Je veux dire… *Exactement !* dans le sens de : *Très bonne question !* Pourquoi sont-ils sortis de leur trou ?

– Je pensais que tu avais une réponse.

– Mais non, enfin !… Tu… tu ne comprends pas.

– C'est le moins qu'on puisse dire. »

Sean soupira. « Là où je veux en venir, dit-il en se passant la main dans les cheveux, c'est qu'il faut qu'on se penche là-dessus. Ils ont essayé de me tuer, quand même ! Après avoir descendu tous ces gens ! Ça veut dire qu'ils ne sont pas près de s'arrêter. On ne peut pas les laisser faire. »

Au-delà de toutes leurs boutades, Tommy prenait au sérieux l'hypothèse de Sean. Pourtant, si sa curiosité était piquée, il restait bien des questions en suspens.

« Et ces gens qui sont morts ? Tu sais qui c'est ? »

Sean fit oui de la tête.

« Milieux de la politique et de la finance, avec un policier par-ci et un agent fédéral par-là.

– Pas des quidams, en gros.

– Pas tout à fait. »

Une question taraudait Tommy, qui venait perturber la théorie de Sean sur l'ordre ancien des Assassins. « Mais s'ils sont si clandestins que ça, comment se fait-il – là-dessus, il compta les X – que cet emblème ait été observé par autant de témoins ? »

Sean afficha un demi-sourire, du coin droit de la bouche.

« Content que tu me le demandes. Les victimes ont été marquées.

– Marquées ?

– On peut dire ça. »

Tommy avait le sentiment que Sean lui cachait des informations, et il n'était pas sûr de vouloir tout savoir.

« Certaines avaient l'emblème lacéré sur le corps. D'autres étaient marquées au fer rouge. »

Tommy fit une grimace.

« C'est un peu glauque.

– Je sais.

– Alors, pourquoi ce sourire ? »

Sean se reprit bien vite.

« Bon, l'essentiel, c'est que ces gens ont été victimes du même groupe, poursuivit-il en maîtrisant ses émotions. Ils essayaient de nous dire quelque chose.

– À nous ?

– Oui, à nous. À tout le monde. Donc à nous !

– Et pourquoi une organisation nébuleuse, qui a perduré dans la clandestinité pendant mille ans et qui a tout fait pour passer inaperçue, sortirait soudain de son trou pour se mettre à tuer des gens en laissant son emblème partout pour qu'on sache bien où la trouver ?

– Très bonne question. Je devine déjà la suivante.

– Ah oui ? »

Tommy leva les sourcils.

« Pourquoi moi ? Qu'est-ce qu'une personne lambda comme moi peut bien représenter pour eux, qui s'en prennent aux milieux de la politique et de la finance, à des gens importants ?

– Je n'aurais pas dit ça comme ça, mais c'est vrai que la question se pose. »

Sean préféra passer au-dessus de cet affront. « Exactement. On peut même se demander pourquoi ce n'est pas toi qu'ils sont venus chercher ? Ce n'est pas toi, le chef, ici ? »

Tommy fut un peu pris au dépourvu, mais Sean avait raison. Pourquoi s'en prendre à Sean plutôt qu'à lui ? La réponse était claire. Ce n'était pas l'IAA qui avait été visée, mais Sean.

« Que te reprochent-ils ? demanda Tommy avec une franchise empreinte de gravité.

– C'est ce que j'essaie de comprendre. »

Tommy fit glisser son fauteuil pour le rapprocher du bureau. Il avait une montée d'adrénaline et le sang courait soudain dans ses veines.

« Très bien. Commençons par le commencement. Tu étais dans le Missouri, et, sauf erreur, tu cherchais le trésor de Jesse James.

– Exact.

– Ce n'était pas une opération de l'IAA. Personne ne nous a mandatés pour ça.

– Effectivement. J'étais là-bas sur mon temps libre. »

Sean voyait Tommy en ébullition.

« Bon. Alors, déjà, pourquoi Jesse James ? Qu'est-ce qu'il a de si spécial, ce trésor, pour que tu ailles le chercher comme ça dans le Missouri ? Les trésors cachés, ça ne manque pas, si j'en crois tout ce qu'on dit. Pourquoi pas D. B. Cooper ? Forrest Fenn ? Le Hollandais perdu ?

– Je ne sais pas très bien. Toutes ces histoires de hors-la-loi me passionnaient quand j'étais gamin, et mon grand-père avait un livre sur les trésors enfouis aux États-Unis. La plupart avaient été cachés par des hors-la-loi comme Jesse James, Billy the Kid et des types du même genre.

– Cooper aussi était un hors-la-loi. »

Tommy ne perdait pas le nord.

« Oui, je sais bien, mais celui-là, tout le monde le cherche. Je préférais rester hors des sentiers battus. C'est comme ça que j'ai réuni quelques infos sur le trésor de Jesse James et que j'ai commencé mes recherches.

– À qui en avais-tu parlé ? »

Sean haussa les épaules.

« À part toi et les jeunes, personne. Ah, si : Adriana. Du moins, je lui ai laissé un message. Elle est aux abonnés absents ces derniers temps.

– Tiens, June aussi, lança Tommy d'un air songeur. Bizarre… »

Il chassa ses pensées au bout d'un petit moment. « Bon, retournons à ces types qui sont venus te chercher. Tu étais dans le Missouri. Tu n'avais parlé de ce voyage qu'à quelques personnes de confiance. »

Sean tressaillit soudain.

« C'est quand, la dernière fois que tu as fait le ménage, ici ?

– Euh ?… La chasse aux micros, ce genre de trucs ? »

Sean fit de la tête un oui solennel.

« Aucune idée, lui répondit Tommy en haussant les épaules. D'ailleurs, je ne vois pas. Pourquoi ferais-je une chose pareille ? »

Sean sortit son téléphone et déroula sa liste de contacts jusqu'au moment où il trouva ce qu'il cherchait. « Bon, en tout cas, maintenant, on a une bonne raison de le faire. »

7

New York

Alain frappa trois coups brefs, puis deux autres, plus espacés, sur la porte du bâtiment désaffecté. Il lissa ses cheveux noirs de ses doigts noueux en attendant qu'on le laisse entrer. Un mince guichet s'ouvrit tout à coup dans la porte rouge et deux yeux jaunâtres apparurent, les pupilles sombres se braquant sur lui. Le guichet se referma brutalement, après quoi les verrous cliquetèrent de l'intérieur. Enfin la porte s'ouvrit.

Des relents d'égouts s'échappèrent, chargés d'une odeur d'oignons, de cumin, de piment de Cayenne et de paprika.

Alain inspira ce mélange et se laissa envelopper par cette atmosphère chargée avant d'entrer dans le vieux bâtiment de brique. À sa droite, le gardien maintenait la porte ouverte pour ce visiteur plus grand que lui.

Mesurant moins d'un mètre soixante-dix, il était trapu, et son ventre montrait assez qu'il n'était pas adepte de régimes, ni d'exercices physiques. Ses boucles brunes désordonnées donnaient l'impression – comme le reste – qu'il ne s'était pas lavé depuis une semaine.

Il salua le passage d'Alain Depricot, dont l'eau de Cologne lui rappela momentanément le parfum de la civilisation. Il y avait de la peur dans son regard, et ce n'était pas sans raison. Alain Depricot était l'un des hommes les plus dangereux du monde, même si rares étaient ceux qui avaient entendu parler de lui.

Personne ne connaissait son âge. Les gens qui l'entouraient lui auraient peut-être donné quarante-cinq ans s'ils avaient été contraints de parler, mais le fait est qu'il semblait ne pas même avoir franchi le cap de la trentaine. Certains l'attribuaient à la rigueur avec laquelle il se soumettait à son régime et à ses séances d'entraînement. D'autres hypothèses circulaient aussi.

Des rumeurs au sein de l'organisation le présentaient tantôt comme un démon invoqué par un prophète dévoyé pour semer la panique parmi les infidèles, tantôt comme un prophète descendu de Mahomet qui voulait amener le monde entier à se soumettre et à se prosterner devant Allah, tantôt enfin comme une réincarnation de Mahomet, même si cette dernière hypothèse réunissait peu de suffrages.

Seul Alain connaissait la vérité, qui, en l'occurrence, était moins tirée par les cheveux. Il n'était qu'un croyant fervent en quête de perfection depuis toujours.

Il traversa le hall sinistre, abandonnant le gardien à ses conjectures. La porte claqua derrière lui, mais il ne broncha pas. À force d'entraînement, il en fallait bien plus pour le faire sursauter. Lorsqu'il avait été recueilli par son maître, il n'était qu'un enfant gâté, qui vivait dans une grande maison mais qui n'était pas très choyé par ses parents. C'était même une litote.

Son père, banquier de profession, était dans la finance. Il passait plus de temps à suivre les marchés boursiers que les progrès de son fils. Sa mère, abandonnée aussi, s'était jetée dans les bras d'autres hommes, et un jour Alain l'avait surprise en flagrant délit : le choc de voir sa mère en pleine extase avec un inconnu avait hanté ses nuits pendant des semaines entières.

Alain n'en avait jamais parlé à son père, qui, pour lui, n'avait que ce qu'il méritait. Celui qui devait se sentir trahi, dans cette histoire, c'était lui, et non pas son père.

Sa mère était une femme entretenue. Elle faisait toujours ce qu'elle voulait et dépensait une fortune en vêtements, chaussures, accessoires et séjours de luxe.

Pendant toutes ces années, le petit Alain désespérait de se voir accorder une fraction de ce temps et de cette énergie qu'ils prodiguaient aussi généreusement sur presque tous les autres plans.

La seule expérience religieuse que ses parents avaient veillé à lui donner était la messe à la collégiale Saint-Vincent de Berne, où ils allaient deux fois par an et qui était sa ville natale. Le jeune Alain n'y avait jamais trouvé Dieu. Les péroraisons interminables du prêtre n'avaient guère répondu à ses exigences spirituelles.

Il était tombé dans la drogue au jeune âge de treize ans. Il avait également suivi les pas de sa mère, multipliant les partenaires sexuels avant même de devenir majeur.

Sa morne existence semblait se réduire à une succession de plaisirs physiques qui n'étanchaient jamais sa soif, ni cette ardente aspiration à lui donner du sens qui revenait le tourmenter presque chaque nuit.

Ce n'était qu'avec l'arrivée de son maître dans sa vie qu'il avait enfin pu assouvir ses désirs les plus profonds. Un soir, roué de coups par un dealer alors qu'il avait pris de l'alcool et de la cocaïne, il avait été laissé pour mort sur le pavé. Le vieil homme qui l'avait retrouvé s'était occupé de lui comme personne ne l'avait fait jusque-là. Grâce à lui, Alain avait compris que la vie pouvait avoir un sens. Plus, même : que Dieu lui montrait le chemin.

Alain avait mis du temps à accepter cette idée. Toute foi l'avait quitté, à commencer par la foi en un Dieu aimant.

Le maître avait ramené Alain chez ses parents près de trois jours plus tard. Pour toute réprimande, le jeune homme avait essuyé une petite pique de son père, qui avait à peine fait attention à lui.

Manifestement, ses parents ne s'étaient même pas aperçus de son absence.

Alain était retourné dans le bâtiment où l'homme l'avait emmené pour sa convalescence. Il était arrivé pendant une séance de prière et il s'était posté dans un coin le temps d'observer le petit groupe. Après lecture de quelques passages du Coran, le maître s'était entretenu avec ses disciples sur la guerre à venir contre les infidèles.

Cette idéologie avait fortement rebuté Alain, qui n'avait vu en ce vieil homme qu'un terroriste, un meurtrier du genre de ceux qui étaient responsables des attentats récemment perpétrés aux États-Unis et dans d'autres pays occidentaux. Pourtant, il n'avait pas écouté son premier instinct, qui était de s'enfuir et d'aller raconter à la police ainsi qu'à tous les journalistes prêts à l'écouter que, quelque part dans les profondeurs de la ville, un fou préparait une guerre pour tuer des innocents.

Alain était resté. Fasciné par la scène qui se déroulait sous ses yeux dans les sous-sols du bâtiment, il avait écouté le vieil homme jusqu'au bout, et ce ne fut qu'à la fin du sermon – si le mot s'appliquait – qu'il avait voulu rentrer chez lui discrètement.

Cependant, le maître s'était tourné vers lui et, avec son visage ridé, avec son regard fatigué, il lui avait adressé un sourire chaleureux, bienveillant, comme à l'un de ses disciples.

Au bout du hall froid et humide, Alain tourna et poursuivit sa route tout en se rappelant la suite des événements.

Ses pas l'avaient ramené de nombreuses fois dans la salle de prière, et il avait fini par prendre place au milieu des disciples prosternés au pied du maître. Ainsi s'était-il abreuvé de ses discours sur Dieu et sur les infidèles qui poursuivaient leur existence coupable à deux pas de l'endroit où ils étaient agenouillés.

Et la véritable mission du maître lui avait enfin été révélée, ainsi que sa réelle identité. Le but des Assassins était de terroriser la planète et de soumettre toutes les autres religions du monde par la coercition et la violence. Il s'agissait d'influer sur l'ordre des choses et d'infléchir l'histoire du monde en éliminant toute personne qui ferait obstacle à ce dessein.

Le vieil homme était le dernier représentant d'une longue lignée de valeureux guerriers, tous membres d'un ordre sacré qui s'était maintenu dans la clandestinité pendant près de mille ans : les Assassins. Ils n'étaient pas en guerre contre des innocents, mais contre une autre organisation clandestine qui avait longtemps souillé la planète de sa présence et qui faisait encore trop de ravages dans le monde musulman.

Les connaissances d'Alain sur les Assassins se réduisaient jusque-là à des légendes d'une autre époque qui leur prêtaient le don de passer les murailles tels des fantômes, de s'introduire jusque dans les palais pour imposer leur propre vision de la justice par la vengeance et le meurtre. Selon le maître, toutes leurs actions, qu'il s'agisse de tuer ou de déclencher des crises politiques, s'inscrivaient dans un plan plus vaste. Il condamnait les terroristes, qualifiant les attentats de mesures barbares et expéditives. Les Assassins ne donnaient pas dans ce genre de choses.

Un terroriste, c'était comme une bombe artisanale ou une catastrophe aérienne.

Un Assassin, c'était plutôt comme un scalpel. Ses victimes étaient rarement des personnes lambda : ces pratiques meurtrières étaient celles des barbares modernes.

Les jours devinrent des mois, et Alain finit par s'apercevoir qu'à côté de ses sermons sur la purification de la planète, le maître formait aussi une armée.

Alain avait dû se soumettre à une série de tests rigoureux avant de pouvoir suivre la formation qui avait fait de lui l'homme le plus dangereux du monde. La première batterie de tests avait été très simple : mouvement, capacités motrices et coordination. Au fur et à mesure, cependant, les épreuves étaient devenues plus intenses, plus difficiles. Les entraînements étaient devenus quotidiens, chaque séance était plus exigeante que la précédente, chaque adversaire, plus expérimenté.

Le test ultime était généralement rédhibitoire. Comme toute nouvelle recrue, Alain reçut une mission dont la nature même avait de quoi réduire à néant son désir de faire partie de l'ordre : tuer toutes les personnes ayant entretenu des liens avec lui.

Ses amis étaient peu nombreux. En cela, il n'était pas très différent des jeunes gens qui l'entouraient. C'était la raison pour laquelle ils s'étaient retrouvés dans cette organisation clandestine. La plupart d'entre eux, cependant, se refusaient à tuer leurs parents.

Pour Alain, cet aspect de sa mission avait été le plus facile.

Par pitié pour son père, il l'avait tué pendant son sommeil d'un coup de couteau dans l'œil. La victime n'avait rien senti malgré les convulsions musculaires qui avaient marqué la mort cérébrale.

Il avait cependant bien fait souffrir sa mère.

Les cris qu'elle avait poussés s'étaient répercutés dans sa chambre et jusque dans les étages. À chaque coup de couteau, à chaque goutte de sang versé, il l'avait accablée de reproches. Il l'avait traitée de putain, de suppôt des ténèbres et de grande tentatrice.

Il avait tout fait pour retarder le moment de son dernier souffle.

Ensuite, il avait mis le feu et était parti sans se retourner. Jamais il ne s'était senti chez lui dans cette maison. Ni même nulle part, jusqu'au jour où le maître l'avait recueilli.

Puis les années avaient passé. Alain était monté en grade à une vitesse époustouflante, laissant derrière lui des Assassins plus âgés, et, quand le vieil homme était mort, il avait pris sa succession.

La dernière volonté du maître avait été qu'Alain termine l'œuvre entreprise plus de mille ans auparavant et allume ce brasier que serait la bataille ultime contre les infidèles – en même temps, bien sûr, que les hérétiques.

Alain tourna à gauche dans le couloir et descendit une volée de marches qui menaient dans les sous-sols du bâtiment de brique. Tout en bas, un deuxième gardien – en meilleure forme physique, celui-là – lui adressa un signe de tête respectueux avant d'ouvrir une porte.

Alain entra. Des cierges brûlaient sur des torchères le long de chaque mur, émettant plus de lumière, malgré leur caractère primitif, que les éclairages électriques.

Huit hommes qui formaient un grand cercle au centre de la pièce entretenaient une discussion très animée. Lorsque Alain entra, leurs voix s'éteignirent et tous baissèrent la tête en signe de respect ; ceux qui n'étaient pas face à lui pivotèrent pour le saluer aussi.

« Bonjour », leur dit Alain avec l'étrange accent mi-français, mi-allemand qu'il tenait de son enfance bilingue.

Tous répondirent à l'unisson.

« Des nouvelles de nos frères du Missouri ? Leur mission est-elle accomplie ? »

Les huit hommes se regardèrent comme pour décider lequel d'entre eux annoncerait la mauvaise nouvelle. Ils formaient un groupe éclectique, issus de milieux sociaux, ethniques et culturels différents. Pourtant, ils avaient tous un même esprit, produit de leur entraînement et de leur foi dans leur objectif.

« Votre silence suffit à me répondre », dit Alain. Puis il désigna près de lui un homme aux cheveux roux et à la barbe de même teinte. « Que s'est-il donc passé ? »

L'homme répondit sans hésiter. Il savait que c'eût été malvenu. L'hésitation trahissait toujours une faiblesse, une peur. Un Assassin devait se garder de l'une comme de l'autre.

« Ils ont été arrêtés, maître. Nous n'avons pas encore toutes les informations sur la situation. »

Alain eut un froncement de sourcils. Une telle réponse lui déplaisait au moins pour trois raisons, mais il remercia son interlocuteur d'un signe de tête.

« Comment deux de nos hommes ont-ils pu se faire arrêter ? » demanda-t-il sans même attendre de réponse. Tous sentirent dans sa voix la rage qui bouillonnait. Il se maîtrisa cependant suffisamment pour poser une autre question.

« Les policiers sont-ils au courant ?

– Ils ne parleront pas, répondit quelqu'un d'autre plus loin dans le cercle. Ils préféreraient mourir plutôt que de trahir notre cause. »

Alain hocha la tête et serra les lèvres. Il n'avait aucun doute là-dessus. Ses hommes et leur loyauté ne pouvaient pas être mis en cause. Il s'était donné beaucoup de mal pour effacer toute trace sur eux dans les bases de données du monde entier. Pour l'état civil, ils n'existaient plus. Étant donné les ressources phénoménales dont disposait l'ordre des Assassins, ils ne manqueraient jamais de rien, ce qui rendait superflue l'acquisition d'une nouvelle identité.

« Où sont-ils en ce moment même ?

– À Washington. En détention. »

Alain renifla. Il faisait encore froid à New York alors que le printemps avait déjà bien avancé dans tout le pays. Bientôt une chaleur accablante s'emparerait de la ville.

« Prison fédérale ?

– Non, prison locale. Mais ce sont des agents fédéraux qui les y ont mis. Ils ont contourné la législation du Missouri, et il semblerait que les policiers n'y aient vu que du feu. Les agents fédéraux n'ont sans doute rien dit. »

L'homme qui parlait avait un accent africain exacerbé, et sa voix était profonde, presque tonnante.

« Mais pourquoi une prison locale ?

– Nous avons fait le nécessaire, lui répondit son interlocuteur.

– Ah. »

La réponse de cet homme lui avait plu. L'importance des réseaux était capitale pour leur organisation. Le monde comptait plus d'hommes et de femmes qui travaillaient pour eux que dans les plus importantes manifestations populaires jamais vues sur terre.

Pourtant, malgré l'ampleur de leur réseau, il ne suffisait pas de graisser la patte à un gardien de prison. Les choses étaient plus compliquées, ce genre de procédé n'étant pas très discret. Les hommes d'Alain pouvaient du moins détourner l'attention du personnel de manière à créer des opportunités leur permettant d'accomplir leur mission.

« Bon, dit Alain, il est temps d'aller les chercher.

– Qu'en est-il de Wyatt et de l'agence de Schultz ? demanda le roux. Voulez-vous que l'un d'entre nous se charge de les éliminer ? »

Alain prit le temps de la réflexion. Wyatt et son ami étaient dangereux. Cela n'était plus à prouver. C'était d'ailleurs l'une des raisons pour lesquelles Alain avait envoyé deux hommes s'occuper de Wyatt. À l'évidence, ils n'avaient pas réussi à mettre la main sur l'objet qu'ils cherchaient. Il était inutile de poser la question. Wyatt ne l'avait probablement pas sur lui au moment de la confrontation. Comme l'agence conservait ses découvertes à Atlanta, il l'avait sans doute envoyé là-bas.

Le problème n'était pas venu du plan en tant que tel ; Alain n'avait aucun doute sur ce point. Il eût été plus difficile de s'en prendre à Wyatt à Atlanta, étant donné l'abondance de caméras de surveillance dans cette ville et tous les témoins potentiels.

Le prendre à un moment où il était seul au fin fond du Missouri augmentait les chances de succès. Alain avait orchestré toute l'opération lui-même, précisant tel ou tel détail à mesure qu'il recevait ses informations. Ses hommes avaient pourtant réussi à tout saborder. Ils étaient derrière les barreaux, tandis que Wyatt non seulement courait toujours, mais était sans doute passé en niveau d'alerte maximale.

Wyatt était un homme notoirement difficile. Un bref examen de son dossier avait suffi à révéler qu'il représentait un adversaire redoutable. Six ans dans les services secrets, en tant qu'agent d'organisations extrajudiciaires, n'avaient fait que renforcer des aptitudes manifestement déjà bien affûtées.

« Non, répondit Alain après avoir bien réfléchi à la question. Laissez-moi m'occuper de Wyatt et de Schultz. »

8

Atlanta

Sean agitait sa baguette à bout de bras. Il inspecta méticuleusement chaque coin de la pièce de manière à vérifier toute la zone. Puis il passa dans le couloir et continua dans la pièce d'à côté, contrôlant chaque centimètre carré sur son passage.

Cela faisait déjà cinq heures qu'il passait avec Tommy et les jeunes à sonder le bâtiment de l'IAA avec des outils de détection électroniques. Emily leur avait généreusement prêté le matériel, mais n'avait pas eu le temps de se joindre à eux. Sean le lui revaudrait un jour.

« Quelque chose au troisième ? fit la voix de Tommy dans l'oreillette de Sean.

– Non, rien pour le moment. Et toi ?

– Non plus. Je termine à l'instant le cinquième. Et toi, Tara ?

– Négatif, répondit celle-ci. Plus que deux pièces à faire.

– Rien ici non plus », fit la voix d'Alex.

Sean se crispa et fronça presque les sourcils. Il ne lui restait plus que deux zones à inspecter. Personne n'avait encore trouvé ni d'appareil d'écoute ni de dispositif quelconque.

C'était absurde. Comment les Assassins avaient-ils su qu'il allait dans le Missouri, à cet endroit exact ? Ce n'était pas par le biais des compagnies aériennes qu'ils avaient réuni de telles informations, même si cette hypothèse lui traversa l'esprit. Pour ce genre de trajet, Sean prenait normalement le jet privé de l'IAA, mais comme c'était un voyage personnel, il avait trouvé plus prudent de payer de sa poche un billet sur un avion de ligne. Son siège en classe économique n'avait d'ailleurs fait que lui rappeler le luxe que c'était d'avoir accès à son avion privé – du moins à celui de Tommy.

Il entra dans la pièce suivante, l'avant-dernière, où il reprit le travail laborieux qu'il avait mené partout ailleurs à l'étage. Toujours sans résultat. Nada. Il pressentait que le résultat serait le même dans la dernière, ce qui, si tous les autres en étaient au même point, les reconduirait à la case départ – sans aucune piste.

Ses soupçons furent confirmés cinq minutes après lorsqu'il termina l'inspection de la dernière zone. Il informa les autres de sa situation sur son talkie-walkie avant de prendre l'escalier pour retourner à l'étage principal.

Tout le groupe se retrouva dans le hall. Tommy était arrivé le premier. Alex et Tara les rejoignirent, Sean et lui, cinq minutes plus tard.

Ils sortirent de l'ascenseur en remuant la tête de droite et de gauche et trottinèrent ainsi jusqu'à la réception, à côté de laquelle les attendaient les deux amis.

« Rien ? » demanda Tommy. La réponse se lisait déjà sur leur visage.

« Rien du tout, répondit Alex. Et vous ? »

Sean et Tommy firent non de la tête.

« En tout cas, dit Tara, ça ne m'étonne pas vraiment. La sécurité est quand même très élevée dans le bâtiment. Si quelqu'un avait voulu cacher des micros, on s'en serait sans doute aperçus.

– Surtout depuis ce cambriolage… On a tout renforcé à cause de ça. Je ne dis pas que c'est Fort Knox, mais il est bien plus difficile d'entrer sans se faire remarquer. J'ai même du mal à me souvenir de tous ces codes d'accès. »

Tommy et Sean savaient bien qu'ils avaient raison. Ils avaient renforcé le niveau de sécurité à la suite de cette effraction. Mais cela ne répondait toujours pas à leur question. Comment avait-on pu savoir exactement où se rendait Sean et quand il y serait ?

« Vous croyez que quelqu'un a pu s'introduire dans ma messagerie ? » demanda Sean aux deux dernières recrues de l'agence.

Alex et Tara se regardèrent et sentirent qu'ils étaient tous les deux du même avis.

« Pas impossible, répondit Tara, du moins si un ver informatique est entré dans notre système.

– Un ver informatique ? demanda Tommy.

– C'est comme un logiciel espion qui serait dopé aux amphétamines », lui expliqua Alex.

Sean et Tommy connaissaient l'existence des logiciels espions et des logiciels malveillants. Ils lançaient régulièrement des analyses sur tous leurs ordinateurs, chez eux comme à l'agence. Ils avaient les systèmes de sécurité et les pare-feu les plus performants au monde, mais ils savaient que les intervalles pour les mettre à jour ou pour les renouveler créaient des failles dont pouvaient profiter des hackers ingénieux.

« Et nos systèmes de défense ne les détecteraient pas ?

– Pas forcément. Pour autant que je sache, la probabilité qu'une attaque de ce genre vise l'agence n'est pas nulle.

– Un hacker peut aussi rechercher une information spécifique, ajouta Tara.

– Comme un plan de déplacement, poursuivit Sean.

– Voilà. Peut-être avais-tu cette information sur l'ordinateur infecté ?

– Ou sur des e-mails que j'ai pu envoyer ? »

Tara confirma cette dernière hypothèse par un hochement de tête.

« Si je comprends bien, avec un ver de ce genre, ils sont peut-être en train d'espionner nos systèmes depuis longtemps sans qu'on en sache rien ? demanda Tommy.

– Bien sûr, répondit Alex. La chose est très improbable, mais clairement pas impossible. »

L'enquête avançait, mais ce nouvel élément particulièrement déconcertant suscitait l'inquiétude.

« Et comment vérifier ? » demanda Sean.

Alex et Tara réfléchirent un petit moment. Sean savait déjà qu'ils trouveraient une solution.

« On peut paramétrer une analyse visant les lignes de code spécifiquement conçues pour vérifier les e-mails, finit par dire Tara. Ça va prendre un peu de temps, mais je pense qu'on peut y arriver.

– Combien de temps ? » demanda Tommy.

Tara échangea un regard avec Alex avant de répondre.

« Je ne sais pas trop. Si on met ça au point ce soir, sans doute demain ?

– Vous aurez une prime, dit Tommy. Si le système est infecté, il faut qu'on le sache.

– Tu sais, tu n'es pas obligé, dit Tara en souriant. On a déjà un beau salaire.

– Parfaitement, renchérit Alex. Et en plus, on adore ce genre de trucs ! Une prime pour s'amuser ? Ne t'inquiète pas pour ça ! »

Tommy aimait les deux jeunes un peu comme un père. Il n'avait pas vraiment de famille, seulement son père, sa mère et Sean.

Pendant la longue disparition de ses parents, Tommy avait appris à s'adapter en renforçant les liens avec ceux qui faisaient toujours partie de sa vie plutôt que de penser toujours à ceux qu'il n'avait plus auprès de lui.

Dans son enfance, il avait cru ses parents disparus dans une catastrophe aérienne. C'était seulement à l'âge adulte qu'il avait appris qu'ils n'étaient pas morts, mais qu'ils avaient été capturés en Corée du Nord. Le jour des retrouvailles avait été l'un des plus beaux de sa vie. Mais le temps écoulé dans l'intervalle signifiait que plus rien ne serait jamais comme avant. Ils avaient raté plusieurs décennies de progrès technologiques. Les smartphones étaient pour eux des objets inconcevables – entre mille autres exemples. La réadaptation, après leur retour à une vie normale ou à une apparence de vie normale, n'avait pas non plus été simple. Les parents que Tommy avait connus jadis étaient morts, et ceux qui les avaient remplacés n'en étaient plus que les fantômes. Leur amour pour lui, cependant, était toujours intact.

Pendant quelques mois, ils l'avaient aidé dans des projets spécifiques à l'agence, mais ils avaient fini par vouloir prendre leur retraite. Comment le leur reprocher ? Ils l'avaient bien méritée après toutes les épreuves qu'ils avaient traversées.

Il vivait désormais avec cette famille qu'il avait appris à aimer, dans le foyer de son enfance.

« Merci, les jeunes. Vous êtes super !

– Pas de problème, chef ! On s'y met tout de suite, lui répondit Tara. Nos tessons peuvent attendre un ou deux jours de plus ?

– Bien sûr », dit Tommy en hochant la tête.

Les jeunes se retournèrent vers l'ascenseur qui descendait au laboratoire où ils passaient le plus clair de leur temps.

Après leur départ, Sean se retourna vers son ami.

« Tu crois qu'ils vont trouver ce qui ne va pas ?

– Oui. Si quelqu'un en est capable, c'est bien eux. Le seul problème, c'est qu'ils ne sauront pas qui a introduit ce ver. Une chose est claire, en tout cas, c'est sans doute un Assassin. Alex et Tara peuvent toujours le retirer de nos systèmes, mais ça ne nous avancera pas beaucoup.

– Sauf que mes agresseurs sont toujours derrière les barreaux.

– Tu comptes aller les voir pour tailler une bavette ? lui demanda Tommy d'un air sceptique.

– Pourquoi pas ? J'aimerais savoir ce qu'ils me cherchaient.

– Te tuer, peut-être ?

– À part ça, imbécile ! Réfléchis bien. Quand on veut tuer quelqu'un, c'est qu'il y a un motif.

– Sauf si le tueur est un psychopathe. Pas de motif dans ce cas-là.

– Oui, mais là, non. »

Tommy réfléchit un instant.

« Bon… Alors, comme motifs de meurtre, il y a : vengeance, jalousie, argent, pouvoir…

– Réfléchis un peu plus. Pourquoi ont-ils cherché à se débarrasser de moi ? Pas par vengeance : je ne les avais jamais vus avant, et je ne pense pas avoir croisé un seul Assassin de ma vie.

– Bon, alors quoi ?… » Tommy répondit lui-même à sa question après un moment de silence. « Tu crois que tu leur faisais obstacle ?

– C'est l'hypothèse à laquelle j'arrivais. »

Ce n'était pas la première fois qu'on leur cherchait des noises. Plusieurs années auparavant, Tommy avait été kidnappé par un fou qui l'avait obligé à déchiffrer une inscription ancienne, provoquant ainsi l'une des plus grandes découvertes de l'histoire moderne. Les cas étaient d'ailleurs si nombreux que Sean ne les comptait plus. Il avait fini par considérer ce genre d'incidents comme un risque du métier.

Tommy comprit tout à coup. « La tablette ! » s'exclama-t-il soudain.

Sean confirma d'un hochement de tête.

Ils avaient été mandatés pour une enquête sur une étrange collection de tablettes et de poteries découvertes en Nouvelle-Angleterre, ou plus exactement dans l'ouest du Massachusetts. Ils avaient fait des fouilles et rapporté les objets au laboratoire pour analyse. Parmi ces objets se trouvaient les tessons que Tommy et les jeunes avaient examinés la veille du retour de Sean.

« Tu crois que ça aurait un lien avec cette inscription qu'on essayait de déchiffrer l'autre jour avec les jeunes ? »

Sean savait cette hypothèse un peu tirée par les cheveux, mais il avait vu des choses plus étranges depuis son arrivée à l'IAA bien des années plus tôt. Il préférait n'écarter aucune hypothèse.

« Il est vrai que tout est possible. Mais tu ne m'avais pas dit que ces deux types ne pouvaient rien savoir sur ces objets ? »

Tommy remua la tête de façon exagérée.

« Oui, bon… Ça ne veut pas dire que personne ne sait où ils sont.

– Il est peut-être temps de se pencher de plus près sur ces trucs…

– Tu crois que c'est ça qu'ils cherchent ? demanda Tommy.

– Ces deux types auraient pu me descendre. C'était peut-être prévu, mais tu vois ce que je veux dire : deux types, visiblement bien entraînés et membres d'une ancienne société d'assassins, me tombent dessus mais ne me tuent pas ? Si le but était seulement de me descendre, c'était très facile. Il suffisait de prendre un fusil à lunette et de laisser mon corps pourrir sur place.

– Ils cherchaient quelque chose.

– Absolument. Et à part ces tessons d'argile, on n'a rien découvert ces derniers temps.

– Bon, dit Tommy avant de soupirer. Voyons ce qu'on peut trouver de ce côté-là… »

Ils descendirent dans les sous-sols du bâtiment, où ils se dirigèrent vers le laboratoire. Tommy passa les portes de verre en premier, puis gagna le gigantesque plan de travail où étaient répartis les objets. Parmi eux se trouvaient de simples fragments de poterie. D'autres, cependant, étaient presque intacts.

Celui qui excitait le plus la curiosité de Sean était une tablette d'argile qui avait les dimensions d'un magazine, sauf qu'elle faisait cinq centimètres d'épaisseur et pesait près de neuf kilos. Sean se pencha au-dessus de la tablette et alluma une lampe de table pour mieux voir. Il revoyait le moment où il l'avait emballée pour son transfert à Atlanta et où il s'était demandé ce que pouvaient vouloir dire les étranges motifs qui étaient gravés dessus.

À première vue, Sean et Tommy avaient cru à de vieilles runes scandinaves, mais un supplément d'enquête les avait conduits à écarter cette hypothèse.

L'inscription, usée par les années, était peu profonde. Il fallait un œil exercé ne serait-ce que pour repérer certaines des formes, ce qui rendait l'analyse d'autant plus difficile.

« Aucun de ces caractères, s'il s'agit bien de caractères, ne figure dans les bases de données dont nous disposons.

– En ligne ou sur papier ?

– Les deux. On a essayé de croiser toutes les données, on a même envoyé des photos à quelques experts pour avoir leur avis, mais aucun n'a percé le mystère. »

Sean se redressa et regarda son ami en face d'un air inquiet.

« Dis-moi. À qui as-tu envoyé ces photos ?

– Aux mêmes que d'habitude.

– C'est-à-dire ?

– Trois personnes.

– Je veux des noms, Schultzie… »

Tommy, nerveux, fit un geste à mi-chemin entre hochement de tête et haussement d'épaules.

« Qu'est-ce que ça change ? Les deux premiers spécialistes n'ont rien trouvé.

– Et le troisième ?

– Le Dr Wilkins.

– De Boston ? »

Tommy hocha la tête. « Comme on avait trouvé cette tablette dans le Massachusetts, je me suis dit que c'était une bonne idée de lui demander. »

En effet, l'idée n'était pas mauvaise. Les connaissances de Wilkins sur l'histoire de toute cette région étaient extraordinaires. Dans sa paranoïa, Sean avait tendance à voir des complots partout. Il se demanda au fond de lui si la fuite venait du docteur.

« Dites-moi, les jeunes, dit Tommy en se retournant vers Alex et Tara. Il va falloir que vous vous dépêchiez de déchiffrer cette tablette ! Utilisez tous les moyens que vous trouverez, quel que soit le coût. Je veux savoir ce qui est gravé dessus. Compris ?

– Et notre analyse du système informatique ? demanda Tara.

– Programmez-la en arrière-plan. Notre priorité numéro 1, c'est cette tablette. Quelqu'un s'est introduit dans nos systèmes, mais on ne peut plus rien y faire. Votre analyse ne servira qu'à garantir leur sécurité à l'avenir. Sauf si vous arrivez à remonter à l'origine de l'intrusion. »

Sean voyait bien que Tommy avait une idée en tête : la chose se lisait parfaitement sur son visage. Il partageait son intuition selon laquelle cette inscription avait un lien avec toute cette affaire. Mais il voulait aussi savoir ce que tramait Wilkins.

« Fais affréter le jet, dit Sean. On va faire une petite visite au bon Dr Wilkins. »

9

Washington

Quatre policiers attendaient dans le couloir. Le gardien dut répéter sa requête deux fois dans son micro avant d'obtenir une réponse du contrôleur. Enfin, la lourde porte barrée roula à grand bruit non loin de là dans les sous-sols du bâtiment.

« Par là, les gars », leur dit Rick, le gardien, qui était roux.

« On vous remercie pour votre aide, lui répondit un policier. Ces deux hommes sont extrêmement dangereux. Il faut absolument que ce transfert soit réussi, dans le respect de tous.

– C'est vrai qu'ils ont fait du grabuge dès le premier jour… Fendu le crâne à un prisonnier… Paralysé un autre… Moi, je m'en fiche pas mal… C'étaient pas des enfants de chœur… Deux dealers dans un gang local… Et du sang sur les mains… Si vous voulez mon avis, vos deux gars ont rendu service à l'humanité. »

Tusun Farmut était le principal conseiller et homme de main d'Alain Depricot. Il était rare qu'Alain lui confie une mission de ce genre. D'ordinaire, les plus haut gradés ne faisaient que diriger les opérations. Ils n'allaient pas sur le terrain. Au XIIe siècle, n'importe qui aurait pu être envoyé dans une mission de ce genre, quel que soit son rang ou son nom, mais les temps avaient bien changé. Si Alain avait envoyé Tusun, c'était que cette mission était d'une importance capitale.

Né en Turquie, Tusun était arrivé aux États-Unis dès sa plus tendre enfance. Ses parents étaient morts dans la mosquée de leur quartier sous les coups d'un tireur néonazi qui avait fait une quinzaine de victimes, et il avait eu pour seule compagnie une grand-mère austère et un profond désir de vengeance.

Il était parfait dans le rôle du flic, jeune, vigoureux et dévoué au service de la loi. Rick, le gardien, n'y voyait que du feu.

Ses trois acolytes étaient aussi bien bâtis, formés par de longues années d'entraînement intensif et de missions difficiles. Rick aurait pu s'en étonner, lui qui avait un peu de ventre et qui, manifestement, n'était pas un régulier des salles de sport. Il donna cependant l'impression à Tusun de ne pas avoir remarqué qu'ils avaient une musculature trop développée pour des policiers ordinaires.

Les Américains tenaient à leurs stéréotypes, et cela facilitait beaucoup les rapports avec eux : ils étaient parfaitement prévisibles, avec les mêmes peurs et les mêmes comportements un peu partout. C'était pourquoi un gardien un peu plus futé que Rick aurait dû avoir la puce à l'oreille.

« Tiens, d'ailleurs, vous les emmenez où ? Ça fait pas plus d'une heure qu'on a l'autorisation officielle, et j'ai pas lu le document jusqu'au bout ! »

L'autorisation de « transfert » n'avait pas mis très longtemps à arriver. Un des responsables de la prison était à la solde des Assassins. Il s'était occupé des formalités nécessaires.

En l'occurrence, il n'avait rien eu de plus à faire que d'envoyer le document à Tusun depuis son compte personnel, après quoi celui-ci le lui avait renvoyé comme un document officiel depuis une messagerie maquillée en compte gouvernemental.

La trace numérique de ce document paraîtrait authentique. Personne ne se donnerait la peine de vérifier, et si quelqu'un le faisait, il serait sans doute déjà trop tard. En cas de problème, Rick tomberait, mais Tusun et ses hommes ne seraient jamais retrouvés, cela était certain. « On vient de la part des agents fédéraux », lui répondit Tusun. Malgré ses origines entre Europe et Moyen-Orient, il n'avait pas d'accent. Il avait grandi entouré d'enfants américains. Il n'aimait pas sa grand-mère et ne voulait pas parler comme elle, si bien qu'il n'avait jamais pris son accent turc.

« Vraiment, ils me scient, les types ! dit Rick en remuant la tête. Ils peuvent pas se déplacer eux-mêmes ? C'est vous qui devez vous taper le sale boulot ? Ils vous donnent pas leur linge sale, aussi, tant qu'à faire ? » Là-dessus, il rit de sa propre plaisanterie.

Tusun lui répondit par un sourire poli, accompagné d'un petit gloussement pour la forme. Tous les Américains pensaient avoir de l'humour, alors que, pour la plupart d'entre eux, ils n'avaient même pas une blague originale à leur répertoire. Pour un homme entraîné à tuer, Tusun aimait bien rire de temps en temps. Il portait un peu du côté de l'humour noir, mais comment le lui reprocher ?

Rick prit un couloir sur la gauche, puis tourna à droite à l'intersection suivante. Il poursuivit sans dire grand-chose jusqu'au bloc où se trouvaient les deux Assassins.

Certains détenus vinrent frapper aux barreaux en voyant passer le convoi. Certains crièrent des obscénités aux policiers. D'autres leur crachèrent dessus. Un ou deux commentaires auraient pu faire rougir le marin le plus endurci.

Tusun et ses acolytes étaient trop bien entraînés pour répondre à une telle vermine. Pas question de se laisser happer dans une altercation physique. Ils étaient des guerriers, et ils n'entraient en conflit que dans leurs propres termes ou dans un but d'autodéfense.

« La ferme ! » hurla Rick d'une voix rauque.

Il conduisit Tusun et ses acolytes jusqu'à la dernière cellule, puis se retourna pour faire face aux deux détenus. Il demanda au contrôleur d'ouvrir la grille, et, un instant plus tard, le lourd verrou s'ouvrit et le panneau glissa au sol.

Les deux détenus étaient assis sur la même banquette, avec les coudes pliés sur les genoux et les mains entrecroisées. À première vue, on aurait pu croire qu'ils priaient. Comme Tusun le savait, ils cherchaient seulement à gagner du temps.

« Debout, vous deux ! leur lança Rick sans ménagement. On doit vous transférer. »

Syd, le premier détenu, révéla en se levant le tatouage à son poignet, sous sa combinaison orange. Rick devait croire à une erreur commise au cours d'un week-end trop arrosé, et non à un emblème permettant de reconnaître les membres d'une antique association de tueurs.

Syd s'éloigna d'un pas tranquille et en affichant un air malicieux, comme s'il se savait intouchable. Michel, le second détenu, lui emboîta le pas. Il était plus petit et un peu plus musclé – un fait qui s'expliquait peut-être par la différence de taille.

Les pseudo-agents fédéraux leur passèrent des menottes aux poignets et aux chevilles dans le couloir, sous les huées. Une fois qu'ils furent ainsi neutralisés, Tusun ordonna aux deux hommes à l'avant du convoi de repartir.

Pendant ce temps, Rick demanda au micro la fermeture de la porte.

Le groupe atteignit le sas où les détenus pouvaient récupérer leurs affaires personnelles. Syd et Michel n'avaient laissé que les vêtements qu'ils portaient au moment de leur arrestation, qu'ils échangèrent vite fait contre leurs uniformes de prisonniers. Une fois qu'ils furent sortis du bâtiment, les trois acolytes de Tusun les firent monter dans une fourgonnette blanche.

« Merci pour votre aide, dit Tusun en se tournant vers Rick.

– Pas de souci ! »

Juste à ce moment-là, une limousine noire vint stationner tout près de là et une femme vêtue d'un tailleur gris mit le pied à terre. Ses cheveux bruns étaient tirés en queue-de-cheval. Elle avait l'air pressée.

« Que faites-vous donc avec ces prisonniers ? demanda-t-elle d'un ton pressant.

– Transfert, madame, répondit Rick.

– À la demande de qui ? »

Elle était manifestement furieuse, même si le gardien ignorait pourquoi.

« Le document est arrivé il y a environ une heure. Demande des agents fédéraux. »

La femme parut sceptique. « Je ne suis pas au courant. »

Elle s'approcha de Rick et de Tusun, dont les acolytes poursuivaient le chargement.

Elle leur montra son badge.

Rick déglutit et son visage pâlit. « Pardon, mademoiselle Starks. Je ne faisais que suivre les… »

Avec une grande rapidité, Tusun se retourna vers Rick et le prit à la gorge. De son autre main, il sortit son arme de son étui et plaqua le canon de son revolver sur la tempe du gardien.

« Jetez votre arme. »

Emily avait voulu sortir son revolver, mais elle avait été trop lente.

« Tout de suite. »

Non sans réticence, elle se pencha pour déposer l'arme au sol.

« Donnez un coup de pied dedans. »

Emily obéit. Le revolver racla le bitume avant de s'arrêter quatre ou cinq mètres plus loin.

Tusun braqua son revolver sur Emily. Ses yeux pâles marquaient une détermination qu'elle n'avait pas vue depuis longtemps. C'était un tueur, elle n'avait aucun doute là-dessus, et il la tuerait sans plus d'état d'âme que s'il écrasait un insecte sous ses pieds.

Le doigt de Tusun se raidit sur la détente.

Des sirènes retentirent soudain. Tusun leva les yeux vers les toitures. Il y avait des caméras partout. Elles avaient suivi toute la scène, et la prison était désormais en état d'alerte maximale.

Lorsqu'il se retourna vers Emily, elle était dans les airs : elle venait de sauter derrière un muret en béton délimitant une aire de chargement.

Tusun tira, non pour la tuer mais pour la persuader de rester cachée le temps qu'il organise sa fuite. Ensuite, il poussa Rick et lui colla une balle dans le dos alors que celui-ci essayait de retrouver l'équilibre.

Il n'avait aucune raison de tuer Rick – et la blessure qu'il venait de lui infliger pouvait se révéler mortelle –, mais il gagnait ainsi un peu de temps.

Tusun courut vers la fourgonnette, et lorsqu'il sauta dedans, le conducteur avait déjà démarré.

Les pneus arrière crissèrent sur le bitume, projetant une pluie de graviers, et le véhicule s'ébranla bien vite avant de disparaître au coin.

Emily jeta un regard au-dessus du muret. Il n'y avait plus personne à part le gardien qui gisait prostré sur le bitume, avec du sang qui coulait sur sa chemise.

Il remuait encore, elle l'entendait gémir. Ses jambes et ses bras remuaient, ce qui était bon signe. Il n'était pas paralysé.

D'autres gardiens sortirent alors du bâtiment, avec deux policiers. Ils se pressèrent autour de leur collègue étendu sur le sol et appliquèrent les gestes de premiers secours.

Emily prit son téléphone. « Envoyez-moi immédiatement tous les agents et tous les responsables disponibles ! » Elle signala la fourgonnette : plaque, type de véhicule, etc. Aussitôt qu'elle eut raccroché, elle déroula la liste jusqu'à un autre contact et, après une brève inspiration, lança l'appel.

« Allô ? fit une voix familière à l'autre bout de la ligne.

– Chef, on a un problème. »

10

BOSTON

Des traces de neige parsemaient les brins d'herbe au bord du trottoir et au pied du bâtiment de brique, à mille lieues de la chaleur printanière que Sean et Tommy avaient quittée quelques heures plus tôt à Atlanta.

Des passants couraient en tous sens. Les voitures, moins rapides du fait de la densité du trafic, franchissaient quelques mètres avant de s'arrêter pour repartir ensuite.

Une rafale d'air froid descendit la rue, et Sean resserra un peu le haut de son manteau autour de ses épaules.

Sean aimait Boston et son histoire fascinante. Comme lors de ses séjours à Washington, il avait partout la sensation de mettre ses pas dans ceux des grands hommes des siècles passés. Il regardait la ville qui l'entourait avec un sentiment de respect et de reconnaissance et se demandait souvent si d'autres en faisaient autant – à part, bien sûr, Tommy. Il avait l'impression que tous les gens qui allaient au bureau ou au café le temps de prendre une tasse à emporter tenaient leur environnement pour acquis.

Une nouvelle rafale vint lui souffler au visage et lui ébouriffer les cheveux. Ces Bostoniens au pas pressé essayaient-ils seulement de se réchauffer ?

Les deux amis tournèrent au coin de la rue et, voyant le petit bonhomme vert encore allumé, s'empressèrent de traverser.

Des panneaux rouge et blanc suspendus aux réverbères signalaient l'arrivée dans le secteur de l'université de Boston.

Le campus s'étendait sur une étroite bande de terre le long de la rivière Charles, à l'ouest de Downtown et au nord de cette banlieue de Brookline où se trouvait Fenway, l'un des terrains de baseball préférés de Sean aux États-Unis.

Offrant un mélange de bâtiments historiques, d'architecture banale des années 1970 et de constructions plus modernes et plus contemporaines, il se situait très exactement en face de deux des écoles les plus prestigieuses au monde, Harvard et le MIT, à côté desquelles l'université de Boston défendait fièrement sa réputation.

Sean et Tommy tournèrent à gauche vers le campus. Pour un visiteur qui débarquait, le plan du campus pouvait paraître confus, mais il était difficile de se perdre entre Commonwealth Avenue et la rivière Charles, même si les bâtiments pouvaient se trouver de part et d'autre de la rue. Il était toujours possible de revenir sur ses pas pour vérifier sans trop de difficulté où l'on s'était trompé.

Sean et Tommy n'en étaient pas à leur première visite, et, s'ils n'étaient pas venus très souvent non plus, ils se repéraient déjà parfaitement.

L'université des arts et des sciences se trouvait plus loin sur la droite. Avec sa façade grise et ses rangées de hautes fenêtres, cet imposant édifice donnait une impression de majesté et de puissance aux passants empruntant Commonwealth Avenue.

Sean et Tommy se dirigèrent vers l'entrée : le hall grouillait d'étudiants courant en tous sens pour aller à leur cours ou à telle ou telle séance de travail. Ils gagnèrent la partie est du bâtiment et tournèrent à gauche pour monter l'escalier jusqu'au premier étage. Là, Tommy guida son ami vers un bureau sur la droite où une plaque numérotée 642a portait le nom du Dr Cameron Wilkins. La porte, entrouverte, semblait l'inviter à entrer.

À l'intérieur, assis à son bureau en train de griffonner sur un morceau de papier, se trouvait un homme dont les cheveux blancs faisaient l'effet d'une couronne basse posée sur son crâne chauve, et dont les lunettes à monture noire cachaient mal les grosses poches sous les yeux.

Il se redressa, irrité, avant de reconnaître les intrus. Ses sourcils se détendirent, et il salua les deux amis d'un grand sourire.

« Tommy, Sean ! Entrez, les garçons ! » Wilkins se leva en ouvrant les bras, puis retira ses lunettes pour embrasser Tommy avant de serrer la main à Sean. Sean n'avait rien contre les embrassades, mais il les réservait à ses proches. Wilkins, pour lui, était plutôt un collaborateur.

Tommy connaissait le docteur depuis de longues années et le consultait sur de nombreux projets de recherche : le vieil homme était devenu comme son mentor depuis la mort du Dr Borringer – un professeur de l'université d'État de Kennesaw, à côté d'Atlanta – quelques années plus tôt.

Wilkins était un spécialiste de premier ordre en histoire antique, en archéologie et en anthropologie. Comme beaucoup dans son domaine de recherche, il connaissait le grec et le latin, il pouvait déchiffrer les hiéroglyphes, mais il pouvait aussi lire le sanscrit, et, d'après ce qu'avait entendu dire Tommy, il apprenait les rudiments du cunéiforme sumérien.

Wilkins avait été proche des parents de Tommy au début des années 1970, et leurs relations s'étaient resserrées après la fondation de l'IAA.

Son blazer vermillon, qui contrastait avec son pantalon écru, était néanmoins assorti à ses chaussettes.

«Je vous en prie, asseyez-vous ! » s'exclama-t-il en désignant deux fauteuils dont le tissu râpé donnait l'impression d'avoir autant d'années que lui.

Ses deux visiteurs acceptèrent l'invitation et s'installèrent en même temps. Wilkins, avec beaucoup de précaution, agrippa les accoudoirs avant de s'asseoir. Une fois en place, il joignit ses deux mains et se mit à tapoter le bout de ses doigts.

« À quoi dois-je ce plaisir, dites-moi ? Je dois dire que je t'ai trouvé un peu vague hier au téléphone.

– Pardon, docteur Wilkins. » Tommy, ne souhaitant pas lui expliquer pourquoi il s'était montré laconique, embraya directement sur le but de leur visite. « Nous travaillons sur une affaire assez curieuse, et nous aurions vraiment besoin de votre aide.

– Un nouveau projet ? Ça, pour une surprise ! En général, si vous me rendez visite une fois par an, c'est bien le maximum ! »

Là-dessus, il gloussa.

« Je suis navré de vous déranger, docteur Wilkins.

– Mais je t'en prie, mon garçon, dit le professeur en balayant ses excuses d'un revers de main. Vous ne me dérangez pas du tout. Dis-moi ce que je peux faire pour vous.

– En fait, ce n'est pas vraiment un nouveau projet. Il s'agit de ces poteries du Massachusetts dont je vous ai envoyé des photos il y a quelques semaines.

– Ah, mais bien sûr ! Que voulez-vous savoir ? Moi qui pensais avoir été clair dans mon exposé… Aurais-je oublié quelque chose ?

– Non, vous n'avez rien oublié. C'est juste… – Tommy dut réprimer le malaise qu'il sentait au plus profond de lui – que nous nous demandons si vous avez partagé ces informations. »

Il n'était pas content de devoir ainsi interroger ce vieil ami de la famille, qui était par ailleurs un professeur mondialement respecté.

Le visage de Wilkins marqua une certaine surprise. « Partagé ? » Ses épaules se levèrent et son regard partit un instant sur sa droite. « Je ne vois pas du tout. J'ai confié certaines des recherches à mes assistants, mais j'ai fait le plus gros du travail moi-même. Je ne leur ai jamais communiqué les photos de la tablette, ni des autres objets. »

Le professeur leur expliqua longuement ses méthodes de travail, en détaillant tout ce qu'il avait mis en place pour déchiffrer la vieille inscription gravée dans l'argile.

Sean connaissait déjà tout ça par cœur, et les méthodes de travail du professeur l'ennuyaient. Elles n'avaient rien de différent de celles de tous les spécialistes dans ce domaine.

Ses pensées s'égarèrent et il finit par regarder la bibliothèque sur sa droite. Elle s'étendait sur tout le mur, d'un coin de la pièce à l'autre, et les volumes y étaient si serrés qu'il se demanda si les montants ne risquaient pas de céder sous la pression, noyant ainsi le bureau sous une avalanche de livres.

Il remarqua certains ouvrages qui comptaient parmi les plus grands classiques de tous les temps, principalement dans le domaine de la philosophie, mais de nombreux volumes portaient également sur l'histoire et la géographie mondiales et sur des sujets associés. Un livre attira son regard tout particulièrement. Faisant comme si de rien n'était, et ne laissant transparaître aucune émotion, il s'attarda sur ce qu'il venait de voir.

Puis, balayant l'étagère du regard, il repéra deux autres livres sur le même sujet. Était-ce une passion ou une spécialité du Dr Wilkins ? Tous ces livres portaient sur l'ordre du Temple.

« Je suis navré si j'ai manqué de clarté dans mon rapport, conclut Wilkins au bout d'un certain temps. Je sais que le temps est précieux pour Sean et toi. »

L'évocation de son nom rappela Sean à la situation présente. Il fit comme s'il avait suivi la conversation tout du long et qu'il souhaitait seulement changer de sujet.

« Au fait, j'ai une question pour vous, docteur Wilkins…

– Je vous écoute ! La curiosité est un signe d'intelligence, voilà ce que je dis toujours. »

Sean lui montra dans la bibliothèque les trois volumes qui avaient attiré son attention. « Comment ces livres ont-ils terminé là ? Vous vous passionnez pour l'ordre du Temple ou c'est pour vos recherches ? »

Ce groupe, à l'origine une unité militaire catholique d'élite, avait existé en tant qu'organisation clandestine longtemps avant sa reconnaissance officielle vers le milieu du XIIe siècle.

L'ordre du Temple était son nom le plus courant, même si ses membres s'étaient parfois fait appeler les Pauvres Chevaliers du Christ et du Temple de Salomon.

Les rumeurs et les théories conspirationnistes allaient bon train sur les Templiers, qui avaient inspiré de nombreux livres et aussi de nombreux films. On leur attribuait la possession tantôt du Saint-Graal, tantôt de l'Arche d'Alliance, qu'ils seraient allés récupérer dans le temple de Salomon pour la transporter en Europe et la déposer dans un lieu connu d'eux seuls. On disait même qu'ils avaient traversé l'Atlantique plusieurs siècles avant Christophe Colomb pour l'apporter en Amérique.

Certains avaient dépensé des fortunes pour essayer de la retrouver. D'autres avaient fait le sacrifice ultime. Pourtant, personne ne l'avait découverte, ou alors c'était un mystère. Quelqu'un avait-il mis la main sur l'Arche d'Alliance dans le plus grand secret ? Sean en doutait.

Sa dernière apparition était attestée dans l'Ancien Testament, dans les passages sur les événements qui avaient précédé le siège de Jérusalem par le roi de Babylone. Ce qu'était devenu ensuite ce mystérieux caisson doré était un sujet de fantasmes – et de légendes.

Wilkins, suivant le regard de Sean, se tourna vers la bibliothèque.

« Ah ! lança-t-il avec une fêlure dans la voix. Les Templiers m'ont toujours fasciné. On sait si peu qui étaient ces gens et ce qu'ils cherchaient ! On a bien sûr raconté beaucoup de choses à leur sujet. Certains se plaisent à en faire des sortes d'agents secrets qui auraient déployé des trésors d'héroïsme pour éradiquer le mal. Purs fantasmes, je vous le dis ! Leur existence était bien plus simple que ça, et la réalité, bien plus sinistre. » Il écarta les mains pour souligner ce dernier point.

« Sinistre ? » répéta Tommy. Il avait fait son lot de recherches sur l'ordre du Temple, mais il était loin d'être un expert sur le sujet.

« Effectivement. Les chevaliers, vous voyez, ont usé de leur pouvoir et de leur prestige pour amasser une fortune considérable. Ils ont fini plus riches que de nombreux royaumes voisins, voire que tous les empires du monde. L'étendue de leurs terres leur donnait presque les dimensions d'un État souverain. S'ils n'avaient pas échoué, j'imagine que les chevaliers auraient fait des efforts dans ce sens.

– Comme le Vatican. »

Wilkins approuva de la tête. « À cela près que dans leur cas c'eût été un État militaire, soumis à la loi martiale. Ils ont abusé de leur puissance en véritables prédateurs. Ils imposaient de lourds impôts, au nom de Dieu, comme le clergé. Si un roi ou le pape avaient besoin de leurs services, ils pratiquaient des tarifs extravagants, ne reculant devant rien. »

Sa voix traîna un peu sur ce dernier mot, puis il saisit une tasse de café sur le coin de son bureau. Il en but une gorgée, puis remua la tête comme s'il venait d'avaler une gorgée de whisky. En avait-il mis une rasade dans son café ?

« En tout cas, le roi de France et le pape ont fini par les coincer.

– Par les coincer ? » répéta Tommy.

Wilkins baissa les yeux, puis regarda Tommy et Sean tour à tour. Il se pencha ensuite en avant en entrecroisant ses mains sur le bureau.

« Les Templiers ont une réputation d'hommes respectables et craignant Dieu. Ils se présentaient eux-mêmes comme des serviteurs du Tout-Puissant.

– Et vous n'y croyez pas ? lança Sean en sachant pertinemment la réponse qui suivrait.

– J'ai entendu toutes sortes de théories sur la fin des Templiers. Tout le monde sait que la plupart d'entre eux ont été publiquement exécutés pour hérésie. C'est une date historique, et c'est d'ailleurs depuis ce jour que le vendredi 13 est devenu un tel objet de spéculation. »

Si la plupart des gens ne connaissaient pas l'histoire de cette superstition funeste, avec les craintes irrationnelles qui l'accompagnaient, Sean et Tommy étaient déjà parfaitement au courant.

« Les chevaliers ont été arrachés à leurs foyers et torturés, d'où les aveux de la plupart d'entre eux. Rares sont ceux qui ont pu réchapper à ce sort.

– Ça n'a pas l'air de vous attrister, dit Sean sans marquer d'émotion.

– Ah ! Qu'est-ce que ça changerait ? Ces hommes ont été convaincus de s'être adonnés à la sorcellerie, à la magie noire, et, pire que tout, à des sacrifices humains pendant leurs rituels.

– À des sacrifices humains ? demanda Tommy, dont le front se plissa.

– Oui. Les Templiers enlevaient des enfants dans les villes et dans les villages pour les sacrifier au culte du diable. Ces pratiques sataniques ont heureusement fini par être découvertes et éradiquées. Personne ne sait ce qui est arrivé au petit nombre d'entre eux qui ont réussi à échapper à la justice. »

Sean écoutait attentivement. L'exposé de Wilkins confirmait certaines des histoires qu'il avait entendues et des lectures qu'il avait faites.

« Quelles preuves avaient les sénéchaux pour mettre à mort ces chevaliers ? Ils devaient bien avoir des éléments ?

– Les seuls éléments, c'étaient les aveux. En ce temps-là, les preuves étaient un luxe. Il était moins difficile de cacher un crime. Si l'on savait s'y prendre, on pouvait toujours se sortir d'affaire. »

Wilkins jeta un coup d'œil sur l'horloge et se leva soudain. « Ça alors ! Je suis vraiment navré, les garçons, mais j'ai un cours à préparer. Je n'avais pas vu l'heure passer ! Je devais être particulièrement absorbé dans mon travail quand vous êtes arrivés. »

Ses deux visiteurs se levèrent.

« Aucun problème, professeur, dit Tommy en lui serrant la main.

– Un grand merci pour votre temps, dit Sean, qui attendait son tour.

– Tout le plaisir a été pour moi. Combien de temps restez-vous à Boston ? Nous pourrions nous retrouver à dîner. Je vous invite.

– Merci, mais nous devons vraiment rentrer à Atlanta », répondit Sean avant que son ami puisse accepter.

Le regard qu'il lui lança passa inaperçu de Wilkins.

« Le travail nous appelle, dit Tommy pour ne pas s'opposer à sa volonté. Mais nous devrions revenir bientôt et nous accepterons votre offre.

– Volontiers ! Ça me ferait très plaisir de passer un moment avec vous et de discuter un peu plus longuement. »

Sean et Tommy descendirent l'escalier et se retrouvèrent dans la rue. Le vent était tombé et le soleil faisait de son mieux pour réchauffer les piétons.

Ils prirent à gauche, vers la station de métro – le « T », comme on disait à Boston.

« On a perdu notre temps », dit Tommy en jetant un dernier regard sur le bâtiment derrière lui, comme si le professeur risquait d'entendre leur conversation.

Sean inspira longuement avant de répondre en inclinant la tête : « Non, au contraire ! »

Tommy se retourna vers lui d'un air perplexe.

« Non ? Tu n'as pas entendu ce qu'il a dit ? Il ne sait rien de plus sur les poteries du Massachusetts que ce qu'il a déjà écrit dans son rapport – rapport qui n'avait pas grand intérêt.

– Je ne dirai pas le contraire. En tout cas pas sur ce point-là.

– Et… où veux-tu en venir ? »

Ils attendaient que le feu passe au vert. Sean se tourna pour plonger son regard dans celui de son ami. Tommy connaissait bien ce regard-là. Il l'avait déjà vu avant. Il voulait dire que Sean avait une révélation à lui faire.

« Wilkins nous a menti. »

11

Washington

Darren Sanders traversa le bureau de sa secrétaire à petits pas.

« Bonjour, Nancy, dit-il sans grand entrain.

– Comment allez-vous, ce matin, monsieur Sanders ? » demanda-t-elle sur un ton poli et bien trop guilleret pour une heure aussi matinale.

Il s'était toujours levé tôt – cela était inscrit dans son ADN –, mais, avec l'âge, il appuyait de plus en plus souvent sur le bouton RAPPEL pour gagner quelques minutes de sommeil. Il ne savait pas si c'était à cause de l'âge ou s'il donnait seulement moins d'importance aux choses qu'avant. Le fait est qu'il arriva au bureau encore à moitié endormi.

« Ça va, Nancy. Et vous ?

– Très bien, merci. Votre café vous attend sur votre bureau, ainsi que quelques papiers à signer. »

Bon. Pas le démarrage le plus facile. C'était toujours comme ça : toujours au quart de tour. Un jour, juste une fois, il aurait aimé pouvoir s'installer et boire son café en regardant par la fenêtre les oiseaux dans les arbres ou les passants sur les trottoirs. Juste un moment de calme !

Mais il savait que ce jour ne viendrait sans doute jamais.

Il prit une gorgée du café brûlant qui l'attendait sur son bureau, puis reposa la tasse. Nancy savait faire le café exactement comme il l'aimait. Comment s'y prenait-elle ? Celui qu'il se préparait tous les matins chez lui était loin d'être aussi bon que le sien. Il jetait souvent la moitié de sa tasse avant de partir au bureau, sachant que ce qui l'attendait là-bas était meilleur.

Il baissa les yeux sur les documents et examina le premier. Il lisait vite, ce qui était un immense avantage dans ses fonctions. S'il n'était plus législateur, sa rapidité de lecture lui donnait un avantage sur bien des hommes politiques lorsqu'il était question de faire des projets de loi ou lorsqu'il s'agissait de savoir s'il fallait les approuver ou s'y opposer. Il aimait avoir un peu d'avance sur les autres, et c'était une raison supplémentaire à sa contrariété de voir Alycia Freeman soutenue par le président pour la prochaine campagne.

Cette réflexion déclencha un accès de colère au fond de lui. Il reprit une gorgée de café pour se calmer.

« Ça ne sert à rien de ruminer tout ça », marmonna-t-il en remuant la tête.

Sanders signa au bas de la page, poussa la feuille sur sa gauche et passa au document suivant. Il ne faisait qu'à moitié attention à ce qu'il lisait. Ses pensées s'attardaient sur la campagne et sur l'étrange visite qu'il avait reçue quelques jours plus tôt.

Il ne pouvait plus penser à rien d'autre depuis ce jour-là. Il se demandait quand son mystérieux visiteur reviendrait, ce qu'il ferait et ce qu'il lui dirait. Ses dernières paroles avant la fin de leur entrevue lui avaient laissé entendre qu'un événement se produirait qui lui rendrait ses chances dans la présidentielle.

Rien de tel n'était arrivé. La conférence de presse s'était déroulée comme prévu, et maintenant le monde entier connaissait le successeur désigné de John Dawkins.

Plus il y repensait, plus il était furieux. Il parapha le document d'un coup de plume si hargneux qu'il fit quelques bavures.

Il mit la feuille sur la précédente et reposa son stylo, puis se lissa les cheveux – il en avait de moins en moins – et se massa l'arrière du crâne. Sanders prit une profonde inspiration et remua la tête. Pourquoi s'en faire ?

Son visiteur était clairement fou à lier. Il avait dû perdre la tête depuis longtemps déjà. Quelque chose en lui, cependant, portait Sanders à le croire. Il n'arrivait pas à savoir ce que c'était. Cet homme pouvait passer pour quelqu'un de normal. Il était propre et son allure était soignée. Sanders avait même reconnu son eau de Cologne.

Comment s'était-il introduit dans son bureau ? Il revoyait Nancy lui annoncer qu'elle l'avait trouvé à son arrivée. Qu'avait-elle voulu dire par là ? Qu'il était déjà dans le bureau de Sanders ou seulement dans le vestibule ?

Il regrettait de ne pas avoir vérifié les vidéos de surveillance, tout en devinant intimement qu'elles ne l'auraient guère éclairé. Cet homme faisait penser à une apparition, à un fantôme qui pourrait passer à travers les murs. C'était une fantaisie de l'imagination. Il le savait pertinemment. Il ne croyait pas toutes ces histoires de fantômes et de passe-murailles.

Sanders n'était pas versé dans la religion. Il regardait les livres saints comme tous les autres livres et n'y voyait jamais que des lectures divertissantes sur les hommes d'autrefois. Pour ce qui était des miracles et autres faits inexplicables, il les considérait comme étant de nature purement allégorique ou métaphorique.

Il tourna soudain la tête pour sortir de sa rêverie. Il se laissait souvent distraire ! Il avait tous ces documents à signer dans la matinée avant une réunion avec le président.

Il jeta un coup d'œil sur sa montre à dix mille dollars. Il lui restait une heure avant de partir pour la Maison-Blanche.

En soupirant, Sanders se replongea dans sa pile de paperasses.

Il arrivait au milieu de la page suivante lorsque son téléphone se mit à vibrer dans sa poche. Il regarda l'écran. Numéro inconnu.

Sanders ne prenait pas les appels non identifiés. Il ne se pensait pas vraiment traqué, mais il s'était fait des ennemis au fil des ans. C'était la politique qui voulait ça. On ne pouvait pas plaire à tout le monde, et ce n'était même pas la peine d'essayer. La seule chose qui importait était de ne pas perdre ses objectifs de vue, et de prendre au passage deux ou trois décisions où les électeurs pouvaient se reconnaître.

Le téléphone cessa de vibrer. Sanders le regarda un moment avant de le reposer sur son bureau. Là-dessus, l'appareil se remit à danser.

Irrité, Sanders décrocha.

« Qui est-ce ? demanda-t-il sans même prendre la peine de dissimuler sa contrariété.

– Quand je vous appelle, il faut toujours me répondre. »

Il reconnut la voix immédiatement. C'était celle de son visiteur.

« Que voulez-vous ?

– Quand je vous appelle, il faut répondre. C'est compris ? Je n'ai pas envie de devoir chercher un autre candidat. »

Sanders sentait clairement un accent de menace dans la voix de son interlocuteur. Les menaces ne lui plaisaient guère. Les hommes de son statut pouvaient en faire, mais pas en recevoir. Il réprima cependant ses pensées au fond de lui. Avait-il peur ? Darren Sanders ne craignait pourtant personne. Qu'avait donc cet homme pour l'impressionner ainsi ?

« C'est ce que j'ai fait, céda-t-il sans toutefois donner à son interlocuteur la réponse qu'il attendait.

– Allumez la télévision.

– Pardon ? demanda-t-il, décontenancé.

– Celle qui est cachée derrière la bibliothèque en face de vous. Allumez-la. »

Sanders fit pivoter son fauteuil, envahi au plus profond de lui par un accès de panique. Ce type l'observait-il ? Comment ?

Il se dirigea vers la fenêtre et regarda dehors, examinant les arbres et les buissons, ainsi que les passants. Plus loin, le parking ne livra aucune réponse aux questions qui le tourmentaient.

« Pas la peine d'essayer de voir où je suis, monsieur le secrétaire d'État. Allumez plutôt la télévision et regardez les actualités. »

Sanders suffoqua comme un athlète qui viendrait de franchir la ligne d'un quatre cents mètres. Il se tourna vers sa bibliothèque. Le tableau qui la décorait au milieu n'était qu'une façade dissimulant un écran plat. Comment cet homme le savait-il ?

Il chercha le tiroir du milieu sous le plateau de son bureau. C'était à l'avant de ce tiroir qu'il gardait la télécommande. Il appuya sur un bouton et, un instant après, le tableau glissa vers le haut, révélant l'écran sur le mur.

« Bravo, mon garçon ! »

Sanders n'appréciait pas d'être ainsi observé, et encore moins de recevoir ce genre de notifications à chaque instant. Il ne répondit rien. Quel avantage y aurait-il trouvé ? Le fou à l'autre bout de la ligne avait une sorte de pouvoir. Sanders ne savait pas en quoi il consistait, ni les conséquences qu'il pouvait avoir sur lui, mais il avait un étrange pressentiment que ça n'annonçait rien de bon.

Il alluma le poste de télévision, presque toujours branché sur CNN ou sur C-SPAN. Dès que la première image apparut, Sanders comprit ce que son interlocuteur voulait qu'il voie.

L'écran était entièrement occupé par l'événement.

Des experts s'exprimaient sur sa signification, sur ses conséquences et sur la procédure à suivre dans ce cas de figure.

Le bandeau défilait presque trop vite pour pouvoir être lu, révélant les détails de l'incident.

« Comment avez-vous… ? murmura Sanders presque involontairement.

– Ne vous souciez pas de ça. Je vous avais dit qu'on s'en occuperait.

– Qu'attendez-vous de moi ?

– Quand le moment sera venu, je vous le dirai. Vous savez bien qu'il y a quelque chose que seul le président peut nous donner, et que c'est vous qui nous rendrez la chose possible.

– Mais de quoi s'agit-il ? D'argent ? De terres ? De droits pétroliers ? »

Il déroula la liste des contreparties généralement exigées dans les cas de corruption. Le plus souvent, les politiques ne se laissaient acheter qu'en échange d'avantages significatifs.

« Je vous le répète : quand le moment sera venu, je vous contacterai. Pour l'instant, concentrez-vous sur cette situation. »

Sanders contourna son bureau sans quitter le poste des yeux.

« Et que suis-je censé faire ?

– Pour l'instant, rien. Jouez l'inconsolable. Accompagnez le président. Soutenez-le. Apportez-lui tout le réconfort dont il a besoin. Montrez-vous proche de lui dans cette épreuve douloureuse. Il vous en saura gré. Et il vous en récompensera.

– Mais qu'attendez-vous de moi ? Vous pourriez au moins me donner un indice ? »

Aucune réponse ne vint. Sanders éloigna le téléphone de son oreille et regarda l'écran. L'appel était terminé.

Il fronça les sourcils, les yeux toujours sur l'appareil, puis son regard se tourna encore une fois vers le poste de télévision. Il était effaré par la nouvelle.

La présidente de la Chambre des représentants, Alycia Freeman, avait succombé à ce qui était présenté comme une crise cardiaque.

12

BOSTON

« Il nous a menti ? » demanda Tommy. Sa voix était presque noyée par le grondement et les grincements des vieilles roues du métro.

Le « T » serpentait comme une vieille couleuvre dans la banlieue de Brookline, en direction de Back Bay.

« Qu'est-ce qui te fait croire ça ? »

Sean regarda par la fenêtre. Il sentait que quelque chose d'anormal se préparait. Il ne savait pas quoi exactement, mais une chose était sûre : Wilkins leur avait menti. Sur toute la ligne.

« Ce n'était qu'un tissu de mensonges, Schultzie. »

Tommy prit un air offensé, et c'était cela qui, pour Sean, s'annonçait le plus délicat.

« Sean, le Dr Wilkins est un ami de la famille depuis plus de quarante ans. Mes parents lui ont toujours fait confiance. Pourquoi mentirait-il sur quoi que ce soit, non seulement à moi, mais à nous ? Dans quel but ? »

Sean avait anticipé cette question, mais il n'avait pas la réponse. En tout cas, pas encore. « Je ne sais pas. Et je sais bien que vous le connaissez depuis longtemps. Mais je le maintiens, il ne s'est pas montré honnête. »

Tommy poussa un soupir d'exaspération. Il faisait confiance au jugement de Sean à presque tous les coups. Parfois, les craintes de son ami tenaient de la paranoïa, mais il n'était pas rare de les voir corroborées par les faits. Son intuition leur avait même sauvé la vie plus d'une fois. Mais pourquoi devraient-ils se méfier du Dr Wilkins ?

« Écoute, je veux bien te croire, après tout ce qu'on a vécu. Tu as senti venir bien des problèmes que je n'avais pas soupçonnés. Dis-moi juste pourquoi tu penses que le Dr Wilkins nous a menti. »

En plus de son diplôme d'histoire, Sean avait fait des études de psychologie qui lui avaient beaucoup servi du temps où il était agent spécial pour les services secrets, puis pour Axis. Elles lui étaient toujours aussi utiles lorsqu'il était en mission pour l'IAA ou qu'il jouait au poker.

« Déjà, il a tourné la tête à droite. »

Si Tommy n'était déjà pas très convaincu, cette explication acheva de le plonger dans la perplexité.

« Tourné la tête à droite ?

– C'est un indice : il avait le regard fuyant.

– Euh… Tu peux développer ?

– C'est de la psychologie, Schultzie. Si quelqu'un lève les yeux et tourne la tête à droite, c'est qu'il ment. C'est une théorie un peu dépassée, je te l'accorde. Des études récentes tendent à montrer que ce n'est pas une preuve suffisante.

– Bon… Alors pourquoi en parler ?

– Il y a d'autres éléments. L'important, c'est les mains. Tu n'as pas remarqué comment il gigotait dans son fauteuil ? Toujours en train de tripoter quelque chose. Et sa voix qui se brisait ? Tout cela, c'est la preuve par neuf qu'il racontait des craques. »

Tommy poussa un long soupir. « Toute ta démonstration tient donc à une hypothèse sur son langage corporel ? »

Sean sentit une pointe d'exaspération dans la voix de son ami. Il savait bien qu'il marchait sur des œufs.

« Bon, d'accord, ce n'est pas une science exacte. Peut-être que le Dr Wilkins n'a rien à se reprocher. Et d'ailleurs, je l'espère très sincèrement.

– Ce que tu insinues, c'est donc qu'il y a un lien entre lui et tes deux agresseurs dans le Missouri, et qu'il rend des services aux Assassins. J'ai bien compris ? »

Sean savait que cette hypothèse paraissait tirée par les cheveux. Il espérait qu'il se trompait. Ce ne serait d'ailleurs pas la première fois. Son ego l'avait abandonné depuis si longtemps qu'il avait l'impression d'en avoir toujours été dénué, même s'il se souvenait parfaitement de l'événement qui en avait précipité la perte. Il jouait au baseball, à un niveau assez élevé. Le problème, c'était que Sean en tirait fierté. Il était devenu arrogant, au point de se croire presque invincible.

Puis il s'était fait une blessure.

Lésion du labrum de l'épaule. Même après son opération, il savait qu'il ne serait jamais aussi bon lanceur qu'avant.

Sacrée leçon d'humilité ! Depuis, Sean se savait mortel, assujetti aux caprices du destin – ou bien d'une force supérieure.

Le fait est que cet accident avait déclenché un éveil spirituel qui, depuis, avait constamment guidé ses pas. Sa blessure avait été pour lui comme une étape nécessaire pour atteindre un plus haut degré d'humilité et pour mieux apprécier les choses de la vie ainsi que son propre potentiel.

Sean avait ainsi renoncé à son ego entre deux séances de rééducation pour devenir une nouvelle personne.

Il s'était souvent demandé si cette blessure avait été un don de Dieu. S'il ne voyait pas Dieu comme une divinité qui distribue des châtiments, il croyait en une puissance supérieure pouvant guider chacun sur un chemin qui le comblerait davantage.

Cette intuition avait été une force. Il savait que, sans cette blessure, il serait sans doute mort depuis longtemps dans une de ses missions. Trop téméraire, trop arrogant, il aurait probablement succombé. Sa conscience du danger ainsi que des limites de son savoir avait fait de lui un agent plus efficace, tant pour les services secrets que pour l'IAA.

« Je me trompe peut-être. Et d'ailleurs, sincèrement, je l'espère. »

Tommy garda les yeux plongés dans ceux de Sean pendant près d'une minute. Son ami ne lui avait jamais vu une telle intensité dans le regard.

« Moi aussi, je l'espère », finit par dire Tommy.

Le conducteur annonça l'arrêt suivant, et les pneus se mirent à crisser. Des passagers montèrent à bord, avec des attachés-cases et des sacs à dos. Certains écoutaient de la musique au casque en se trémoussant ou en secouant la tête.

Sean regarda par la fenêtre à gauche. Il serra la lanière au-dessus de lui plus fort qu'il ne l'aurait voulu, comme pour contenir une contrariété qui risquait de conduire à un accès de colère.

S'il était prêt à concéder qu'il pouvait se tromper, il restait convaincu qu'il voyait juste et que son ami n'était aveuglé que par une longue amitié familiale avec Wilkins.

Sean voulait bien le comprendre, mais il savait que rien n'était impossible. La vie le lui avait montré.

Balayant le quai du regard, il aperçut deux hommes en caban gris qui couraient pour monter dans le train, les yeux cachés derrière des lunettes noires. L'un d'eux était quasiment chauve. Ses rares mèches faisaient comme des paquets sombres autour de son crâne pâle. L'autre avait une grosse tignasse brune qui lui tombait sur les oreilles et qui flottait dans le vent.

Les deux hommes grimpèrent dans le wagon, ralentis dans leur course par les autres passagers, et s'agrippèrent aux barres pour ne pas perdre l'équilibre alors que le train repartait.

La voix du conducteur grésilla à nouveau, plus forte que la fois d'avant. Tommy et d'autres passagers le remarquèrent, mais Sean était trop concentré sur les deux hommes pour y faire attention. Ils descendaient petit à petit vers l'arrière du train, où se trouvaient Sean et Tommy.

Tommy, qui leur tournait le dos, cherchait encore à dissiper le malaise qui s'était installé.

« Désolé, Sean. Je ne doute pas que tu aies de bonnes raisons de croire que Wilkins nous a menti et qu'il trempe dans tout ça. C'est juste que…

– Il m'arrive de me tromper, dit Sean.

– C'est vrai… Ça arrive à tout le monde. Personne n'est parfait, après tout. »

Tommy vit que Sean avait le regard braqué non pas sur lui mais derrière son épaule.

Son visage se crispa, et l'inquiétude le gagnait lorsque son téléphone se mit à vibrer dans la poche de son pantalon. Il regarda l'écran. Il venait de recevoir un SMS de Tara.

Le message n'en finissait pas : au moins quatre paragraphes ! Tommy le lut en diagonale. Puis son expression changea brusquement et il pâlit.

« Quoi ? Qu'est-ce qui se passe ? » demanda Sean.

Tommy déglutit et leva les yeux. « C'est Tara. Ils ont remonté la piste… » Sa voix se brisa.

Sean inclina la tête, essayant de comprendre.

« Ils ont remonté la piste ?…

– Et ceux qui se sont introduits dans nos systèmes… eh bien… ils sont ici.

– À Boston ?

– À l'université. »

Sean pâlit, lui aussi.

« Son message est rempli de vocabulaire technique, mais il semblerait bien que tu avais raison.

– Dis, ne regarde pas tout de suite, Tommy, mais je crois que les sbires de Wilkins nous font une petite visite.

– Quoi ? »

Tommy tourna la tête sans réfléchir et aperçut les deux hommes.

« Oui… C'est pour ça que je t'avais dit de ne pas te retourner. »

Sean regarda celui qui arrivait le premier. C'était le plus jeune, qui, avec ses cheveux longs, semblait avoir raté sa vocation de mannequin.

« Agrippe-toi », souffla Sean.

Tommy tourna la tête, cherchant à voir ce que son ami allait faire. Une seconde lui suffit pour le comprendre.

Sean avait levé la main gauche vers le signal d'alarme.

Les trains étaient conçus pour voyager à vitesse régulière mais peu élevée. Sur les tronçons plus rectilignes, il leur arrivait quelquefois d'accélérer, mais ils n'allaient jamais très vite en ville où les arrêts étaient fréquents.

Mais la vitesse acquise avait l'art de prendre en traître.

Dès que Sean déclencha le signal d'alarme, le train pila net. Tous les passagers, assis comme debout, basculèrent vers l'avant, mais ceux qui ne se tenaient pas à une barre ou à une lanière de cuir perdirent l'équilibre.

Les deux hommes qui descendaient vers l'arrière du train se retrouvèrent ainsi en grande difficulté.

À droite de Sean se trouvait en effet un passager bedonnant à costume rayé qui, estimant sans doute qu'il connaissait le trajet par cœur et qu'il verrait le moment venir où le train commencerait à ralentir, ne se tenait à rien. Il les bouscula dans sa chute, les envoyant ainsi au sol au moment même où ils cherchaient à se rattraper.

Dès que le train fut à l'arrêt, Sean courut vers la sortie la plus proche. La porte était fermée, mais il inséra plusieurs doigts dans le joint pour éloigner les deux battants. Au début, l'écart n'était que de quelques centimètres, mais Tommy arriva à la rescousse et ils terminèrent le travail à deux.

Ils sautèrent sur le quai et partirent en courant.

« Où va-t-on ? » cria Tommy alors que Sean coupait la route aux voitures.

Les conducteurs freinaient et klaxonnaient, tous plus furieux les uns que les autres. Sean leva une main en signe d'excuse, mais cela ne suffit pas à les calmer.

Tommy le suivit de l'autre côté de la rue, après quoi ils virèrent à gauche.

« Tu vas où ? » lui demanda-t-il un peu plus fort qu'il ne l'aurait voulu. Il courait, et les bonnes manières étaient le cadet de ses soucis alors qu'il fuyait pour échapper au danger, si ce n'était à la mort. Il avait un mauvais pressentiment de ce point de vue.

« Tu le sais très bien, Schultzie. »

Tommy eut envie de protester, mais n'en fit rien. Il jeta un coup d'œil par-dessus son épaule et vit leurs deux poursuivants derrière eux. Ils avaient une longueur d'avance, car ils étaient partis en flèche et les deux hommes du train avaient sans doute été retardés par la foule obstruant les sorties.

« Tu as vraiment envie de retourner là-bas ? » Tommy n'était toujours pas convaincu par l'hypothèse de Sean, même si les preuves s'accumulaient. Il n'avait pas fini d'entendre parler de cette histoire !

« Non, répondit Sean sans se retourner. Mais Wilkins ne s'en tirera pas à si bon compte. »

Sean tourna au pied d'une grande arche, loin de se douter que deux hommes se tenaient cachés derrière les piliers.

Ils sortirent soudain pour leur faire obstacle en braquant leurs pistolets sur eux.

Sean, ne pouvant retenir son élan, rentra dans l'homme de droite, qui essaya de se pousser. Il saisit le canon de son pistolet et tira très fort sur le côté.

Le piège eût été parfait si les deux assaillants avaient pris en compte la vitesse de Sean. Le tireur ne put retenir son arme alors même qu'il avait la détente sous le doigt. Le coup partit et son écho résonna dans le campus ainsi que dans la rue parallèle. La balle finit dans le pied du second tireur, qui cria et mit un genou à terre alors que sa chaussure n'était plus qu'un cratère sanguinolent.

Tommy, qui suivait Sean de près, vit parfaitement la scène, et, comme un attaquant sur le terrain de football, planta un bon coup de pied dans la mâchoire de l'homme qui venait de s'affaisser, ainsi victime d'une balle perdue.

Le second tireur roula sur le dos, inerte.

Sean se retourna aussitôt vers le premier et lui tira coup sur coup trois balles dans la poitrine. Le bruit se perdit au milieu des cris des étudiants et du personnel universitaire.

Tous détalèrent pour se mettre à l'abri. Certains se cachèrent derrière des arbres. D'autres coururent vers les bâtiments. Les automobilistes accéléraient et les pneus crissaient.

Le premier tireur tomba et roula sur le côté. Sean le suivit des yeux, le souffle coupé. Tout autour, la foule en panique sombrait dans le chaos. En général, il faisait de son mieux pour éviter ce genre de scénario. Il venait juste de tuer un homme, et combien de témoins avaient assisté à la scène ?

Sean cacha son revolver sous sa ceinture, puis se pencha avant de soulever la manche de son adversaire : dessous, comme il s'y attendait, se trouvait le même tatouage que celui de ses deux agresseurs dans le Missouri, exactement au même endroit. Sean se redressa et regarda le second tireur, plus loin, à terre. Il ne prit pas la peine d'aller vérifier son poignet.

« Partons.

– Et Wilkins ? demanda Tommy d'un air à la fois perplexe et inquiet.

– On devra s'occuper de son cas plus tard.

– Et au fait, les deux types du train ? » demanda tout à coup Tommy avant de se précipiter vers l'arche et de jeter un coup d'œil derrière le pilier.

Sean le rejoignit, après quoi il balaya toute l'avenue du regard jusqu'au train, encore à l'arrêt. Leurs deux poursuivants avaient disparu.

13

NEW YORK

La fuite n'avait pas été simple. Si Tusun ne croyait pas à la chance, le fait qu'Emily Starks soit arrivée juste à ce moment-là n'en avait clairement pas été une pour lui. Il ne se demanda pas longtemps ce qui l'avait amenée là. Il était évident qu'elle était venue pour interroger les prisonniers.

Ce qu'elle leur voulait, cependant, était moins clair.

L'hypothèse que privilégiait Tusun, c'était qu'elle cherchait encore à savoir ce qu'ils faisaient dans le Missouri et pourquoi ils s'en étaient pris à Sean Wyatt.

Moins de trois minutes après leur départ de la prison, Tusun et ses acolytes laissèrent la fourgonnette dans un entrepôt et se répartirent dans deux SUV.

Les policiers retrouveraient assez vite la fourgonnette, car ils resserraient déjà leur filet autour d'un périmètre qu'ils avaient défini dans la zone.

Les deux SUV, n'éveillant aucun soupçon, franchirent les barrages sans difficulté.

Plus tard dans l'après-midi, ils arrivèrent dans le New Jersey où ils les laissèrent dans un garage, changeant une nouvelle fois de véhicule avant de repartir pour

Manhattan, où les attendaient le chef et ses hommes dans leur repaire.

Tusun escorta sans un mot Syd et Michel dans le couloir obscur, puis dans le second sas de sécurité et jusqu'au sous-sol.

Si Syd et Michel s'étaient attendus à un accueil chaleureux, ils furent vite détrompés.

Dès l'instant où la lourde porte se referma derrière eux, ils furent bousculés vers le centre de la pièce, où s'étaient déployés les Assassins. Ils trébuchèrent un instant, puis se ressaisirent.

Michel semblait furieux. Il remit de l'ordre dans ses vêtements et regarda autour de lui, décrivant un cercle. « Qu'est-ce que vous faites, comme ça ? » demanda-t-il avec un accent de rage.

Syd regarda les autres sans mot dire, d'un œil curieux et méfiant.

« On attend, dit Tusun.

– Vous attendez ? Quoi donc ?

– Le maître.

– Ça tombe bien. J'ai hâte de le voir. Le plan ne tenait pas la route. Cette femme a failli tout gâcher. D'où sortait-elle ? Comment est-ce qu'elle a su qu'on était venus les chercher ? »

Tusun écouta avec un visage de marbre.

« Le plan a fonctionné – malgré l'arrivée de cette femme. Je crois qu'elle ne savait pas ce qui se passait. C'était sans doute une malheureuse coïncidence.

– Tu aurais pu finir derrière les barreaux, toi aussi.

– Mais on s'en est tirés… Et vous êtes sains et saufs… Pour le moment. »

Syd fronça énergiquement les sourcils.

« Pour le moment ? demanda Michel. C'est censé vouloir dire quoi ?

– Cela veut dire que vous allez devoir faire vos preuves dans le cercle.

– Et qui en a décidé ?

– Moi. »

Ce mot s'éleva d'un recoin obscur, et, un instant plus tard, Alain fit un pas en avant dans la lumière. Ses yeux étaient plus noirs que d'habitude. Il portait un long vêtement noir, comme les robes des moines ou des prêtres, avec une capuche qui nimbait son visage d'un halo sinistre.

Il se décoiffa dans un geste presque élégant, et sa capuche retomba entre ses omoplates.

Syd et Michel se retournèrent pour faire face à leur maître.

« Le cercle ? demanda le premier d'une voix qui ne trahissait qu'à peine sa crainte. Pourquoi ? »

Alain avança, les mains entrecroisées dans son dos. Dans son long vêtement noir resserré autour de la taille, on aurait pu croire qu'il flottait, comme un sombre spectre venu hanter cette pièce.

« Vous avez failli, dit Alain. Vous n'avez pas pu arrêter Wyatt. Maintenant, il sait, et son compagnon est aussi au courant. Ils fouillent dans des endroits où ils ne devraient pas mettre leur nez. Nous allons devoir colmater les nombreuses brèches que vous avez ouvertes, et vous nous avez prodigieusement compliqué la tâche.

– On n'y est pour rien. »

Alain imposa le silence en levant la main droite. Michel se tut.

« Vous vous êtes laissé prendre. Maintenant, tout le monde est sur votre piste… et sur la nôtre aussi. Comme vous avez failli, vous vous confronterez dans le cercle. »

Syd et Michel échangèrent un regard embarrassé.

« Seul l'un d'entre vous en sortira vivant ! » rappela Alain. Il se retourna vers un homme qui se tenait à côté de Tusun. Il avait le crâne rasé, et son visage menaçant était encore endurci par une moustache et un bouc.

« Les armes ! »

L'homme inclina la tête, puis révéla deux katanas qu'il avait tenus cachés derrière son dos et les jeta au sol.

Les hommes reculèrent pour former un cercle autour des deux adversaires.

Alain recula et ouvrit les mains de chaque côté, paume vers le haut. « Votre faillite vous condamne. Le sang vous libère. »

C'était une vieille formule qui remontait aux origines des Assassins. Le cercle était une tradition très rarement invoquée. Alain ne l'avait observée qu'une fois en vingt ans jusque-là, et cette occasion avait été la seule dans la vie de son maître.

Le cercle était le châtiment indiqué pour un Assassin qui s'en était pris à son ordre. Le vol, le meurtre non autorisé, l'insubordination, et, dans ce cas, la faillite étaient les offenses qui donnaient lieu à ce châtiment.

Le maître, en l'occurrence Alain, avait le choix des armes. Il préférait le sabre à toute autre possibilité. Les armes à feu n'avaient été utilisées qu'entre la fin du XVIIIe et le début du XIXe siècle, à l'époque où les disputes se résolvaient par un duel. Alain jugeait les armes traditionnelles plus appropriées dans les cas de ce genre. Un pistolet pouvait rencontrer des problèmes de mise à feu et un tireur pouvait être chanceux. Un sabre, au contraire, était un instrument de précision, presque chirurgical.

« Que le combat commence ! » ordonna Alain.

Syd et Michel se dévisagèrent, puis ils regardèrent leurs sabres, et ainsi de suite. Jamais ils n'avaient vu de cercle avant, même s'ils connaissaient les enjeux du rituel. Il fallait que l'un d'eux meure pour absoudre l'ordre. C'était une méthode barbare et violente, mais juste.

Michel prit position le premier. Il bondit vers le sabre le plus proche et le ramassa d'un mouvement rapide, après quoi il se retourna, prêt à terminer le combat au plus vite. Syd fut à peine moins leste. Il empoigna son sabre et esquiva tout de suite le demi-cercle horizontal de la lame de son adversaire en se jetant au sol sur le côté.

Le métal vrombit au-dessus de sa tête et ne le manqua que de quelques centimètres.

Michel fit un pas en arrière en maintenant son sabre incliné devant lui. Dans cette position défensive, il se tenait prêt à l'assaut de Syd.

Les hommes réunis autour d'eux gardaient le silence. Pas de cris. Pas de réjouissances. Ils savaient qu'un de leurs frères allait périr. Exprimer une préférence eût été trahir l'esprit des Assassins. Ainsi observaient-ils la scène dans un silence curieux, comme on observerait des oiseaux en train de se disputer les dernières graines.

Michel avança les pieds de cinq centimètres. Syd glissa sur sa gauche en gardant sa main gauche devant lui, un peu comme un bouclier. Sa main droite restait en arrière, prête à frapper.

Les deux adversaires se toisaient avec des yeux de braise. Puis Michel bondit. Il se projeta vers l'avant avec une précision qui était clairement le fruit d'années d'entraînement intense.

Syd ne fut pas en reste. Il rapprocha son pied arrière du talon de son pied avant et pivota, esquivant sans difficulté une première, une deuxième, puis une troisième attaque.

Michel leva son pied vers la nuque de son adversaire.

Syd para le coup et, de son sabre, allait mettre un point final au duel lorsque Michel, faisant soudain volte-face, lui ficha son poing dans le nez.

Il recula en titubant tout en pinçant son nez entre son pouce et son index. Le sang giclait, mais il n'avait pas le temps de s'en occuper : son adversaire venait déjà le chercher, ne lui laissant aucun répit.

Michel se mit en position et feignit un autre coup droit, puis, reculant soudain le torse tout en changeant de prise, il abattit son sabre sur son adversaire, à un angle qui aurait pu le découper depuis l'épaule jusqu'au bassin.

Syd, encore plein de ressources, para le coup. Les lames s'entrechoquèrent et le bruit résonna dans toute la pièce. Les deux adversaires mettaient toute leur force dans les coups qu'ils se donnaient.

Syd fut le premier à adapter sa stratégie, envoyant un coup de coude dans les côtes de Michel. L'une d'elles craqua et une douleur aiguë se répandit dans sa poitrine. Il grimaça et, sans lâcher son arme, avança d'un coup sec le pied droit contre les talons de son adversaire. Le choc déséquilibra celui-ci, qui tomba droit sur le coccyx, son crâne allant buter contre le sol.

Pendant que Syd reprenait ses esprits, Michel, qui essayait toujours de maîtriser la douleur atroce qu'il ressentait à la côte, leva son sabre bien haut au-dessus de sa tête avant de viser le cou de son rival.

Syd, qui voyait encore flou, cligna les paupières plusieurs fois de suite dans un effort désespéré pour revenir à la réalité. Il vit l'éclat du métal au-dessus de sa tête et prit la mesure du danger. Il n'eut le temps que de lever son katana avant d'en pousser la pointe acérée de toutes ses forces.

Le manche trembla, ce qui voulait dire que la lame avait pénétré dans un corps solide mais malléable. Il poussa plus fort.

Michel gémit avant de faire un pas en arrière. La lame ressortit de son abdomen désormais maculé de sang.

Il regarda sa blessure tout en continuant de battre en retraite d'un pas titubant. Son sabre ne faisait plus que pendouiller entre ses doigts, la pointe touchant presque le sol.

Syd se releva tant bien que mal. Il chancelait. La pièce tournait encore devant ses yeux, quoique un peu moins qu'avant. Il vit Michel qui se tenait le ventre, avec un flot de sang qui lui coulait entre les doigts.

Syd inspira profondément. Sa tête le martelait de l'intérieur, mais, s'il était désorienté, il savait parfaitement ce qu'il avait à faire.

Il avança d'un pas prudent. Il savait que Michel, même blessé, restait dangereux.

Puis il chargea. Michel fit un pas en arrière tout en levant mollement son katana afin de parer le coup, mais sa main perdait prise. Syd frappa de nouveau, et, si son adversaire se défendit, il le tourmenta comme un joueur d'échecs qui préparait le coup de grâce.

Pivotant sur lui-même, il enfonça son sabre dans la poitrine de Michel, et, la pointe étant ressortie de l'autre côté pleine de sang, il attendit une seconde avant de la retirer.

Michel tomba à genoux. Une fine traînée rouge coulait au coin de ses lèvres. Il promena devant lui un regard sans vie. Son corps oscilla d'avant en arrière, comme s'il allait tomber, mais par la seule force de sa volonté, il resta à la verticale.

Syd haletait. Il s'essuya le nez d'un revers de main avant de regarder Alain.

Le maître approuva d'un hochement de tête.

Syd n'attendit pas de consigne plus précise.

Il leva son sabre et le coup partit, spectaculaire. Le corps de Michel bascula, et, au moment où il heurta le plancher, sa tête roula à un ou deux mètres de là.

Tous les yeux dans la pièce regardèrent le cadavre de Michel, puis Syd. Au début, il n'y eut pas un commentaire, pas un applaudissement pour le vainqueur. Leur principe d'égalité voulait qu'ils aient tous à la fois perdu et gagné un membre.

Alain s'avança au milieu du cercle et désigna le mort. « Qu'on lui donne des funérailles honorables ! » dit-il. Puis, se tournant vers Syd : « Tu es absous. »

Sans plus de formalité, Alain tourna sur ses deux talons et sortit de la pièce les mains dans le dos.

Syd, encore pantelant, resta seul au milieu du cercle. Il s'essuya de nouveau le nez et regarda une dernière fois ce qui restait de son adversaire alors que les assistants s'occupaient de réunir les deux parties de son corps pour les évacuer de la pièce.

14

BOSTON

Sean et Tommy coururent d'une traite jusqu'à la rivière Charles. Ils ne pouvaient pas prendre le risque de se faire embarquer par la police. Même si Sean avait des contacts, ils n'étaient pas prêts pour un interrogatoire.

Sean avait tué par mesure d'autodéfense. Tous les témoins pouvaient en attester, mais cela ne suffisait pas. Sean était convaincu que certains des agents de police étaient à la solde des Assassins. Cette pure supposition lui venait de sa paranoïa habituelle.

Les deux amis balancèrent les armes dans l'eau avant de détaler, en adoptant cette fois un rythme régulier. Ils entendaient le bruit des sirènes au loin, les premières forces de l'ordre arrivant sur les lieux.

Le campus était certainement bouclé et la procédure prévue en cas de fusillade avait forcément été déclenchée.

Les corps des tireurs seraient retrouvés, mais pas ceux qui les avaient tués, ni aucune arme. Les autorités ne se donneraient pas la peine de draguer la rivière : trop de dépenses et de temps perdu.

« Où on va ? demanda Tommy en remarquant que Sean contournait le campus le long des quais.

– On fait une boucle. On reviendra vers le campus quand on sera arrivés à Brookline pour récupérer la voiture. »

Tommy préféra ne rien dire. Sean avait plus d'expérience dans ce domaine, même si lui-même avait beaucoup appris aussi au fil des ans. Sean était d'ailleurs un bon pédagogue. Ils s'étaient sortis de situations de ce genre sur presque tous les continents, et Tommy en savait maintenant pratiquement autant que Sean, pour qui c'était comme une seconde nature.

Ils ralentirent en atteignant la bordure ouest du campus, puis virèrent brusquement à gauche et traversèrent non seulement Commonwealth Avenue, mais deux rues parallèles supplémentaires, la circulation se densifiant dans tout le quartier. Puis ils tournèrent à gauche encore une fois et retournèrent ainsi à leur voiture.

Le processus avait pris une bonne vingtaine de minutes, mais cela en valait la peine. Il y avait déjà des policiers partout, ainsi que des ambulances et des camions de pompiers. Aucun étudiant ne circulait, ce qui voulait dire soit qu'on leur avait déjà fait évacuer les bâtiments, soit, plus probablement, qu'ils étaient encore terrés à l'intérieur en attendant la fin de l'alerte.

Pendant tout ce temps, Sean se demanda où étaient passés les deux hommes du train. Ils semblaient avoir disparu sans laisser de trace. Ils leur avaient couru après, et, tout à coup, ils s'étaient volatilisés.

Sean prit place au volant et enclencha le moteur. Il se frotta les mains pour les réchauffer un peu avant de passer la première vitesse.

Personne, autour de la zone clôturée par la police, ne prêta attention à eux quand ils s'éloignèrent du lieu du drame dans leur voiture.

« Trouve l'adresse de Wilkins », dit Sean en s'engageant dans une rue perpendiculaire à Commonwealth Avenue.

Tommy regarda son ami d'un air songeur.

« Dis-moi que ce n'est pas ce que je crois.

– Ah, et qu'est-ce que tu crois ?

– Tu veux qu'on entre chez Wilkins ? Ça ne serait pas tenter le diable une deuxième fois ?

– Wilkins trempe dans toute cette affaire, Schultzie. Je sais que tu as du mal à y croire, mais c'est la vérité. »

Tommy garda le silence pendant un certain temps.

« Non, je pense que tu as raison, dit-il enfin. C'est la seule hypothèse qui tienne. Sinon comment ces types auraient-ils su où nous étions ? Ça ne peut pas être une coïncidence s'ils nous sont tombés dessus juste après notre entrevue avec Wilkins. Ils savaient. Ils nous attendaient. Et je ne vois pas qui d'autre peut les avoir alertés.

– Je suis navré », dit Sean d'un ton qui n'était pas sarcastique, mais sincère.

Tommy se contenta de hausser les épaules. « C'est comme ça. Et c'est tout. »

Sean fit la moue et demanda d'un ton plus léger :

« Que veux-tu dire par là ?

– Quoi ?

– *C'est comme ça*. Que veux-tu dire par là ? Les gens le disent sans arrêt et ça me rend dingue. »

Tommy s'esclaffa.

« Je ne sais pas, moi… Que les choses sont comme elles sont et qu'on ne peut rien y faire ?

– Ah bon… dit Sean en fronçant les sourcils.

– Pas grave. Ce que je voulais dire, c'est que tous les indices convergent : Wilkins nous a donné un coup de poignard dans le dos. OK, mais de là à nous introduire chez lui… Tu es certain que c'est une bonne idée ? On ne risque pas de voir débarquer la police, du fait qu'il se trouvait sur le campus au moment de la fusillade ? »

L'hypothèse était tirée par les cheveux. Tommy ne connaissait pas aussi bien que Sean les procédures d'enquête et les protocoles en place.

« Mais non ! Ce n'est pas pour ça que je m'inquiète. »

Cette formulation suggérait qu'au moins un autre aspect de la situation préoccupait Sean.

« Ou les deux types du train ? dit Tommy, moins comme une question que comme une affirmation.

– Ça, oui, répondit Sean plus bas. Il faut s'attendre à les retrouver chez Wilkins. Mais procédons par ordre. Il faut d'abord qu'on sache où il habite.

– OK. »

Tommy chercha un numéro dans le répertoire de son téléphone et lança un appel.

Alex répondit au bout de plusieurs sonneries.

« Hello, Tommy ! Qu'est-ce qui t'arrive ?

– On a besoin de l'adresse de Cameron Wilkins à Boston.

– Euh… bon, d'accord.

– C'est au-dessus de tes forces ? »

Alex rit à l'autre bout de la ligne. « Bien sûr que non. Mais je m'attendais à quelque chose de plus difficile. Un instant. »

Tommy imagina les doigts d'Alex en train de courir sur le clavier. En moins d'une minute, il avait trouvé l'adresse, qu'il donna à Tommy – qui la transmit lui-même à Sean.

Tommy avait une bonne mémoire, mais celle de Sean était quasi eidétique.

« Et le déchiffrage de cette tablette, ça avance ?

– On a deux pistes, mais on est encore dessus.

– D'accord. » Tommy marqua une pause. « Et… pour le reste ?

– La trace informatique ? Oui, elle remonte à l'université de Boston. C'est bien le Dr Wilkins que vous connaissez, là-bas ? »

Tommy pâlit devant la confirmation de cette vérité qu'il eût préféré ignorer. Wilkins était passé du côté obscur de la Force. Il avait trahi une longue amitié. Tommy devait maintenant chercher à en comprendre les raisons.

« Merci, Alex. Rappelle-moi dès que vous saurez ce que dit cette tablette.

– Oui, chef. Je n'y manquerai pas. »

Tommy raccrocha et poussa un long soupir.

Sean jeta un coup d'œil vers son ami. Il préféra ne rien dire et continuer sa route. Il tourna à gauche dans une rue qui conduisait vers Beacon Hill. Rien de surprenant à ce qu'un historien comme Wilkins y ait élu domicile. Quoi de mieux, pour un homme comme lui, qu'une maison en bordure de Boston Common, le premier jardin public des États-Unis ?

Trois longues minutes s'écoulèrent avant que Tommy dise quelque chose : « La trace remonte à Wilkins, à ce qu'ils m'ont dit. »

Sean hocha la tête.

« Je le savais.

– Je ne comprends pas qu'il ait pu nous trahir comme ça. Je sais qu'on était déjà parvenus à la même conclusion, mais de l'entendre de la bouche d'Alex…

– Ça t'a fait mal, dit Sean pour terminer la phrase de son ami.

– Oui. Il nous a mis en danger. Et Alex et Tara aussi, potentiellement. Je veux savoir pourquoi.

– On ne va pas tarder, Tommy. Plus que dix minutes et on est chez lui. »

Huit minutes et demie plus tard, Sean gara la voiture dans une des impasses qui jouxtaient Boston Common. Selon l'adresse qu'Alex avait trouvée, la maison du professeur se situait juste au coin d'une rue qui montait vers le Capitole de l'État du Massachusetts.

Ils trouvèrent la maison et gravirent le perron. Sean sortit un outil de la poche de sa veste, et Tommy regarda de droite et de gauche pour s'assurer que personne ne les voyait s'introduire par effraction dans la maison de Cameron Wilkins.

Sean vint très vite à bout de la serrure en insérant une petite fiche dedans, puis une pièce plate juste en dessous. Il réussit à faire céder le mécanisme, après quoi il tourna la poignée et ouvrit la porte en grand.

Sean et Tommy entrèrent, puis refermèrent la porte derrière eux avant de procéder à une brève reconnaissance de terrain qui ne fit que confirmer ce qu'ils savaient déjà : la maison était déserte.

« Comment as-tu appris à entrer chez les gens comme ça ? demanda Tommy alors que Sean était encore occupé à ranger ses outils.

– Ça fait partie du boulot, répondit Sean en haussant les épaules.

– Pas à l'IAA… »

Sean s'esclaffa :

« Non, en effet. Mais comme tu vois, ça peut toujours servir.

– Carrément ! Un de ces jours, il faudra que tu me montres comment tu fais.

– Bien. Rendez-vous devant chez toi pour une formation complète dès qu'on sera rentrés à Atlanta ! » répondit Sean, très content de sa blague.

Tommy préféra ne pas relever et poursuivit l'inspection de la maison. Une volée de marches montait vers le premier étage. À gauche se trouvait un salon coquet avec deux hauts fauteuils rembourrés à motif cachemire. À droite la salle à manger avec une longue table en chêne teintée merisier, des plantes en pot dans tous les coins, et une grande tapisserie à motif fruitier accrochée au mur d'en face.

« Son bureau se trouve sans doute à l'étage, dit Sean. On devrait commencer par là. »

Tommy fronça les sourcils.

« Comment le sais-tu ?

– Tu mettrais ton bureau au rez-de-chaussée ?

– Non, c'est vrai, mais je vais quand même faire le tour histoire de vérifier.

– Si ça te fait plaisir », lui répondit Sean, amusé.

Il monta l'escalier à pas de loup tandis que Tommy se dirigeait vers le salon.

Sean trouva au premier étage la chambre principale, une chambre d'amis, et, comme il s'y attendait, le bureau.

La bibliothèque de Wilkins était immense : elle faisait plus de neuf mètres de long et près de six mètres de large. Les plafonds, d'une hauteur de plus de trois mètres, donnaient une sensation d'espace encore accrue – ce qui était loin d'être un luxe, car le désordre était tel qu'une truie n'y eût pas retrouvé ses petits.

Des boîtes de documents empilées les unes sur les autres montaient jusqu'à un mètre vingt contre le mur intérieur. Les étagères qui couraient le long des trois autres murs étaient remplies de volumes sur toutes sortes de sujets, du simple manuel de géographie à la monographie sur les conséquences de la *Magna Carta* jusqu'à aujourd'hui.

Sean balaya du regard cet incroyable fatras. Le bureau, juste en face de lui, était couvert de feuilles, de livres, de stylos et de notes rédigées de la main de Wilkins.

Sean s'approcha de la fenêtre. La cour derrière la maison, close de murs, ne faisait qu'un petit carré qui la séparait de celle du voisin. Sean retourna vers le bureau et regarda une partie des papiers qui se trouvaient dessus.

Il trouva un relevé bancaire et ses yeux s'arrondirent.

Juste à ce moment-là, Tommy arrivait sur le seuil.

« Bon, a priori tu avais raison, dit-il dans un soupir.

– Bien sûr.

– Modeste… »

Oubliant leurs boutades, il fut intrigué par le document que Sean tenait dans sa main. « Qu'est-ce que c'est que ça ? » Il entra dans la pièce et se rapprocha de lui.

« Tu en connais beaucoup, des professeurs qui gagnent autant d'argent ? répondit Sean en lui montrant le document.

– Pas possible ! dit Tommy en apercevant la somme.

– Tu ne crois pas si bien dire… On ne peut pas mettre autant d'argent de côté quand on a un salaire de professeur, à moins d'être invité à faire des conférences dans le privé ou de publier des livres.

– Ce qui n'est pas le cas du Dr Wilkins… Enfin, il a bien écrit quelques livres, mais ce ne sont pas des best-sellers, à ce que je sais.

– Ce qui veut dire qu'il a d'autres sources de revenus… »

Sean prit quelques livres au hasard parmi ceux qui jonchaient le bureau. La plupart concernaient l'ordre du Temple. D'autres contenaient des textes religieux. D'autres encore portaient sur les reliques du monde entier. Sean ouvrit l'un d'entre eux à un endroit signalé par un marque-page.

Il lut quelques paragraphes avant de reposer le livre.

« Quel désordre, en tout cas, fit Tommy en s'emparant d'un objet dans le fatras.

– En matière de rangement, les intellectuels optent souvent pour la méthode de la pile. Le bureau d'Einstein en offre un exemple. »

Tommy le savait bien. Les gens supérieurement intelligents étaient aussi souvent les moins ordonnés. Il pensa modestement à sa propre maniaquerie.

Sean se saisit d'un autre livre sur les Templiers et se mit à le feuilleter. Il s'arrêta à une page qui avait été cornée.

Il se plongea dans la lecture du texte, sans épargner le moindre détail.

Tommy, lui, s'arrêta devant un cadre et le prit dans ses mains. Le Dr Wilkins posait avec ses parents sous un palmier, sans doute dans une contrée lointaine. Cette vue lui remua le cœur. Une si longue amitié… Tommy ne comprenait toujours pas l'origine de la tourmente qui s'était emparée de l'esprit de cet homme.

Sean tourna la page et pâlit. Il déglutit, puis regarda à nouveau.

Tommy, remarquant le silence inhabituel de son ami, reposa la photo. Il vit que Sean était livide. « Quoi ? Qu'est-ce qui se passe ? »

Sean tourna le livre vers lui. Sur la page était reproduite la photo d'une tablette où s'alignaient des rangées de symboles.

C'était la tablette qui se trouvait à Atlanta.

15

WASHINGTON

Darren Sanders se tenait en retrait, derrière le rideau bleu, pendant l'hommage officiel que rendait le président Dawkins à la suite de la mort soudaine et prématurée d'Alycia Freeman.

Sanders ne faisait guère attention au discours du président, car il avait l'esprit ailleurs. Son visiteur avait tenu parole, en tout cas jusque-là. Plus personne ne lui faisait désormais obstacle. Le président n'avait plus d'autre choix que de lui accorder son soutien.

Le secrétaire d'État, bien sûr, ne hâterait pas le processus. Ce n'était pas le bon moment pour affirmer ses ambitions. Son bienfaiteur avait été de bon conseil. Se tenir aux côtés du président, le soutenir, était une excellente stratégie. Il n'était pas question d'aborder le sujet de la présidentielle avant plusieurs semaines. Il fallait que les choses se tassent, ce qui, à Washington, arriverait sans doute assez vite. Le président avait toujours beaucoup de travail, même quand il partait à Camp David. Les affaires internationales les plus urgentes étaient toujours présentes à son esprit, et, lorsqu'il rentrait à la Maison-Blanche, ces dossiers l'attendaient sur son bureau.

Sanders avait, à sa gauche, l'auteur de l'hommage, ainsi que d'autres conseillers du président. Derrière lui, dans le couloir, se trouvaient d'autres employés de la Maison-Blanche, qui cherchaient à avoir un aperçu de la salle des conférences pour surveiller la réaction des journalistes.

Sanders se parait en cette occasion de toute la gravité dont il était capable. Ce n'était pas la première fois qu'il sollicitait son talent de comédien. Cela faisait partie du jeu à Washington. Il n'avait pas tenu un seul discours, que ce soit aux journalistes ou aux électeurs, qui n'eût au moins en partie été malhonnête. Jouer, n'était-ce pas après tout faire semblant d'être quelqu'un d'autre ?

Tout ce qui importait, c'était que le public y croie.

Les flashs crépitèrent dans la salle des conférences au moment où le président terminait son discours et remerciait toutes les personnes présentes. Il avait déjà annoncé que le discours ne serait pas suivi d'une séance de questions, et, à la surprise de Sanders, les journalistes respectèrent ce souhait.

D'ordinaire, même dans le pire des cas, ils n'en démordaient pas. Ils voulaient quelque chose à se mettre sous la dent, ils voulaient de la matière pour leur prochain article, et ils faisaient tout ce qu'ils pouvaient pour l'obtenir. Ce jour-là, cependant, le silence fut total lorsque le président quitta l'estrade pour repasser de l'autre côté du rideau.

Le personnel – composé en partie des employés de la Maison-Blanche – garda un silence poli et, les mains croisées sur le ventre, salua d'un hochement de tête respectueux le passage du président. Dawkins marqua une pause devant Sanders, dont le visage était encore empreint de gravité et d'affliction.

« Comment c'était, Darren ?

– C'était parfait, monsieur le président, lui répondit Sanders avec un sourire humble.

– Merci, dit Dawkins en hochant la tête. Maintenant, suivez-moi. Il faut qu'on parle. »

Sanders ne changea rien à son expression, malgré la surprise totale de cette invitation. Que lui voulait le président ? Pourquoi maintenant ? Était-il au courant de la visite qu'il avait eue ? De l'appel qu'il avait reçu ? Il sentit la panique monter en lui, mais il ne montra rien de son trouble et garda une expression stoïque.

Dawkins ouvrit la marche, ne laissant guère d'autre choix à Sanders que de le suivre dans les couloirs de la Maison-Blanche jusqu'au bureau ovale. Une équipe de quatre hommes des services secrets les précéda dans la pièce. Dawkins referma lui-même la porte derrière eux avant de se diriger vers le *Resolute desk*.

Il posa ses coudes sur le bureau, doigts entrecroisés, et vint momentanément appuyer son front par-dessus, comme absorbé dans ses réflexions.

Sanders, qui était resté debout à hauteur des canapés, jugea après un moment d'hésitation qu'il ferait mieux de s'asseoir et s'avança pour s'installer dans un fauteuil en face du président.

Dawkins se mit à remuer la tête. « Je n'arrive pas à croire qu'elle soit partie », dit-il d'une voix qui marquait l'accablement.

Sanders s'autorisa quelques brefs hochements de tête pour donner l'impression d'un homme sensible à la douleur du président. Il était loin d'avoir imaginé un lien aussi fort entre Dawkins et Freeman.

« Vous étiez… proches, monsieur le président ? » La question était audacieuse, mais il n'entendait rien de déplacé par là. « Je ne savais pas que vous étiez amis.

– Nous n'étions pas forcément proches, lui répondit Dawkins. Nous n'étions d'ailleurs pas toujours d'accord, mais c'était une femme remarquable, et elle aurait fait une excellente présidente. J'aurais beaucoup aimé qu'elle me succède dans ce fauteuil. »

Il descendit ses mains le long des accoudoirs et caressa le cuir un bref instant, comme pour imiter Freeman s'y asseyant pour la première fois si elle avait pu vivre jusque-là.

« Maintenant, je ne sais pas très bien quoi faire.

– Laissez-vous le temps, monsieur le président. Vous y verrez bientôt plus clair.

– Quand on est dans ce fauteuil, on est censé savoir quoi faire, lui répondit Dawkins en reniflant. Les mots *Je ne sais pas* ne font pas partie du répertoire d'un président. On prend des décisions, parfois à la petite semaine, sans avoir tous les éléments, mais on y va et on avance. » Sa voix devint traînante, et il baissa soudain les yeux sur le bureau. « C'était une femme remarquable, Darren. Tout à fait remarquable.

– Oui, monsieur le président, dit Sanders en hochant la tête. Elle aurait fait une bonne présidente.

– Je ne dirai pas le contraire… Il est encore trop tôt pour savoir quel successeur lui choisira le parti, mais il va falloir en décider dans les jours qui viennent, ou bien ce sont nos adversaires qui auront une longueur d'avance sur nous.

– Ils sont plus faibles que jamais, monsieur le président.

– Je ne l'ignore pas, Darren. D'ailleurs, qui ne le sait pas ? Mais si nous ne trouvons pas un candidat qui ait les reins solides… eh bien, j'ai des craintes pour la suite. »

Dawkins avait été consterné comme tout le monde lorsque le parti adverse avait annoncé son candidat. C'était un fanatique, qui soutenait les plus folles théories. Le pays sombrerait dès le premier jour s'il était élu à la Maison-Blanche. Selon les sondages, la chose était improbable, mais, maintenant que Freeman n'était plus là, tout pouvait arriver.

Tout ce que John Dawkins avait construit au cours des sept dernières années serait perdu en moins de cent jours.

« Monsieur le président, sauf votre respect, ce n'est pas le moment de vous inquiéter de ça. Donnez-vous quelques jours. » Sanders avait un accent de profonde sincérité, et rien ne paraissait de ce qu'il brûlait de dire. « Prenez le temps de faire le deuil, de rappeler à nos citoyens quelle femme extraordinaire a été Alycia Freeman et quel beau combat elle a mené. Oubliez cette campagne. Vous avez fait votre devoir de président. Le comité saura faire le bon choix, et vous n'aurez alors plus qu'à soutenir le successeur qui lui aura été trouvé. »

Dawkins hocha la tête. « Oui, vous avez raison, Darren. Vous avez toujours été là à mes côtés, depuis le jour où je vous ai nommé à ce poste. Je ne compte plus le nombre de fois où vous avez été la voix de la raison. J'ai une immense dette envers vous. Vraiment. Votre autorité naturelle m'a souvent aidé à faire de cette administration ce qu'elle est devenue, et je crois qu'elle a atteint un sommet dans l'histoire de notre pays. Évidemment, je suis de parti pris ! » ajouta-t-il avec un petit rire discret.

Sanders se garda de partager cette hilarité.

« Bien sûr, monsieur le président. Ce bilan ne fait aucun doute. Et je ne parle pas seulement de votre cote de popularité et de ce genre de choses. Vous avez été un bon président, et vous avez fait davantage pour les Américains qu'aucun de vos prédécesseurs.

– Mais j'ai aussi fait des erreurs. »

Sanders haussa les épaules un instant avant de les laisser retomber. « Vous êtes humain. Tout le monde fait des erreurs de temps en temps, mais vous avez dirigé le pays avec un esprit et un jugement sains. Que demander de plus ? »

Dawkins écouta jusqu'au bout l'éloge de son secrétaire d'État. Pendant sept ans, il avait porté le pays sur ses épaules, et ce fardeau était devenu plus lourd que jamais.

En général, les présidents perdaient de plus en plus la main vers la fin de leur dernier mandat. Certains, impatients de franchir la ligne d'arrivée, préparaient déjà la publication de leurs mémoires, recherchaient les invitations à faire des conférences ou passaient plus de temps à jouer au golf.

D'autres se tournaient vers les actions de bienfaisance, la philanthropie ou les voyages.

Sanders savait que Dawkins n'était pas de ce genre. Il suerait sang et eau jusqu'à l'investiture du prochain président et ferait absolument tout ce qui était en son pouvoir pour s'assurer que le pays resterait entre de bonnes mains.

Il voyait ses fonctions tout à fait comme celles d'un gardien. Il était le berger et le peuple américain était son troupeau.

« Oui, vous avez raison, Darren, répéta Dawkins après plus de deux minutes d'un silence complet. Ce n'est pas le moment de penser à ce genre de choses, et il faut seulement rendre hommage à l'héritage que nous a laissé Alycia Freeman. Et la tâche sera d'autant plus facile que j'ai déjà le candidat parfait pour sa succession dans notre prochaine campagne. »

Sanders tourna insensiblement la tête, puis leva les yeux et croisa le regard du président. « Mais encore ? »

John Dawkins désigna son secrétaire d'État d'un doigt noueux. « Vous-même, Darren… Ça tombe sous le sens. C'est vous qui devez prendre sa place. C'est vous qui serez le prochain président des États-Unis. »

16

Boston

Sean et Tommy fouillèrent à peu près tout ce qui jonchait le bureau de Wilkins. Ils trouvèrent un recueil de notes sur la tablette, contenant plusieurs tentatives de déchiffrage dont aucune n'avait abouti. Le professeur butait lui aussi, manifestement, sur un obstacle.

Tommy prit plusieurs photos de ces notes, qu'il envoya à Alex et Tara. Peut-être tireraient-ils profit des hypothèses du professeur, ce qui leur permettrait d'avancer dans leur propre interprétation.

Ce n'était pas grand-chose, mais en la circonstance il ne pouvait rien faire de plus.

« C'est à croire qu'il travaille là-dessus depuis une éternité, dit Tommy en feuilletant un vieux carnet.

– Sans blague ! répondit Sean. Pourtant, ce n'est pas la semaine dernière que tu lui as envoyé toutes les infos ?

– Si, mais on dirait que le sujet l'occupait depuis bien plus longtemps.

– Pour ne rien dire du culte qu'il voue à l'ordre du Temple. Il y a plus de livres là-dessus dans sa bibliothèque que sur tout le reste. J'en ai déjà compté une bonne trentaine. »

Tommy hocha la tête d'un air songeur.

« À ton avis, il croit qu'il y a un lien entre cette tablette et les Templiers ?

– Ça crève les yeux. Tous ces trucs sur les Templiers, à côté des infos que tu lui as envoyées et de ses tentatives de déchiffrage de la tablette : avec tout ça, tu as encore des doutes ? »

Tommy préféra ignorer l'ironie de Sean. En plus de trente ans d'amitié, il s'y était habitué.

« La question qui se pose, c'est : que cherche-t-il ?

– Exactement. Et qui tire les ficelles, dans l'ombre ? »

Cette question resta en suspens pendant un certain temps.

Tommy plaqua soudain la photo de Wilkins et de ses parents sur le plateau du bureau.

« Si ce sont les Assassins qui se trouvent derrière tout ça, comme nous le pensons, toi et moi, il est clair qu'il travaille pour eux. Mais pourquoi ? Qu'attendent-ils de lui ?

– Et qu'espèrent-ils trouver ?

– Voilà la grande question. Tant d'années dans la clandestinité… Comme s'ils attendaient quelque chose… Je ne sais pas ce que c'est, mais ça doit être gigantesque.

– Rien de plus difficile à déterminer que le motif, dit Sean, surtout avec les organisations de ce genre. Elles cachent trop de choses. »

Tommy se mit à résumer la situation à voix haute.

« Au début, ils sont nés d'une secte islamique radicale.

– Exact.

– Tu crois que c'est une nouvelle guerre sainte ? »

Sean battit des paupières.

« Un djihad ? Je ne sais pas. Peut-être. En tout cas ça n'en a pas l'air. Il doit y avoir autre chose.

– Si ce qu'ils cherchent a un rapport avec les Templiers, qui dit que ce n'est pas le Saint-Graal ? Tu connais comme moi les rumeurs selon lesquelles les Templiers l'auraient transporté en Écosse, voire de ce côté de l'Atlantique.

– Oui, Oak Island, tout ça…

– Bon, pas forcément là… Mais oui, c'est une hypothèse parmi d'autres… »

Le mystère d'Oak Island alimentait la légende depuis plus d'un siècle. Il tournait autour de son « puits d'argent », une formule qui était entrée dans le langage courant pour désigner une mauvaise affaire dans l'immobilier. Pourtant, l'étrange puits d'argent d'Oak Island était en soi tout sauf matière à plaisanterie.

Un certain Daniel McGinnis l'avait découvert en 1799 alors qu'il cherchait un terrain à cultiver. Il avait repéré un affaissement à un endroit et, intrigué, s'était mis à creuser. Avec un peu d'aide, il prétendait avoir découvert des dalles à une certaine profondeur et, plus tard, des plateformes en bois disposées à intervalles réguliers dans ce qu'il présenta comme une terre sablonneuse, très différente de celle qui entourait le haut du puits.

Il prétendait aussi avoir trouvé une pierre gravée d'étranges motifs, mais, peu après, tout le monde avait soudain abandonné les fouilles. Une peur semblait avoir envahi tous ces hommes, qui n'avaient jamais voulu en révéler la cause.

Les chasseurs de trésors avaient commencé à affluer des années plus tard. Certains avaient entendu toutes sortes d'histoires sur le capitaine Kidd, et pensaient que c'était sur Oak Island qu'il avait caché son trésor. D'autres, plus nombreux, croyaient que les profondeurs du puits recelaient quelque chose de plus important encore.

Plusieurs fortunes avaient déjà été englouties dans ce puits par des explorateurs qui n'avaient rien trouvé. Six hommes y avaient même perdu la vie. Une légende rapportait que l'île était maudite et que le trésor ne ressurgirait qu'au bout de sept sacrifices.

Le problème principal avec le puits était qu'il était envahi par l'eau. L'homme qui l'avait construit l'avait ceinturé de conduits qui partaient vers la mer dans toutes les directions.

Les gens avaient cherché à utiliser de la teinture pour cartographier ce labyrinthe de canalisations, mais leurs efforts s'étaient révélés vains.

Une équipe avait essayé d'entrer dans le conduit situé sous le lieu de fouilles le plus en profondeur, et le percement latéral pratiqué à cette occasion avait causé l'effondrement du fond du puits, qui, encore une fois, avait été inondé.

Des groupes de plusieurs dizaines voire de centaines d'investisseurs s'étaient formés pour partager les coûts liés à l'exploration des profondeurs d'Oak Island. Ces compagnies avaient perdu à tous les coups, et les sommes engagées montaient parfois jusqu'à plusieurs millions de dollars.

De nombreux livres avaient été écrits sur cet étrange mystère. Une série documentaire avait récemment suivi plusieurs explorateurs qui s'étaient servis des dernières technologies. Ils avaient fait à peine plus de progrès que leurs prédécesseurs.

Pour Sean, le mystère d'Oak Island menait probablement à une impasse, au propre comme au figuré. Si le puits cachait quelque chose, il était arrogant de croire qu'on pouvait débarquer avec un procédé auquel personne n'avait pensé avant et qui marcherait là où tous les autres avaient échoué. Mieux valait, selon lui, laisser certaines énigmes intactes, et Tommy semblait du même avis.

« Il va falloir y aller, dit Sean en regardant sa montre. Ça fait déjà trop longtemps qu'on est là.

– D'accord. Attends juste une minute. J'ai envie de regarder ça vite fait. »

Tommy s'était plongé dans un épais volume qu'il avait trouvé au bord du bureau. Sean se dirigea vers la fenêtre pour jeter un coup d'œil dehors. Il ne vit rien d'inquiétant, mais cette forte intuition qu'il sentait parfois au fond de ses entrailles lui disait que la situation risquait de se compliquer s'ils restaient trop longtemps.

Il alla s'asseoir au bureau et ouvrit un tiroir. À l'intérieur, il trouva un pot rempli de vieilles pièces, un carnet à reliure de cuir brun et une pile de coupures de journaux. Il le referma avant de passer au suivant : des cahiers et des documents occupaient tout l'espace. Il le referma à son tour, et il était en train de se relever lorsqu'une idée lui traversa l'esprit.

Revenant au premier tiroir, il sortit le carnet, cala un doigt sous la couverture et l'ouvrit.

« Euh… Schultzie ?

– Oui ? répondit Tommy sans lever les yeux du livre qu'il avait dans les mains.

– Je crois que je viens de faire une découverte. »

Tommy tourna deux pages de plus avant de lever la tête.

« C'est quoi ? demanda-t-il. On dirait un journal.

– Exactement, dit Sean en désignant la page de gauche. Regarde ça. »

Tommy plissa les paupières, puis reposa le livre qu'il venait de feuilleter avant de contourner le bureau pour y regarder de plus près.

« C'est… ?

– Oui, on dirait bien. »

Sean posa le journal sur le bureau et ils examinèrent ensemble le dessin. Le tracé était maladroit, mais les intentions de l'artiste ne laissaient aucun doute. Le caisson rectangulaire était prolongé par ce qui ressemblait à deux manches de part et d'autre. Deux chérubins en ornaient le sommet, penchés au-dessus de la composition. Sous le dessin figuraient des remarques rédigées dans une écriture différente de celle de Wilkins. Elles étaient de la main de quelqu'un d'autre.

« Pas possible ! s'exclama Tommy.

– Eh si, lui répondit Sean avec un hochement de tête absent. Je crois bien que les Assassins cherchent l'Arche d'Alliance. »

Un cliquètement monta du rez-de-chaussée. Sean et Tommy tournèrent soudain la tête vers le seuil du bureau, puis se regardèrent avec inquiétude.

« Wilkins ? » demanda Tommy du bout des lèvres.

Sean battit des paupières sans confirmer ni démentir les soupçons de Tommy. Il espérait que ce serait Wilkins. Le professeur ferait un adversaire facile. Ils n'auraient pas beaucoup à faire pour l'obliger à leur apporter des réponses. Si cependant ce n'était pas le docteur, ils risquaient d'avoir des ennuis.

D'après ce que Sean pouvait voir, la pièce n'avait qu'un seul accès – à part bien sûr la fenêtre, une possibilité qu'il préférait ne pas envisager à cause de son vertige.

Il se dirigea vers le seuil à pas feutrés, et, la main appuyée contre le mur pour ne pas perdre l'équilibre, il se pencha pour jeter un coup d'œil dans l'escalier. La porte d'entrée de la maison était en bois, avec trois petites ouvertures en haut. De chaque côté, deux meurtrières en verre brossé laissaient entrer la lumière sans permettre aux visiteurs de voir à l'intérieur. Elles lui permirent cependant de distinguer des silhouettes sombres. Il ne savait pas qui c'était, mais il y avait au moins deux personnes.

« Ce n'est pas Wilkins, murmura Sean par-dessus son épaule. Ils sont en train de crocheter la serrure. »

Tommy poussa un long soupir de frustration. « Super… Et maintenant, qu'est-ce qu'on fait ? »

Sean serra les mâchoires. Pour sortir de la maison, il fallait passer par l'escalier, puis choisir entre la porte d'entrée et celle de derrière. Les inconnus arrivant par le perron, la porte de derrière n'était peut-être pas surveillée, mais cette hypothèse pouvait se révéler fatale.

Un nouveau cliquètement monta du rez-de-chaussée.

Il n'y avait pas d'autre option.

Sean et Tommy pouvaient toujours se battre, mais ils n'avaient qu'une arme chacun et un seul magasin dedans. L'autre problème, c'était qu'ils n'avaient aucune idée du nombre d'hommes qui se trouvaient devant la porte. Sean distinguait deux silhouettes, mais il pouvait aussi y avoir cinq ou six individus qui attendaient derrière. Si c'était le cas, leurs munitions seraient épuisées en un rien de temps et ils ne sauraient plus quoi faire.

Sean n'aimait d'ailleurs pas beaucoup les échanges de coups de feu à bout portant. Il avait déjà perdu entre cinq et dix pour cent de son audition à cause de ce genre d'expérience. Les fusillades en intérieur, si l'on pouvait les appeler ainsi, comportaient trop d'inconnues.

Enfin, il y avait un dernier point.

Sean ne pensait pas en avoir parlé à son ami, même s'il pouvait lui en avoir touché un mot, un jour, dans un état de grande fatigue. Il n'aimait pas tuer. Il ne le faisait que contraint et forcé, toujours après avoir passé en revue d'autres solutions.

Sean ne comptait plus les personnes qu'il avait tuées au cours de sa carrière. Il n'était pas, comme d'autres, hanté par leurs visages, leurs noms, leurs existences. Son tourment était différent.

La plupart du temps, il savait que son acte avait été justifié, voire nécessaire, pour le progrès de l'humanité. Son cœur n'en était pas moins rongé par une culpabilité plus sourde.

Derrière chacune de ses victimes, il voyait l'enfant qu'elle avait été jadis : innocent, généreux, plein de joie et d'espoir. Tôt ou tard, cet enfant avait changé. Avait-il subi des violences ou des négligences de la part de ses parents ? Avait-il connu une situation de harcèlement scolaire ou une tragédie qui avaient complètement chamboulé son existence ? À un certain moment, il avait choisi le camp du mal, mais jusque-là il n'avait été qu'un enfant.

Cette idée mettait Sean au bord des larmes.

Pour lui, chacun d'entre nous était à jamais habité d'une manière ou d'une autre par l'enfant qu'il avait été, mais certains l'étouffaient tant et si bien qu'il se réduisait à une maigre étincelle.

Sean savait cependant qu'on ne pouvait pas retrouver cette innocence, ni ressusciter la personne qu'il aurait pu devenir, et c'était pourquoi il tuait. Il tuait ceux qui avaient choisi de faire du mal aux autres, en l'occurrence à ceux qui avaient fait le choix du bien et qui menaient une vie innocente et ordonnée.

Leurs visiteurs étaient sans doute des membres de l'ordre des Assassins, nom qui rendait leurs intentions parfaitement claires. Sean se montrerait sans pitié s'il se trouvait en danger de mort, mais pour l'instant il n'en était pas là. Il évaluait toujours la situation au mieux.

« Il va falloir passer par la fenêtre », chuchota-t-il en traversant la pièce d'un pas rapide. Il tira le premier loquet, puis le second.

« Tu es sûr ? demanda Tommy.

– Il n'y a pas d'autre moyen, et ils ont l'avantage, même si on est un étage au-dessus. Ils peuvent continuer l'assaut jusqu'au moment où on n'aura plus de munitions. Sans oublier que les flics arriveront moins de cinq minutes après le premier coup de feu. Je n'ai pas trop envie d'avoir à expliquer pourquoi on s'est introduits chez Wilkins. »

Tommy courut jusqu'au seuil pour fermer la porte. En jetant un dernier coup d'œil en bas, il vit la porte d'entrée s'ouvrir et un homme en uniforme de policier entrer dans le vestibule avec un pistolet qu'il ne maniait pas comme un policier. Les policiers suivaient des formations, des procédures, des protocoles. Tommy en avait rencontré assez pour connaître leur mode opératoire dans une situation comme celle-ci. Sa conclusion était sans appel : l'homme en bas n'était pas un policier. Tommy ferma la porte en tournant la poignée délicatement pour ne pas faire de bruit avant de la lâcher de façon à permettre au pêne de rentrer dans la gâche. Puis il tourna le verrou : sans arrêter les assaillants, cela leur ferait au moins gagner un peu de temps.

Il rejoignit discrètement Sean, qui essayait de faire coulisser la fenêtre aussi silencieusement que possible.

Sean sortit la tête et repéra une gouttière à gauche, attachée au mur extérieur par des anneaux à intervalles d'un ou deux mètres.

Il fit signe à Tommy. « Vas-y le premier. Je te couvre. »

Tommy ne posa pas de question. Non seulement Sean en savait plus que lui sur les situations de combat, mais il souffrait de vertige. Ils avaient beau se trouver seulement au premier étage, il sentait que Sean n'était pas pressé de sortir.

Tommy passa une jambe sur le rebord de la fenêtre et sortit en prenant appui sur sa main droite. Puis il empoigna la gouttière en insérant ses doigts dans l'espace étroit qui la séparait du mur et fit basculer tout son poids pour s'agripper à elle des deux mains, avec un pied de chaque côté. La prise n'était pas idéale et ses doigts glissaient sur la surface lisse.

Quelle importance ? Le but n'était pas de grimper, mais de ralentir suffisamment la descente pour ne pas se mettre en danger.

Ses pieds frottèrent le long du mur et ses mains glissèrent sur la paroi de la gouttière. Lorsqu'il se retrouva à moins de deux mètres du sol, il lâcha prise et sauta sur le carré de pelouse à côté du petit patio bétonné à l'arrière.

Sean jeta un dernier coup d'œil du côté de la porte avant de passer sa jambe par la fenêtre. Il prit une profonde inspiration pour faire refluer la vague de panique qui s'emparait de lui. Son corps lui parut soudain lourd. Le monde tournait. Rien n'était stable. Ses muscles n'étaient plus que de la compote. Il tourna la tête pour chasser sa peur et tendit la main gauche vers la gouttière.

Ses doigts l'agrippèrent férocement, au point que ses jointures blanchirent. Il se hissa dehors, mais son talon gauche buta contre le rebord de la fenêtre. Il perdit l'équilibre et fut déporté trop loin sur la droite. Son poids l'attirait du mauvais côté.

D'en bas, Tommy suivait les mouvements de son ami, qui faillit lâcher prise. Sean donna un coup de jambe féroce tout en se rattrapant à la gouttière de sa main libre. Il réussit tant bien que mal à se stabiliser, après quoi il se laissa glisser sur quelques mètres. Le mur de brique égratigna ses chaussures tout du long, et, lorsqu'il n'eut plus que deux mètres et demi au-dessous de lui, il lâcha la gouttière. Il tomba dans un coup sourd en ployant les genoux pour amortir la chute.

« On ferait mieux de filer, dit-il en levant les yeux vers la fenêtre.

– Excellente idée ! »

Ils s'élancèrent jusqu'à la palissade au bout de la cour. Sean souleva le loquet puis poussa le portail. Un instant après, ils étaient dans la cour du voisin.

Elle aussi était clôturée, mais il y avait un passage entre cette maison et la suivante. Il n'était pas très large – moins d'un mètre –, mais ils pouvaient ainsi accéder à la rue.

Sean s'élança vers la nouvelle palissade, et il était en train d'en ouvrir le portail lorsqu'il eut un choc. « Le journal ! dit-il. On l'a laissé dans le bureau de Wilkins. »

Tommy ouvrit sa veste en remuant la tête, révélant ainsi, dans sa poche, le haut du carnet de cuir. « Je l'ai embarqué avant de partir. Allez, dépêche-toi. »

Sean répondit par un sourire complice, puis il ouvrit la porte d'un coup sec et les deux amis disparurent au moment même où l'un de leurs deux visiteurs sortait la tête par la fenêtre.

17

New York

« Je comprends, dit Alain à l'appareil. Non, ce n'est pas de votre faute. Rentrez dès que possible. On trouvera une solution. »

Il raccrocha et glissa le téléphone dans la poche de sa veste où il le rangeait habituellement.

Puis il reprit son cigare dans le cendrier sur son bureau. Le bout brûlait lentement dans une mince volute de fumée bleutée. La peur se lisait dans les yeux de l'homme assis en face de lui.

« Le journal ? demanda le Dr Wilkins.

– Ils l'ont pris. »

Wilkins déglutit. Comment avait-il pu manquer de prudence à ce point ? Maintenant, Sean et Tommy avaient toutes ses notes. Pire, ils savaient ce qu'il cherchait pour le compte des Assassins.

« Je ne pouvais pas savoir, monsieur Depricot. J'avais pris toutes les précautions possibles. »

Alain prit une bouffée et laissa échapper un anneau de fumée en écoutant le professeur s'aplatir devant lui.

« Je l'avais mis sous clé, je vous le jure ! Je ne sais même pas comment ils ont mis la main dessus. Je ne leur avais pas donné mon adresse ! D'ailleurs, ils n'étaient jamais venus. » Il mentait à moitié, espérant qu'Alain ferait preuve de compréhension, et surtout de pitié.

« Vous avez sous-estimé Sean Wyatt.

– Non, je vous le jure ! Je ne pouvais pas savoir qu'ils allaient venir chez moi. Qu'est-ce qui a pu leur passer par la tête ?

– Ils ont compris que vous leur aviez menti. Et moi aussi. Il suffit de vous voir pour le comprendre. »

Wilkins voulut protester, mais Alain leva la main en hochant insensiblement la tête et en claquant la langue, à la fois pour le réduire au silence et par condescendance.

« Ils ont compris que vous leur aviez menti », répéta-t-il.

Le professeur laissa retomber ses épaules. Pris de honte, il regarda ses chaussures pendant près d'une minute.

« Vous savez ce que ça veut dire, n'est-ce pas ? »

Wilkins leva les yeux.

« Ça veut dire qu'il faut récupérer ce journal. J'étais à deux doigts d'une découverte majeure, mais, sans cette tablette, je ne peux y arriver. Les photos qu'ils m'ont envoyées sont incomplètes. Dès que j'aurai cette tablette, je...

– Aucune chance », dit Alain avant d'inspirer une nouvelle bouffée de cigare.

Il expira un long trait de fumée entre ses lèvres.

« Mais, avec ce journal... ils compareront mes découvertes avec les leurs. Mes notes... pourront les aider à déchiffrer la tablette. Une fois que Wyatt...

– Aucune chance non plus. »

Wilkins parut déconcerté. Sa bouche resta ouverte et ses joues retombèrent lentement. « Je... je ne comprends pas. M'auriez-vous caché quelque chose ? » Puis il comprit soudain. Il aurait dû le voir plus tôt. Comment avait-il pu manquer de jugement à ce point ? Wilkins avait toujours tiré fierté de son intelligence. Mais ce qu'il venait de comprendre le rendait malade.

« Vous savez où se trouve l'Arche d'Alliance ? Vous le savez depuis le début ?

– Évidemment. »

Alain avait répondu sans hésitation. N'était-il pas le chef ?

Furieux, Wilkins voulut se lever, mais une main s'abattit sur son épaule pour l'enfoncer dans son fauteuil.

« Ne me touchez pas ! » protesta-t-il un ton plus haut qu'il ne l'aurait voulu. Il regarda Tusun, car c'était lui qui l'avait forcé à se rasseoir.

« C'est à moi qu'obéit mon second, pas à vous, professeur, dit Alain de la voix calme et régulière d'un homme qui n'avait aucune inquiétude à se faire.

– Si vous saviez où elle était, pourquoi m'avez-vous fait travailler pendant si longtemps sur cette tablette ? Je pensais qu'on en était au même point, et maintenant vous me dites que vous saviez où elle était ?

– Nous l'avons toujours su. Il est vrai que nous avons perdu sa trace à l'époque où les Templiers l'ont transportée dans le Nouveau Monde, mais nos hommes n'ont pas tardé à comprendre. Il n'y a pas beaucoup d'endroits où l'on peut cacher une relique d'une puissance comme celle-ci. Les colonies offraient un terrain idéal. La population était encore clairsemée. Il n'était pas difficile de trouver une cache. Votre mission n'était pas de localiser l'Arche d'Alliance, mais de décoder cette tablette. Votre journal contient des éléments de décryptage, mais il est maintenant tombé entre les mains de Wyatt. »

Pour le moment, Wilkins préférait ignorer la fin de ce discours. « Mais alors où est-elle ? Comment se fait-il que vous ne l'ayez pas déjà retrouvée ? »

Alain eut un sourire cryptique. « Tout devait être prêt pour ce grand événement. L'Arche d'Alliance a été cachée dans une redoutable chambre forte dont seul le code indiqué en partie dans le journal et en partie sur la tablette peut venir à bout. Ce sont les deux pièces d'un même puzzle ; il nous faut les deux pour ouvrir cette chambre forte. Votre négligence m'oblige à hâter le calendrier. Moi qui m'étais montré si patient jusque-là ! Toute cette affaire est devenue… problématique. »

Le professeur restait abasourdi. Il essayait de comprendre ce qu'il entendait, mais rien ne lui semblait avoir de sens.

« Problématique ?

– Effectivement. » Il étira ce mot, qui prit un air sinistre. « Maintenant, Sean Wyatt et son ami ont l'une de ces deux pièces, et nous risquons de ne pas pouvoir ouvrir la chambre forte. Nous la trouverons, sans aucun doute, mais nous risquons de rencontrer quelques difficultés pour en extraire l'Arche d'Alliance.

– La… chambre forte ? »

Wilkins ne voyait toujours pas le lien.

« Pour un professeur d'une telle renommée, vous n'avez pas l'air très intelligent. » Alain se leva, posa son cigare sur le cendrier noir et laissa cet affront résonner dans l'air enfumé. « Je vais donc tout vous expliquer. Nous savions que Wyatt et Schultz viendraient vous voir à l'université. Sur un objet aussi étrange que cette tablette, il n'y avait qu'une petite poignée de personnes qu'ils pouvaient consulter. Nous leur avons d'ailleurs facilité la tâche en introduisant un ver dans leur système informatique : une fois qu'ils l'auraient découvert, ils concluraient naturellement que la trahison était venue de vous. Notre erreur fut de vous confier le journal. Je bats ma coulpe ! Nous avions bon espoir de pouvoir les intercepter là-bas, mais ils nous ont manifestement échappé. J'aurais préféré que vous conserviez ce journal dans un coffre-fort, ou pourquoi pas une banque… Hélas, maintenant, ce sont eux qui l'ont. Ils vont peut-être deviner que nous cherchons l'Arche d'Alliance, mais ils ne trouveront sans doute pas son emplacement, même avec la tablette et le journal. De toute façon, mes hommes veilleront à ce qu'ils ne les gardent pas très longtemps. »

Wilkins reprit espoir.

« Mais alors tout va s'arranger, n'est-ce pas ? Et vous allez me laisser partir ?

– Bien sûr. Nous n'avons aucune raison de vous garder ici. Mon associé va vous raccompagner. »

Tusun relâcha la pression sur l'épaule de Wilkins, qui se leva et se dirigea vers la porte en marquant sa gratitude par un signe de tête. Il l'avait échappé belle ! Il avait presque le tournis, et il songeait déjà à quitter le Massachusetts, pourquoi pas pour se retirer dans le New Hampshire en attendant, le temps que les choses se tassent. Toute cette histoire devenait inquiétante ! Ces hommes étaient dangereux, et Wilkins craignait qu'ils ne reviennent lui chercher des noises. Ils avaient l'air du genre à vouloir effacer leurs traces.

« Merci », dit Wilkins en s'arrêtant sur le seuil avant de quitter la pièce.

Alain lui adressa un geste d'adieu, impassible.

La porte métallique se referma d'un coup et Tusun lui fit signe de partir en avant.

Wilkins, encore effrayé par le bruit de la fermeture, s'élança dans le couloir. Ils passèrent plusieurs portes, dont certaines étaient ouvertes, et Wilkins aperçut des lits rudimentaires – des lits de camp, en réalité – ainsi que des chaises, des bureaux et des armoires basiques dans des pièces qui évoquaient des cellules de monastère. Tous ces hommes ne menaient-ils pas des vies de moines ? Ils étaient fervents et dévoués à leur cause, même si cette cause n'était pas des plus claires.

Ils ne s'étaient jamais donné la peine d'expliquer à Wilkins le but de leur entreprise. Était-ce parce qu'il ne faisait pas partie du groupe et qu'ils n'étaient venus le chercher que pour déchiffrer une page codée dans un journal vieux de deux siècles ?

L'idée n'avait pas beaucoup emballé Wilkins lorsqu'ils la lui avaient présentée lors leur première visite, mais ses doutes avaient été balayés dès le premier coup d'œil sur le journal, même s'il avait aussi consacré des journées entières à l'étudier pour s'assurer qu'il ne s'agissait pas d'un faux. Dans ce domaine, les faux étaient monnaie courante. Les gens venaient avec des documents qu'ils croyaient rédigés par des personnages historiques célèbres alors qu'ils étaient rarement authentiques.

Il se rappela, amusé, le jour où une étudiante lui avait montré ce qu'elle considérait comme une lettre écrite de la main du président Abraham Lincoln. Quelle n'avait pas été sa déception lorsqu'il lui avait annoncé qu'elle datait du tournant du XXe siècle ! Elle n'était pas récente, mais elle était incontestablement « bidon », comme il ne s'était pas privé de le lui dire.

Ce genre d'histoire était fréquente, car c'était de l'argent facile et il y avait autant de gens pour fabriquer des faux que pour en acheter.

Ces pensées ramenèrent Wilkins à la fortune qu'il venait d'amasser en un seul mois. Alain Depricot l'avait payé très généreusement. Il avait enfin de quoi prendre sa retraite et passer ses vieux jours à bronzer sur une plage ou à jouer au golf. Dans l'immédiat, le plus urgent était de se faire oublier. Il faudrait qu'il reste discret le temps de laisser les choses se décanter un peu, puis il pourrait commencer à profiter de sa nouvelle fortune. *Un endroit au soleil, le bonheur !* songea-t-il.

« Par ici, je vous prie », lui dit Tusun en indiquant un couloir sur la droite.

Ils étaient au pied de l'escalier. Le même gardien qui les avait laissés entrer un peu plus tôt se tenait debout devant la porte, les bras croisés.

« N'étions-nous pas arrivés par là ? demanda Wilkins.

– Ils font du nettoyage, là-haut. Il faut passer par l'arrière. Par ici, je vous prie », répéta-t-il en percevant l'hésitation de Wilkins, qui obéit non sans réticence.

Tout au bout du couloir, un autre homme montait la garde à côté d'une porte métallique ouverte sur une pièce dont émanait une très forte chaleur. Wilkins fut intrigué en sentant le courant d'air chaud parvenir jusqu'à lui.

Dès le moment où il franchit le seuil, il comprit ce qui en était la source.

Une gigantesque fournaise grondait contre le mur opposé. Wilkins tourna sur lui-même en s'apercevant qu'il n'y avait pas d'issue dans ce qui apparaissait comme une sorte de chaufferie.

« Qu'est-ce que c'est que ça ? » demanda-t-il, furieux. Et ce fut à ce moment-là qu'il remarqua, derrière Tusun, les deux hommes aux mains gantées de latex. Avec leurs scies chirurgicales et leur tablier noir autour du cou, on eût dit deux bourreaux qui n'auraient pas porté de masque. Leurs bottes de caoutchouc protégeaient leurs pieds et leurs jambes des éclaboussures.

Wilkins fut secoué par une sorte de révulsion qui le prit aux tripes. Il sentit de la bile remonter dans son œsophage et faillit vomir sur-le-champ.

« Pitié, ne faites pas cela, implora-t-il. Ce n'est pas nécessaire ! Je vais me faire oublier, je vous le jure ! Jamais je ne parlerai de votre organisation. Pitié, ne me tuez pas ! »

Tusun le regarda avec dégoût. Il détestait les faibles comme Wilkins. C'était un guerrier et il était prêt à mourir si nécessaire. Il n'avait pas peur de la mort. L'idée que sa vie puisse s'arrêter tout à coup ne lui posait aucun problème. La seule chose qui importait à ses yeux était le but ultime : le triomphe des Assassins.

Wilkins n'en finissait plus de s'aplatir. Désormais tombé à genoux, il avait les mains entrecroisées dans un geste de prière, si serrées l'une contre l'autre que leurs articulations blanchissaient dans la lumière pâle.

« Pitié. Je vous donnerai de l'argent !

– Pas la peine de nous le rendre…, dit Tusun, presque amusé par cette offre grotesque.

– Mais je vous donnerai davantage ! Tout, même ! Je peux vous envoyer mes coordonnées bancaires. Allez-y, prenez tout ! Mais donnez-moi une chance !

– C'est déjà fait. »

Wilkins pâlit.

« Mais… de quoi parlez-vous ?

– Nous n'avons pas besoin de votre autorisation, professeur. Nous avons déjà accès à vos comptes, comme d'ailleurs aux comptes de tout le monde. Nous prendriez-vous pour des hommes des cavernes ?

– Non… non, bien sûr ! »

Wilkins secoua vigoureusement la tête. « Vous n'êtes pas des hommes des cavernes, et c'est bien pour ça que je vous demande pitié ! Laissez-moi, je vous en supplie. »

Tusun avait hâte d'en finir. La lâcheté de Wilkins lui donnait la nausée. Il lui frappa la joue du revers de la main, faisant ainsi dévier son visage sur la droite, et l'anneau qu'il portait à son majeur ouvrit une entaille sur sa peau.

Wilkins glapit et porta instinctivement la main à sa joue pour voir s'il saignait.

« Voilà le prix de la faillite », dit Tusun en sortant un pistolet d'une poche de sa veste puis un silencieux d'une autre, qu'il se mit lentement à visser sur le canon.

« Non ! Non, pitié ! » dit Wilkins en se jetant en avant, après quoi il saisit le bas du manteau de Tusun et tira dessus comme un dément.

Tusun lui flanqua un coup de talon dans la poitrine et le traîna vers la fournaise.

Wilkins sentit la chaleur lui brûler le visage. Il se débattit, mais Tusun l'empêcha de se relever en lui entravant la gorge sous le pied, et il se mit à gargouiller.

« Voilà le prix de la faillite », répéta Tusun en levant le bras pour viser Wilkins.

Dans un ultime effort, le professeur secoua violemment la tête et ses yeux s'écarquillèrent lorsqu'il vit Tusun armer le chien. Sa seule consolation, c'était que ces Assassins n'arriveraient jamais à percer le secret qu'il leur avait caché. Car il n'avait pas parlé de la seconde pièce du puzzle – la lettre contenue dans le journal – à Alain Depricot, ni à ses hommes de main, qui seraient sans doute incapables de résoudre cette énigme alors qu'il avait pour sa part mis moins d'une heure à la percer. S'il mourait, personne ne saurait jamais où les deux clés avaient été cachées. Or, sans ces clés, tout le projet d'Alain était voué à la faillite.

Une étincelle jaillit et un bruit sourd résonna dans la pièce. Le corps de Wilkins s'affaissa, inerte.

Tusun leva enfin le pied et se tourna vers les deux hommes en tablier. « Découpez-le, dit-il après un hochement de tête. Et jetez les morceaux dans le feu. »

Il sortit en fermant la porte derrière lui pendant que les nettoyeurs commençaient leur tâche macabre.

Une trace effacée. Plus que deux.

Il traversa le couloir à grands pas et remonta l'escalier. Une fois dehors, il sortit son téléphone de sa poche et choisit un numéro dans sa liste de contacts.

Son interlocuteur répondit au bout de deux sonneries.

« Allô ?

– Statut ? demanda Tusun.

– L'avion a décollé. Direction Washington, Dulles International.

– Merci. »

Tusun raccrocha et appela un autre numéro.

« Il me faut une équipe à Washington, Dulles International, pour accueillir nos trublions. Ils ne devraient pas tarder à atterrir.

– Compris », répondit simplement la voix à l'autre bout de la ligne.

Tusun rangea son téléphone et redescendit au sous-sol, un dédale de couloirs où il trouva rapidement la cellule privée d'Alain. Il frappa deux fois à la porte, et deux secondes plus tard, la voix d'Alain lui répondit.

Lorsqu'il entra, le chef des Assassins leva les yeux de son bureau.

« Ils viennent de décoller, lui dit Tusun. J'ai déjà tout organisé pour les cueillir à Washington.

– Bien, lui répondit Alain avec un signe de tête approbateur. Nous devons impérativement récupérer le journal. Sans lui, nous sommes perdus.

– Nous remettrons la main dessus. Et ceux qui ont cru pouvoir l'emporter y laisseront leur peau. »

18

BOSTON

L'appareil décolla et vira d'un seul coup vers l'est. Par les hublots, Sean et Tommy observèrent la ville, qui prenait déjà les dimensions d'une miniature.

Ils avaient réussi très facilement à quitter Beacon Hill, une chance, selon Sean, étant donné la configuration du quartier : ils auraient pu se faire intercepter à tout moment.

Après un bref passage dans la zone VIP de l'aéroport – du moins Tommy aimait l'appeler ainsi –, ils avaient embarqué, heureux de retrouver leurs sièges. Un appel de Tommy sur le trajet avait suffi pour permettre au pilote et au personnel de préparer le décollage.

L'idée de demander au pilote d'annoncer une fausse destination lors des démarches habituelles était venue de Sean.

En tout état de cause, les contrôleurs aériens croiraient que l'avion privé de l'IAA partait pour Washington, et ce serait cette information-là qui serait relayée à tous les personnels en charge du suivi des avions. Sean et Tommy pourraient rediriger l'appareil une fois qu'ils auraient atteint une certaine altitude. Ce n'était pas vraiment protocolaire, mais une mesure de ce genre pouvait toujours se justifier par les conditions météorologiques ou par un problème technique.

Sean craignait seulement que les Assassins n'aient des pions chez les contrôleurs aériens. En tout cas, s'ils avaient une taupe dans cette institution, celle-ci leur avait dit que Wyatt et Schultz partaient pour la capitale alors qu'ils allaient plus au sud.

Une fois que l'avion fut à plus de quatre mille mètres d'altitude, Sean se tourna vers Tommy et pointa le doigt vers son sac à côté de lui. « Montre-nous ce que le bon professeur cachait dans son tiroir. »

Tommy posa le journal sur la table basse qui séparait leurs deux fauteuils et le regarda un petit moment. Le cuir était craquelé ou usé çà et là, signe qu'il était très ancien. Les pages étaient aussi très fatiguées, et l'encre avait pâli au point d'être presque illisible.

Leurs brefs coups d'œil les avaient déjà renseignés sur ce point dans le bureau de Wilkins, mais ils prenaient maintenant toute la mesure de l'état de délabrement où se trouvait le carnet.

« Tu crois qu'il date de quelle époque ? demanda Sean en se levant pour venir s'installer du même côté de la table que Tommy.

– Difficile à dire, répondit Tommy après une profonde inspiration, suivie d'un long soupir dubitatif. Mais si je devais me prononcer, je dirais qu'il remonte au moins à la guerre de Sécession. Mieux vaut peut-être éviter de le manipuler avant d'être au labo.

– Tu crois ? dit Sean. L'air dans cet avion est sec et stérile. »

Il brûlait de savoir quels secrets contenait le journal, et il ne chercha pas à en faire mystère.

« Très bonne remarque, répondit Tommy. Je vais voir si j'ai pris des gants. J'en ai toujours une paire dans mon sac pour ce genre de circonstance.

– Peut-être sous la corde ? dit Sean pour le taquiner.

– Ah, très drôle, répondit Tommy en ressortant son sac de sous son siège. N'oublie pas que tu lui dois la vie ! »

Tommy ne partait jamais en mission sans prendre tout un tas de matériel qui semblait à première vue inutile. Il s'était plus d'une fois lesté d'une corde d'escalade qui avait pris une place folle dans son sac, et il avait eu bien raison : cette corde leur avait sauvé la vie à plusieurs reprises. Cette fois, cependant, il l'avait laissée à Atlanta, et il trouva ses gants très facilement.

« Tiens, dit-il en tendant à Sean un sachet refermable qui contenait deux gants en latex.

– Tu les as chourés dans un hôpital ? » demanda Sean en s'esclaffant.

Tommy, qui avait reposé son sac, ouvrit le sachet et sortit les gants.

« Je ne t'apprends pas qu'on en trouve dans le commerce, si ? répondit-il avant de les enfiler. On peut même s'en acheter pour trois fois rien.

– Oui, mais là, ça fait vraiment infirmier… Où est ta blouse ?

– Tu ne t'arrêtes donc jamais ? » demanda Tommy avant de se replonger dans le dessin qu'ils avaient déjà vu dans le bureau de Wilkins, puis de rabattre cette première page du carnet contre la couverture pour voir ce qui venait derrière.

L'encre avait pâli, mais l'écriture était impeccable. Les pleins et les déliés se suivaient avec une grande régularité sur le fragile papier, parfaitement espacés et répartis sur la page.

« L'auteur de ces lignes a une plus belle écriture que moi », commenta Sean dans un murmure d'admiration.

Tommy ne répondit pas et lut en silence cette première page de texte.

« Il parle bien de l'Arche d'Alliance. Il raconte comment elle a été transportée depuis Jérusalem jusqu'à une terre lointaine. »

Puis il tourna la page. La suite était plus difficile à lire, car l'encre était moins visible qu'au début.

« Il dit que les Templiers l'ont transportée ici, en Amérique. Le Nouveau Monde faisait figure de cachette idéale.

– Comme pour le Graal.

– Je trouve ça rassurant, de voir qu'on avait vu juste.

– Oui, on s'était seulement trompés d'objet ! »

Le Graal avait été leur première hypothèse, car le lien qui l'associait aux Templiers était bien connu, mais le cas de l'Arche d'Alliance était tout aussi défendable.

De nombreuses légendes entouraient la destination de cette relique. Certains prétendaient qu'elle était allée en Éthiopie. D'autres, qu'elle avait été plongée au milieu de l'océan, dans l'une des fosses les plus profondes connues au monde. Bien sûr, d'autres mythes circulaient, car les romanciers de toutes les époques avaient rivalisé avec les historiens.

De toutes les théories qui avaient été formulées, aucune ne résistait à l'examen.

Quelqu'un était allé jusqu'à dire que Dieu lui-même l'avait accueillie au paradis à la suite du siège de Jérusalem, mais Sean et Tommy ne croyaient guère en cette théorie.

L'auteur du carnet, quant à lui, racontait que les Templiers avaient découvert l'Arche d'Alliance, sous la protection de deux sceaux, dans une chambre secrète creusée dans le granit sous l'ancien temple.

« Deux sceaux ? demanda Sean. Comme pour prévenir un enchantement ?

– Et comment pourrais-je le savoir ? Je n'en ai pas lu plus que toi. »

Tommy veilla à ce que Sean note bien la pointe de contrariété dans sa voix, après quoi il tourna la page et ils poursuivirent leur lecture ensemble.

La réponse à la question de Sean les attendait tout en bas.

« Il dit qu'ils ont utilisé deux clés trouvées sur le terrain autour du temple.

– Deux clés ? dit Sean sur le ton de l'exclamation. C'est un lancement de missile ou quoi ?

– C'est vrai que ça y fait penser », lui répondit Tommy, qui ne put s'empêcher de s'esclaffer.

Il prit délicatement le coin de la page dans le but de passer à la suivante, mais le vieux papier s'étant un peu déchiré, il préféra reposer le livre pour ne pas l'abîmer davantage. Ils prirent tous les deux une profonde inspiration, puis soupirèrent en se lançant des regards soupçonneux.

« Il faut faire attention, dit Sean, jouant soudain le rôle du sage.

– Merci. J'avais compris. »

Tommy se mit à fouiller dans son sac et en sortit une petite paire de pinces, regrettant de ne pas l'avoir prise dès le début. C'était normalement l'outil indiqué dans ce cas de figure, mais dans sa hâte, il avait tout simplement oublié.

On ne l'y reprendrait plus !

Il inséra le bout des pinces entre les pages pour les séparer encore plus délicatement que la première fois, et lorsque la feuille fut à mi-chemin, Tommy la rabattit adroitement sur sa gauche.

Ils poussèrent un soupir de soulagement avant de poursuivre leur lecture :

Les clés furent transportées dans deux lieux différents pour protéger la chambre forte. Mon père, le grand chef, en prit une et la cacha. Ce fut moi qui pris l'autre. Un océan séparant les deux clés, nous avions jugé que la relique serait à l'abri, mais ayant dû retourner là-bas à la suite de la mort de mon père, je crus bon de laisser ma clé dans la propriété d'un ami de confiance en Virginie. Sans être un membre initié de notre ordre, il lui est loyal et il est sensible à ce qui en fait l'enjeu. Il a prêté serment que, si je décidais un jour de la récupérer, je pourrais la trouver à l'endroit où les collines viennent chercher les fleurs, cachée sous le repos des géants.

La seconde fut emportée par le grand chef et cachée dans la maison de son enfance. Avant de mourir, mon père m'a révélé à quel endroit la rechercher si le moment venait où elle serait utile, expliquant qu'elle était enfouie sous la pierre angulaire.

Je prie Dieu que jamais le jour ne vienne où la relique devra servir à conjurer l'esprit du mal. Si toutefois je n'étais pas exaucé, ce code révélerait à la fois où est l'arme et comment s'en servir.

Une série de symboles étranges venait terminer cette lettre, ainsi que la date du 13 octobre.

« Sans doute la date de rédaction ? » demanda Sean. Tommy se contenta de hausser les épaules.

Ils gardèrent un silence révérencieux tout le temps qui suivit. La signature, en bas à droite de la page, était grandiose, avec ses lignes et ses courbes affirmées. Elle ne laissait aucun doute, malgré la pâleur de l'encre, quant à l'identité de son auteur.

« Marquis de La Fayette », murmura Tommy comme s'il venait d'entrer dans une église à un moment de prière.

Sean, partageant le même sentiment que son ami, hocha la tête d'un air solennel. « C'est incroyable… On a sous nos yeux le journal du général La Fayette. »

Ils connaissaient bien l'histoire de ce marquis légendaire.

Le « héros des deux mondes », comme on l'appelait souvent, était né en 1757 dans l'une des plus anciennes familles de la noblesse française sous le nom complet de Marie-Joseph Paul Yves Roch Gilbert du Motier de La Fayette, selon une tradition qui voyait dans le nom des saints et des ancêtres un outil de protection contre le mal.

Ses ancêtres comptaient de grands guerriers, et leur lignée remontait jusqu'à l'époque de Jeanne d'Arc et des croisades. Matière de légendes, ils avaient remporté de grandes victoires contre les ennemis de la France et de Dieu.

À l'âge de deux ans, le marquis avait perdu son père, tué par les Anglais à la bataille de Minden : ce deuil avait précipité une série d'événements qui se révéleraient déterminants dans le parcours de La Fayette.

Nommé officier dès treize ans, exploit qui tenait du prodige, il avait traversé l'Atlantique à dix-neuf ans pour apporter son aide à l'armée continentale, persuadé que la révolution américaine était une noble et juste cause.

Au début, les Américains n'avaient pas voulu de lui, mais, à la suite de longues tractations, il avait été nommé major général : insignifiante au regard de l'Histoire, cette étape s'était révélée décisive pour la jeune nation.

La Fayette avait plus d'une fois contribué à la défaite des Anglais, notamment à Yorktown où il avait pris part à l'élaboration du triple piège qui avait conduit à la capture du général Cornwallis.

George Washington, qui était alors commandeur de l'armée continentale, l'avait pris sous son aile. Ils s'étaient liés d'amitié, et Washington avait souvent traité le jeune Français comme s'il s'était agi de son propre fils. Ils avaient entretenu une correspondance, et la loyauté de La Fayette ne s'était jamais démentie après son retour en France.

« La première clé a donc été prise par George Washington », dit Sean.

Tommy hocha la tête.

« Le grand chef était l'un de ses surnoms.

– Et quand La Fayette parle de son père, c'est lui. Son vrai père était mort dans son enfance. C'était un terme d'affection.

– Absolument, dit Tommy en montrant la fin du paragraphe. Et tu as vu ça ? »

Sean lut à voix haute :

« *Dans la propriété d'un ami de confiance en Virginie… Sans être un membre initié de notre ordre… Cachée sous le repos des géants…*

– Tu crois qu'il est question de la maison d'enfance de George Washington ?

– Je ne vois pas d'autre hypothèse, et toi ? »

Le regard de Sean marquait une attente sincère.

« Non, ça m'a tout l'air d'être ça.

– Mais il a grandi où ? On l'associe toujours à Mount Vernon.

– Oui, dit Tommy, mais il n'a vécu là-bas que plus tard, à l'âge adulte. »

Sean se tourna vers son ami. Il le voyait en train de chercher l'information comme un ordinateur qui analyserait des millions de fichiers.

« Ferry Farm ! s'exclama soudain Tommy sans pouvoir contenir sa joie. Mais oui ! C'est là-bas qu'a grandi George Washington ! »

Sean n'avait jamais entendu parler de Ferry Farm. Tommy le surprenait de temps en temps par l'étendue insoupçonnée de ses connaissances.

« Et… où est Ferry Farm ?

– À Fredericksburg, en Virginie. Je m'en souviens, maintenant. Il y a eu tout un tas de fouilles archéologiques, là-bas. Le chantier leur a pris huit ans ! Ils cherchaient les fondations de la ferme. Ils ont creusé dans trois endroits, et ils ont trouvé dans le troisième. Ils m'ont d'ailleurs appelé pour que je m'occupe du transport de certaines pièces, mais on avait déjà un calendrier chargé et on n'a pas pu trouver de créneau.

– Et… tu ne m'avais rien dit ? »

Tommy s'esclaffa.

« Tu devais être je ne sais où en train de jouer les agents secrets !

– Très drôle.

– En tout cas, je suis sûr que je peux contacter le directeur archéologique pour qu'il nous laisse visiter le site après les heures d'ouverture.

– Le directeur archéologique ? Mais c'est une vieille ferme !

– Une vieille ferme et un lieu chargé d'histoire. La guerre de Sécession a vu se dérouler beaucoup de batailles dans cette zone. Ce site est un haut lieu de l'histoire américaine.

– Bon, et la seconde clé ? Et… si c'est bien l'Arche d'Alliance qu'on cherche, pourquoi La Fayette en parle-t-il comme d'une arme ? »

Soudain songeur, Tommy se rappuya dans son fauteuil et se frotta le front avec son avant-bras.

« Je me posais la même question. Quand on voit ce qu'était vraiment cette arche, on peut sans doute la considérer comme une arme. Plusieurs villes sont tombées devant elle, les Israélites ont remporté d'importantes victoires grâce à elle. Tu te souviens de ce qui est arrivé aux Philistins quand ils l'ont prise ?

– Oui. Ils l'ont installée dans un de leurs temples. Le lendemain, la statue de Dagon, leur dieu-poisson, était à terre. Ils l'ont remise debout, mais le lendemain elle était de nouveau à terre, cette fois avec la tête tranchée.

– Comme avec un laser.

– Exactement.

– En plus de ça, les gens se sont mis à tomber malades, terriblement malades. À lire la description, il y a de quoi conclure à un empoisonnement radioactif. »

Sean leva un sourcil sceptique. « Tu insinues que l'Arche d'Alliance est une arme nucléaire ? »

Tommy secoua énergiquement la tête.

« Non, pas du tout. Mais ça évoque quand même beaucoup les symptômes des victimes de Hiroshima et de Nagasaki.

– Bon, OK, tu m'as convaincu. L'Arche d'Alliance est donc une arme. Cela ne répond toujours pas à la deuxième question : *propriété en Virginie… membre initié de notre ordre… le repos des géants…* »

Pour le coup, Tommy avait déjà la réponse.

« George Washington était un franc-maçon.

– Tout le monde le sait !

– D'accord, mais La Fayette en était un aussi, et ça, tout le monde ne le sait pas.

– Rien d'étonnant, vu qu'ils étaient quasiment père et fils. C'est sans doute Washington qui lui a fait une petite place !

– Le bon vieux népotisme... »

La pensée de Tommy allait trop vite pour qu'il puisse faire des phrases complètes. « Bon, en tout cas, ce n'est ni l'un ni l'autre. Tu connais un père fondateur en Virginie qui n'était pas un franc-maçon ? »

Cette question plongea Sean dans un profond silence, et il se mit à observer le plafond de la cabine. Au bout d'une minute, il se tourna vers Tommy.

« Il y a eu plusieurs pères fondateurs en Virginie. Je pense surtout à Thomas Jefferson, mais je crois bien qu'il était franc-maçon, non ?

– Raté ! répondit Tommy en secouant énergiquement la tête. Il y a eu beaucoup de conjectures, là-dessus, mais il n'apparaît dans aucun registre de l'époque en tant que membre d'une loge maçonnique. Il voyait même les confréries comme celle des francs-maçons d'un assez mauvais œil.

– Ah oui ?

– Il n'aimait pas les secrets, surtout de nature mystique. Il semblerait que les traditions ésotériques des confréries de l'époque le mettaient mal à l'aise. »

Sean parut surpris.

« À t'écouter, on croirait que les francs-maçons faisaient de la magie noire ou des trucs de ce genre...

– C'est sans doute ce que croyait Jefferson, et il n'était pas le seul à penser que ces gens faisaient appel à des puissances qu'il valait mieux laisser tranquilles. En tout cas, il paraît logique que ce soit lui qui soit mentionné dans cette lettre de La Fayette.

– Mais alors Jefferson aurait aidé La Fayette malgré son opposition à ce que représentaient les francs-maçons ?

– On dirait bien. Regarde ce qui est écrit : La Fayette dit que sans être un membre initié, il était loyal à leur cause et qu'ils pouvaient lui faire confiance. »

Si Tommy ne se trompait pas, cette hypothèse répondait à toutes les questions de Sean, sauf une.

« Et le repos des géants ?… »

Tommy lui lança un sourire narquois. « Là, pour le coup, je sèche, mais on va bientôt trouver. »

Sean soupira. « On part en Virginie, c'est ça ? »

19

Alexandria, Virginie

Sanders sortit de sa voiture et la verrouilla à l'aide de son plip. Le klaxon retentit et les feux de stationnement clignotèrent. La pluie s'abattait sur le capot et sur le pare-brise. De grands nuages noirs obstruaient le ciel, sans renvoyer d'autre lumière que celle des éclairages électriques de la ville dans un étrange halo grisé.

Sanders ne parvenait toujours pas à y croire. Le président venait de le désigner candidat du parti pour les élections de l'année suivante.

Si la victoire n'était pas garantie, elle n'était assurément plus très loin. Dawkins était à la fois un président respecté et un bon dirigeant. Ferme et néanmoins accessible, il n'avait jamais agi avec précipitation sur la scène internationale, et il avait toujours servi au mieux le peuple américain dans les affaires de l'Intérieur.

Il arrivait à réconcilier les extrêmes, et cela lui valait l'admiration de tous.

Sanders ne se souciait guère de sa réussite, et voyait surtout que les gens étaient prêts à faire tout ce qu'il leur demandait. Ils étaient son troupeau, et Sanders en serait bientôt le berger.

Il faisait des projets grandioses pour le pays après son élection, et il plongeait souvent dans des rêveries sur tout ce qu'il mettrait en place, sur les personnes qu'il nommerait au gouvernement, et sur les séjours qu'il ferait à Camp David.

Le fait est qu'il avait soif de pouvoir. Il savait que le travail était loin d'être simple et que l'homme le plus puissant de la planète n'avait pas beaucoup de temps libre. Cela ne l'empêchait pas de vouloir devenir cet homme.

Une fois qu'il serait installé dans le bureau ovale, personne n'oserait lui faire obstacle.

Qu'elle serait loin, son enfance dans les rues de Chicago, où la nécessité de survivre l'avait conduit à faire des choses terribles !

Elle était déjà loin, du reste, et la vie de Sanders avait de quoi susciter l'étonnement.

Ses mémoires auraient tout du best-seller. Quoi de plus populaire qu'une belle histoire de rêve américain ? Car elle était belle, son histoire… Bien sûr, il passerait sous silence ses erreurs de jeunesse : la drogue, les deals, les meurtres…

Il prit une grande bouffée d'air, dont il apprécia au passage l'odeur de pluie. Il s'arrêta sur la dernière marche devant chez lui pour regarder la ville qui s'étendait sur la rive d'en face. Malgré l'air frais et le ciel nuageux, il sentit une chaleur circuler dans son corps.

La soirée s'annonçait parfaite.

Pour fêter l'événement, il avait invité Nancy, qui devait déjà être en route : dernière petite gâterie avant son imminente investiture dans la course à la présidence.

Jusque-là, il ne l'avait jamais invitée chez lui. Il avait d'ailleurs hésité : ce rendez-vous ne risquait-il pas de devenir un sujet de scandale dans la campagne ?

Personne n'étant encore au courant de la décision du président, il pouvait quand même s'accorder un dernier rendez-vous chez lui avant de renouer avec la clandestinité dans laquelle il entretenait cette relation !

Il inséra la clé dans la serrure, et, après le déclic qu'il connaissait si bien, entra dans le vestibule et suspendit son manteau avant de délacer ses chaussures.

Puis il se dirigea vers le bar et entreprit de se servir un verre. Trois carafes de cristal lui faisaient de l'œil, chacune contenant une variété différente de spiritueux. Il prit celle du milieu : le bourbon le plus luxueux de sa modeste collection. Pourquoi pas ? C'était une nuit de fête ! Une rasade de liquide ambré emplit son verre, après quoi la carafe avec son capuchon de cristal retrouva sa place entre les deux autres. La dose était généreuse, mais qui pouvait lui en vouloir ? En plus, il souhaitait boire avant l'arrivée de Nancy, afin de se détendre un peu à la fin d'une journée stressante, pour ne rien dire de la semaine qui venait de se terminer. Il en faisait toujours autant avant leurs petits rendez-vous. L'expérience, pour elle comme pour lui, n'en était que meilleure.

Il gagna ensuite le salon, où il s'installa dans son canapé de cuir brun avant de poser les pieds sur le repose-pied. Il but une gorgée de bourbon, appréciant la sensation de brûlure épicée qui se répandait dans sa gorge. « Ah… », fit-il spontanément avant que ses yeux tombent sur le foyer à gaz. *La soirée idéale pour faire du feu*, se dit-il.

Il posa son verre sur la table basse et se dirigea vers la cheminée, prit la télécommande sur le manteau et retourna s'asseoir.

Lorsqu'il appuya sur le bouton, il y eut un clic, puis un bruit d'étincelle. Il attendit, mais rien ne se produisit. Il rappuya : encore un clic, puis un bruit d'étincelle, comme à chaque fois qu'il allumait la cheminée. Sauf que, normalement, les flammes auraient déjà dû jaillir, avec leur lueur orangée et chaleureuse.

Il y avait quelque chose qui ne fonctionnait pas.

Frustré, il but une deuxième gorgée de bourbon avant de retourner devant la cheminée. Il ouvrit la paroi de l'insert, puis regarda sous les fausses bûches. Le voyant lumineux était éteint. Premier problème. La suite de l'inspection lui montra que le robinet de gaz était en position fermée.

Il ne se rappelait pas l'avoir fermé. C'était d'ailleurs pour ça qu'il avait une télécommande. Selon sa compréhension limitée du fonctionnement de la cheminée, lorsqu'il appuyait sur le bouton, la valve s'ouvrait et se fermait automatiquement.

Avait-il fermé le robinet de gaz la dernière fois qu'il s'était servi de la cheminée ? Et à quand remontait cette dernière fois ? Il ne s'en servait pas souvent, n'étant pas très porté sur ce genre de plaisirs douillets et n'ayant guère le temps pour ça de toute façon. Le fait est qu'il ne se souvenait de rien. Peut-être la femme de ménage l'avait-elle fermé ?

Il haussa les épaules dans un aveu de perplexité et remit le robinet en position ouverte. Ayant refermé la paroi de l'insert, il retourna sur son canapé et, armé de sa télécommande, appuya une nouvelle fois sur le bouton.

Le clic fut suivi d'une succession d'étincelles et la cheminée s'alluma très rapidement. Les fausses bûches furent brièvement surmontées de vives flammes orangées, puis le feu se réduisit peu à peu à son rougeoiement ordinaire.

Sanders soupira, soulagé, et prit son verre. Nancy aimerait le feu de cheminée, la touche agréable qu'il ajouterait à la soirée, et il voyait déjà le plaisir qu'elle aurait en arrivant. Il regarda l'heure à sa montre : encore une demi-heure, au moins, ce qui lui laissait amplement le temps de terminer son bourbon et d'enchaîner avec quelques verres de vin.

Il connaissait les goûts de Nancy en matière d'alcool : avec son palais raffiné, elle pouvait paraître exigeante, mais il avait les moyens de lui offrir tout ce qu'elle voulait, et, bientôt, même les vins les plus rares lui deviendraient accessibles. Le monde entier n'était-il pas un jardin clos pour le président des États-Unis ?

Il avait réfléchi à sa liaison avec sa secrétaire. Il n'était pas question de la virer, car le scandale qui déferlerait aussitôt sur lui ruinerait tout le travail qu'il avait réalisé pendant des années. Nancy entrerait donc à la Maison-Blanche en même temps que lui : pas moyen d'y couper. Il faudrait qu'il lui trouve un poste, une fonction, même insignifiante, qui lui donnerait le sentiment d'être importante. Il ne savait pas encore si leurs rendez-vous galants pourraient se perpétuer. Il se prépara à devoir y renoncer tout en se disant qu'il serait sans doute possible de remettre ça tôt ou tard.

Bien sûr, une fois président des États-Unis, il pourrait imposer ses volontés à tout le monde – autre avantage de ce statut !

Il but une nouvelle gorgée de bourbon, et celle-ci lui parut beaucoup plus douce que les premières. Les notes de chêne ressortaient davantage, mêlées d'une pointe de vanille et de muscade.

« Ne prenez pas la peine de m'en offrir un verre, monsieur le secrétaire d'État ! »

Sanders sursauta dans son canapé en entendant cette voix familière et renversa un peu de bourbon sur son pantalon.

Il regarda vers la porte d'entrée et, ne voyant personne, dut se lever et se retourner de l'autre côté pour apercevoir son visiteur dans le couloir, entre la cuisine et la chambre principale.

« Que faites-vous là ? demanda-t-il d'une voix pressante tout en essayant d'essuyer son pantalon, sans résultat.

– Je préfère éviter le téléphone pour organiser mes rendez-vous, dit Alain. Surtout dans cette ville. »

Il n'avait pas tort de penser ainsi. On risquait toujours d'être suivi par le FBI, la CIA et surtout la NSA. Un agent de la NSA avait dit à Sanders quelques années plus tôt que pratiquement tous les Américains étaient fichés, tant aux États-Unis qu'à l'étranger. Sanders s'en était inquiété, mais l'agent l'avait rassuré en lui disant que ceux qui menaient des vies normales ne les intéressaient pas vraiment.

« Pourquoi êtes-vous venu ? » répéta-t-il.

Alain se dirigea lentement vers le salon et se retourna à hauteur du bar le temps d'examiner la petite collection de luxueuses carafes. Il prit la première qui se présenta et la manipula comme s'il participait à un atelier du goût.

« On ne voit pas très clair quand on boit ce genre de chose, dit-il d'une voix professorale. Et ça rend faible.

– Ah oui ? Si vous aviez eu la semaine que j'ai eue, vous auriez bien besoin d'un petit remontant ! »

Alain reposa la carafe sur son plateau. « Nous ne buvons pas d'alcool, dit-il d'une voix monocorde. Notre règlement l'interdit. »

Sanders leva son verre. « Comme ça, il en restera plus pour moi ! » s'exclama-t-il avant de le vider d'une traite. Là-dessus, il contourna son visiteur pour attraper la carafe de droite et se servit encore une bonne rasade avant de la remettre en place, avec son capuchon.

Son visiteur lui faisait peur. Que faisait-il chez lui ? Avait-il encore traversé les murs ?

« Je vous demanderais bien comment vous êtes entré, mais je ne suis pas sûr d'avoir envie de le savoir.

– Les serrures servent à vous rassurer… Mais pour des gens comme nous, elles ne sont pas très dissuasives.

– Je vois… Je vous en prie, faites comme chez vous ! »

Sanders s'efforçait de prendre la situation avec humour pour chasser la peur qui l'envahissait.

« Je vais rester debout.

– Comme vous voudrez. »

Sanders alla s'installer dans un fauteuil club près de la cheminée pour pouvoir faire face à son visiteur.

« Vous pourriez peut-être faire vite ? J'ai une… visite dans moins d'une demi-heure.

– Votre secrétaire ? Oui, je sais. »

Sanders faillit s'étouffer en entendant ces paroles. Il réussit à ne pas recracher sa gorgée de bourbon, mais celle-ci lui brûla l'œsophage et une partie de la trachée, car il avait avalé de travers. Ainsi fut-il secoué par une violente quinte de toux pendant une trentaine de secondes.

Il s'essuya avec sa manche, puis regarda Alain.

« Que voulez-vous ? » Il avait l'impression de lui avoir déjà posé la question cent fois. « Je comprends bien : vous êtes plus fort que tout et vous pouvez vous introduire partout sur cette planète. Mais alors, pourquoi cette maison ?

– Il va falloir bousculer le calendrier, monsieur le secrétaire d'État. »

Sanders fronça les sourcils. « Quel calendrier ? »

Alain contourna lentement le canapé et s'arrêta à côté de la table basse, les mains dans le dos.

« Il est temps que vous connaissiez les dessous de mon projet.

– Je savais que vous finiriez par en arriver là. Tout le monde court après quelque chose à Washington. Vous ne faites pas exception.

– Non, je l'avoue. Mais vous non plus. Je dois pouvoir accéder à la Maison-Blanche. »

Sanders haussa un sourcil. « Euh... vous voulez faire une visite guidée, c'est ça ? »

Alain ne se donna même pas la peine de répondre à cette question idiote. « Grâce à nous, vous serez bientôt élu. Vous triompherez de votre adversaire sans difficulté. J'étais persuadé que nous pourrions attendre ce grand jour pour vous demander de nous retourner cette faveur, mais certains événements récents... nous ont amenés à... bousculer notre calendrier. »

Sanders ne comprenait pas bien ce qui pouvait avoir conduit cet homme, que rien ne semblait pouvoir influencer, à bouleverser ainsi tous ses plans.

« Très bien, mais... pourquoi voulez-vous accéder à la Maison-Blanche ?

– Cela, monsieur le secrétaire d'État, ne regarde que nous. »

Sanders faillit s'étouffer à nouveau. « Ah oui ? Parce que, quand même, vous me demandez de vous introduire chez le président !… Je me doute bien que ce n'est pas pour admirer les décorations de Pâques !… Donc, ça veut dire que vous manigancez un truc… Tiens, je ne sais pas, moi : vous voulez assassiner le président ou voler quelque chose… Personnellement, je pencherais plutôt pour l'assassinat. » Après un bref moment de pause, il ajouta : « Au fait, beau travail, avec la représentante ! » Sur quoi il avala une rasade de bourbon dans l'espoir de retrouver son calme.

Alain préféra ignorer ce dernier commentaire. « Je n'ai pas l'intention de nuire au président Dawkins. Si c'était le cas, ce serait déjà fait. »

Cette remarque était loin d'être anodine. Le président n'était pas une cible facile. S'il était vrai que quatre présidents avaient été tués dans l'histoire des États-Unis, les tentatives d'assassinat de ce genre s'étaient pour la plupart soldées par des échecs. Cet homme se comportait pourtant comme s'il ne s'agissait que d'une formalité.

« Alors, que voulez-vous ? » demanda Sanders en se servant nerveusement une nouvelle rasade. S'il continuait comme ça, le coma éthylique était garanti.

« Je vous l'ai déjà dit : nous souhaitons récupérer un bien qui nous appartient et qui est à la Maison-Blanche. Je pensais que cela pourrait attendre votre investiture. Tout aurait été bien plus simple ! Malheureusement, ce n'est plus le cas. Nous avons besoin de votre intervention pour contourner le dispositif de sécurité et accéder à l'intérieur du bâtiment. L'extraction peut nous prendre jusqu'à vingt-quatre heures. »

Sanders éclaboussa son verre. « Non mais vous plaisantez ? » demanda-t-il en ricanant.

Le regard dur d'Alain ne permettait aucun doute sur ce point.

« Euh… vingt-quatre heures, c'est long ! Il n'y a pas que le président. Les services secrets sont partout, et il y a même des tireurs dans les arbres avec des carabines longue portée. Pas moyen d'éviter les caméras, les portails de sécurité, les détecteurs de métal et tout le reste. On ne peut pas rester vingt-quatre heures à la Maison-Blanche comme ça ! »

Alain attendit patiemment que son hôte ait fini de lui faire la leçon, après quoi il leva la main droite pour lui imposer le silence.

« Je sais déjà tout cela, dit-il. Mais je sais aussi que, lundi, le président sera en visite diplomatique au Brésil.

– Et ? dit Sanders. La Maison-Blanche ne sera pas pour autant grande ouverte ! Tous les dispositifs de sécurité dont je vous ai parlé seront toujours activés.

– Oui, mais toutes les résidences nécessitent des travaux de réparation de temps en temps, et celle du président ne fait pas exception.

– Des travaux de réparation ? »

Alain hocha la tête.

« Quel dommage si, disons, une fuite se produisait dans les sous-sols !

– Une fuite ?

– Il faudra bien sûr préciser un peu tout ça. Dites-moi quand la voie sera libre. Mes hommes seront prêts dès lundi matin à entrer dans les lieux. Le président ne rentrera que mercredi matin. Cela nous donne amplement le temps de procéder à… l'extraction. »

Sanders but une nouvelle gorgée de bourbon en grimaçant. Il était secrétaire d'État, pas intendant ! La Maison-Blanche avait des employés pour s'occuper de ce genre de chose. En plus, il devait prendre l'avion pour la France mardi avec une délégation pour rencontrer le président.

Cette série d'objections lui traversa l'esprit en une fraction de seconde, mais, en dévisageant son visiteur, il comprit qu'aucune ne résisterait. Il voyait déjà les paperasses qu'il aurait à remplir, sans oublier qu'il lui faudrait annuler son voyage, ce qui ne passerait pas très bien. Sanders pouvait prétexter une excuse, une urgence nationale ou une chose de ce genre. Ce n'était pas vraiment la peine d'élaborer. Sa seule certitude, c'était que son visiteur n'accepterait jamais une réponse négative.

« Bon… Je crois que je peux faire quelque chose. Il faudra ruser un peu, mais c'est jouable. Il y a des équipes de travail qui passent de temps en temps, et la personne qui gère tout ça m'aime bien, je ne sais pas pourquoi. Si la proposition vient de moi, il y a de bonnes chances pour qu'elle soit écoutée, même si je ne vois pas encore par quel miracle les équipes de travail habituelles pourront être écartées. » Il regarda son visiteur dans les yeux. « J'ai quand même bien envie de vous demander ce qui justifie qu'on en vienne à de telles extrémités ? Que cherchez-vous à voler à la Maison-Blanche ? » Il se dirigea vers la cheminée. « Enfin… ça doit valoir son petit pesant d'or, quand même, non ? » dit-il en posant son verre sur le manteau. Lorsqu'il se retourna, le salon était désert. Son visiteur s'était évanoui tel un fantôme.

Sanders sentit tout à coup une immense peur déferler sur lui. Il vérifia derrière le canapé, dans la cuisine, dans la chambre au bout du couloir et dans la salle de bains du rez-de-chaussée. Plus de trace de son visiteur nulle part.

Il s'était volatilisé.

20

Alexandria

Alain tourna au coin de la rue en longeant le trottoir. Le quartier, rempli de vieux bâtiments de brique dont certains avaient plus d'un siècle, était devenu un endroit branché et beaucoup de jeunes gens venaient s'y installer ou travailler dans le coin, tandis qu'une partie de l'élite de Washington y voyait un lieu de retraite commode, à deux pas de la scène politique qu'ils avaient fréquentée toute leur vie.

Darren Sanders était un alcoolique. Il était aussi agaçant, mais il représentait la meilleure chance pour les Assassins de s'introduire dans la Maison-Blanche. Lorsqu'il retrouva sa voiture, il se préparait déjà à cet événement.

Il était clair qu'il avait prodigieusement contrarié le secrétaire d'État en débarquant ainsi chez lui sans se faire détecter, et qu'il lui avait inspiré les plus vives craintes sur sa santé mentale en repartant comme par enchantement.

Il n'y avait pourtant aucune magie dans tout cela : c'était un mélange de discrétion, d'anticipation et bien sûr d'évaluation du mode de fonctionnement des gens, qui donnait à Alain et à ses hommes l'apparence de fantômes flottant au-dessus de la réalité avec une aisance mystique.

Alain ne voyait aucune objection – loin de là – à ce que les simples mortels le considèrent comme un être surnaturel : son triomphe n'en apparaîtrait que plus remarquable. Une fois que les Assassins auraient mis la main sur l'Arche d'Alliance, leur statut mythique n'en serait que renforcé.

S'il n'avait pas menti au secrétaire d'État, il n'avait pas non plus été très explicite, mais il n'était pas question de lui révéler qu'ils cherchaient l'Arche d'Alliance, la relique la plus convoitée de tous les temps.

Non seulement Sanders ne l'aurait pas cru, même s'il le lui avait dit, mais si le futur président des États-Unis le savait, il déploierait des moyens colossaux pour faire échouer la mission et détourner l'Arche d'Alliance, soit pour en tirer plusieurs centaines de millions de dollars au marché noir, soit – même si la chose était peu probable – pour s'en servir à des fins politiques, par exemple pour rendre les troupes américaines invincibles sur le champ de bataille.

Alain imagina l'Arche d'Alliance dans un laboratoire ultrasecret, avec des connexions, des câbles et des écrans partout pour étudier son mode de fonctionnement.

Il fallait tout faire pour éviter ça. Alain savait d'où venait le pouvoir de l'Arche d'Alliance et pourquoi elle avait été créée.

Et il savait aussi qu'elle revenait de plein droit à son ordre et non pas au gouvernement fédéral des États-Unis.

Comment aurait-il pu dissimuler son émotion ? Malgré des décennies de discipline, d'entraînement intensif et de méditation quotidienne, il n'arrivait pas toujours à contenir l'humanité qu'il avait enterrée en lui de longues années plus tôt.

Comment aurait-il pu ne pas céder au moins à un moment de joie à l'idée de mettre la main – enfin – sur cette mythique Arche d'Alliance ? Grâce à elle, l'ordre des Assassins deviendrait l'organisation la plus puissante du monde. Les nations se mettraient à genoux devant lui et pourvoiraient à toutes ses exigences, pour avoir la vie sauve… ou seulement pour bénéficier de leur aide.

Aucune force armée ne pourrait rivaliser avec les Assassins, qui pourraient anéantir des armées entières d'un coup.

La Bible disait bien que l'Arche d'Alliance avait permis aux Israélites de rayer de la carte des villes comme Jéricho et de mettre en déroute des armées de plusieurs dizaines de milliers de soldats.

L'ordre des Assassins la recherchait depuis sa fondation, mais malgré toutes les pistes qu'ils avaient suivies et malgré tous les indices qu'ils avaient examinés, ils n'avaient jamais abouti à rien.

Alain était lui-même allé visiter plusieurs sites où il avait cru pouvoir la trouver. Il était alors bien plus jeune, plein d'espoir et d'avenir, mais à force d'échecs, il avait sombré dans l'amertume.

L'Arche d'Alliance avait fini par devenir pour lui une obsession. Au contraire de son maître, qui avait voulu s'en emparer pour des raisons religieuses, il la convoitait pour des motifs séculiers. La ferveur des jeunes recrues, gagnées au projet de renversement du monde occidental et de ses croyances païennes que le maître leur avait inculqué, lui avait servi de tremplin.

La religion était un instrument merveilleux dans un tel dessein. Elle promettait aux désespérés un nouveau royaume et leur donnait un but qui leur avait toujours manqué. Leur existence avait soudain un sens, un sens qui les motivait à travailler davantage et à repousser sans cesse les limites de leur corps comme de leur esprit.

Alain nourrissait cependant des ambitions bien moins complexes.

S'il continuait à attiser les braises de l'extrémisme dans ses rangs, il ne laissait rien deviner de ses véritables raisons de convoiter l'Arche d'Alliance. Pour ses hommes, il s'agissait de débarrasser le monde des infidèles dans le but de le purifier et de le préparer au royaume d'Allah. Pour Alain, cependant, le but de l'entreprise était bien différent.

Si c'était d'abord le zèle religieux qui, après cette fatale soirée, l'avait convaincu d'aller retrouver son maître et de faire tout ce qu'il lui demandait, il avait détourné sa religion à des fins personnelles.

Il avait très vite vu tout le profit qu'il pouvait tirer de ce genre de manipulation. Dans leur ferveur, les disciples étaient prêts à sacrifier leur vie pour satisfaire les volontés du maître.

Alain, qui jusque-là n'avait jamais fait l'expérience d'un tel pouvoir, avait pris conscience que son ambition profonde, son désir viscéral, était de dépasser ses origines et son expérience. Il savait qu'en prenant la succession du maître, il hériterait de son pouvoir, qui pourrait faire de lui un dieu parmi les hommes.

La Maison-Blanche était le seul obstacle qui le séparait encore de son destin : devenir l'être le plus puissant de la planète.

Le seul, avec ces deux imbéciles de l'Agence internationale d'archéologie…

Wilkins avait perdu le journal, un objet qui se révélait nécessaire pour réunir toutes les pièces du puzzle : il ne précisait pas seulement les lieux où avaient été cachées les deux clés qui permettraient de sortir l'Arche d'Alliance de sa chambre forte, il contenait aussi des instructions sur la manière de procéder.

Ce carnet était un peu comme un manuel que les chevaliers de l'ordre du Temple s'étaient transmis de génération en génération. Le marquis de La Fayette avait été le dernier maillon de la chaîne. Il y avait consigné toutes ses connaissances pour pouvoir en faire hériter un autre Templier le moment venu.

Ce carnet, cependant, n'avait pas trouvé d'héritier, et Alain en ignorait les raisons. Pourquoi ces chevaliers dévoyés avaient-ils préféré cacher ce journal plutôt que de continuer à le faire circuler parmi eux ?

Alain avait mis des années avant de remonter sa trace, mais il avait fini par le localiser dans un château sur les terres familiales de La Fayette.

Comme les châtelains n'avaient pas accueilli sa demande très chaleureusement, il s'était retrouvé dans l'obligation de les éliminer : sort malheureux, sans doute, mais ils n'y avaient pas été pour rien ! Une fois en possession du journal, il avait dû chercher la tablette. Seule la combinaison du code contenu dans le journal et des symboles gravés sur la tablette permettait d'activer cette sainte arme qui conférerait à son maître le pouvoir suprême.

Surmontant son désintérêt pour les choses religieuses, Alain s'était initié aux écritures hébraïques. Il avait même cherché la méthode d'activation de l'Arche d'Alliance dans la version grecque des Septante, mais il n'avait rien pu trouver. Les tout premiers propriétaires de l'Arche d'Alliance semblaient avoir préféré ne rien révéler de ses secrets si ce n'était aux grands prêtres qui, une fois par an, étaient autorisés à s'en servir.

Maintenant, Wilkins était mort. Il avait payé sa négligence au prix fort. Alain avait prévu de se débarrasser de lui, et la série de circonstances fâcheuses qui avaient entouré le journal n'avait fait qu'avancer la date de son exécution.

Alain tourna encore une fois et retrouva sa voiture là où il l'avait laissée. Sa Jaguar noire était, certes, un peu plus voyante qu'il ne l'aurait voulu, mais il appréciait sa puissance, son style et les sensations qu'elle lui procurait chaque fois qu'il était au volant.

Il n'y a rien de mal à se faire plaisir de temps en temps ! songea-t-il.

Les Assassins menaient généralement une vie modeste. Personne ne se plaignait du bâtiment de brique qui leur servait de repaire à New York et qui était bien supérieur à un refuge pour personnes sans abri. Alain avait connu bien pire avant d'être découvert par son maître.

Il eut une pensée pour le vieil homme qu'il appelait son sauveur. D'autres maîtres que lui, dépourvus du sens des réalités, envoyaient leurs « soldats » dans les rues avec des ceintures d'explosifs et leur promettaient la vie éternelle en échange de leur sacrifice. Tout en faisant le même genre de promesse, le vieil homme n'avait jamais présenté les choses ainsi.

Jamais il n'avait demandé à ses disciples de se suicider. S'ils mouraient au combat, ils méritaient la gloire, comme les grands soldats de jadis qui entraient sur le champ de bataille en dépit du danger. Mais le suicide n'était jamais une gloire.

Alain avait aimé cette qualité chez le vieil homme, parmi tant d'autres.

La voiture s'ouvrit automatiquement lorsqu'il tendit le bras vers la poignée, ayant détecté le plip dans sa poche.

Il se glissa sur le siège de cuir noir, dont le parfum lui emplit les narines. La voiture n'avait pas vieilli, et il s'en réjouit pendant une fraction de seconde. Parfois, rien de tel que les plaisirs simples !

Il venait de démarrer lorsque son téléphone sonna dans sa poche.

« Je t'écoute, répondit-il grâce au système intégré de son véhicule.

– Pardon, maître, mais nous avons un imprévu.

– Un imprévu ?

– L'avion de Schultz… Il n'a pas atterri à Dulles. »

Tusun avait l'art d'aller droit au but. Il savait que tourner autour du pot n'était bon que pour les gens qui craignaient de heurter la sensibilité de leurs interlocuteurs, ou qui avaient peur des représailles inspirées par leur manque de tact. Tusun était un Assassin depuis assez longtemps pour savoir où allait la préférence de son maître.

« Où a-t-il atterri ?

– Ça nous a pris du temps, mais on a remonté sa trace jusqu'à Reagan National. Le temps qu'on s'aperçoive de ce changement d'aéroport à Washington, il avait déjà atterri et les deux passagers nous avaient échappé. »

Alain soupira. La partie ne serait pas facile ! Mais dans sa vie, qu'est-ce qui l'avait été ?

« Où sont-ils en ce moment ? » Tusun avait forcément la réponse. Il ne l'aurait jamais appelé s'il n'avait eu qu'une mauvaise nouvelle à lui annoncer. Il savait qu'avant de parler d'un problème à son maître il fallait lui avoir trouvé une solution.

« En Virginie. Une équipe est sur place en train de les observer jusqu'à nouvel ordre. »

Alain avait toujours été impressionné par la facilité avec laquelle Tusun utilisait toutes les ressources à sa disposition ainsi que par sa capacité à l'innovation.

« Comment les avez-vous trouvés ? demanda-t-il par curiosité.

– On a vérifié les registres des agences de location de véhicules et on a vu qu'ils avaient loué une berline, modèle récent. J'ai mis en place des barrages dans un rayon de trois heures de route depuis l'aéroport. Une alerte a été reçue d'un hôtel de Charlottesville il y a à peine quelques minutes. Faut-il que j'ordonne à nos hommes d'appréhender nos cibles ? »

Alain passa en revue les options possibles. Il fallait qu'il récupère le journal, mais si Wyatt et Schultz avaient soudain changé de destination alors qu'ils l'avaient avec eux, cela ne pouvait signifier qu'une chose : ils avaient fait une découverte.

Pendant une dizaine de secondes d'intense activité, il fouilla dans ses connaissances géographiques sur la région, mais ne trouva rien.

« Qu'est-ce qu'il y a dans le coin ? demanda-t-il, certain que Tusun avait déjà procédé à une petite enquête.

– L'université de Virginie. Monticello, domaine de Thomas Jefferson. La plantation de James Monroe. Le parc national de Shenandoah. Voilà pour les principaux sites. »

Alain réfléchit à ce qu'il venait d'entendre. Deux possibilités sortaient du lot.

« Deux résidences de présidents, dit-il.

– Exact.

– Ils vont dans l'une des deux. »

Il cherchait à comprendre ce qu'ils voulaient y faire lorsque la réponse le frappa comme un coup sur la tête. « Une des deux clés y est cachée. »

Tusun attendit un petit moment pour s'assurer qu'Alain avait fini.

« S'ils la trouvent, voulez-vous qu'on se charge de les capturer ?

– Non, répondit Alain. Ne les approchez pas. Il ne faut pas les alerter. Wyatt est perspicace. N'oubliez pas qu'il nous faut les deux clés. Les arrêter maintenant pourrait compromettre la découverte de la seconde.

– Vous voulez donc qu'on attende le moment où ils auront découvert les deux clés avant de les capturer ?

– Exact.

– Parfait, maître. Je m'en occupe.

– Merci. Tiens-moi au courant. Je te fixerai bientôt un rendez-vous. »

Il raccrocha et reposa le téléphone sur le siège passager. « Bon… Voilà un rebondissement intéressant. »

21

Charlottesville, Virginie

Sean suivait la route sinueuse qui, traversant les paysages vallonnés de Virginie, conduisait à l'ancienne propriété de l'un des plus grands dirigeants de l'histoire des États-Unis.

Le domaine de Monticello s'étendait sur plus de deux mille hectares, entretenus pour moitié par la fondation Thomas Jefferson. Si la demeure attestait de l'incroyable talent d'architecte du président, les jardins et toute la propriété qui l'entouraient témoignaient quant à eux de son amour de la nature et de son désir de la cultiver pour le bien de l'humanité.

Tommy regarda le soleil qui perçait derrière les collines vers l'est. Quelques nuages effilés parcouraient le ciel clair. Les arbres, à peine sortis de l'hiver, étaient encore nus, mais leurs branches se hérissaient déjà de pousses vertes annonçant des jours plus tièdes.

Sean gara la voiture sur le parking où des navettes prenaient le relais jusqu'au sommet.

Un véhicule vint se garer juste à côté au moment où ils sortaient. C'était le directeur du musée, que Tommy avait appelé la veille depuis l'hôtel, à Charlottesville, pour lui demander de leur faire visiter la propriété tôt le lendemain matin, avant l'arrivée des touristes.

L'IAA était une institution réputée dans le monde des historiens, surtout sur la côte est des États-Unis, et ils étaient toujours ravis d'aider son fondateur s'il les appelait pour leur exprimer des besoins particuliers.

Sean et Tommy tiraient parfois profit de cet avantage.

« Salut, les gars ! Montez ! » leur dit le directeur du musée dans un grand sourire en ouvrant la fenêtre côté passager.

Tim Pinkton n'était qu'une vague connaissance de Tommy – ils avaient pris un café ensemble à un congrès. En l'appelant, Tommy s'était demandé s'il se souviendrait de lui, mais leur échange lui avait suggéré que c'était le cas.

Pinkton, quarante-six ans, mesurait près d'un mètre quatre-vingts, et, père de deux enfants, il avait tout du « papa » américain moyen : sans être en surpoids, il n'était pas pour autant dans une condition physique extraordinaire.

Lorsque ses deux visiteurs furent à bord, il lança la voiture sur la route qui conduisait au manoir.

« Ton appel m'a un peu surpris, je dois dire !

– Pas étonnant, répondit Tommy. Je te remercie de t'être organisé du jour au lendemain pour nous recevoir.

– Pas de problème ! Ça me fait plaisir d'aider un collègue. Alors, qu'est-ce qui vous amène à Monticello ? » demanda Tim en grattant sa fine barbe grisonnante.

Sean et Tommy savaient que la question se poserait, et ils avaient déjà discuté, avant d'arriver, de la réponse à lui donner.

« Sean n'était jamais venu, répondit Tommy sans mentir. Et j'ai eu envie de lui montrer le site avant l'arrivée des touristes.

– Ah, Sean, je ne savais pas que c'était la première fois que vous veniez ! Au fait, je m'appelle Tim.

– Enchanté, Tim. » Sean s'efforçait de faire la conversation, mais il ne pensait qu'à une chose : récupérer la clé – si elle se trouvait toujours là – et partir au plus vite. « Merci d'être venu si tôt le matin.

– Tout le plaisir est pour moi. Vous voulez commencer par quoi ? J'aimerais vous offrir une visite VIP, mais j'ai un rendez-vous dans une demi-heure.

– Aucun problème, dit Tommy. C'est moi qui vais faire le guide. »

Sean essaya d'orienter la conversation vers le problème qui les intéressait. « Je me demandais où Jefferson aimait se retirer pour prendre un peu de repos, avec des amis par exemple. Y avait-il une pièce dans la maison où il aimait spécialement recevoir ses invités d'honneur, ou bien cela pouvait-il arriver un peu partout ? »

Tim réfléchit alors que la voiture était engagée dans un long virage à gauche vers le sommet de la colline.

« Je vois plusieurs endroits, mais je crois que c'était dans le pavillon du jardin qu'il aimait se retirer avec ses puissants amis.

– Le pavillon du jardin ?

– Oui. C'est une petite construction tout en haut de la colline. La vue est magnifique sur la campagne environnante, et, à l'automne, c'est un des lieux les plus extraordinaires que je connaisse. Bien sûr, c'est mon opinion personnelle, mais je crois que c'est en partie à cause des couleurs de l'automne que Jefferson a choisi cet endroit. »

Le manoir apparut au loin à gauche entre les arbres. Avec ses piliers blancs et son dôme assorti, ce grand bâtiment de brique rendait hommage à son époque ainsi qu'à l'imagination de l'architecte qui l'avait conçu.

Tim dirigea la voiture vers le lieu où les navettes viendraient déposer les premiers visiteurs moins d'une heure plus tard.

Cela ne leur laissait pas beaucoup de temps, mais si Sean et Tommy ne trouvaient pas la clé d'ici une heure, cela voudrait sans doute dire qu'elle n'y était plus.

Une des paroles de Tim avait trouvé un écho en eux.

Il avait appelé « puissants amis » ceux que Jefferson invitait dans sa propriété. Cette formulation semblait correspondre aux « géants » du journal de La Fayette.

Les grands de ce monde ne sont-ils pas souvent qualifiés de « géants » ? Des principaux initiateurs de la révolution industrielle aux milliardaires des nouvelles technologies, ne parle-t-on pas de « géants de l'industrie » ?

Il s'agissait généralement de grandes fortunes, de l'élite de la société. Cela convenait parfaitement à la situation, et, selon Tim, c'était dans le pavillon du jardin que Jefferson avait reçu ces gens.

Quoi de mieux pour commencer la visite ?

Tommy repensa à la dernière fois qu'il était venu. Il avait longuement apprécié la vue à côté de ce pavillon, sans se douter une seule seconde qu'il reviendrait à Monticello tout spécialement pour retourner dans cette partie du domaine.

Abstraction faite de la vue magnifique, la construction en soi était assez quelconque. De petites dimensions, peut-être trois mètres de longueur sur deux mètres et demi de largeur, elle avait un pourtour de brique et de mortier percé de quatre immenses fenêtres. La petite barrière qui marquait le haut de la colline était interrompue de chaque côté de manière à laisser les visiteurs profiter de la vue sans avoir besoin d'entrer dans ce lieu, qui, au fond, n'était rien de plus qu'un minuscule belvédère.

Tim les laissa en disant à Tommy que s'ils avaient besoin de quoi que ce soit, il pouvait toujours appeler, ou plutôt envoyer un SMS pour ne pas le déranger, puisqu'il serait en réunion. Il ne pourrait sans doute pas les recontacter avant une heure.

Sean et Tommy le remercièrent, puis le regardèrent s'éloigner vers le bâtiment principal. Dès qu'il eut disparu, ils partirent à gauche vers le petit pavillon.

La route longeait un jardin potager d'hiver dont la terre brune courait depuis le bord de la déclivité. Une allée étroite conduisait du pavillon au manoir dans un sens, et au bord de la falaise dans l'autre.

« Je comprends tout à fait pourquoi Jefferson était fier de cet endroit, dit Sean. Si je vivais ici, c'est là que j'emmènerais tous mes amis.

– En gros, tu es en train de me dire que, si c'était chez toi, tu y passerais tout ton temps avec moi ?

– Tu peux voir ça comme ça, dit Sean en faisant un clin d'œil à son ami.

– Comme si tu avais plein d'amis ! » répondit Tommy en lui emboîtant le bas.

Et il n'avait pas tort. Sean n'était pas très entouré. À part Schultzie et June, Adriana, les jeunes, et occasionnellement les McElroy, il était assez solitaire. Pas étonnant avec un travail comme le sien, tant aux services secrets qu'à l'IAA.

Tommy en était au même point, toujours à l'étranger lorsqu'il n'était pas si absorbé dans un projet de recherche qu'il ne mettait pratiquement pas le nez dehors. C'était d'ailleurs un miracle s'ils arrivaient à entretenir une amitié à peu près fonctionnelle.

Fort heureusement pour eux, Adriana et June avaient des profils similaires.

Ils ralentirent pour étudier l'extérieur du bâtiment avant de rentrer.

La vive clarté du soleil matinal pénétrait par la fenêtre de gauche, projetant par terre un carré blanc-jaune. Deux fauteuils début XIXe étaient disposés dans les coins en face.

« Je suppose que ce pavillon a été rénové de nombreuses fois, dit Tommy, mais c'est émouvant de se dire que c'est là que Thomas Jefferson a discuté de politique et de mille autres choses avec les personnalités de son époque tout en appréciant la beauté si simple de cette vue.

– C'est dingue, n'est-ce pas ? répondit Sean. J'ai toujours la même sensation quand je visite un lieu comme celui-ci. Mettre mes pas dans ceux des grands hommes et des grandes femmes de ce monde, fouler le sol qu'ils ont foulé, c'est un lien si fort avec notre histoire. »

Tommy hocha la tête. Ils appréciaient les mêmes choses dans la vie, et c'était là l'une des nombreuses raisons qui faisaient que leur amitié avait duré aussi longtemps. Beaucoup étaient surpris de cette longévité et leur avouaient que la plupart de leurs amitiés avaient moins de dix ans.

Ce lien entre eux leur avait aussi plus d'une fois sauvé la vie.

Sean se dirigea vers l'immense fenêtre avec appréhension, craignant de se retrouver nez à nez avec un précipice, mais il fut soulagé de constater que la dénivellation était progressive : après une petite chute au niveau de la fondation du pavillon, le terrain partait en pente douce jusqu'à la vallée en dessous.

Tommy le rejoignit et regarda le paysage à côté de lui.

« Dis, moi aussi, j'aimerais bien m'installer devant cette vue avec une tasse de café, mais on n'a pas de temps à perdre.

– OK, répondit Sean comme s'il revenait d'un moment d'oubli. Il y a donc des raisons de croire que c'était là que Jefferson recevait les géants. Le journal disait que la clé était en dessous.

– Exact. »

Tommy regarda le plancher en se grattant la tête. « Je ne sais pas ce que tu en penses, mais je ne crois pas que Tim serait ravi qu'on arrache le parquet. »

Sean s'esclaffa.

« Tu n'as sans doute pas tort. » Il recula pour observer le plancher à son tour. « De toute façon, il n'est pas d'origine. Je dois même être plus vieux que lui.

– Carrément ! S'il y avait un objet caché en dessous, les ouvriers l'auraient trouvé il y a belle lurette.

– Sauf si l'énigme ne voulait pas dire qu'il était sous ce parquet.

– Mais encore ? » demanda Tommy avec une expression de curiosité.

Sean repartit vers la fenêtre et étudia les fondations du pavillon. Si, d'un côté, il était construit sur la crête, de l'autre il reposait sur des pierres qui avaient été taillées dans la montagne.

« Qu'est-ce que tu fais ? demanda Tommy en le rejoignant.

– Si la clé n'a pas disparu, elle est cachée derrière l'une de ces pierres.

– Tu crois ? C'est vite dit. Pourquoi là, et pas ailleurs ? Pourquoi pas sous la terre ?

– Dans ce cas, prends une pelle et creuse. Moi, je vais regarder un peu ces pierres. »

Tommy éclata franchement de rire. Il avait bien des outils dans son sac, mais il ne fallait quand même pas exagérer.

« J'ai la corde, mais pas de pelle, dit-il sans ironie.

– Sérieux ? répondit Sean, interloqué.

– Mais non… »

Ce fut au tour de Sean de s'esclaffer. « Arrête un peu… »

Une fois sortis du pavillon, ils jetèrent un coup d'œil vers le manoir pour s'assurer que personne ne les regardait. Tim avait disparu et les quelques jardiniers qui travaillaient sur le site vaquaient à leurs tâches matinales.

Rassuré, Sean contourna le bâtiment pour accéder à l'endroit où le terrain partait en pente douce. L'ensemble était régulièrement entretenu, il n'y avait pas de mauvaises herbes et les arbustes étaient taillés assez bas pour permettre aux visiteurs d'apprécier la vue sans obstacle.

Ils descendirent le muret pierre par pierre jusqu'au moment où ils se retrouvèrent au pied du bâtiment.

« Voilà, dit Sean, c'est ici que *les collines viennent chercher les fleurs* – en partant du principe qu'on ne s'est pas trompés dans notre interprétation et que c'est du jardin de Jefferson que parlait notre énigme. »

Tommy s'appuya sur le mur de fondation de la main droite et promena le doigt sur une pierre.

« Ce sont les pierres originales, dit-il. Ce mur de fondation a au moins deux cents ans.

– Si un objet a été caché là, il y a de bonnes chances pour qu'il y soit encore.

– On va voir ça. »

Tommy posa son sac par terre et sortit un pied-de-biche.

« Ma parole, mais tu vas commettre un crime ! dit Sean. Je ne suis pas juge, mais je crois que tu risques gros !

– Tu peux surveiller, pendant ce temps ?

– Je ne te reconnais plus ! Toi que je vois toujours prendre mille précautions avec tes découvertes !

– J'ai dû vieillir et gagner en sagesse », dit-il en souriant avant de se mettre à frapper les pierres avec son outil.

Sean s'éloigna discrètement pour regarder en direction du manoir. Personne ne semblait s'intéresser à ce qu'ils faisaient. Tommy donna des coups dans le mur de fondation jusqu'au moment où il trouva une pierre qui rendait un son creux.

« Tiens, la voilà, dit-il.

– La voilà quoi ? »

Laissant cette question sans réponse, Tommy se mit à éclater le joint qui maintenait les pierres en place avec le bout plat du pied-de-biche.

Sean regarda à nouveau le sentier qui conduisait jusqu'au manoir. Il ne voyait toujours personne, mais, curieusement, il avait le sentiment que quelqu'un les observait.

En ayant fini avec le joint inférieur, Tommy entama le joint supérieur et le réduisit bientôt en éclats. Les deux joints latéraux furent encore plus rapides, et, à la fin, la pierre s'agitait à chaque coup de son ciseau improvisé.

« Ça y est ! » s'exclama-t-il après cinq minutes d'un intense labeur. Sean alla le rejoindre pour découvrir le fruit de son travail. La pierre n'était désormais séparée de celle d'en dessous que par une fine couche de gravats.

Tommy prit un moment pour respirer, puis, laissant le pied-de-biche par terre, retourna devant le mur de fondation tandis que Sean s'éloignait à nouveau pour surveiller les alentours. Toujours personne. C'était presque trop calme. Le bruit que venait de faire Tommy aurait facilement pu donner l'alerte, mais personne ne semblait l'avoir remarqué.

Tommy glissa les doigts au-dessus de la pierre, en atteignit la face arrière et la délogea progressivement. La pierre glissa de quelques centimètres sans opposer beaucoup de résistance. Il la tira encore une fois en la faisant jouer de droite et de gauche, tant et si bien qu'elle se retrouva à moitié dehors. Sean, qui suivait l'opération avec grand intérêt, se rapprocha encore.

« Tu as besoin d'aide ?

– Non, ça va. Un… deux… trois… »

Cette fois, la pierre sortit dans un bruit sourd de mortier concassé.

Tommy se crispa sous l'effet du poids, puis posa la pierre avec précaution avant de se redresser pour regarder la cavité ainsi créée dans le mur de fondation.

Sean s'approcha et se mit lui aussi à étudier l'obscurité. Il sortit naturellement son téléphone de sa poche et alluma la torche.

Ils tendaient le cou l'un et l'autre, sans vraiment réussir à voir le fond de l'ouverture.

« Il y a quelque chose à l'intérieur, dit Sean.

– Oui, c'est ce que je vois aussi. »

Tommy alla prendre une paire de gants blancs au fond de son sac.

« On ne fait jamais trop attention, dit-il avant d'enfiler d'abord le gauche, puis le droit.

– Dixit le type qui vient juste de dégrader un monument historique !

– On remettra tout ça en place. »

Il savait que cette ligne de défense ne valait pas grand-chose, mais il savait aussi que Sean le taquinait pour plaisanter. Comment déloger la pierre sans détruire le joint ? Et comment résoudre cette énigme sans déloger la pierre ?

Il plongea une main dans le trou, puis le bras jusqu'au coude, et sentit comme une anomalie sous ses doigts gantés. Il s'en saisit avec toute la douceur dont il était capable, et sortit enfin le bras du trou.

L'objet qui ressortit soudain à la lumière du jour avait la forme inhabituelle d'une tige cylindrique de pierre blanche. L'une de ses deux extrémités, celle qu'ils prirent pour l'anneau, était gravée d'une croix des Templiers. L'autre s'élargissait en cercle. Tommy regarda cette étrange clé en la retournant dans sa main.

Le panneton était sculpté de deux chevaliers en armure qui croisaient le glaive. D'autres symboles entouraient cet emblème, mais Sean et Tommy ne les reconnurent pas du premier coup d'œil alors que l'un d'entre eux était sans équivoque.

« Voici donc la première clé de l'Arche d'Alliance », murmura Sean, que le respect avait failli rendre muet.

22

Charlottesville

Tusun observait la scène depuis la lisière de la forêt, avec ses hommes. Ils avaient suivi Wyatt et Schultz dès leur départ de l'hôtel, à bonne distance, et ils n'avaient pas tardé à comprendre où ils allaient. Comme ils n'avaient pas pris la route de la plantation Monroe, il ne restait plus que Monticello.

Une fois sur place, Tusun et ses acolytes s'étaient répartis en plusieurs groupes, pour couvrir plus de terrain mais aussi pour prévenir toute tentative de repli de leurs proies.

Tusun était bien sûr parti de l'hypothèse que Wyatt ne savait pas qu'il était suivi, une hypothèse risquée au vu de sa carrière. Qui disait qu'il ne cherchait pas plutôt à les lancer sur une fausse piste ? Tusun avait envisagé cette possibilité plus d'une fois sur la route de Washington, puis de la Virginie.

S'il était difficile de trancher, quelque chose lui disait pourtant que ce n'était pas le cas.

Il regardait dans ses jumelles, flanqué de ses quatre hommes – deux de chaque côté, dont un qui surveillait derrière et l'autre du côté où il était. C'était une formation standard pour ce genre de mission, et aucun d'entre eux n'avait besoin de consignes. Ce n'était pas la première fois qu'ils se retrouvaient dans ce genre de situation, et l'entraînement intensif qui faisait le quotidien des Assassins les avait aussi habitués.

« Qu'est-ce qu'ils fabriquent ? » murmura Tusun à part soi en voyant Wyatt et Schultz entrer dans le pavillon et admirer le paysage.

Peu après, ils contournaient le pavillon et descendaient au pied du bâtiment pour inspecter quelque chose. Quoi ? Il n'en savait rien. Qu'avait ce mur de fondation de si spécial ? Tusun détestait le manque d'information. Normalement, il se renseignait sur tout – les cibles, les lieux, etc. – et rien ne lui échappait. Là, cependant, il naviguait à vue et il en était irrité, même s'il savait aussi s'adapter à la situation.

Rien n'était jamais parfait, et les Assassins apprenaient très tôt à travailler sur leur capacité d'adaptation.

C'était leur insuffisance de ce point de vue qui avait entraîné leur perte cinq siècles plus tôt. L'ordre avait été totalement éradiqué, à l'exception de quelques membres à peine. Le nom des Assassins avait quasiment disparu, devenant matière à légendes, et leur souvenir s'était dissipé comme une brume matinale chassée par le vent d'est.

Tusun et ses hommes étaient assez éloignés de leurs cibles pour ne pas être aperçus. Leur combinaison de camouflage leur permettait de se fondre presque sans effort dans leur environnement. Ils entendirent néanmoins le bruit de pioche que faisait Schultz en entamant la fondation du bâtiment. Tusun, sidéré, le regarda faire pendant que Wyatt surveillait les environs.

Il se demanda comment personne ne les remarquait, mais les jardiniers et les rares personnes qui se trouvaient sur le terrain semblaient rester sans réaction.

Wyatt regardait de tous les côtés, et il y eut un moment où ses yeux fixèrent Tusun ou du moins partirent dans sa direction. L'avait-il vu ? D'après ce que Tusun savait de lui, il n'était pas du genre à céder à la panique. S'il l'avait repéré, lui ou ses hommes, il n'aurait rien changé à son attitude, laissant Schultz aller jusqu'au bout de ce qu'il faisait.

Au bout de cinq minutes, Wyatt redescendit pour aider Schultz à déloger une pierre, puis à retirer un objet dissimulé derrière le mur. Même avec ses puissantes jumelles, dernier cri de la technologie, Tusun ne le distinguait pas très bien, mais il n'avait pas besoin de le voir pour savoir ce que c'était.

Wyatt et Schultz venaient de découvrir l'une des deux clés recherchées par Alain.

Ils avaient décodé le journal en moins d'une journée alors que Wilkins avait tâtonné pendant plus d'une semaine.

Cette pensée alluma une étincelle de satisfaction dans l'esprit de l'Assassin. Si Wilkins était un imbécile, il n'avait eu que le sort qu'il méritait. Et s'il avait retenu des informations pour empêcher Alain de retrouver l'Arche d'Alliance, son exécution n'en était que plus justifiée, et Tusun regrettait seulement de ne pas l'avoir torturé plus longtemps.

Schultz retourna l'objet dans sa main et l'examina avec Wyatt pendant près d'une minute.

Il l'enveloppa ensuite dans un tissu et le mit dans son sac à dos, après quoi ils remontèrent au niveau du pavillon, puis se dirigèrent tous les deux vers le bâtiment principal. Qu'allaient-ils donc y faire ? Tusun n'en savait rien, mais une chose était sûre : ils emportaient la clé.

Leurs deux cibles ayant disparu dans le manoir, Tusun ordonna à trois de ses hommes de traverser les bois. Au quatrième, il demanda de regagner le véhicule.

Tusun soupçonnait fortement Wyatt de faire diversion avec ce passage par le bâtiment principal. S'il ne l'avait pas repéré à la lisière de la forêt, il était paranoïaque, ou, en tout cas, toujours sur ses gardes. La poitrine de Tusun se gonfla de respect. Enfin un adversaire à sa hauteur !

Wyatt ferait une très belle proie. Comme c'était contrariant lorsqu'un adversaire n'offrait pas la moindre résistance ! Avec Wyatt, la chasse s'annonçait captivante. Tusun se réjouissait déjà du moment où il le tuerait.

23

CHARLOTTESVILLE

Sean et Tommy marchaient en retrait de la route pour ne pas se faire faucher par les navettes qui commençaient à arriver. Les conducteurs et les premiers touristes ne savaient pas quoi penser de ces deux hommes qui descendaient à pied vers le parking. Comment auraient-ils pu savoir ce qu'ils venaient de faire et ce qu'ils transportaient au fond de leur sac à dos ?

Tout en faisant ce qu'ils pouvaient pour ne pas avoir l'air pressés, ils ne pouvaient pas s'empêcher de courir. Plus tôt ils auraient décampé, mieux ils se porteraient.

Jouant au parfait innocent, Tommy adressa un signe de la main à deux navettes, à quelques minutes d'intervalle. Les conducteurs lui retournèrent la politesse, pensant sans doute qu'il s'agissait d'un jardinier.

« Subtil, Tommy ! Vraiment très, très subtil ! dit Sean la seconde fois.

– Quoi ? demanda Tommy, comme offusqué. J'essaie de renvoyer l'image d'un homme qui n'a rien à se reprocher. »

Sean s'esclaffa.

« Justement, tâche de ne pas attirer l'attention, OK ?

– Tu veux dire qu'on a l'air suspects, avec nos sacs à dos de cambrioleurs, en train de descendre à pied ce tronçon de route réservé aux navettes ?

– Voilà, c'est ça. »

Tommy marchant devant lui, Sean ne le vit pas lever les yeux au ciel.

L'aire de stationnement apparut peu à peu après le dernier virage au pied de la colline. Deux agents dirigeaient les arrivants vers des emplacements libres et les voitures venaient les remplir rapidement.

« C'est sans doute parce qu'on est samedi, dit Tommy.

– En tout cas, raison de plus pour décamper. Il ne manquerait plus qu'une foule de témoins qui puissent nous reconnaître ! »

Sean rajusta ses lunettes de soleil. Il espérait aussi que le bonnet qu'il avait mis pour protéger ses oreilles du froid matinal lui permettrait de passer inaperçu.

Tommy portait quant à lui une casquette et des lunettes style aviateur. Les témoins auraient du mal à les reconnaître derrière la vitre sans tain ! Mais Sean espérait ne pas en arriver là. Comment pourraient-ils expliquer la dégradation d'un monument historique et le vol d'un objet patrimonial ?

Ils longèrent le parking jusqu'à leur véhicule de location. Une troisième navette croisa leur chemin, que Tommy, cette fois, ignora. Ils n'étaient plus qu'à une trentaine de mètres de leur emplacement lorsqu'ils furent arrêtés par une voix familière.

« Vous repartez déjà ? » demanda Tim Pinkton.

Sean et Tommy se retournèrent dans un accès de panique. Sean était bien moins sujet à ce genre de réaction, mais à certains moments comme celui-là, il craignait d'être pris la main dans le sac. Il avait des contacts pour se sortir de ce genre de mauvaise passe, mais à force de les solliciter, il craignait de perdre leur confiance. Tommy avait une excellente réputation dans le monde des historiens.

S'ils étaient poursuivis pour dégradation de monument historique et vol d'objet patrimonial, ce serait pire que tout.

« Eh, mais c'est Tim ! » dit Tommy. Sean se doutait que son cœur battait la chamade, et il admira son sang-froid. « Oui, on s'en va. On a fait un tour dans le jardin, dans le manoir et tout ça… Mais maintenant on doit retourner à Atlanta. On vient de recevoir un appel du labo : apparemment, mon équipe de recherche a fait une découverte intéressante et ils veulent que j'aille regarder ça de plus près.

– Super ! répondit Tim avant de se tourner vers Sean. Alors ? Vous avez aimé la visite ? Ça vaut le détour, vous ne trouvez pas ?

– Oui. C'est un endroit étonnant. J'aime bien les lieux chargés d'histoire. Là, je dois dire que j'ai été servi !

– À qui le dites-vous !

– Des fois, j'aimerais pouvoir en rapporter un petit morceau chez moi…

– Ha, ha !… fit Tim. Je crois que je vois ce que vous voulez dire. »

Il n'en avait pourtant pas l'air, avec son front légèrement plissé.

Sean poursuivit dans la même veine en s'amusant de voir Tommy qui trépignait juste à côté.

« Vous ne pouvez pas imaginer comme j'aimerais emporter un petit souvenir de Monticello !

– Ha, ha !… Pas possible pour cette fois-ci, mais il faudra revenir nous voir ! »

Sean regarda le directeur du musée dans les yeux.

« Vous me reverrez, c'est sûr, annonça-t-il d'un air sinistre, comme s'il s'agissait d'une menace.

– Euh… Bon, super. Mais je dois vous laisser. Merci d'être venus, dit-il avant de se retourner vers Tommy, qui était encore stupéfait de l'attitude de Sean. Et appelle-moi si tu reviens à Charlottesville, on organisera quelque chose.

– C'est promis, Tim. Tu peux compter sur moi. Encore merci de nous avoir accueillis tôt le matin. C'était vraiment sympa de ta part. »

Tim s'éloigna avec un petit geste de la main vers une allée marquée par un panneau qui en réservait l'accès au seul personnel autorisé.

Lorsqu'il eut disparu derrière un bosquet, Tommy se retourna vers Sean avec des yeux qui lançaient des éclairs.

« À quoi tu joues ? Tu veux qu'on se fasse coffrer ? »

Sean s'esclaffa.

« Tu aurais dû voir ta tête ! dit-il avec un sourire narquois. Et même maintenant, tu as l'air de ne plus savoir où te mettre !

– Ça te surprend ? Tu es dingue ou quoi ? »

Sean conserva son air hilare jusqu'au moment où il vit Tommy à deux doigts de céder.

« Allez, avoue que c'était drôle ! »

Tommy se dirigea vers la voiture et voulut ouvrir la portière, mais la poignée lui résista et il se retrouva comme un idiot.

« Elle est fermée à clé ! lui dit Sean en éclatant de rire.

– Tu as décidé de m'embêter, c'est ça ? »

Sean appuya sur le plip pour déverrouiller le véhicule.

« Exactement ! Tu sais que j'aime ça ! dit-il, encore hilare.

– Toi et moi, on est les meilleurs amis du monde, n'est-ce pas ? dit Tommy en déposant délicatement son sac sur la banquette arrière avant de s'installer sur le siège passager.

– De l'univers ! » dit Sean avec un ultime clin d'œil.

Il déboîta et dirigea le véhicule vers la route principale, où un flot de visiteurs attendaient de pouvoir entrer. Son regard restait vissé au rétroviseur.

« Qu'est-ce qu'il y a ? » demanda Tommy. Il se retourna et, par la lunette arrière, il vit la file de voitures sur la route. « C'est vrai qu'il y a pas mal de monde.

– Ce n'est pas ça », dit Sean.

Tommy connaissait ce ton de voix. Il savait qu'il annonçait un danger.

« C'est quoi, alors ?

– Je ne sais pas très bien, avoua Sean sans quitter le rétroviseur des yeux. En tout cas, surveille la route derrière nous.

– D'accord. » Tommy regarda dans le rétroviseur de portière. « Tu peux me dire ce qui se passe ? On est suivis ?

– Je crois que oui. Ou alors je deviens paranoïaque.

– Comment ça, tu *deviens* paranoïaque ?

– Ha, ha !

– Bon, sérieusement : tu as vu quelque chose ? »

Sean n'était pas très sûr. Il avait l'impression d'avoir détecté une présence à la lisière de la forêt, comme un éclat, au moment où Tommy travaillait avec son pied-de-biche. Sur le moment, il n'en avait rien dit. Mieux valait ne pas lui faire peur tant qu'il n'y avait pas de preuve du danger.

Sean avait néanmoins redoublé de vigilance, raison pour laquelle il avait voulu passer par le manoir avant de partir. Tommy, qui préférait décamper au plus vite, n'avait pas accepté de gaieté de cœur.

« Autant se jeter dans la gueule du loup ! » Telle avait été sa formulation.

Sean avait dû le tirer par la manche et ils avaient traversé toute la partie visitable du manoir avant de ressortir à l'opposé du bâtiment par une porte réservée au personnel.

Rassuré de constater qu'ils n'avaient pas été suivis, Sean avait enfin entraîné Tommy vers la route qui descendait jusqu'à l'aire de stationnement.

Maintenant, cependant, la crainte était revenue.

« Il m'a semblé voir quelque chose du côté de la forêt. C'était sans doute une illusion, mais, par mesure de sécurité, j'ai préféré passer par le manoir, et je pense qu'il vaut mieux que tu surveilles la route derrière nous. »

Tommy se redressa légèrement sur son siège.

« OK, l'ami. Reçu cinq sur cinq ! » Il pâlit néanmoins, en proie à l'inquiétude. « Et… tu avais prévu de m'en parler quand ?

– Maintenant ! »

Tommy prit un air offensé.

« Tu t'étais dit que je prendrais peur si tu m'en parlais avant, c'est ça ?

– J'aurais eu tort ?

– Moi qui pensais que tu me connaissais… »

Tommy n'avait pas l'air tout à fait convaincu lui-même.

« Justement, c'est pour ça, répondit Sean. Tu aurais été mort de trouille. »

Tommy s'esclaffa. « Merci ! Tu me fais confiance, c'est dingue ! »

Sean lui adressa un sourire béat.

« Bien sûr que je te fais confiance ! Mais je ne vois pas l'intérêt de tout chambouler pour rien. » Après un temps de réflexion, il ajouta : « En tout cas, si on est suivis, j'ai une petite idée.

– Ah oui ? demanda Tommy.

– Eh oui ! » dit Sean d'un air malicieux.

24

CHARLOTTESVILLE

Le SUV suivait le véhicule de location tout en gardant une distance de sécurité. Tusun et ses hommes n'avaient pas besoin, à ce stade, de le tenir en ligne de mire. La balise qu'ils avaient dissimulée sous le châssis les conduirait jusqu'à Wyatt et Schultz, et ils resteraient alors en retrait à leur poste d'observation en attendant que la seconde clé ait été retrouvée.

Tusun espérait que la scène se déroulerait dans un lieu isolé, dans les bois par exemple, ou dans un champ, à l'abri des regards. Il s'efforçait généralement d'éviter les dommages collatéraux. La présence de curieux pouvait provoquer des complications insoupçonnées.

Un jour, il avait dû éliminer un vieillard dont le seul et unique tort avait été de se trouver au mauvais endroit au mauvais moment : il était entré dans une petite rue à l'instant même où Tusun venait de tuer le traître d'une balle dans la tête. Cet incident avait eu lieu peu après son arrivée dans l'ordre des Assassins. Il s'était montré plus prudent depuis.

Le meurtre en soi ne lui faisait ni chaud ni froid. Il aimait assez tuer les gens, d'ailleurs… Plus il semblait dangereux, plus il était respecté.

Non, le problème, c'était le nettoyage. Un cadavre laissé dans le paysage risquait de mettre même les enquêteurs les moins futés sur la piste de l'ordre. Si une telle éventualité paraissait peu probable, c'était à force de précautions qu'ils s'étaient maintenus dans la clandestinité jusqu'à présent. Tusun savait qu'Alain ne voulait rien changer, et il était du même avis.

Il vérifia la progression du point bleu sur l'écran de sa tablette. « Arrête-toi là », dit-il en indiquant le bas-côté au conducteur.

Le véhicule ralentit, puis s'arrêta sur le gravier au bord de la route, dans l'attente de nouvelles instructions. Le second SUV en fit autant et son pare-chocs vint se coller au leur.

Le point bleu reprit un moment sa course, plus lentement cette fois-ci, puis s'immobilisa à nouveau. Tusun le suivait avec une intense curiosité. Il agrandit la carte avec ses deux doigts pour lire l'emplacement.

« On est du côté de Highland, dit-il.

– Highland ? »

Tusun n'était nullement surpris que le conducteur et ses autres hommes n'aient jamais entendu parler de cet endroit. Leur connaissance de l'histoire des États-Unis était au mieux lacunaire. Tusun n'avait pas une immense culture, mais il cherchait toujours à en connaître davantage, surtout sur son ennemi. Il y avait un vieil adage là-dessus, qu'il n'oubliait jamais.

« La demeure de l'ancien président James Monroe.

– Deux présidents, juste à côté l'un de l'autre ? »

Tusun hocha la tête. Il n'était pas d'humeur à faire un cours d'histoire. « Beaucoup de gens aisés vivaient dans le coin à cette époque. » Il n'attendit pas de savoir si cette brève analyse satisfaisait le conducteur. Avant que celui-ci ait pu dire quoi que ce soit, il lui ordonna de redémarrer lentement.

« Ils n'ont pas l'air de repartir. Monte là-haut, on devrait les voir.

– Ils ne pourront pas nous voir, eux aussi ?

– Pas si on reste derrière les hautes herbes qui longent cette clôture. »

La route était bordée de vieilles palissades, à environ quatre ou cinq mètres des trottoirs. « On va se garer là-bas et on fera le reste à pied. On doit rester discrets. »

Le conducteur hocha la tête et fit ce qui lui était demandé. Il gara le SUV le long du fossé et s'assura qu'il était bien en retrait de la route avant de serrer le frein à main.

« On y va », dit Tusun.

Ils quittèrent les deux véhicules et franchirent la clôture. Tusun passa le premier puis attendit ses hommes en surveillant la route au cas où la police débarquerait, ou des curieux.

Une fois dans les hautes herbes, ils se mirent en position accroupie, disparaissant en un clin d'œil, puis commencèrent à ramper avec une précision militaire, chacun sachant exactement ce qui était attendu de lui. Leur unité fonctionnait comme une entité à part entière, chacun étant lié aux autres par une force invisible qui les faisait tous réagir aux mêmes signaux.

Ils partirent en direction de la forêt et s'arrêtèrent à l'endroit où la colline commençait à redescendre. Tusun se redressa et, par-dessus les herbes, aperçut Wyatt et Schultz en train de s'engager dans la forêt. Quelques instants plus tard, ils avaient disparu.

Tusun se raccroupit le temps de réfléchir. La seconde clé semblait cachée dans cette forêt, mais si les arbres leur offraient un écran, Tusun et ses hommes devaient aussi se dépêcher de rattraper Wyatt et Schultz pour ne pas les perdre de vue.

Sans attendre un instant de plus, il leur ordonna d'avancer. Le son de sa voix dans la radio se réduisit à un murmure à peine audible alors que leurs cibles étaient trop loin pour pouvoir l'entendre. Il était difficile de se défaire des vieilles habitudes, et un homme aussi bien entraîné que Tusun préférait pécher par excès de prudence.

Ainsi progressèrent-ils peu à peu sur la pente herbeuse jusqu'au moment où ils atteignirent la lisière de la forêt. Tusun ordonna à ses hommes de s'arrêter d'un geste de la main. Ses quatre acolytes étaient derrière lui, deux de chaque côté, dans une sorte de formation en V.

Tusun partait presque toujours en tête. C'était pour lui une question d'honneur que de partir le premier, tout comme de quitter une situation de combat le dernier. C'était un privilège associé à son rang, mais ce privilège pouvait également s'assortir d'un grand sacrifice.

De toute façon, il n'avait pas peur de mourir. Pourquoi la mort lui aurait-elle fait peur ? S'il mourait en accomplissant la volonté du Tout-Puissant, il n'avait rien à craindre. Les soldats de Dieu avaient leur place au paradis. Lorsque la mort viendrait, Tusun bénirait ce moment.

Il regarda par-dessus les hautes herbes en direction du bois. Les épaisses rangées de chênes, de pins et de peupliers barraient la vue. *Tiens !* N'était-ce pas la veste de Wyatt entre les arbres ? Elle n'était apparue que pendant une fraction de seconde, mais Tusun n'eut aucun doute sur ce que c'était.

« En avant ! » souffla-t-il dans sa radio.

Il vira sur la gauche, vers la forêt, où les broussailles prenaient la relève des herbes, offrant désormais à Tusun et à ses quatre hommes une infinité d'options pour se couvrir. Ils se déployèrent en une ligne d'une dizaine de mètres, chacun prenant bien soin de rester caché derrière un grand arbre, arme au poing, attendant les ordres.

Tusun sonda les profondeurs du bois. Aucune trace de Wyatt et de Schultz. Il fit un signe de tête, et ses hommes s'avancèrent jusqu'à une autre rangée d'arbres. Adroits, ils veillaient à ne pas marcher sur des branches, ni sur des brindilles. Le moindre bruit – un craquement, le froissement d'une feuille – risquait de trahir leur présence.

Tusun leur adressa un signe de tête circulaire. Ceux qui étaient près de lui chassèrent ceux qui étaient plus loin. Le but était d'encercler Wyatt et Schultz en se déployant autour d'eux. C'était la marche à suivre, et Tusun savait que ses hommes feraient un excellent travail.

Il courut sur la pointe des pieds, pour ne pas faire de bruit, jusqu'à un chêne épais qui se trouvait en face de lui. Ses quatre acolytes poursuivirent leur progression de la même manière, dans ce qui devenait une formation en U. Une fois qu'ils auraient rattrapé Wyatt et Schultz, ils se resserreraient autour d'eux comme un boa constricteur avant d'étouffer sa proie.

Parvenu à l'arbre suivant, Tusun s'y adossa en serrant étroitement son arme, comme il l'avait souvent fait dans des missions de ce genre. Il pointa ensuite la tête pour scruter le bois devant lui. Toujours aucune trace de Wyatt et de Schultz.

Que se passait-il ? Il regarda autour de lui. Il distinguait à peine ses hommes, mais ils occupaient parfaitement le terrain.

Wyatt et Schultz avaient-ils été plus rapides qu'il ne l'avait prévu ? C'était la seule explication possible, et cela voulait dire qu'ils avaient sans doute trouvé quelque chose.

« En avant, pas trop vite, souffla Tusun dans sa radio. Objectif neutralisation ! »

Cela, comme ses hommes le savaient, voulait dire qu'ils ne devaient pas chercher à tuer, comme « Réglez les phaseurs à *étourdir* » dans *Star Trek*. Ils ne devaient se servir de leurs armes que dans le but de neutraliser leurs adversaires. Tusun voulait les capturer vivants.

Ses acolytes se remirent en mouvement, les armes à bout de bras comme des rangers en train de traquer une cible de premier ordre.

Ils marquèrent une nouvelle pause dans leur progression. En gagnant trop de terrain à la fois, ils risquaient de trahir leur approche. Ces cinq hommes n'étaient pas des abrutis, ce n'étaient pas des bêtes sauvages dont toute l'ambition serait de se jeter sur leur proie avant de l'écrabouiller. C'étaient des instruments de précision, des scalpels faits pour intervenir dans une opération délicate.

Tusun s'adossa contre le tronc d'arbre le plus proche afin de prendre le temps de respirer. Son cœur battait un peu rapidement, mais il n'était pas nerveux. Il avait évacué ce genre de chose depuis longtemps. Il regarda devant lui pour préparer la prochaine étape. Il ne distinguait plus très bien le terrain. Seuls quelques rayons de soleil perçaient la canopée comme des rayons laser sur un fond d'ombres.

Il pivota avant de reprendre sa progression.

« Pas plus loin », dit une voix d'homme derrière lui.

Tusun se figea et ses sbires en firent autant. Ils cherchèrent d'où venait la voix, mais la forêt était déserte.

La panique les saisit soudain. Ils tournèrent la tête de tous les côtés, conscients d'être observés par un adversaire invisible.

« Dis à tes hommes de jeter leur arme ou je te loge une balle à pointe creuse, calibre 40, dans le crâne. »

Tusun hésita. Il ne leva pas les mains, ne jeta pas son arme. Il attendit seulement.

« Ne m'oblige pas à répéter », fit la voix sur un ton plus menaçant.

Cette fois, Tusun leva les yeux. Sean Wyatt se tenait en équilibre sur deux branches situées à cinq ou six mètres de hauteur. Il tenait son revolver à bout de bras, la main gauche accrochée à une troisième branche au-dessus de lui.

Les deux hommes à droite de Tusun levèrent leurs armes, mais un bruit les arrêta. « Tut-tut… » C'était Tommy.

Ils levèrent tous les yeux vers lui et se figèrent : il tenait son pistolet braqué sur le premier arrivé.

« Jetez ces revolvers. Si vous vous avisez de tirer, je vous fais la peau à tous les deux. Ainsi qu'à votre chef, d'ailleurs.

– N'obéissez pas », commanda Tusun.

Les quatre hommes se regardèrent sans savoir quoi faire.

Sean savait que le chef serait farouche, mais pas jusqu'où il était prêt à pousser le conflit.

« Je compte jusqu'à trois ! » Sean se tenait caché derrière le tronc de l'arbre où il était monté, bouclier naturel aussi fortuit qu'utile.

De là où il était, il sentit dans le regard de son adversaire sa détermination sans faille. Cet homme était prêt à mourir, sans état d'âme et sans hésitation. Il avait l'air en paix avec lui-même, une chose que Sean n'avait certainement pas prévue.

Soit ces hommes étaient fous à lier, soit leur cas était au-delà du fanatisme. Étrangement, les deux se rejoignaient souvent.

« Un ! » Sean perçut un mouvement de l'autre côté de l'arbre. « Ne bougez pas ! » Le mouvement cessa. « Deux ! »

Tusun avait les mâchoires serrées, mais ses yeux étaient glacés, et il acceptait déjà son sort. Le paradis l'attendait. Son âme était prête. Il ferma lentement les paupières, et sa prière silencieuse monta dans l'éther.

« Trois ! »

25

Virginie

« Non ! cria quelqu'un sous les pieds de Tommy. Attendez ! »

Sean tourna brusquement la tête vers Tommy, qui, comme lui, était juché sur de hautes branches.

Les deux hommes au-dessus desquels il se trouvait étaient en train de se baisser pour déposer leurs armes à terre.

En se penchant le long du tronc, Sean risqua ensuite un coup d'œil sur les deux autres, qui étaient de son côté : ils en faisaient autant.

« Arrêtez ! » commanda Tusun.

Ses quatre hommes l'ignorèrent. Levant les mains en l'air, ils s'éloignèrent lentement de leurs armes, qui reposaient désormais sur la terre et les feuilles au sol.

« Avec lui ! » leur dit Sean en leur faisant signe de rejoindre leur chef.

Ils se regardèrent tous les quatre sans savoir s'ils devaient obéir, puis se dirigèrent vers Tusun, qui était toujours armé.

Tommy descendit de son arbre et prit les deux revolvers qui se trouvaient en dessous. Il glissa le premier sous sa ceinture et garda le second dans sa main gauche, puis commença à diriger les cinq Assassins vers la petite clairière.

Sean descendit ensuite le plus vite qu'il put. Ses chaussures firent un bruit sourd en heurtant le sol et ses genoux se fléchirent aussitôt pour amortir le choc. Puis il se redressa et regarda Tusun, juste devant.

D'un bond, il lui arracha son revolver.

« Je savais bien que quelqu'un nous suivait. » Tusun garda le silence. « Tu vois, Tommy, je ne sais pas très bien ce que c'est. L'intuition ? Un pressentiment ?

– Ou l'odeur ? dit Tommy en reniflant exagérément.

– Oui, c'est peut-être ça ! répondit Sean en se pinçant le nez.

– Qu'est-ce qu'on va bien pouvoir faire d'eux, maintenant ? »

Sean inclina la tête, comme un homme qui évalue son adversaire dans une bagarre de bistrot.

« Eh bien, tu vois, j'hésite ! Pourquoi ne pas les tuer et les abandonner aux coyotes et aux buses ?

– Oui ! On n'a qu'à leur faire la peau tout de suite. Les bêtes sauvages s'en occuperont ! »

Sean soupira.

« OK, mais bon, ça fait deux fois que tu dis *faire la peau.* Tu te prends pour Kit Carson ou quoi ?

– Sérieux ? Tu veux vraiment me faire une leçon de vocabulaire maintenant ? »

Tommy regarda Sean par-dessus les cinq têtes qui venaient derrière lui.

« Enfin, personne ne parle comme ça… Tu connais des gens qui disent ça, dans la vraie vie ? »

Tusun ne savait plus où regarder. Il fronça les sourcils. Ses hommes aussi parurent perplexes devant la dispute qui opposait leurs deux ravisseurs.

« Dis donc, on peut revenir à nos moutons ? demanda Tommy. Il nous reste une clé à trouver.

– Ah, oui, dit Sean, comme si cette histoire lui était sortie de la tête. La clé ! »

Il fit un pas en avant pour marcher à côté de Tusun. « D'ailleurs, les gars, dit-il en le regardant, il y a une chose que je n'arrive pas bien à comprendre : pourquoi vous les cherchez, ces clés ? »

Tusun garda le silence. Ses hommes ne dirent rien non plus.

« En tout cas, ils ne sont pas très bavards, remarqua Tommy.

– C'est le moins qu'on puisse dire, Schultzie ! Là, tu vois, dans les bois, je crois qu'on pourrait vraiment tout leur faire. Même des choses parfaitement horribles.

– Torturez-nous si ça vous chante, lui dit Tusun entre ses dents. On ne parlera pas. »

Sean alla se poster droit devant lui. « Je veux bien te croire. Vous ne parlerez pas. On pourra vous infliger toutes sortes de souffrances imaginables, vous emporterez la vérité dans votre tombe. Heureusement, on n'a pas eu besoin de vous pour savoir que vous cherchez l'Arche d'Alliance. »

Ces paroles furent une surprise pour les cinq captifs, et Sean put constater leur effet dans les yeux de Tusun.

« Ah ? Vous pensiez qu'on ne savait pas ? »

Tusun prit une profonde inspiration avant de soupirer, mais ne répondit pas.

« De toute façon, ce n'était pas la peine de le dire. Comme vous le voyez, on a trouvé tout seuls ! Votre petite organisation tente de retrouver l'Arche d'Alliance, car vous pensez que c'est une arme. J'imagine que vous rêvez déjà de tuer des tas d'innocents dans le monde entier. Je ne suis pas trop loin du compte ? »

Silence.

« En tout cas, votre djihad, ou je ne sais quoi, se termine ici, intervint Tommy. Vous avez perdu. Et les gentils ont gagné. »

Tusun gloussa.

« Notre djihad ?

– Ne me dites pas que vous n'êtes pas des terroristes, dit Sean en levant les épaules.

– Vous n'avez rien compris.

– Peut-être que non. Mais peut-être que si ? Vous voyez, les gens comme vous sont toujours les mêmes. Vous voulez faire de la vie un enfer. Il faudrait renoncer aux plaisirs de la vie à cause d'imbéciles dans votre genre. Tout va bien, tout le monde est content, et vous débarquez dans un centre commercial, dans une église ou dans un festival de rue et vous tuez une trentaine de personnes qui n'ont rien fait, tout ça à cause de votre conception débile de la volonté divine. »

Les narines de Tusun frémirent.

« Et pendant ce temps, vous oubliez qu'on a tous les mêmes origines, tous le même créateur… Tous égaux devant Dieu, ça vous dit quelque chose, cette expression ? »

Silence.

« Je savais bien… Le fait est que les gens comme vous n'ont qu'une seule obsession : tuer ceux qui sont différents, qui croient en des choses différentes. » Sean sentait la rage bouillonner en lui. Plus jeune, il avait eu un tempérament volcanique, et certains lui avaient reproché de s'emporter facilement du temps où il travaillait chez Axis. Ce caractère l'avait servi à plus d'une occasion, et son sang saturé d'adrénaline lui avait permis d'accomplir des exploits quasi surhumains. Il avait néanmoins bridé cette tendance depuis fort longtemps, et elle lui semblait un vestige d'un univers qu'il voulait fuir.

« Notre mission est de débarrasser le monde des infidèles, lui répondit Tusun. Ce n'est que lorsque les gens comme vous auront été éliminés de la surface de la terre que nous pourrons retrouver le paradis et la paix. »

Sean hocha la tête comme s'il se rendait aux arguments de Tusun, puis il lui flanqua tout à coup un revers en pleine mâchoire. La tête de Tusun partit de l'autre côté, mais il la redressa aussitôt et sourit de toutes ses dents.

« Alors, c'est quoi, votre plan, avec l'Arche d'Alliance ?

– Je crois qu'il va falloir être assez grands pour trouver ça tout seuls », lui répondit une nouvelle voix.

Tommy se figea soudain en sentant un canon de revolver sur son flanc.

Sean tourna la tête et regarda à l'avant du groupe.

Un nouveau visage apparaissait derrière Tommy, celui d'un homme qui semblait avoir à peu près le même âge que Sean, ou quelques années de plus. Au contraire de Tusun et de ses hommes, il portait une tenue de combat noire munie d'un grand nombre de poches, avec des chaussures assorties. Elles n'étaient pas lustrées et elles avaient un aspect plutôt mat.

« Jetez vos armes. »

Dans un soupir, Tommy leva son bras droit et lâcha son pistolet, qui tomba sur le sol dans un bruit sourd.

Sean hésitait. Il serrait les mâchoires, furieux de ne pas avoir entendu l'inconnu approcher. Il s'était tellement concentré sur Tusun qu'il n'avait même pas réfléchi que quelqu'un pourrait les surprendre, et, avec tous ces arbres autour de lui, il n'avait détecté aucun mouvement. Toute sa colère se reporta vers sa propre personne. Quelle négligence ! Il regarda l'inconnu sans jeter son arme, toujours braquée vers Tusun.

« À qui avons-nous donc l'honneur ?

– Cela est sans importance, Sean Wyatt, mais je vais vous le dire quand même : je m'appelle Alain Depricot et je suis le maître de l'ordre des Assassins. Il y a quelque chose que nous attendons de vous…

– Un coup de pied là où je pense ? »

Le visage d'Alain se décrispa momentanément.

« Toujours le mot pour rire, ce Sean.

– Moi aussi ! objecta Tommy.

– Non, pas vraiment, Schultzie.

– Des fois, je suis très drôle.

– Taisez-vous, tous les deux. »

Alain avait levé la voix, et les arbres lui firent écho. « Jetez votre arme, Sean. Ou bien vous pouvez dire adieu maintenant à votre ami. »

Cette menace était de mauvais augure. Alain Depricot avait dit « maintenant », ce qui voulait dire qu'il avait prévu de les tuer tôt ou tard mais qu'il avait encore besoin d'eux… au moins pendant un petit moment. Sean l'avait parfaitement compris, mais il n'était pas certain que Tommy l'ait remarqué.

« Vous n'êtes pas le premier à menacer Tommy avec une arme à bout portant ! dit Sean. Et vu comment on est vernis, je doute que vous soyez le dernier.

– Si vous ne jetez pas tout de suite votre revolver, je peux vous assurer qu'il n'y aura personne après moi. »

Sean le regarda dans les yeux et vit qu'il ne mentait pas. Il y avait d'ailleurs quelque chose de plus que sinistre dans les deux globes oculaires qui le toisaient d'un air vacant, lointain, dénué d'émotion. Sean avait déjà rencontré ce genre de regard chez des hommes qui vivaient dans un monde sans amour, sans paix, sans joie, et qui menaient une existence de souffrance et de privation, marquée par une enfance où rien n'avait encouragé la bienveillance et où tout portait à la peur, à la colère et à la haine.

« OK », dit Sean. Il prit son pistolet par le canon, entre pouce et index, et le laissa tomber par terre.

Aussitôt, Tusun lui rendit le coup qu'il lui avait donné. Sean, la joue en feu, grimaça et serra les mâchoires pour réprimer la vieille rage qui était en train de refluer en lui comme un geyser trop longtemps endormi.

Il lui fallut quelques secondes pour surmonter son émotion.

« Voilà pour tout à l'heure, commenta Tusun.

– Donc, c'est œil pour œil, avec vous ? Vous n'allez quand même pas me dire que vous connaissez la Bible ? »

Tusun ignora cette remarque et se baissa pour ramasser le revolver de Sean, qu'il glissa sous sa ceinture après l'avoir brièvement examiné.

Ses quatre hommes s'empressèrent à leur tour de récupérer les armes qui leur avaient été confisquées quelques minutes plus tôt. Puis ils prirent position, encerclant leurs deux prisonniers.

« Comment avez-vous pu vous laisser déborder à cinq contre deux ? » demanda Alain.

Ni Tusun ni ses hommes ne lui répondirent sur-le-champ.

« Vos hommes ne sont peut-être pas aussi bien formés que vous avez l'air de le croire…, dit Sean. Ils ne valent rien contre deux bons gars du pays comme nous !

– Je me suis rendu pour sauver la vie à Tusun », déclara soudain l'un des quatre Assassins.

Tusun le regarda et soupira lentement, sachant pertinemment ce qui allait se passer.

« Je vois… », dit Alain. Il tourna son pistolet vers ce renégat et appuya sur la détente. La balle lui traversa le crâne et ressortit aussitôt de l'autre côté. L'homme s'affaissa, inerte.

« Dois-je vous rappeler que jamais nous ne nous rendons, pour quelque raison que ce soit ? » Il laissa ses paroles résonner dans les airs, puis répéta : « Jamais. »

Tusun et ses trois hommes restants ne bronchèrent pas. Ils savaient ce que valaient la faillite et la faiblesse. Une personne extérieure à leur organisation eût sans doute applaudi le geste bien intentionné de leur camarade. Sacrifier sa liberté pour sauver une vie était le summum du courage. Mais, dans l'ordre des Assassins, c'était un signe de faiblesse, même s'il s'agissait de sauver la vie à l'un d'entre eux.

Tusun aurait accueilli sa mort en héros. Elle aurait, certes, retardé l'ordre dans sa mission, mais elle aurait été parfaitement honorable. Un autre poursuivrait son œuvre. Les Assassins étaient entraînés pour se remplacer les uns les autres à tout moment, ce qui leur permettait de se perpétuer à travers les siècles. Ils formaient une unité cohérente où tout le monde se protégeait, ce qui ne les empêchait pas d'avancer sans se retourner lorsqu'un des leurs était tombé.

Sean et Tommy étaient profondément choqués par ce meurtre gratuit, mais ils firent en sorte de ne rien laisser paraître.

Quel homme fallait-il être pour tuer ainsi l'un des siens ? Cette interrogation tournait en boucle dans leur tête.

Alain tourna son arme dans leur direction.

« Vous avez quelque chose qui m'appartient. Je veux le récupérer.

– Pff ! fit Sean. Et puis quoi, encore ? »

Tusun lui flanqua un nouveau revers. Instinctivement, Sean eut envie de porter la main à son visage pour voir s'il y avait du sang, mais il préféra s'abstenir.

« Mes hommes vous ont suivis. Ils savent que vous avez laissé la première clé dans votre voiture. Où est la seconde ? Telle est la question que je vous pose. Je devine qu'elle n'est pas au milieu de cette forêt, dit Alain en ouvrant les bras comme quelqu'un qui voudrait montrer la nouvelle décoration dans son salon.

– Et moi qui pensais que les devinettes, c'était pour les enfants ! lança Tommy sur un ton malicieux.

– Pourtant, dit Alain en faisant un pas vers lui, comme vous avez dû le deviner vous-même, je n'aurai aucun d'état d'âme à vous liquider, là, tout de suite. Vous avez vu le sort que je viens de réserver à l'un des nôtres.

– Si vous croyez que ça nous fait peur ! » dit Tommy sans se laisser démonter.

À peine avait-il prononcé ces mots que la main gantée d'Alain s'abattit sur sa lèvre inférieure et qu'il sentit son pouce s'enfoncer entre les deux os de son menton de toute sa profondeur. Alain le précipita vers le sol.

Tommy tomba sur ses deux genoux dans un cri, sous le coup d'une douleur atroce. Sean voulut s'approcher, mais les hommes armés se trouvaient sur son chemin.

« La clé est bien dans la voiture, confirma Sean en prenant le risque de s'approcher. Ça vous va, comme ça ? »

Alain appuya plus fort et Tommy poussa un nouveau cri.

« Et la seconde clé ? » Alain ne perdait pas le nord. Sean était à court de ruses. Il n'avait plus le choix.

« Elle est à Fredericksburg. Vous êtes content, maintenant ? Alors, libérez-le. »

Alain échangea un regard avec un de ses hommes et hocha brièvement la tête. Sean reçut un coup de coude dans le bas du dos et tomba à genoux dans une grimace, mais sans bruit – rien qu'un léger grognement.

« On ne me donne pas d'ordres, dit Alain. Mettez-vous bien ça dans la tête. »

Sean se redressa à grand-peine. « OK, d'accord. Il a un beau revolver, mais ce sont les autres qui se battent à sa place ! »

Alain gloussa sarcastiquement. « Oh, mais arrêtez, Sean, vous voulez bien ? Je ne vais pas me laisser entraîner dans ce genre de dispute. D'ailleurs, mort, vous ne me seriez plus d'aucune utilité. » Il se retourna vers Tusun. « Mettez-les dans les SUV. Apparemment, on part pour Fredericksburg. »

26

FREDERICKSBURG, VIRGINIE

Le crépuscule inondait le ciel de teintes roses et orangées, et cette tapisserie abstraite n'offrait qu'une maigre consolation à Sean et à Tommy sur les banquettes de leurs SUV. Ferry Farm se dressait sur la rive du Rappahannock, dans un paysage de collines arborées, ondoyantes et de prés aux couleurs d'émeraude qui faisaient un puissant contraste avec les routes passantes, les officines modernes et les centres commerciaux à proximité.

Alain et ses quatre hommes s'étaient répartis en deux groupes qui surveillaient chacun un des deux amis dans une voiture séparée. Celui d'entre eux qui avait la responsabilité de Sean ne l'avait pas quitté des yeux une seule seconde, maintenant son pistolet sur sa tempe tout le long du parcours.

Ce petit détail mis à part, le trajet de Charlottesville à Fredericksburg, qui leur avait pris un peu plus d'une heure et demie, s'était révélé assez confortable. Sean regarda par la fenêtre et se demanda dans combien de temps ils allaient enfin sortir.

Leur convoi était déjà arrivé depuis plus de trois heures, mais rien ne se passait, et ils restaient ainsi garés à la lisière d'une forêt en bordure de la propriété.

« Euh… dites, vous n'avez jamais besoin de pisser ? » demanda Sean, rompant brusquement le silence.

Alain se retourna vers lui. Son fauteuil de cuir fit un drôle de bruit. Il le regarda pendant quelques secondes, puis se retourna vers le pare-brise.

« Bizarre, quand même… Sérieux, vous faites comment pour vous retenir après tout ce temps ? Franchement, ça fait plus d'une heure que je gigote sur ma banquette. »

Alain écouta patiemment, mais ne réagit plus. Il ne se laisserait pas amadouer par le petit jeu de Sean Wyatt.

Sean se retourna vers le second SUV, où Tommy, qui avait voyagé avec les deux autres sbires, était sans doute soumis au même traitement de choc sur la banquette arrière.

« Et… on va rester encore combien de temps comme ça ? » Sean savait que ses remarques agaçaient Alain, même si celui-ci n'en laissait rien voir.

« On attend la tombée de la nuit. » C'était la première fois qu'Alain ouvrait la bouche depuis le départ de Charlottesville. « Ensuite, on vous laissera trouver la seconde clé.

– Ah, je comprends mieux… Vous ne voulez pas qu'on nous voie en train de fouiner partout. » Sean posa un regard contemplatif sur le terrain dehors. « Pas bête ! C'est vrai que, techniquement, ça revient à entrer sur une propriété privée et que ça peut poser problème, surtout dans un monument historique.

– Ça t'arrive, des fois, de la fermer ? » lâcha son gardien sur la banquette arrière.

Sean se tourna vers lui, hilare. « J'avais fini par me demander si vous étiez muet ! On ne sait jamais très bien avec les gens comme vous, les organisations secrètes, tout ça… Qui sait ? Je me disais qu'on vous avait peut-être coupé la langue… »

Son voisin ne fit pas de commentaire et retourna dans son silence. Il s'était aperçu immédiatement de son erreur en s'adressant à lui.

Les derniers rayons du couchant se fondaient dans l'obscurité. Les étoiles perçaient par-dessus, d'abord une seule, puis une deuxième et enfin des dizaines. Les derniers archéologues de l'équipe quittèrent enfin le site et s'éloignèrent de la vieille ferme au volant de leurs voitures.

Si Ferry Farm était connue depuis longtemps comme la maison d'enfance de George Washington, les fondations originales du bâtiment n'avaient été localisées que depuis peu. Le marquis de La Fayette avait apparemment pris la bonne décision en cachant la seconde clé à cet endroit-là. Restée insoupçonnée pendant plus de deux siècles, elle risquait cependant d'être découverte par les équipes d'archéologues qui fouillaient méticuleusement le terrain tous les jours.

La bonne nouvelle, d'après ce que Sean et Tommy avaient lu sur ces fouilles, c'était que les fondations étaient intactes, et qu'elles étaient restées à l'endroit même où les parents de George Washington les avaient posées.

« On y va », dit Alain.

Le conducteur enclencha le moteur et s'engagea sur la route principale qui partait en direction de la propriété. Il bifurqua ensuite sur le petit tronçon qui terminait devant le portail et stationna sur le gravier.

« Tout le monde dehors, dit Alain. Il faut qu'on soit repartis dans moins de vingt minutes.

– Pff ! fit Sean. Comme si ce genre de chose pouvait se décider à l'avance ! On ne sait même pas exactement où se trouve la clé ! »

Alain ouvrit sa portière et se retourna vers Sean sur la banquette arrière. Son visage était menaçant. « Vous avez vingt minutes ou je tue votre ami. Suis-je clair ? »

Sean se mordit la lèvre.

« Oui, parfaitement.

– Tant mieux. »

Les hommes du second SUV étaient en train de pousser Tommy vers le portail lorsque Sean sortit de son véhicule.

Le conducteur, qui l'attendait, surveilla ses moindres mouvements en maintenant un revolver braqué sur sa poitrine.

« Je te vois en belle compagnie, dit Sean en plaisantant.

– Carrément, dit Tommy. Un sacré talent de séduction, en plus de ça ! Ils n'ont pas décroché un seul mot depuis Charlottesville.

– Les miens, pareil : de vraies pipelettes ! »

Sean lança un regard narquois par-dessus son épaule.

« Ça suffit, dit Alain. Votre temps est compté.

– Comment ça, compté ? demanda Tommy.

– Oui, dit Sean. On a vingt minutes. Après, il te tue.

– Ah, répondit Tommy comme si cette menace ne lui faisait ni chaud ni froid. Tu leur as expliqué qu'on ne sait même pas exactement où se trouve la clé ?

– J'ai essayé, mais ils n'ont rien voulu entendre. Difficile de discuter avec ces gens-là.

– Plus que dix-neuf minutes, dit Alain. Ne restez pas là.

– Ho, ho ! dit Sean en levant la main comme pour calmer un cheval sauvage. Mollo, là. Pas de panique ! »

Les hommes se faufilèrent entre les fentes coupe-vent du portail. La demi-lune baignait l'allée d'une lueur étrange, qui leur évitait de recourir à des torches ou à leurs téléphones.

Le sentier partait en lacets. Plus bas, une maison à parement de bois dominait le fleuve qui séparait le paysage en deux.

Plus loin en retrait de la maison, les contours du lieu de fouilles se démarquaient comme une gigantesque inscription à même le sol.

« Elle doit se trouver de ce côté », dit Tommy en montrant le grand rectangle qui se découpait sur le terrain.

Le groupe dépassa donc la petite ferme afin de se diriger vers ce qui restait de la maison où George Washington avait passé son enfance. Les traces du bâtiment au sol étaient immenses, bien plus étendues que ne l'auraient cru ces visiteurs nocturnes. Pour une ferme modeste, elle semblait avoir été de taille imposante.

« Plus que quinze minutes », dit Alain.

Sean regarda Alain, puis les quatre hommes à côté de lui, qui n'avaient pas baissé leurs armes.

« Bon, dit-il à Tommy, tu te souviens de ce que disait la lettre ? » Tommy resta songeur. « Moi qui croyais que tu avais une mémoire d'éléphant !

– Oui, mais je voulais juste vérifier que tu n'avais pas oublié !

– On risque de se faire exécuter dans quinze minutes au fin fond de la Virginie, et toi, tu fais de l'humour ?

– Maintenant, c'est plutôt quatorze, à mon avis », dit Sean en lançant un clin d'œil à Alain.

Toute cette conversation n'amusait guère celui-ci.

« La pierre angulaire ! dit Sean. Le journal de La Fayette disait que la clé était enfouie sous la pierre angulaire. Mais, maintenant que j'y pense, je me demande comment il a bien pu l'enfouir là-dessous.

– En creusant ? » suggéra Tommy.

Sean se retourna vers Alain avec un sourire narquois. « Vous n'auriez une pelle avec vous, par hasard ? Vous savez, pour creuser des fosses, ce genre de choses ? »

Alain se retourna vers l'un de ses gardes. « Va chercher des outils dans le coffre. »

L'homme remonta l'allée à petits pas.

« Dites, ça vous ennuierait de vous dépêcher un peu ? dit Sean. Votre chef compte nous tuer d'ici quelques minutes, alors le temps, ça compte ! »

L'autre le regarda par-dessus l'épaule et augmenta insensiblement la cadence.

« Merci ! On vous revaudra ça ! » Il regarda Alain. « Vous voyez, chef ? On fait ce qu'on peut ! C'est qu'on n'a pas envie de mourir, nous, hein ! »

Quelques minutes s'écoulèrent avant que le sbire d'Alain revienne avec deux démonte-pneus, qu'il laissa tomber aux pieds des deux prisonniers. Le lourd métal cliqueta lorsqu'ils heurtèrent le sol.

« C'est ça que vous appelez des pelles ? dit Tommy.

– Il va falloir faire avec, répondit Alain tout en tapotant sa montre.

– OK, OK », dit Sean.

Il se pencha pour attraper les deux pinces et en donna une à son ami. « On a compris ! »

Ils contournèrent une rangée de pierres et se dirigèrent vers le coin opposé des fondations.

« C'est ici ? demanda Sean.

– On dirait bien », répondit Tommy.

Il se pencha en appui sur le démonte-pneu et le cou tendu pour mieux voir. Dans la pâle lueur de la lune, il repéra la trace presque effacée d'un emblème gravé dans la pierre. C'était un W flanqué de deux glaives en position d'attaque.

« Oui, c'est ici.

– Bon, dit Sean en plongeant ses yeux dans ceux de son ami. Tu commences de ce côté et je commence de l'autre ?

– D'accord. »

Sean enjamba le mur de fondation et prit position dans l'herbe de l'autre côté. Il aurait plus de travail que Tommy, mais ça ne le dérangeait pas. À eux deux, ils allaient devoir enlever assez de terre pour pouvoir déloger la pierre angulaire.

Il posa le démonte-pneu au sol, en appui sur le mur, et se mit à débarrasser la pierre de toutes celles qui la surmontaient. Une fois qu'elle se retrouva ainsi mise à nu, Tommy se mit à creuser au-dessous. Sean reprit sa pelle improvisée et en fit autant, fourrageant la terre à tout rompre.

Ils s'échinèrent ainsi pendant cinq bonnes minutes, après quoi Tommy s'épongea le front. Il transpirait malgré l'air frais du soir. Sean aussi était en sueur.

Il leva des yeux suppliants du gros trou qu'il venait de creuser. « Dites, vous pourriez pas nous aider, les gars ? On irait bien plus vite, à tour de rôle ! »

Ni Alain, ni Tusun, ni les trois autres ne bougèrent. Ils restèrent à les regarder, avec leurs revolvers braqués sur eux.

Sean pencha la tête en se mordant la lèvre inférieure.

« C'est bien ce que je pensais.

– Plus que quatre minutes, dit Alain. Vous avez intérêt à vous dépêcher.

– Quatre minutes ? répéta Sean d'un air offensé. Eh, oh ! On fait ce qu'on peut…

– Plus vite ! »

Tommy reprit ses efforts, lacérant la terre avec une vigueur redoublée. Le silence de la nuit était à nouveau traversé par le raclement énergique des démonte-pneus.

Moins de deux minutes avant la fin du compte à rebours, l'outil de Tommy buta enfin contre autre chose que de la terre et de la pierre, et le coup rendit un son creux et sourd. Tommy frappa une nouvelle fois et quelque chose se brisa.

Alerté par le bruit, Sean passa la tête de l'autre côté du muret pour voir ce que son ami venait de découvrir.

«Je crois qu'on y est, dit Tommy. Sean, fais levier avec ton démonte-pneu. On va peut-être réussir à faire sortir ce truc ! »

Sean fit comme Tommy le lui demandait. Il plongea le bord incurvé du démonte-pneu dans le trou et poussa la partie plate contre le bord supérieur de la pierre. Tommy saisit le bord de la pierre sous ses doigts et la tira vers lui. Celle-ci céda, puis bougea légèrement. Sean et Tommy soufflèrent, et, une seconde plus tard, elle bascula sur sa face avant, révélant un vase d'argile encore à moitié recouvert de terre en dessous.

Sans attendre un instant, Tommy épousseta le vase, qui devint parfaitement visible. Le trou qu'il avait fait dans le récipient le chagrinait, mais un examen plus approfondi lui permit de voir qu'il n'avait rien de particulier. Il en fut rassuré, même s'il était contrarié d'avoir endommagé un objet patrimonial.

Il saisit le vase et le sortit délicatement de sa fosse.

Sean et Tommy le regardèrent d'un air révérencieux.

« La dernière personne à avoir touché cet objet fut le marquis de La Fayette, dit Tommy. Dingue ! »

Sean hocha la tête, fasciné.

« Du beau travail, messieurs », dit Alain, interrompant leur petit moment de recueillement. Il s'approcha et arracha le vase des mains de Tommy, qui, inquiet de ce qui allait se passer, déglutit à grand-peine.

Ses inquiétudes furent immédiatement confirmées : Alain descella le capuchon, sortit la clé du vase et jeta celui-ci par terre, le brisant en une dizaine de morceaux.

Sean et Tommy glapirent à ce spectacle.

« Il avait quand même une certaine valeur ! dit Sean.

– Mais bien moins que ça », répondit Alain en observant, intrigué, l'étrange clé dans le clair de lune.

Il sortit de sa poche la première clé et les compara toutes les deux. Elles étaient identiques, si ce n'était que l'emblème gravé sur leur extrémité circulaire était différent.

La seconde clé, celle que La Fayette avait ensevelie à Ferry Farm, était gravée d'un symbole que Sean et Tommy reconnurent aussitôt. C'était le compas de l'ordre des francs-maçons.

« Faites-les remonter dans les SUV, dit Alain. Une longue route nous attend.

– Une longue route ? » répéta Tommy.

Sean se posait la même question, mais il n'était pas pressé d'avoir la réponse.

« Oui, dit Alain. Vous croyiez peut-être que j'allais vous laisser ici ? »

Ces paroles les plongèrent dans la perplexité. Pourquoi ne pas se débarrasser d'eux ? Ils s'étaient attendus à être exécutés et abandonnés sur le terrain pour être découverts le lendemain matin par un malheureux ouvrier.

Les hommes d'Alain encerclèrent les deux prisonniers et les dirigèrent vers l'allée qui remontait au portail.

« Mais qu'est-ce qu'ils font ? » murmura Tommy dans un souffle.

Alain, qui se trouvait quelques mètres en avant, n'entendit pas.

« Ils ont encore besoin de nous, lui répondit Sean.

– Oui, mais pourquoi ? » Tommy comprit à l'instant même où il prononçait ces paroles. « Ah…

– Oui, murmura Sean. Il leur faut la tablette. »

27

New York

Sean fut réveillé par une pression froide sur le côté droit de son visage. Il cligna les yeux d'un air fatigué. Il sentait la même froideur sous ses doigts, ses paumes, ses avant-bras. Sa vision se précisa peu à peu, et il comprit d'où lui venait cette sensation. Il était étendu sur un sol en béton, parfaitement lisse.

Il essaya de s'appuyer sur ses mains pour se redresser, mais ses muscles étaient en compote et son corps lui semblait peser une tonne. Tout lui paraissait lent et cotonneux, à commencer par ses idées, même si celles-ci se remirent en place plus vite que le reste.

Lorsqu'il eut enfin toute sa tête, il comprit ce qui s'était passé.

Avec Tommy, il était remonté jusqu'au niveau des SUV et ils avaient été balancés dans les coffres. Il avait senti une piqûre au bras, après quoi il avait perdu connaissance. Maintenant, il était dans une pièce, froide et assez humide. Une odeur de béton un peu moisi entrait par ses narines. Son bras droit sentait quelque chose de tiède, mais il ne savait pas ce que c'était. Il roula la tête de l'autre côté et comprit d'où venait la chaleur. La fente sous la porte laissait passer de l'air, et la chaleur venait du couloir, si c'était bien un couloir qu'il y avait derrière.

Ses muscles réagirent peu à peu aux commandes que leur envoyait son cerveau, et il réussit à se redresser en appuyant le bras au sol derrière son dos. La pièce tournoya pendant un moment, et il fut tenté de se rallonger, mais il repoussa cette envie et attendit que sa vision se stabilise.

Où était-il ?

Il essaya de se rappeler ce que ses ravisseurs avaient pu dire de leur destination, de leur projet, mais tout n'était que brouillard dans sa tête. Celui-ci se dissipant petit à petit, il réussit à se lever, même s'il dut pivoter et piétiner un peu pour garder l'équilibre. Il était dans une pièce aux murs de brique. Le sol n'avait pas l'air plus récent que les murs, même s'il était difficile de savoir. Il se demanda s'il se trouvait dans un hôpital ou un asile désaffecté. Ces pensées ne lui furent pas d'une grande aide non plus. De toute façon, il devait trouver un moyen de partir.

Où est Tommy ? pensa-t-il tout à coup.

Aucune trace de Tommy nulle part. Il craignit le pire. Il se retourna, presque en proie à l'affolement, puis se rappela sa formation et ses nombreuses expériences de situations de ce genre. Il ne fallait surtout pas paniquer. Pourtant, lui qui pensait avoir extirpé cette tendance en lui depuis longtemps dut faire un effort pour la maîtriser à nouveau en se forçant à respirer régulièrement et à penser à des solutions, pas à des problèmes.

En moins de dix secondes, il dressa l'inventaire de la pièce. Elle était vide, à l'exception d'une chaise métallique, d'un pot de peinture cabossé qui avait l'air sorti des années trente et d'une grille d'aération dans le bas du mur, à sa droite.

Sean se précipita de ce côté et se mit à quatre pattes. En regardant par la grille d'aération, il s'aperçut qu'il y avait une autre pièce derrière. Il n'en était pas sûr, mais il avait l'impression de voir un corps étendu au sol.

« Tommy ? »

Le corps se souleva brièvement avant de s'affaisser.

Oui, c'était bien Tommy.

« Schultzie, siffla Sean par la grille. Ça va ? »

Pour toute réponse ne lui parvint qu'un murmure lent, quasiment inaudible.

« Schultzie ! Il faut qu'on parte.

– Allez, maman, juste une banane ! »

Sean fronça les sourcils. Tommy n'était clairement pas réveillé, et il était peut-être encore sous l'effet de la drogue.

« Schultzie. Maintenant, tais-toi et lève-toi. Il faut qu'on trouve comment partir d'ici.

– Partir ? grogna Tommy. Mais je viens d'arriver ! Pourquoi partir maintenant ? »

Sean essaya de réfléchir. Il se demanda si c'était de l'humour, puis se rendit à l'évidence : Tommy était encore à l'ouest.

« Tiens bon, Tommy. Je vais voir ce que je peux faire. »

Il se remit debout, un peu trop vite, et la pièce tournoya pendant un petit moment. Il ne savait pas ce que ces hommes avaient pu lui injecter dans les veines, mais l'effet était persistant.

Il prit plusieurs inspirations profondes, puis tourna d'un coup sec la tête sur le côté pour dissiper le brouillard. Il y avait forcément un moyen de sortir de là. Il se dirigea vers la porte métallique et essaya de l'ouvrir tout en sachant pertinemment qu'elle était verrouillée. C'eût été trop facile ! Et les Assassins n'étaient pas des amateurs.

Soudain, tout reflua dans sa mémoire. Les Assassins, les clés en Virginie, et, plus terrible que tout : l'Arche d'Alliance.

Sean poussa un profond soupir, puis scruta la pièce mais ne trouva rien.

Il entendit alors des bruits de pas dans le couloir. Il s'arrêta pour tendre l'oreille. Quelqu'un approchait.

Il envisagea de se cacher contre le mur pour tendre une embuscade à la personne qui arriverait, mais il savait que cela ne fonctionnerait pas. Non, les Assassins n'étaient pas des imbéciles.

Il retourna à pas de loup vers le milieu de la pièce et se rallongea à plat ventre. Quelques secondes plus tard, il entendit le bruit d'une clé s'introduisant dans la serrure, puis le bruit de la rotation et un cliquetis plus sourd. La porte s'ouvrit et trois hommes entrèrent. C'étaient ceux de la forêt à côté de Charlottesville. Tusun, peut-être ? Sean ne savait plus où il avait entendu ce nom, mais il pensait que c'était ça. Peut-être un de ses acolytes l'avait-il appelé par son nom alors que Sean était encore conscient. De toute façon, quelle importance ? Ce n'était pas le moment, alors qu'il était enfermé dans le sous-sol d'un bâtiment désaffecté, de se poser mille questions sur le nom de son ravisseur.

« Il est réveillé, dit Tusun. Relevez-le. Emmenez-le là-haut. »

Ses deux sbires s'approchèrent et se penchèrent vers Sean pour l'attraper par les bras. Il joua l'inconscient jusqu'au moment où ils ne furent plus qu'à une trentaine de centimètres de lui. Lorsqu'ils essayèrent de crocheter leurs mains sous ses aisselles, il leur envoya d'un coup ses deux poings dans le nez.

Ils tombèrent à genoux, pris de haut-le-cœur sous le choc. Sean bondit sur ses pieds et flanqua sa rotule dans la mâchoire de l'un tout en cognant la joue de l'autre du tranchant de la main. Cette fois, ils tombèrent tout à fait en se tordant de douleur, et Sean se retourna vers la porte, prêt à s'attaquer à leur chef.

Deux autres hommes, s'engouffrant dans la pièce, lui en ôtèrent la possibilité. L'un d'eux, muni d'un taser, leva son arme et tira deux fois coup sur coup. Les deux tirs atteignirent Sean à la base du cou, et il fut parcouru des pieds à la tête par une intense décharge.

Il s'effondra, pris de convulsions, et se sentit perdre tout contrôle de ses muscles.

Il luttait en haletant contre le flou qui revenait s'emparer de sa vision, quand soudain quelque chose le frappa à l'arrière du crâne. Il perdit à nouveau conscience, et, lorsqu'il se réveilla pour la seconde fois, rien ne lui permit de savoir combien de temps il était resté inconscient.

Était-il neuf heures du matin ? Il faisait jour, comme le montrait la lumière qui entrait par la seule ouverture de la pièce, une petite lucarne sur le mur qui lui faisait face.

Il était assis, les deux mains liées dans le dos et les chevilles attachées aux deux pieds de la chaise métallique. Son crâne lui faisait mal à l'endroit où il avait été frappé. Instinctivement, il eut envie de se gratter, mais il devrait encore attendre un peu. À en juger par la pression à ses poignets, il comprit qu'ils s'étaient servis de colliers de serrage. Pas bête ! Des menottes, ça peut toujours se crocheter. Même s'il ne voyait pas très bien comment il aurait pu s'y prendre.

Le vif rayon de soleil qui entrait par la fenêtre lui fit plisser les paupières. Il ne faisait que renforcer son mal de crâne.

Une porte bleu décoloré s'entrouvrit devant lui à une demi-douzaine de mètres, assez difficilement et à grand bruit. Il se demanda dans quel genre de bâtiment désaffecté il se trouvait. Était-ce un vieil entrepôt ? Il entendait des voitures dehors, une circulation continue, avec parfois des bruits de klaxon. On l'avait donc transporté dans une zone de forte densité, et non en pleine campagne. Il ne pouvait pas savoir dans quelle ville, mais c'était une grande ville. Impossible autrement. Peut-être Washington, ou quelque part dans un rayon d'une heure.

Sean leva la tête lentement, comme si elle portait un poids de dix kilos. Puis Alain entra avec son second, suivi de quatre autres hommes qui poussaient Tommy. Il n'en menait pas large. Son hématome à l'œil droit et l'entaille sur sa joue gauche montraient assez le type de traitement que les Assassins lui avaient fait subir.

Ils installèrent Tommy à droite de Sean sur une chaise similaire. Tommy ne tenait plus debout, mais un de ses gardiens le redressa et lui lia les mains dans le dos avant d'en faire autant de ses chevilles avec des colliers de serrage.

Sean ne se donna pas la peine de gigoter dans son fauteuil. À quoi bon ? Mieux valait économiser son énergie en attendant un moment plus propice. Il savait par expérience que la patience est la clé de toutes les opportunités.

« Ravi de vous voir réveillé, Sean », dit Alain en s'avançant dans la pièce. Il s'arrêta quelques pas devant lui.

Sean sentit le parfum de sa luxueuse eau de Cologne, qui faisait un étrange contraste avec la tenue quasi cléricale d'Alain comme avec l'odeur poussiéreuse et industrielle de la pièce.

Sean n'avait pas besoin de lui demander ce qu'il voulait. Il le saurait bien assez tôt. Alain avait besoin de quelque chose, et c'était pour cette raison qu'il les maintenait encore en vie, Tommy et lui.

« Quel as du combat ! Tous mes compliments pour avoir défait deux de mes hommes de main.

– Pas très professionnels, les hommes de main… Vos méthodes d'entraînement n'ont pas l'air très au point. »

Alain tourna la tête un instant, comme s'il hésitait sur ce qu'il allait dire.

« Peut-être avez-vous raison. Quel dommage qu'on ne puisse pas faire appel à vos talents ! Je sais que jamais vous ne serez des nôtres. Vous avez vos idées sur le bien et le mal, et sur le modèle de société que vous croyez juste.

– Il faut appeler un chat un chat.

– Sans doute. J'aime cette façon que vous avez de voir les choses en face, ainsi que vos talents de tueur. Vous auriez fait un Assassin hors pair si seulement vous aviez pu vous trouver au bon endroit au bon moment. »

Il entrecroisa ses deux mains derrière son dos et partit un peu sur la droite, comme transporté par une méditation philosophique. « Mais le fait est que vous ne vous êtes pas trouvé au bon endroit au bon moment. » Sur ces paroles, il s'arrêta et regarda Tommy. « Votre ami ne nous a pas été très utile. Il semble aussi obstiné que vous. Il n'a rien voulu dire. De toute façon, ça ne change pas grand-chose. Nous finirons par trouver ce que nous cherchons. »

Sean s'esclaffa.

« Peut-être allez-vous finir par nous dire ce que c'est ?

– Est-ce nécessaire ? Il nous faut trois objets, et nous en avons deux. »

Sean retourna cette information, en essayant de dissiper la brume qui s'était emparée de son cerveau. « La tablette ? » Au moment où il posa cette question, il avait déjà la réponse.

« Ah, mais bravo ! Nous tenons un champion ! » Alain applaudit ironiquement, comme le présentateur du pire jeu télévisé au monde.

« À quoi pourrait-elle vous servir ? Personne n'a pu la déchiffrer. Wilkins était le seul à pouvoir y arriver, mais vous l'avez tué. »

Le visage d'Alain se crispa. Comment Wyatt était-il au courant ?

« Ah, vous vous demandez sans doute comment je le sais ? Facile ! Les gens comme vous sont tellement prévisibles ! À partir du moment où on avait le journal, vous n'aviez plus besoin de Wilkins. Les acharnés comme vous aiment effacer leurs traces. Mais vous avez agi trop vite, sans réfléchir que vous aviez encore besoin de ce bon vieux Wilkins. »

Alain s'efforçait de rester de marbre, mais Sean sentait qu'il frappait juste, raison pour laquelle il poursuivit sur sa lancée. « Pas très futé, Alain ! Je me demande où il est, à l'heure qu'il est… Vous l'avez coulé au fond d'une rivière, ou vous vous êtes montrés plus inventifs ? Non, ne me dites pas : vous l'avez jeté dans une broyeuse ? J'ai vu ça dans un film, une fois, je crois. »

Alain fit un grand pas vers ce prisonnier trop loquace et lui décocha un coup de poing dans la mâchoire. La tête de Sean partit de l'autre côté et une douleur aiguë lui parcourut la peau. Il se maîtrisa aussitôt, quoique à grand-peine.

« Merci ! Moi qui avais un mal de tête carabiné, j'en suis enfin débarrassé ! Et d'ailleurs, quel coup de poing ! J'avais une petite-cousine qui donnait les mêmes. Un vrai garçon manqué. Il ne fallait pas la chercher, celle-là ! »

Alain préféra ne pas continuer dans cette veine. Lui qui avait entraîné ses hommes à ne jamais se laisser gagner par l'émotion venait de se montrer sensible à cet adversaire ridicule. On ne l'y prendrait plus.

« Cela vous ennuierait-il de jeter un œil là-dessus ? » demanda-t-il à Sean tout en faisant un signe à Tusun sur sa droite. Tusun lui remit une tablette, et Alain approcha l'écran de Sean pour qu'il puisse voir. C'était un flux vidéo sur le bâtiment de l'IAA, à Atlanta.

« Je crois que je n'ai pas besoin de vous dire où c'est.

– Il ne manquerait plus que ça.

– Parfait. Je sais que vous conservez la tablette là-bas. Votre petite équipe de recherche essaie de la déchiffrer depuis quelques jours. D'après vos récentes communications, il semblerait qu'ils soient tout près du but.

– Et ?

– Et… c'est là qu'on a besoin de vous. Avec mes hommes de main, on va vous envoyer récupérer tout ça. N'allez pas essayer de protester, ajouta-t-il en agitant l'index. Sinon je tuerai Alex et Tara sans le moindre état d'âme. On a leur adresse et on sait où ils vont déjeuner. On connaît leurs horaires. D'ailleurs, qu'est-ce qu'ils sont travailleurs ! À croire qu'ils ne quittent jamais ce bâtiment. Sean, vous savez qui nous sommes, et vous savez de quoi nous sommes capables – pour ne pas dire parfaitement capables. Ne me faites pas tuer ces deux jeunes gens au nom de vos idéaux dépravés et arrogants. »

Le cœur de Sean battait à tout rompre. C'était une chose que de le menacer, mais c'en était une autre que de menacer ses amis. Alex et Tara étaient capables de se défendre. Ils l'avaient prouvé plus d'une fois, mais ces adversaires étaient d'un calibre différent. S'ils cherchaient à les éliminer, il n'y aurait pas moyen de les arrêter. Sean n'avait pas le choix.

« Et Tommy ? Vous allez le tuer, lui aussi ?

– Ça dépendra de vous. »

Sean sentit toute la malhonnêteté de cette réponse. Pour Alain, Tommy était un homme mort ; ce n'était qu'une question de temps et de procédé. Il était même clair que ces gens voulaient éliminer tout le monde. Cependant, le voyage à Atlanta ouvrirait peut-être de nouvelles opportunités. Ça valait la peine d'essayer. Quel choix Sean avait-il, de toute façon, attaché sur sa chaise ?

« Donc, quoi ? On va à Atlanta, je vous donne la tablette et le déchiffrage, et on se claque la bise ? »

La bouche d'Alain se crispa insensiblement, comme une simple fissure dans le vernis de son visage. « Je crois que vous savez aussi bien que moi comment cette histoire va se terminer. Je ne peux rien faire pour Tommy, ni pour vous. Si je vous épargnais, vous ne pourriez vous empêcher de jouer aux héros ou de vouloir vous venger. Vous vivriez un peu plus longtemps, certes, mais vous finiriez de toute façon par mordre la poussière ! Tout ce que je peux vous proposer, c'est d'épargner vos jeunes amis à Atlanta. Ils ne sauront pas qui nous sommes et ne comprendront rien à ce qui s'est passé. Tommy et vous allez mourir et vos corps ne seront jamais retrouvés. Tout au plus lira-t-on un fait divers sur un avion privé qui s'est perdu dans l'océan. »

Sean réfléchit à la situation. Ce n'était pas la première fois qu'on lui faisait une offre de ce genre. Il tourna la tête vers Tommy, dont le menton tombait désormais contre sa poitrine. Il avait perdu connaissance.

« Bien, dit Sean. Dans ce cas, finissons-en. »

28

Washington

Darren Sanders entra dans le couloir à l'avant de la Maison-Blanche et marqua une pause devant la grande fenêtre pour regarder la pelouse. Le président partait le lendemain, et il ne savait toujours pas comment il allait faire entrer les hommes de main de son visiteur.

À la Maison-Blanche, on ne cherchait pas les ouvriers dans les pages jaunes ! Il y avait des équipes spéciales pour s'occuper des réparations, des rénovations et de l'entretien, avec des ouvriers sélectionnés selon un processus de validation rigoureux. Pour la plupart, ils formaient une équipe d'internes et ils intervenaient aux horaires de travail habituels en cas de nécessité. La Maison-Blanche employait plus de quatre-vingt-dix personnes à plein temps et plus de deux cent cinquante personnes à temps partiel : des plombiers aux chefs cuisiniers, il y avait ainsi des employés disponibles à toute heure du jour et de la nuit.

Sanders n'avait plus beaucoup de temps pour trouver une solution à ce casse-tête. En cas d'échec, il savait parfaitement quel risque il encourait. Même pour un homme qui avait un statut et un pouvoir comme le sien, il n'y avait pas d'issue. Son visiteur avait été parfaitement clair là-dessus.

Il tourna à droite, traversa le hall adjacent jusqu'à un escalier et s'enfonça dans les profondeurs du bâtiment.

La Maison-Blanche était une structure immense, bien plus étendue que les gens ne le savaient généralement. De l'extérieur, on dirait une demeure à deux étages, bien plus grande qu'une maison standard, mais pas un palais pour autant. Une majorité de personnes ignoraient qu'elle comptait en réalité quatre niveaux au-dessus du sol et deux en sous-sol.

De l'intérieur, elle prenait des proportions gigantesques, avec ses deux mezzanines dont le commun des mortels n'avait jamais entendu parler, ses centaines de pièces, ses dizaines de cheminées, et des escaliers et des ascenseurs partout.

Déconcerté par tant d'espace à l'occasion de sa première visite, Sanders s'était perdu et avait même dû demander son chemin à une femme de ménage.

Il tourna au bas de l'escalier vers la salle de repos du personnel. Deux employées étaient en train de prendre leur café autour d'une table ronde à côté du comptoir. L'odeur du café moulu se mélangeait à celle des bagels grillés.

La salle de repos était certainement le lieu le plus banal de tout le bâtiment. Une salle des professeurs ou un coin snack dans un atelier de construction n'auraient pas été différents. L'absence d'ouverture dans les murs de parpaing blancs lui donnait l'allure d'un bunker plutôt que d'un lieu destiné aux agents du palais présidentiel.

Dawkins fréquentait notoirement cette salle, et certains affirmaient qu'il appréciait la compagnie des gens ordinaires après ses longs rendez-vous avec des diplomates et des hommes politiques. Il pouvait descendre à tout moment le temps de prendre un sandwich ou une tasse de café, et il discutait avec ceux qu'il rencontrait, leur demandait comment se passait leur journée.

De ce point de vue, Sanders n'avait pas l'intention de mettre ses pas dans les siens. Ces gens étaient au-dessous de lui, et il s'indignait que le chef du monde libre puisse s'abaisser à leur niveau.

Il y avait du changement dans l'air !

Les deux employées lui lancèrent un regard soupçonneux, puis reprirent leur conversation pendant qu'il s'approchait du comptoir pour s'emparer d'une tasse vide. Il la remplit de café à ras bord, puis remit la Thermos en place avant de verser du sucre et de la crème. Il n'avait aucune envie de boire du café, mais il devait cacher le but véritable de sa visite.

Il remua longuement sa boisson, mit un couvercle sur sa tasse, puis se dirigea vers une table dans un coin, face à une petite télévision à écran plat accrochée au mur. Assis sur sa chaise, il fit semblant de s'intéresser aux actualités. Le projet de loi sur la fiscalité dont parlaient les journalistes n'avait aucun intérêt pour lui, mais leurs interventions avaient au moins l'avantage de noyer la conversation sans intérêt des deux employées. En sirotant son café, il rêva du jour où il se réveillerait dans la chambre présidentielle, entouré d'agents qui ne demanderaient qu'à combler ses désirs.

Une dizaine de minutes plus tard, il entendit un raclement de chaises par terre. Il attendit un peu avant de se retourner pour vérifier que les deux femmes étaient parties.

Puis, l'air de rien, il alla au milieu de la pièce et tourna sur trois cent soixante degrés. Sans être l'épicentre de la Maison-Blanche, la salle de repos occupait une position stratégique dans les sous-sols, et, si un incident s'y produisait, il devait être traité rapidement.

Lorsque son visiteur lui avait exprimé son souhait – ou plutôt, songea-t-il ironiquement, son exigence –, Sanders avait passé en revue les options possibles, et la fuite d'eau l'avait séduit. Mais comment faire ? Des agents des services secrets opéraient dans toutes les zones principales, notamment les chambres et les toilettes attenantes. Si Sanders trafiquait les canalisations dans ces coins-là, les bandes de surveillance montreraient qu'il avait été le dernier à y accéder, et les enquêteurs auraient tout ce qu'il fallait pour le convaincre de sabotage.

Ainsi en était-il arrivé à la conclusion qu'il devait intervenir dans la salle de repos. Il y avait peut-être d'autres possibilités, mais il ne tenait pas à prendre de risque. Il connaissait a priori les emplacements de toutes les caméras de surveillance, mais il pouvait tout à fait y en avoir d'autres, plus discrètes.

S'il devait provoquer un incident, il fallait donc que ce soit là, dans cette pièce.

Mais quel genre d'incident ?

Il se dirigea vers l'évier, ouvrit le placard au-dessous, et étudia les canalisations : siphon, vannes, robinets d'arrivée d'eau. Il comprenait à peu près comment les choses fonctionnaient, il savait comment déconnecter tel ou tel tuyau, mais cela justifierait-il l'intervention de toute une équipe pour réparer l'incident ?

Il referma la porte en soupirant et chercha une autre solution, la main posée sur le comptoir. Il se gratta le menton, frustré. Il fallait qu'il trouve quelque chose.

C'est alors qu'il entendit un bruit de pas dans l'escalier. Décidément… Encore une idiote qui venait prendre un café ou jacasser !

Peut-être allait-il finalement devoir chercher un autre endroit… Non. Il avait pesé toutes les options. C'était le seul possible.

Le bruit de pas se faisant plus fort, il alla retrouver sa tasse de café et se rassit sur sa chaise en se donnant l'air de regarder la télévision.

Un jeune homme entra dans la pièce. Avec sa chemise blanche, sa cravate bleue et ses épais cheveux bruns lissés sur le côté, il n'avait pas l'air d'avoir plus de vingt-trois ans. Certains internes avaient à peine plus de vingt ans. Sanders se demanda si ce jeune homme était conscient du prestige de son lieu de travail.

Il y en avait tant comme lui qui ne prenaient leur poste à la Maison-Blanche que comme un tremplin pour leur carrière. Ça faisait sans doute bon effet sur un CV, mais ça ne menait pas toujours très loin. Le seul moyen de percer à Washington, c'était de se salir les mains. Combien de jeunes idéalistes avait-il vu s'échouer sur cet écueil comme les vagues sur les rochers ?

Sanders regardait l'écran sans le voir, guettant du coin de l'œil le jeune homme en train de se diriger vers le comptoir et de prendre une assiette en carton dans le placard. Il y eut une succession de *clics* et de *bips*, puis le ronronnement régulier du micro-ondes.

Au bout d'une quarantaine de secondes, la salle de repos résonna de *pops* intermittents, de plus en plus fréquents, dont le crescendo atteignit le stade du tir de mitraillette. Une odeur de pop-corn envahit tout à coup la pièce.

Sanders leva les yeux au plafond. Ah, ces jeunes ! Du temps de son enfance, le pop-corn était réservé aux occasions. Il en mangeait aux matchs de baseball, au cinéma et parfois chez un ami quand ils regardaient un film ensemble.

Maintenant, les gens confondaient tout ! Ils prenaient du pop-corn au déjeuner ou au petit déjeuner… Ils en ruinaient toute la mystique !

Les détonations se firent moins fréquentes et un dernier *pff* précéda le *bip* du micro-ondes, signalant que le plat était prêt.

Le jeune homme alla ouvrir la porte, et une bouffée de vapeur et de fumée se répandit dans la pièce. Sanders tourna un peu la tête. Le parfum du pop-corn se mélangeait désormais à une odeur de brûlé.

« Aïe, aïe, aïe », dit l'interne en ouvrant son sachet.

Il avait l'air déçu d'un enfant dont le jouet favori viendrait de passer sous les roues d'une voiture.

« Tout a brûlé ? demanda Sanders.

– Ouais ! répondit le jeune homme avec un bref signe de tête. Bon… Il me reste les doughnuts de la salle des conférences ! »

Il plongea le sachet encore fumant dans la poubelle et s'en alla. Le bruit de ses pas résonna dans le petit couloir et diminua alors qu'il remontait l'escalier. Sanders regarda un moment du côté de la porte et, lorsqu'il fut certain qu'il s'était éloigné, se précipita vers la poubelle.

Il sortit le sachet et en examina le contenu. La plupart des grains de maïs étaient carbonisés, bruns, ou même noirs. Sanders laissa retomber le sachet dans la poubelle.

Pop-corn. Doughnuts.

Voilà ! Il quitta la salle de repos et remonta l'escalier à toute vitesse. Il savait exactement ce qu'il lui restait à faire.

29

ATLANTA

Les poiriers de Chine bordant le parc du Centenaire commençaient à blanchir. Certains bourgeons, encore tumescents, étaient à deux doigts d'éclore. Le parfum douceâtre des fleurs flottait dans la ville, chassant en partie les mauvaises odeurs de la vie métropolitaine.

Sean marchait sur le trottoir, suivi de son escorte.

Pour cette mission, Alain avait envoyé Tusun et ses quatre meilleurs hommes. Sean reconnaissait le procédé de la formation de cinq hommes, qui correspondait sans doute à un mode opératoire ancestral. Un homme menait le groupe ; les quatre autres le secondaient. Il voyait également que le soldat de haut rang ne restait pas en retrait, au contraire de tant de chefs historiques qui montaient à cheval sur une colline pour regarder leurs hommes se sacrifier pour leur roi et leur pays. Tusun n'avait pas peur de se battre.

Sean vouait une certaine admiration aux Assassins, même s'il savait aussi qu'ils devraient tous mourir jusqu'au dernier. Il ne lui restait plus qu'à guetter le moment, comme il l'avait si souvent fait dans le passé. Les gens ne sont pas des robots, et ils sont sujets à l'erreur. Toujours. Ce n'était donc qu'une question de temps – du moins Sean l'espérait.

En tout cas, il n'avait jamais vu un comportement aussi mécanique chez des êtres humains.

Il avait eu affaire à des terroristes, des mercenaires et même à des militaires entraînés. Du temps où il travaillait chez Axis, il avait dû se battre contre certains des meilleurs espions du monde. Les Assassins étaient cependant des créatures différentes. Leur dureté n'était pas seulement le résultat de leur formation en tant que telle, de leurs entraînements et de leurs séances de combat. Il sentait quelque chose en eux que personne d'autre n'aurait pu sentir. Un élément subtil, quasi imperceptible, mais réel.

Sans être sûr de ce dont il s'agissait, il avait quelques hypothèses. Des hommes de cette trempe étaient sans doute des gens qui s'étaient fait ramasser au moment le plus sombre de leur existence, alors qu'ils avaient touché le fond. Tel était le mode de fonctionnement des gangs et des unités terroristes. Ils allaient au-devant des laissés-pour-compte, des éléments trop faibles pour tenir le rythme ou trop différents du reste du troupeau. Ils représentaient les oubliés, les naufragés de la société. Nombreux étaient les orphelins parmi eux. C'était un trait commun à de nombreuses unités d'opérations spéciales : même un service de distribution rapide comme Pony Express recrutait en priorité des hommes sans liens familiaux du fait des dangers inhérents à ce travail !

Ce qui attirait les nouvelles recrues dans les organisations de ce genre, ce n'était pas le danger, c'était le fait d'avoir un but et d'appartenir à un groupe. Ils faisaient soudain partie d'un ensemble plus grand qu'eux et ils se montraient prêts à tout pour ceux qui leur avaient donné cette chance.

Lorsque Alain avait tué l'un de ses hommes dans la forêt à côté de Charlottesville, Sean était resté de marbre. Il avait tout de suite compris ce qui venait de se passer, alors que

Tommy, révulsé par cette situation, s'était demandé quel genre de malade pouvait ainsi exécuter un de ses propres sbires parce qu'il avait voulu sauver son chef. Quelle était la logique là-dedans ? Non seulement Sean la comprenait, mais il voyait très bien ce qui avait conduit à cette situation. Pour ces gens, rien n'était plus grand que la mission.

Le fonctionnement d'Axis n'était pas très différent de ce point de vue. Si Sean était mort en mission, l'administration américaine aurait nié toute implication, voire tout lien avec lui. C'était à prendre ou à laisser, et, à l'époque, Sean ne s'en souciait guère. Il avait même menti à ses parents, qui le croyaient agent des renseignements dans l'armée. Ce n'était qu'un demi-mensonge, car, chez Axis, il avait travaillé dans les renseignements, mais pas dans le genre de fonctions qu'il avait suggérées à ses parents.

Le groupe fut dépassé par un camion poubelles dont le sillage d'arômes malsains plana au-dessus d'eux alors qu'ils se dirigeaient vers le bâtiment de l'IAA.

Sean se retint de respirer pendant quelques secondes en attendant que l'odeur se dissipe. Les deux hommes à sa droite ne marquèrent aucune réaction. Sans doute en allait-il de même des trois qui le suivaient.

Ces hommes avaient-ils donc été désensibilisés ?

L'entrée principale apparut au coin de la rue, surmontée d'un auvent avec des caméras dans les quatre angles pour surveiller toutes les personnes qui entraient et sortaient. Cette mesure de sécurité avait été introduite au moment de la construction du nouveau siège, à la suite de l'attaque à la bombe qui avait entièrement détruit l'ancien bâtiment.

Il leva les yeux et, remarquant que Tusun et ses sbires ne faisaient pas attention, prononça un mot devant la caméra :

« Partez ! »

Alex et Tara recevraient-ils ce message ? Sans doute que non, puisque les images n'étaient suivies que par un gardien. Henry, le portier, ne le recevrait sans doute pas non plus, mais Sean se devait au moins d'essayer.

Sous l'auvent, Sean ouvrit la porte et voulut laisser entrer Tusun et ses hommes, mais celui-ci ne se fit pas prendre à cette ruse.

« Après vous », insista-t-il.

Tusun n'avait pas besoin de brandir le revolver qu'il gardait sous sa veste. Sean savait assez quelle menace contenaient ces paroles. Les quatre hommes de Tusun étaient aussi armés, chacun d'entre eux tenant un pistolet dissimulé sous son mince manteau.

Au moindre geste, les Assassins abattraient Sean sans hésiter. Ils se débrouilleraient ensuite pour récupérer la tablette et le reste. C'étaient des tueurs purs et durs. Ils ne toléraient pas la moindre résistance.

« Bonjour, Henry ! » dit Sean en entrant dans le bâtiment.

Le vieux gardien, installé derrière son bureau, était en train de lire le journal. À l'heure du numérique et des actualités en temps réel sur les écrans, Henry ne cédait rien et gardait la routine qu'il avait dû mettre en place cinquante ans plus tôt.

« Bonjour, monsieur Wyatt. Vous nous amenez des amis ?

– C'est ça, Henry. Je vais leur montrer le labo et deux ou trois petites choses.

– Parfait, monsieur Wyatt. Dites, ajouta-t-il après un moment d'hésitation, vous avez croisé M. Schultz dernièrement ? On ne l'a pas beaucoup vu ici cette semaine. Je sais que rien ne l'y oblige, mais d'habitude, quand il s'absente, il me prévient.

– Effectivement, je crois que Tommy est sur un projet à Washington. Le Smithsonian l'a appelé pour le consulter la semaine dernière. » Sean n'avait ralenti que momentanément et il termina cet échange sans s'arrêter. « Bonne fin de matinée, Henry !

– À vous aussi, monsieur Wyatt. »

Sean dirigea Tusun et ses hommes jusqu'à l'ascenseur et les emmena au sous-sol, où se situait le laboratoire.

Ils sortirent dans le vaste hall, avec son immense mur de verre qui montait jusqu'au plafond à plus de six mètres de hauteur, consolidé à intervalles réguliers par des cadres métalliques. Derrière les vitres apparaissaient plusieurs dizaines de postes de travail munis d'ordinateurs, de tables et de bureaux d'études où reposaient des vases d'argile, des sculptures, des outils anciens et une myriade d'autres objets liés à l'archéologie et à la recherche.

Sean se dirigea vers le sas hygiénique et ouvrit la double porte qui y donnait accès. « Entrez, messieurs. Ça va souffler. »

Tusun fronça les sourcils sans comprendre.

« C'est un sas de désinfection, vous savez, pour tuer tous les microbes… »

Tusun fit signe à deux de ses hommes d'entrer avec Sean. Le lieu semblait trop exigu pour les accueillir tous en même temps.

Ils prirent position tous les trois sur la grille métallique au sol. Sean appuya sur un bouton et une machine se mit à vrombir. Elle se déplaçait sur deux rails au-dessus de leur tête et soufflait de l'air sur eux.

Le processus dura moins de dix secondes, après quoi la porte qui donnait sur le laboratoire s'ouvrit automatiquement. Le temps que Tusun et ses deux autres hommes franchissent le sas hygiénique, Sean étudia le laboratoire et vit Alex en train de travailler face à son écran dans un coin de la pièce.

« Eh, Alex ! » dit-il tout en remarquant l'absence de Tara. Avait-elle reçu le message qu'il avait lancé à la caméra ? Il en doutait, mais ce n'était pas impossible, même s'il y avait une plus forte probabilité pour qu'elle soit partie aux toilettes ou à la machine à café. Avait-elle quitté le bâtiment le temps de faire une course ? En tout cas, il se garda bien de faire remarquer son absence et s'inquiéta de la voir débarquer dans cette scène qui risquait de devenir dangereuse.

Le fait est que Tara ne manquait pas de ressources, et Sean savait que, si elle remarquait les visiteurs, elle traiterait la situation avec prudence.

« Qu'est-ce que tu fais de beau ? » demanda Sean. Alex, en se retournant, s'aperçut de la présence de cinq inconnus.

Les deux hommes entrés avec Sean ne lui laissèrent pas le temps de répondre. Ils sortirent leurs armes et les braquèrent sur le jeune chercheur.

« Pas un geste, ordonna l'un d'eux.

– OK », répondit Alex d'une voix étrangement calme au vu des circonstances.

Ils se précipitèrent vers lui, le soulevèrent de son fauteuil, le poussèrent face contre le mur et le fouillèrent en un rien de temps pour s'assurer qu'il n'était pas armé. Rassurés sur ce point, ils le firent pivoter, et Alex se retrouva ainsi dos au mur.

« Pas la peine de vous montrer si brusques, dit Sean. Ce n'est qu'un jeune chercheur. »

Tusun se posta devant Sean et le dévisagea longuement. « Ne vous avisez pas de nous expliquer comment faire notre travail. Tout homme est une menace. »

Il se retourna ensuite vers Alex, que les deux Assassins tenaient maintenant à bout portant.

« Où est la tablette ?

– La… tablette ? » bredouilla Alex.

Tusun sortit son arme, et, après de grandes enjambées qui se voulaient intimidantes, braqua son pistolet sur la tête d'Alex.

« Ne fais pas l'imbécile avec moi. Où est la tablette ?

– Ah…, fit enfin Alex. J'avais cru que vous me demandiez une tablette numérique. Parce que vous voyez, il y en a une là-bas, sur le bureau. »

Il fit un signe de tête vers le bureau. « Mais c'est l'autre tablette que vous cherchez ! »

Le regard de Tusun se figea. Si ses yeux avaient pu lancer des flèches, ils l'auraient fait.

« Alors, cette tablette-là, elle est là-bas », poursuivit Alex en gardant les mains en l'air mais en pointant l'index vers sa droite.

Tusun regarda l'objet en argile, qui était posé sur une table de travail. Il baissa son arme et laissa ses acolytes surveiller le jeune homme.

Sean, toujours à l'entrée du laboratoire, le suivit des yeux. Tusun se pencha dessus une seconde avec une curiosité fascinée et voulut glisser ses doigts par-dessus.

« Il vaudrait mieux mettre des gants pour la manipuler ! » lança Alex.

Le regard irrité de ses deux gardiens lui suggéra de ne pas continuer.

Tusun se saisit de la tablette sans plus de précaution. Ses bras musclés ne se raidirent qu'à peine dans cet effort. Il en observa longuement les symboles, puis il la reposa et se défit du sac qu'il portait à l'épaule, dont il sortit un boîtier en plastique qui était à peu près de la même taille. Il fit basculer adroitement les deux leviers de fermeture. De là où il était, Sean eut l'impression de voir une mousse noire à l'intérieur : Tusun semblait au moins avoir prévu un moyen de transport approprié pour cette relique inestimable !

Une fois qu'il eut logé la tablette dans le boîtier et remis celui-ci dans le sac, Tusun se retourna, satisfait, vers Alex.

« Où est le journal ?

– Le journal ? » demanda Alex.

Tusun pencha la tête.

« Nous savons que vous l'avez. Dites-nous où il se trouve, ou vous passerez le peu qu'il vous reste à vivre dans une souffrance abominable. Compris ?

– *Souffrance abominable* ? Oui. *Journal* ? Non. Nous n'avons jamais eu le journal.

– Il ne ment pas, dit Sean. Tommy et moi, on l'a gardé pour nous. De toute façon, les seules informations utiles dans ce journal, c'étaient les indices. On les a déjà décryptés, et c'est grâce à eux qu'on a trouvé les clés. Maintenant, laissez-le tranquille. Il n'a rien à voir avec cette histoire. »

Tusun attendit que Sean ait fini de parler, après quoi il se tourna vers son adversaire. « Quand j'aurai envie de savoir ce que vous pensez, je vous le demanderai. » Il se retourna ensuite vers Alex. « Vous avez des notes, des éléments de déchiffrage. Où se trouvent-ils ? »

Alex déglutit.

« Dans cet ordinateur, dit-il en tendant son index noueux vers le poste de travail qu'il occupait juste avant.

– Dites-nous où est le fichier.

– Il est à l'écran en ce moment même. Vous pouvez imprimer le tout si vous voulez.

– Faites-le vous-même, ordonna Tusun.

– OK. »

Alex s'installa face à son écran et se mit à cliquer sur la souris. « Ne vous avisez pas de faire une bêtise », lui dit Tusun en venant poser une main ferme sur son épaule et en appuyant dessus au point de lui faire basculer la tête en arrière.

Alex leva vers lui un regard vide. « Je n'y songeais même pas. »

Puis il se redressa et dirigea la flèche de la souris au-dessus du fichier. À l'écran s'affichaient les éléments de déchiffrage qu'il avait établis avec Tara.

Tusun se pencha au-dessus de lui pour examiner le fichier.

« Imprimez ça.

– Oui. Je vais vous faire ça tout de suite. »

Il ouvrit le menu contenant les options d'impression et cliqua sur la commande.

Une grande imprimante sur leur gauche se mit à ronronner et les feuilles commencèrent à sortir dans le bac de réception. Tusun fit un signe à l'un de ses hommes, qui alla aussitôt récupérer les documents. Il vint les remettre à Tusun, qui les étudia brièvement. Satisfait de voir qu'il avait ce qu'il était venu chercher, il plia les feuilles et les fourra dans son sac à dos.

« Il y a autre chose ?

– Non, répondit Alex. Tout est là. On n'a pas pu tout déchiffrer, c'est incomplet. »

Les paupières de Tusun frémirent.

« Comment ça, incomplet ?

– On est tout près du but. Vraiment tout près… Il ne nous reste plus que quelques symboles à déchiffrer. En fait, c'est une écriture que personne n'a jamais rencontrée, ou du moins sur très peu de documents. Ceux qui l'ont mise au point ont disparu depuis longtemps. Il y a très peu de traces. On a des ordinateurs quantiques mais on a quand même mis plusieurs jours à en arriver à ce résultat. Ça risque de prendre encore quelques jours, si on a de la chance. Tout n'était pas sur la pierre de Rosette ! »

Tusun poussa un long soupir. Il n'avait pas anticipé ce problème. Peut-être ce jeune assistant leur mentait-il ? Son air idiot semblait montrer le contraire. Ce n'était pas celui d'un homme porté à la malhonnêteté. Une telle ingénuité était presque impossible à feindre ; Tusun le savait. Il avait tué assez d'innocents comme ça dont il avait su, après coup, qu'ils ne lui avaient pas menti.

Comme le déchiffrage était incomplet, la mission risquait de prendre du retard. Alain ne le tolérerait pas. Le temps était compté, d'autant plus que la dernière phase du plan devait être terminée dans les vingt-quatre heures.

Soudain, Tusun s'aperçut qu'il avait oublié quelque chose.

« Où est la fille ? »

Alex fronça aussitôt les sourcils. « La fille ? Quelle fille ? »

Tusun se maudit au fond de lui. Il était consciencieux depuis toujours. Il n'avait jamais négligé aucun détail. Pendant ses missions, mais aussi dans son existence même, il veillait à ce que tout soit en ordre et qu'il n'y ait aucun problème – comme celui qui se posait maintenant.

Il savait que Schultz employait deux chercheurs et que ces deux chercheurs étaient tout le temps fourrés ensemble, au laboratoire comme ailleurs. Ils ne vivaient pas sous le même toit, mais il était clair qu'ils étaient très proches, voire qu'ils entretenaient une liaison.

Quelle que soit la situation entre eux, la fille n'était pas là, et ce n'était pas normal.

Tusun se pencha au-dessus d'Alex et lui serra le cou. « Dis-moi où elle est, ou je te tranche la gorge. »

Une détonation étouffée retentit dans la pièce. Tusun poussa un cri, et la pression qu'il exerçait sur le cou d'Alex se relâcha. Il bascula sur un genou et pivota pour regarder derrière lui, en proie à une douleur cinglante dans toute l'épaule.

Il y eut une deuxième détonation, et un homme tomba sur sa gauche en portant sa main à son cou. La troisième balle en envoya un autre sur sa droite par-dessus un bureau. Une chose était claire : Tusun et ses acolytes avaient été pris au dépourvu. Jamais personne n'avait pu le surprendre ainsi depuis son enfance dans les rues.

Il n'eut pas à lever la tête par-dessus la rangée de bureaux pour comprendre ce qui se passait.

La fille leur était tombée dessus.

30

New York

Des sirènes retentissaient dans la jungle de béton derrière les murs du bâtiment où était enfermé Tommy. Depuis combien de temps se trouvait-il sur cette chaise ?

Cela ne faisait que quelques minutes qu'il était revenu à lui, mais il avait l'impression d'avoir passé plusieurs heures à somnoler. Comment savoir ?

Une douleur cinglante le fit grimacer, et il sentit un tiraillement sur son visage. Le sang coagulé sur l'entaille qu'il avait au visage se craquela.

Sa gorge irritée avait besoin d'eau. Il réussit à déglutir, mais ses muscles répondaient à peine.

Il sentait les colliers de serrage entrer dans ses poignets. Le sang circulait encore dans ses doigts. C'était toujours ça de pris.

Il regarda autour de lui, les paupières toujours lourdes, comme lestées de plusieurs kilos. Il reconnut la pièce. C'était là qu'il s'était réveillé avant que les Assassins le transfèrent ailleurs pour le battre sauvagement, copieusement.

De cela, il se souvenait.

Alain – comme il s'appelait – observait dans un coin tandis que ses hommes s'adonnaient à leur besogne. Il revoyait clairement les premiers coups reçus. Puis sa conscience l'avait quitté, et il ne se souvenait plus de rien si ce n'était qu'on l'avait déjà transporté dans cette pièce.

Sean était là. À moins qu'il n'ait fait que l'imaginer ? Pas impossible, étant donné qu'il était seul, maintenant.

Où étaient les Assassins ? Et où était Sean ?

Tommy essaya de remuer le pied droit, mais ses chevilles étaient attachées aux pieds de la chaise. Il voulut souffler par le nez. Sa narine gauche vibra. Elle était obstruée, abîmée comme elle l'avait été pendant le combat.

Le mot le secoua d'un rire dément. Le combat ! Difficile d'appeler ça ainsi. Les combattants étaient normalement à égalité, ils pouvaient attaquer et se défendre. Tommy cependant n'avait pas eu d'autre choix que de rester assis et d'encaisser les coups de ces Assassins déchaînés.

Il remua ses dix doigts pour s'assurer qu'ils étaient intacts. Il avait entendu parler de prisonniers auxquels on avait arraché des doigts et des orteils. Parfois aussi la langue, les yeux ou les oreilles.

Tommy n'avait rien perdu, et il se demandait bien pourquoi. Le fait est que ça n'aurait rien changé. Il n'aurait rien dit à ses agresseurs afin de ne pas mettre en danger la vie de gens qu'il aimait. Difficile de se regarder en face après ça.

Il avait malgré tout l'impression que le traitement qu'il avait subi n'était qu'un amuse-gueule. Il craignait que le plat principal ne soit mille fois pire.

Il inspira profondément et étudia la pièce. L'unique source de lumière, à part une ampoule au plafond, était une fenêtre avec un carreau fendu. Il faisait jour ; au moins, pas de doute là-dessus. La lumière terne du dehors suggérait un ciel nuageux, quoique sans pluie : pas de *plic-ploc* sur le toit ou contre la vitre dans la cacophonie de klaxons, de sirènes et de moteurs qui montait de la rue.

Vu la distance qui le séparait de ces bruits et la qualité de la lumière qui entrait par la fenêtre, il avait d'ailleurs l'impression de se trouver à plusieurs étages, peut-être une dizaine, au-dessus du sol. Comment savoir ?

Et dans quelle ville ? C'était forcément une grande ville. Pas Atlanta. Washington ? Sans doute pas, même si Washington était à petite distance de Charlottesville, où il s'était fait prendre avec Sean.

Où est Sean ?

Cette question le remplit soudain de frayeur, comme une bestiole qui se serait introduite en lui pour planter ses tentacules dans toutes les cellules de son cerveau et ruiner tous les efforts qu'il faisait pour retrouver son calme. Sean était en train de se faire torturer, comme lui-même l'avait été précédemment.

Sans doute en pire.

Il essaya de chasser ces pensées d'un mouvement de tête. Sean était un homme fort et résilient. Sans doute était-il en ce moment même en train de songer au moyen d'éliminer les Assassins jusqu'au dernier. Il fonctionnait ainsi, toujours en train de chercher la brèche dans laquelle il pourrait s'engouffrer.

Tommy eut une envie féroce de le voir débarquer dans la pièce, même si quelque chose lui disait que ce n'était pas pour tout de suite.

Une conversation floue, presque irréelle, se joua dans sa tête comme dans un rêve. Il entendait des voix, plusieurs qu'il pensait avoir déjà entendues et une qu'il était sûr de reconnaître… Il y avait un homme qui interrogeait Sean sur…

« La tablette ! cria Tommy. Ils ont embarqué Sean à Atlanta ! »

Cette intuition lui fit reprendre espoir. Si Sean avait emmené les Assassins dans le bâtiment de l'IAA, il pourrait s'en sortir. Du moins pour le moment.

Puis une autre pensée vint le troubler. Alex et Tara étaient en danger. Rien ne les préparait à la visite de Sean ainsi escorté. Sean n'avait pas pu les prévenir.

L'inquiétude lui remua les entrailles et lui noua l'estomac. Il secoua ses liens, tortillant ses poignets et tournant ses chevilles dans un sens et dans l'autre dans l'espoir de se libérer. En vain. Il s'arrêta au bout d'une minute pour reprendre son souffle.

Le sang battait dans ses veines et ses muscles étaient gonflés. S'il avait peu progressé à vue d'œil, il avait dépensé une énergie colossale à essayer de rompre ses liens.

Sa respiration ralentit. Il retrouva son calme. *Que ferait Sean ?* Il se lèverait avec sa chaise sur le dos, il sortirait dans le couloir et il tuerait tout le monde dans le bâtiment.

Tommy savait qu'il n'avait aucune chance. Il se ferait tuer par le premier Assassin qu'il rencontrerait.

Cette lubie eut au moins le mérite de le faire réfléchir. En se débattant sur sa chaise, il s'était aperçu qu'elle n'était pas fixée au sol. Elle avait remué.

Tommy fit basculer son poids vers la gauche, et la chaise se souleva du côté droit. Puis il se remit droit, et une idée lui vint. Il gigota dans tous les sens de manière à faire pivoter la chaise jusqu'au moment où il put regarder la fenêtre en tournant la tête. Le panneau était divisé en plusieurs sections rectangulaires, séparées les unes des autres par des cadres métalliques. Dans son ensemble, la fenêtre tenait bien en place, mais deux des panneaux étaient à moitié brisés.

Il se tourna à nouveau vers la porte et tendit l'oreille pendant une trentaine de secondes. Pas de bruit dans le couloir. Il devait pourtant bien y avoir un homme ou deux en train de monter la garde. Il les imagina assis, le fusil en travers de l'épaule et les yeux braqués sur le mur d'en face, attendant la relève.

Il se demanda pourquoi ils l'avaient laissé seul dans la pièce, mais étant donné le traitement qu'ils lui avaient fait subir et la façon dont ils l'avaient ligoté sur sa chaise, ils avaient sans doute jugé qu'il représentait une menace négligeable.

La sensation de gonflement et de picotements ne faiblissait pas. Lorsqu'il se serait libéré, son premier soin, à part regagner Atlanta, serait de se procurer de l'ibuprofène et, si possible, une poche de glace.

Il inspira profondément avant de faire basculer son poids à gauche. Cette fois, quand la chaise se fut soulevée, il poussa son pied droit de toutes ses forces. Sa cheville glissa le long de la chaise et son talon heurta bientôt le sol dans un coup sourd. Le pied droit ainsi libéré, il se figea et tourna les yeux vers la porte. Quelqu'un l'avait-il entendu ? Il attendit près d'une minute, puis encore une trentaine de secondes. Personne ne venant, il reprit ses efforts.

Il fit basculer la chaise sur la droite et, cette fois, poussa son pied gauche vers le sol. Le glissement fut plus difficile, et le collier de serrage autour de sa cheville buta sur quelque chose.

Tommy se sentit partir vers la droite et dut secouer le torse vers la gauche pour ne pas perdre l'équilibre. La gravité continuant son œuvre, il n'inversa le mouvement qu'au prix d'un ultime sursaut, et la chaise heurta le sol à grand fracas.

Il soupira, puis attendit de retrouver un peu son souffle. Toujours pas de bruit dans le couloir.

Que fallait-il pour les faire réagir ? Il avait déjà son idée, mais ce n'était pas le bon moment.

Il renouvela l'opération, plus délicatement cette fois. S'il tombait, le bruit de sa chute donnerait l'alerte. Il n'avait qu'une seule chance, et il devait en tirer le meilleur profit pour pouvoir sortir de là en un seul morceau.

Une fois qu'il eut fait basculer la chaise à droite, il tortilla sa cheville gauche dans tous les sens pour faire glisser le collier de serrage et pour le faire passer au-dessus de l'obstacle. En essayant de voir ce dont il s'agissait, il aperçut un petit bout de métal qui dépassait.

« La veine ! » dit-il en continuant de tourner et de pousser le pied vers le sol, et le plastique finit par franchir l'accroc métallique. Il posa son second pied libre au sol et laissa la chaise retomber.

Il déglutit à grand-peine, même si sa gorge s'ouvrait maintenant un peu plus facilement que lorsqu'il était revenu de son sommeil comateux.

Toujours pas de remue-ménage dans le couloir.

Tommy positionna ses ischiojambiers contre le bord de la chaise et fit basculer celle-ci vers l'avant. Ses bras glissèrent facilement le long du dossier. Ses jambes se crispèrent dans l'effort. Elles étaient faibles et ses genoux tremblaient comme ceux d'un jeune poulain faisant ses premiers pas. Les Assassins l'avaient sans doute drogué. Il n'avait pas une très longue expérience, mais il savait que de simples coups n'expliquaient pas une telle perte de conscience et de contrôle musculaire.

Il retrouva rapidement l'usage de ses jambes et il remua les pieds comme il avait vu les athlètes le faire avant la course, afin de faire refluer le sang dans ses pieds et jusqu'aux orteils. Le seul fait d'être en position verticale lui redonnait de l'énergie.

Tommy regarda la fenêtre à gauche et s'en approcha sur la pointe des pieds. Une fois devant, il se retourna et se hissa sur la pointe des pieds pour tâter la vitre fêlée. Comme il ne voyait pas ses mains, qui étaient toujours liées dans son dos, la tâche était périlleuse. Le moindre faux mouvement pouvait lui valoir une ou deux entailles, et, dans l'endroit où il était, il ne pourrait pas bénéficier de soins médicaux en cas d'accident. Il fit donc preuve d'une extrême prudence en tâtant un premier carreau, puis un deuxième et enfin un troisième à droite, l'un des deux qui étaient brisés.

L'air frais qui entrait par le trou rafraîchissait sa peau. Il posa son pouce d'un côté et son index de l'autre, puis pinça la vitre de toutes ses forces et poussa alternativement dans les deux sens pour venir à bout du mastic qui la maintenait dans le cadre. Il dut attendre une bonne trentaine de secondes avant de sentir qu'elle commençait à se libérer, après quoi elle se détacha d'un coup. Tommy, déstabilisé, faillit tomber en avant, mais il réussit à retrouver l'équilibre en plaquant son pied droit devant lui.

Il poussa un soupir de soulagement, mais la liberté était encore loin.

Dans son dos, ses doigts s'activèrent. Il retourna le tesson de manière à pouvoir appuyer le bord tranchant contre le plastique qui lui liait les poignets. Cet exercice difficile l'obligeait à mettre ses mains dans une position peu confortable et à prendre de nombreuses pauses.

Tout au plus pouvait-il créer un petit mouvement de scie en tenant le bout de verre coincé entre pouce et index. Cette tâche fastidieuse l'occupa plus de cinq minutes, mais, à force de concentration et de ténacité, il sentit enfin le collier de serrage céder.

Ses poignets s'éloignèrent l'un de l'autre, et une nouvelle sensation de soulagement l'envahit. Le sang circulait plus librement dans ses mains et dans ses doigts. Tommy repéra des traces rouges à l'endroit où il avait été attaché. Il serra et desserra les poings pour mieux faire refluer le sang. Puis il regarda du côté de la porte.

« Le moment est venu de filer ! » murmura-t-il.

Il retourna à côté de la chaise, s'en empara et la transporta jusqu'à la fenêtre, après quoi il prit une profonde inspiration en regardant dehors avec une détermination sans faille.

Il savait qu'il n'avait plus le choix qu'entre sortir de ce bâtiment ou mourir en essayant de le faire. Il préférait la première option. Pour rien au monde, en tout cas, il ne laisserait Sean se faire torturer sans réagir.

Il souleva la chaise, puis pivota sur lui-même de manière à la projeter comme une batte de baseball géante sur la fenêtre. Les carreaux qui tenaient encore se brisèrent en mille morceaux, qui tombèrent dans l'escalier de secours un peu plus bas.

Cette fois, l'alerte était donnée.

31

ATLANTA

Tusun se jeta sous la table en face d'Alex et se laissa glisser. Une fois de l'autre côté, il sortit son revolver d'un geste fluide et inspecta le terrain derrière lui, puis de droite à gauche. Aucune trace de la fille.

Sean n'avait rien perdu de l'opération. Il avait même anticipé la fusillade, ayant aperçu une silhouette en mouvement dans un coin de la pièce. Tara était sans doute en train de travailler dans cette partie reculée du laboratoire au moment où Sean était arrivé avec les Assassins. En tout cas, elle les avait vus et elle avait trouvé ça louche. À moins qu'elle n'ait reçu le message qu'il avait lancé à la caméra. Cette hypothèse paraissait peu probable. Si elle l'avait reçu, elle aurait quitté le laboratoire avec Alex.

Tara avait donc vu Sean et les Assassins entrer dans le sas hygiénique et cela l'avait alertée. Elle n'avait pas eu le temps de prévenir Alex, alors occupé devant son écran à l'autre bout de la pièce. Elle avait craint, aussi, que ces hommes suspects ne l'entendent si elle cherchait à le prévenir.

Elle s'était donc tapie dans l'ombre, derrière un bureau et des piles de documents, en attendant qu'une occasion se présente.

Sean s'était fait un point d'honneur à former Alex et Tara aux opérations clandestines. Ils étaient devenus tireurs d'élite et combattants hors pair. Toujours soucieux de s'améliorer, ils avaient passé des heures avec Sean dans une salle d'entraînement qu'il avait créée dans le bâtiment de l'IAA. Leurs compétences au combat à mains nues augmentaient de jour en jour. Ils étaient d'ailleurs si doués qu'il était arrivé à Tommy de leur confier de courtes missions de récupération. Rien de trop risqué jusque-là, mais il savait qu'ils pouvaient s'en sortir.

Le monde des fouilles archéologiques est truffé de dangers. C'était une des raisons qui avaient convaincu Tommy de recruter Sean, qui, en plus d'une certaine dureté de caractère, avait reçu une formation de haut niveau en tant qu'agent secret. Ce genre de qualité pouvait se révéler très appréciable lorsque des voyous tentaient de détourner des objets patrimoniaux d'une valeur exceptionnelle sur un site ou pendant un acheminement. Une fois, au Japon, Alex et Tara avaient même sauvé la vie à Sean et à Tommy.

Tara avait visé d'abord les hommes les plus éloignés dans la pièce. Si elle avait raté ses cibles, elle aurait pu causer de gros dégâts, et sa confiance en elle était digne de louange. Sean avait longuement expliqué à Alex et à Tara que, si les chances jouaient contre eux, ils devaient s'en prendre d'abord aux cibles les plus éloignées, afin de désorienter les personnes prises dans la fusillade et de les empêcher de passer à l'offensive. Il avait illustré cette stratégie par des livres d'histoire, par des manuels de combat et même par quelques films.

Suivant toujours les enseignements de Sean, Tara s'était ensuite retirée pour mieux observer les deux cibles restantes.

Sean ignorait si Tusun était mort, mais il lui semblait clair que les deux autres blessés étaient hors de combat. Il ne restait plus désormais que les deux hommes qui l'encadraient.

Le plus proche était celui de droite. En entendant la fusillade, il avait pivoté pour en repérer l'origine : sa plus grave erreur avait été de croire qu'elle venait de la porte.

Dans cette pièce aux parois de verre non seulement le bruit était amplifié, mais l'écho était particulièrement mobile, ce qui empêchait quasiment d'en situer la source sans la voir.

L'homme de droite, perplexe, était en train de tourner sur lui-même en tenant son arme à bout de bras lorsque Sean se jeta sur lui, tête la première, et lui rentra dans le ventre.

En poussant sur ses jambes, il le fit reculer tant et si bien que son adversaire se heurta bruyamment le coccyx contre le bord d'une table.

L'Assassin grimaça et, loin de céder, lui cogna deux fois le haut du dos en se servant de la crosse de son pistolet. Sean déjoua sa troisième tentative par une contorsion digne d'un acteur de cirque tout en lui bousculant le bras et en lui écrasant le nez au passage.

L'homme gémit et essaya de retourner son pistolet pour pouvoir tirer.

Sean, remarquant ce mouvement, lui envoya dans les côtes un coup de coude qui provoqua une douleur cinglante dans toute la zone. Il voulut lui en donner un deuxième, espérant faire plus de dégâts, mais son adversaire parvint à changer de position et reçut le coup dans les abdominaux. L'homme sentit cette fois la douleur se propager dans tout son corps. Lui qui était déjà certain d'avoir plusieurs côtes cassées, ou du moins fêlées – une expérience qui était loin d'être indolore –, souffrait maintenant d'une contusion abdominale.

Il n'avait cependant pas déclaré forfait. Sean crut pouvoir lui décocher un direct du bras gauche, mais il lui envoya son poing dans la figure et le fit ainsi tituber, la tête branlante, en secouant la mâchoire de droite et de gauche pour chasser la douleur.

À quelques mètres de là, le dernier Assassin se lançait sur la piste de la fille qui avait ouvert le feu. Laissant son partenaire aux prises avec Wyatt, il gagna le coin de la pièce qui était le plus proche, puis se posta derrière une pile de caisses et pointa la tête hors de sa cachette afin d'examiner la zone en face de lui. La fille n'y était pas.

Les coups de feu étaient venus du coin opposé. Il tourna la tête, se pencha un peu plus loin et aperçut une porte. C'était sans doute par là que la fille était arrivée, et elle se tenait peut-être encore derrière.

Il partit sur sa gauche, accroupi le plus bas possible et en rasant le mur pour ne pas se faire repérer, à la poursuite de sa proie. Au coin suivant, il fit halte sous une longue table métallique jonchée de documents, de fragments de vases et d'une collection de petites statues d'argile.

Cette situation lui offrait une vue dégagée jusqu'à l'autre bout de la pièce, où Tusun rampait en direction de Wyatt.

La fille n'y était pas non plus.

L'avait-elle contourné ? Il pivota pour vérifier. Personne derrière, mais la situation pouvait changer à tout moment. Il reprit sa progression vers la porte, sur sa gauche. Il ne savait pas ce qu'elle cachait, mais il s'attendait à y débusquer sa proie.

Entre deux rangées de tables, il s'arrêta le temps de lever la tête pour regarder sur sa droite. Wyatt semblait l'emporter à mains nues contre son adversaire, mais il ignorait que Tusun était en train de le rattraper. Il pouvait parfaitement gagner le combat et perdre la bataille ensuite.

Arrivé à hauteur du seuil, le dernier Assassin leva la main vers le loquet, ouvrit la porte sans difficulté et glissa son revolver par la fente avant de jeter un coup d'œil à l'intérieur. Il fronça les sourcils. Il s'agissait apparemment d'une salle de repos. Il augmenta l'ouverture et entra. Il y avait des fauteuils autour d'une table ordinaire et un évier derrière un comptoir. Une machine à café se dressait dans un coin près d'une collection de tasses blanches.

Il commença par palper les coins les plus proches et s'aperçut bientôt qu'il n'y avait personne… sauf si…

La porte claqua derrière lui et il la ferma à clé de la main gauche. Personne ne devait le surprendre !

Son regard se dirigea immédiatement vers les placards sur sa gauche. Les portes étaient assez grandes pour qu'une personne de petite taille, voire de taille moyenne, puisse s'y introduire. Il ouvrit d'un coup sec la première et trouva quelques produits d'entretien. Il répéta la même opération de porte en porte et arriva ainsi devant le dernier placard, à côté du réfrigérateur, au milieu du mur du fond.

Il braqua son revolver dessus, les mâchoires serrées, et l'ouvrit d'un coup sec. Il était en train de regarder les étagères vides lorsqu'il entendit un déclic.

Le piège venait de se refermer sur lui, et il était pris comme une bête sauvage. Il comprit aussitôt ce qui se passait. Il essaya de se retourner pour contre-attaquer, mais il était déjà trop tard. Tara se tenait sur le seuil avec son arme au poing. Une étincelle blanche jaillit du canon que venait allonger un silencieux, et la balle, le frappant en pleine poitrine, lui troua le cœur.

Il essaya bien de riposter, mais elle tira à nouveau, à bout portant, comme si elle s'était entraînée pendant toutes ces années pour ce moment précis.

Le doigt de Tara frémit contre la détente et elle vida son chargeur, criblant de balles le torse de son adversaire qui se retrouva plaqué contre le comptoir.

Enfin, il s'écroula, les yeux ouverts.

Au même moment, Sean déjouait une tentative de coup de pied dans l'entrejambe par un geste de l'avant-bras et ripostait par un coup de poing dans le ventre, puis par un coup de genou dans la tête lorsque son adversaire se recroquevilla. Il lui brisa ainsi le nez et, pendant que son adversaire portait la main à son visage, il lui fit une clé de bras autour du cou tout en se retournant. La souffrance de son adversaire fut de courte durée. Il lui tourna la tête à un angle horrible, un craquement se fit entendre et le corps s'affaissa immédiatement. Sean ne fit rien pour le retenir et il s'écroula dans un bruit sourd.

Il regarda un instant le cadavre en suffoquant, puis battit des paupières en ouvrant ses mains devant lui.

Dans son esprit, c'était un tourbillon. Regrettait-il son acte ? Peut-être. Mais avait-il eu le choix ? Ou était-ce autre chose qui s'était révélé, une force fondamentalement mauvaise ? Il avait l'impression que… non, c'était impossible ! À moins que ce ne soit ça ?

L'ivresse du pouvoir ?

Ses réflexions furent dérangées par une voix familière.

« Pas un geste ! »

C'était Tara.

Sean se retourna, et ses pensées, son exaltation malsaine et sa montée d'adrénaline se dissipèrent en un instant. À l'autre bout de la pièce, devant l'entrée de la salle de repos, Tara levait son pistolet à bout de bras. En suivant la ligne de mire jusqu'au centre de la pièce, Sean vit Tusun qui tenait Alex en otage. Il avait la main gauche passée autour de son cou, tandis que, de la main droite, il lui appuyait un pistolet sur la tempe.

« Arrêtez ! cria Tusun. Restez où vous êtes ! Ou je l'exécute tout de suite. »

Il regardait tour à tour Sean et Tara, et ses traits tirés ainsi que ses yeux exorbités montraient assez son état de nervosité.

« Libérez-le, répondit Sean. Vous êtes fini. Le bâtiment est cerné par les flics. » Il bluffait. La police ne pouvait pas être au courant de la scène qui venait juste de se produire dans les sous-sols de l'IAA, sauf si Henry avait soupçonné quelque chose – une hypothèse bien improbable. Il était sans doute à l'étage en train de siroter son café tout en regardant une rediffusion d'un vieux show télévisé.

Tusun remua la tête. « Lâche ton revolver, toi, la fille ! Je ne te le répéterai pas. »

Le ton de sa voix ne laissait aucun doute. La menace était claire. Cet homme n'était pas un petit joueur. C'était un tueur, un vrai. Pour lui, exécuter Alex revenait ni plus ni moins à écraser un insecte.

« Ne lui obéis pas, Tara. » Sean avait vu le doute s'installer dans son regard, le conflit qui la tourmentait. Elle avait le tueur en ligne de mire et n'avait plus qu'à appuyer sur la détente. À cette distance, il était possible de rater la cible, mais c'était peu probable, surtout pour une tireuse hors pair comme elle, qui touchait toujours dans le mille aussi bien au revolver qu'à la carabine longue portée. Sean savait qu'elle pouvait tuer le preneur d'otage tout en sachant aussi qu'elle ne s'était jamais trouvée dans cette situation avant.

Tusun voyait aussi clairement que Sean le trouble où elle était plongée. Il n'était pas persuadé qu'elle déposerait son revolver, et c'est pourquoi il se rabattit sur la seule option possible. En tuant le petit morveux qu'il tenait en otage, il se condamnerait à mort. Il aurait à peine appuyé sur la détente qu'elle en ferait autant. Ne venait-elle pas d'éliminer plusieurs de ses hommes ?

Ce ne fut pas la peur de la mort qui retint Tusun, mais la crainte de l'échec. S'il mourait à cet instant-là, Alain pourrait éliminer ensuite de nombreux infidèles, mais jamais récupérer la tablette, et la mission serait ainsi vouée à la faillite.

Cette idée lui était insupportable.

Il se dirigea à pas lents vers le sas hygiénique, et Tara le maintint en joue tout du long de sa progression à travers le laboratoire. Elle ne se croyait pas capable de précision au point de le toucher alors que seule une partie de sa tête était visible. Or, si elle ratait son coup, c'en était fini d'Alex.

Sean suivit la scène, impuissant, et finit par se retrouver à mi-chemin entre Tusun et Tara, qui, dans ces conditions, ne pouvait plus vraiment faire feu.

Au bout d'un certain temps, Tusun sentit derrière ses omoplates le contact du sas. « Ouvre la porte », glissa-t-il dans les oreilles d'Alex.

Alex avait le mérite de tenir. Il résistait à la pression du bras autour de sa gorge, mais pas au point de déclencher un coup de feu – intentionnel ou accidentel. Son regard restait déterminé et son visage marquait moins la peur que la colère. Il ne donnerait pas à Tusun le plaisir de le voir terrifié !

« Ouvre, j'ai dit.

– Laisse, Tara, dit Alex. C'est bon. »

Il tâta la paroi de verre derrière lui et finit par trouver le bouton rouge. Il appuya dessus et la double porte s'ouvrit. Tusun entra à reculons et la porte se referma. Une fois à l'intérieur, Tusun tourna la tête dans tous les sens. Il cherchait quelque chose – quelque chose qui pourrait lui être utile.

L'otage avait rempli sa fonction, mais Tusun ne pouvait pas le faire monter dans l'escalier, ni le traîner dans les rues d'Atlanta. Il fallait qu'il se débarrasse de ce boulet s'il voulait éviter de se faire repérer.

Le bras de la machine de stérilisation lui offrit ce qu'il cherchait.

La machine, suspendue au plafond, était équipée d'un gros bras mécanique qui bougeait dans un sens puis dans l'autre pour envoyer de l'air stérilisé sur les visiteurs. De nombreux câbles le connectaient à sa source d'alimentation et probablement à l'ordinateur qui le commandait.

C'était exactement ce dont Tusun avait besoin.

Lâchant Alex, il bondit vers le haut du sas pour attraper les câbles, qui furent arrachés dans sa chute. Aussitôt, il en fit un lacet grossier qu'il passa autour du cou d'Alex.

« Ne bouge pas », dit Tusun en s'éloignant vers le fond du sas sans baisser son arme, qu'il tenait toujours braquée vers la tête d'Alex. Il prit bien soin de laisser Alex faire écran entre lui et ceux qui étaient encore dans le laboratoire. Sean essaya prudemment de s'avancer, mais s'arrêta en voyant Tusun agiter son arme d'un air menaçant.

Tusun trouva le bouton près de la sortie et la porte s'ouvrit.

Alex chercha aussitôt à se débarrasser de ses câbles.

« Inspire un bon coup ! » dit Tusun avant de quitter le sas en tirant au passage sur le terminal biométrique. Il y eut un gros *bang*, et l'engin explosa dans un fatras de métal, de plastique et de câbles. Il y eut une brève gerbe d'étincelles et la porte se referma.

Le bras se mit à reculer dans le sas pour diffuser de l'oxygène stérile et les câbles se tendirent peu à peu, serrant soudain la gorge d'Alex au point de lui couper la respiration.

Son visage se crispa. Le terminal commença à le soulever et il se retrouva les deux pieds suspendus au-dessus de la grille au sol. Il voulut glisser ses doigts sous les câbles, mais le nœud était trop étroit.

Sean et Tara se précipitèrent vers la porte.

« Alex ! Tiens bon ! »

Sean, arrivant le premier, appuya sur le bouton rouge de toutes ses forces. La machine ne s'arrêta pas. Elle s'était enrayée.

Il avait vu le coup de feu de Tusun, qui avait dû causer un dysfonctionnement dans le système.

Alex agitait maintenant les jambes dans tous les sens. Ses yeux semblaient près de lui sortir de la tête. Il était cramoisi. Plus que quelques précieuses secondes avant qu'il perde connaissance et meure.

« Tire dans la vitre », ordonna Sean.

Tara lui obéit sans l'ombre d'une hésitation. La balle fit un trou et une toile d'araignée se dessina sur toute la surface. Elle appuya encore deux fois sur la détente, chaque balle affaiblissant davantage le panneau.

Sean fonça dans la porte en roulant des épaules. Des tessons de verre partirent dans tous les sens et tombèrent un peu partout sur le sol, ce qui ne l'empêcha pas de plonger à quatre pattes sous Alex.

« Mets tes pieds sur mon dos ! »

Alex, qui était déjà à moitié évanoui, posa ses pieds sur le dos de Sean, ce qui réduisit la pression sur son cou. Il essaya de respirer, avalant l'oxygène dans d'immenses hoquets.

« Ça va ? demanda Sean assez fort pour couvrir le bruit de la soufflerie.

– A… ttends…

– Tu peux éteindre ce truc ? » cria Sean à Tara, qui était justement en train de débrancher un câble au mur d'à côté.

Comme la machine continuait de fonctionner, elle sortit un couteau de poche et sectionna tous les câbles qu'elle put trouver. Le terminal s'éteignit enfin et la soufflerie s'arrêta.

Alex posa les pieds au sol et glissa les doigts sous les câbles autour de son cou pour en desserrer le nœud, qu'il réussit à faire passer au-dessus de sa tête.

Ses genoux fléchirent et il tomba en heurtant bruyamment la grille métallique – plus par épuisement qu'autre chose. Sa poitrine se soulevait à mesure qu'il essayait de reprendre son souffle.

Sean lui tapota doucement l'épaule avant de se relever. Il sortit du sas, examina le terminal biométrique qui était désormais hors service, puis se retourna vers la porte de l'ascenseur.

Derrière lui, Tara avait volé au secours d'Alex. Sa voix était pleine de sollicitude : « Ça va ?… Tu peux respirer ?… »

Dans l'esprit de Sean, ses questions se mélangèrent dans une bouillie incompréhensible. Il venait de comprendre quelque chose.

Tusun s'était volatilisé.

32

New York

Tommy traversa toute la pièce en serrant fermement la chaise entre ses doigts. Les Assassins avaient forcément entendu ce qui venait de se produire – sauf si le bâtiment était désert.

Hélas, il n'avait pas cette chance.

Le cliquetis d'un trousseau de clés s'éleva dans le couloir. Tommy n'était pas surpris que les Assassins aient été alertés par le fracas. Il savait ce qui allait suivre.

Plusieurs hommes entreraient pour arrêter leur prisonnier dans sa tentative d'évasion.

Tommy prit position dos au mur juste à côté de la porte et attendit. Il entendit la clé entrer dans la serrure puis l'Assassin crier, sans doute pour demander à son acolyte de se dépêcher. Le pêne rentra dans le vantail, et, un instant plus tard, la porte s'ouvrit brusquement.

L'homme se précipita dans la pièce en levant son pistolet, fonça vers la fenêtre ouverte, et se dit que Tommy venait de sauter.

Tommy entendit l'autre arriver, et, au moment où il apparut sur le seuil, il abattit de toutes ses forces la chaise sur sa tête.

L'impact fut dévastateur. La chaise trembla, mais les pieds, loin de plier, écrabouillèrent le nez de l'Assassin, qui, porté par son élan, tomba la tête la première à plus d'un mètre de là.

L'autre homme, déjà à la fenêtre, était en train de regarder dehors lorsqu'il entendit le bruit de sa chute.

Tommy, continuant de dérouler son plan d'action, projeta la chaise en travers de la pièce comme un lanceur de marteau aux Jeux olympiques. L'Assassin réussit à pivoter à temps, mais ne put s'empêcher de lever les mains pour se protéger le visage : le dossier de la chaise percuta ses avant-bras de plein fouet.

La douleur, cinglante, le fit grimacer, et la chaise retomba dans un bruit fracassant. Puis l'Assassin se ressaisit et voulut braquer son pistolet sur Tommy. Trop tard.

Tommy s'était déjà baissé pour s'emparer du pistolet de son complice, qui, inconscient ou mort, gisait au sol. L'Assassin n'eut même pas le temps d'appuyer sur la détente.

Tommy tira une fois. Puis deux. Les balles atteignirent l'Assassin en pleine poitrine, et il recula en titubant jusqu'au mur.

Dans un ultime effort, il essaya de lever son pistolet vers Tommy pour se venger, mais le coup ne vint pas. Tommy fit feu à nouveau, et cette troisième balle acheva son adversaire en venant se loger dans son crâne.

Il regarda l'autre homme au sol et posa un genou à terre pour vérifier son pouls tout en maintenant son arme braquée sur son crâne. Il était mort. Le sang qui lui sortait du nez faisait une flaque noire partout autour de sa tête.

« Un coup de chance ! Pas pour toi, bien sûr… », dit Tommy en se redressant. Il allait s'élancer vers la porte lorsqu'il s'avisa que l'arme de l'autre Assassin contenait un magasin encore plein. Il passa la tête dans le couloir et, ne voyant personne venir, retourna en vitesse jusqu'à la fenêtre pour s'emparer de son pistolet.

Il regagna la porte en le glissant dans sa poche, regarda des deux côtés dans le couloir, puis partit sur la gauche.

Tout au bout se trouvait une porte avec un vieux panneau qui indiquait un escalier. Tommy ouvrit la porte, entendit des bruits de pas dans l'escalier, et la referma aussi discrètement que possible.

Des renforts arrivaient. Rien de surprenant. Quelqu'un avait entendu les coups de feu, ou du moins soupçonné, en suivant les échanges radio, que quelque chose d'étrange venait de se produire dans la cellule du prisonnier. De toute façon, les ennuis s'annonçaient. À en juger par le bruit qui montait, il n'y avait pas qu'un homme en route.

Tommy regarda le couloir. En plus de sa cellule, dont la porte était encore ouverte, il y avait cinq pièces, deux à droite et trois à gauche, dont toutes les portes étaient closes, sauf une qui était entrebâillée. Il s'arrêta devant, glissa le canon de son pistolet à l'intérieur pour en augmenter l'ouverture, et s'aperçut que ce n'était qu'un placard à balais.

Le lieu n'était pas très profond – une soixantaine de centimètres à tout casser. Heureusement, sa tête passait juste sous la seule et unique étagère. Au moment même où il venait de s'enfermer, la porte au bout du couloir s'ouvrit brusquement.

Tommy se retint un moment de respirer, comme si cela pouvait l'aider à trouver sa position dans le cagibi. Il guetta les bruits de pas dans le couloir. Il y avait au moins trois hommes, peut-être quatre.

Le premier passa devant le placard à balais en courant. Tommy savait où il allait et ce qu'ils cherchaient tous.

Les autres le rejoignirent peu après, et il y eut un échange de cris.

« Vérifiez toutes les pièces ! Il n'est pas loin ! »

Leurs pas se rapprochèrent, puis partirent sur la droite et sur la gauche.

Tommy savait que, tôt ou tard, ils ouvriraient le placard à balais. Mieux valait les surprendre.

Il poussa la porte et sortit avec son pistolet à bout de bras. Un homme était en train de traverser le couloir en face de lui. Lorsqu'il vit soudain Tommy apparaître, il n'eut pas le temps de s'arrêter, ni même de lever la main pour se protéger le visage : Tommy lui logea une balle dans le front.

L'homme s'écroula, Tommy repoussa le cadavre dans un coin, puis tira deux fois dans la pièce d'en face, touchant l'Assassin qui s'y trouvait à l'épaule et dans le ventre. La puissance des balles était telle qu'elle lui fit faire un tour complet sur lui-même avant qu'il s'effondre dans des convulsions.

Un autre Assassin arriva sur la droite et fit feu au moment même où Tommy entrait dans la pièce. Il y eut un échange de tirs dans le couloir. Une balle troua le placard à balais et une autre la cuisse de l'Assassin, accidentellement blessé par son acolyte.

Il tomba sur son genou sain et serra sa cuisse des deux mains en hurlant de douleur.

L'autre ne lui présenta pas d'excuse.

Tommy sortit son second pistolet de sous sa ceinture. Il savait que le dernier Assassin entrerait dans la pièce et commencerait par en vérifier les coins les plus proches. Tactique standard.

Il s'appuya contre le mur à petite distance de la porte, puis glissa en position accroupie. Lorsque l'autre arriverait, la différence de niveau donnerait à Tommy la marge nécessaire pour le surprendre. Il pouvait du moins l'espérer.

Retenant sa respiration, il guetta les bruits dans le couloir mais ne perçut aucun mouvement. Après plus d'une minute, le plancher craqua au niveau du seuil.

Tommy savait ce qui allait suivre.

Maintenant qu'il avait trahi sa présence, l'Assassin ne pouvait que charger. Effectivement, il entra en braquant son pistolet sur la droite, comme Tommy l'avait parié puisqu'il était arrivé par la gauche.

Tommy bondit et ouvrit le feu avec ses deux revolvers à la fois. Les canons lancèrent des éclairs et une série de détonations rompit le silence.

Le dernier Assassin l'aperçut du coin de l'œil, mais il était trop tard. Le temps qu'il commence à se retourner, cinq balles lui avaient traversé le torse et l'avaient envoyé buter contre le cadre de la porte avant de s'effondrer dans le couloir.

Tommy resta un instant dos au mur avec ses deux revolvers à bout de bras. La fumée qui montait des canons venait s'ajouter aux nappes qui flottaient déjà dans la pièce.

Tommy toussa, gêné par l'odeur âcre de la poudre.

La fête est finie, Tommy…, se dit-il. *Il est temps de sortir d'ici, maintenant.*

Il roula sur le flanc, puis se leva. Il éjecta le chargeur du premier pistolet. Plus qu'une balle. Il la retira avant de se débarrasser du reste.

Il répéta l'opération avec le second pistolet, compta les balles inutilisées et y ajouta l'autre. Une fois qu'il eut remis le chargeur en place, il glissa le pistolet sous sa ceinture et partit vérifier les armes des cadavres, achevant au passage l'Assassin blessé à la cuisse, qui essaya de le tuer, avec la sienne. Il en emporta quatre en tout.

Tommy sourit à l'idée qu'il était assez armé pour faire un petit coup d'État. Une illusion, comme il le savait bien… Même avec tous ces revolvers, il ne tiendrait pas très longtemps.

Il devait en user avec parcimonie.

Le plus urgent était cependant de savoir comment sortir du bâtiment.

Il retourna dans sa cellule et regarda par la fenêtre. L'escalier de secours était une possibilité qui n'avait pas sa préférence. Les paliers et les échelles ne semblaient pas stables, et de nombreux éléments de ferronnerie étaient couverts de plaques de rouille, l'ensemble étant oxydé et sans doute affaibli par des années de négligence et de mauvaises conditions climatiques.

Non, cette issue de secours n'était pas la meilleure option.

Tommy regagna donc la porte et enjamba le cadavre de l'Assassin qui s'y trouvait, à moitié dans la pièce et à moitié dans le couloir. Un coup d'œil à gauche et à droite lui indiqua que la voie était libre – encore que pas pour longtemps, sans doute.

Il leva les yeux dans les coins mal éclairés, s'attendant à y voir des caméras ou un système de surveillance quelconque. Il n'y avait rien.

Cela le confirmait dans l'hypothèse que les quatre hommes arrivés en renfort avaient entendu les coups de feu ou été alertés par les échanges radio. Ou encore l'un et l'autre.

Le cadavre de l'Assassin lui apporta un élément de réponse, une minuscule oreillette dépassant au niveau de son pavillon. Tommy la retira, puis l'essuya sur sa chemise avant de l'enfoncer dans sa propre oreille.

« Équipe numéro 2, vous me recevez ? » demandait une voix pressante. L'interlocuteur n'avait pas un accent étranger – ou alors canadien, dénué de tout trait distinctif.

« Ici équipe numéro 2, message reçu, dit Tommy, qui essaya de déguiser sa voix en adoptant un ton plus rauque que d'habitude. Prisonnier arrêté. Situation sous contrôle.

– Message reçu, équipe numéro 2. »

Fantastique ! La ruse avait fonctionné.

« Équipe numéro 2, faites un rapport. »

Tommy n'avait pas prévu que l'échange se prolongerait ainsi. « Le... prisonnier a tenté de s'évader, répondit-il en cherchant ses mots. On... a un ou deux hommes en moins, mais on l'a maîtrisé. Tout va bien. »

Il regretta immédiatement cette dernière phrase. Pas à sa place dans ce genre de conversation ! « Tout va bien ?... »

Il remua la tête sans rien dire.

L'interlocuteur mit un certain temps avant d'enchaîner.

« On vous envoie une autre unité pour sécuriser la zone.

– Négatif ! Tout est sous contrôle. Sécurisez le périmètre autour du bâtiment au cas où… quelqu'un attaquerait ! »

Aucune réponse ne vint. Tommy attendit un petit moment. Silence.

Il savait bien qu'ils n'étaient pas tombés dans son petit piège.

Ses soupçons furent confirmés un instant plus tard lorsqu'il entendit son interlocuteur donner des ordres.

« Swanson, Durbitoff, Carmon, Kone, allez inspecter le dernier étage et vérifier que le prisonnier est toujours dans le bâtiment. »

Tommy serra les mâchoires, dépité. Plus la peine de chercher. Il ne lui restait plus que deux options : soit l'issue de secours, soit l'escalier. Comme les quatre Assassins arrivés en renfort étaient passés par l'escalier, il en conclut qu'il n'y avait pas d'ascenseur, ou qu'il y en avait un mais qu'il n'avait pas servi depuis longtemps.

Il tendit l'oreille. Ni pas ni voix dans le couloir, du moins pour le moment. Les Assassins arriveraient d'un instant à l'autre, et Tommy savait que le temps était compté.

Il retourna devant la fenêtre à contrecœur. Le cadre était toujours en place, même s'il était tordu ou brisé en plusieurs endroits. L'impact avait délogé un panneau, qui était désormais légèrement entrouvert.

Tommy glissa les deux pistolets qu'il lui restait dans les mains sous la bande de son pantalon, dans le bas de son dos, en espérant ne pas les perdre pendant la descente. Sans être convaincu du procédé, il poussa le panneau puis passa la jambe à l'extérieur en chassant les derniers bris de verre sur le montant inférieur du cadre. Une blessure à l'entrejambe serait malencontreuse, c'était le moins qu'on puisse dire. Il agrippa le bord du mur de la main gauche pour prendre appui dessus, puis posa le pied sur le plateau de l'issue de secours avant de faire passer le second par-dessus le montant de la fenêtre.

Le plateau remua sous son poids. Il attrapa la balustrade et se dirigea peu à peu vers l'échelle sur sa droite, la peau balayée par un vent d'ouest. La grille du plateau tremblait sous ses pieds, et un coup d'œil sur la rue en contrebas faillit lui faire perdre l'équilibre.

Il était peut-être au dixième étage. Il ne put s'empêcher de penser à Sean et à son vertige. Lui qui s'était toujours étonné de ce mélange de force presque surhumaine et de panique des hauteurs comprit soudain tout à fait la phobie de son ami. Il eut un haut-le-cœur et ne sentit plus rien de stable autour de lui, même dans le paysage.

Il tourna brusquement la tête pour chasser cette crainte irrationnelle. Il serrait la balustrade tellement fort que ses jointures étaient toutes blanches. « Allez. Fais comme tu peux. »

Il fit les derniers pas très vite jusqu'à l'échelle, maintenue à l'horizontale par un crochet de sécurité qui n'en avait plus que le nom. L'anneau qui le retenait était tellement rongé par la rouille qu'il n'en restait à peine qu'un demi-centimètre.

Tommy saisit l'échelle d'une main et, de l'autre, ôta le crochet. L'échelle grinça. Tommy essaya d'en ralentir la descente en la retenant par un barreau, en vain. Il dut lâcher le tout, et l'échelle finit par heurter le niveau inférieur dans un grand bruit. Toute l'issue de secours balança d'avant en arrière, et Tommy fut pris d'un nouvel accès de vertige.

Sa vision se brouilla, mais il resta concentré. Toujours fermement agrippé à la balustrade, il se retourna pour poser le pied droit sur le barreau supérieur et entama la descente.

L'échelle bougeait et vibrait à chacun de ses pas. Suivant les recommandations que Sean lui avait faites les nombreuses fois où ils s'étaient trouvés dans des situations similaires, Tommy évita de regarder vers le bas – chose plus facile à dire qu'à faire sur une échelle, où il faut au moins vérifier qu'on pose bien le pied sur le barreau du dessous.

Au bout d'un certain temps, Tommy sentit qu'il avait atteint le plateau inférieur.

« Un étage. Plus que neuf ! » dit-il en regardant les niveaux qu'il lui restait à franchir.

Les bruits de la rue furent soudain couverts par des cris qui ne venaient pas d'en bas.

Il n'avait pas de temps à perdre.

Tommy ôta le crochet de l'échelle suivante et la laissa tomber à grand bruit jusqu'au niveau d'en dessous.

La discrétion n'était plus de mise. Tout en serrant les montants, il leva la tête vers la fenêtre au-dessus et vit un homme qui regardait dehors. Tommy savait ce qui allait suivre.

L'Assassin sauta d'un seul coup sur le plateau, ce qui secoua l'issue de secours, comme si elle n'était pas déjà assez instable. Il sortit un revolver et tira plusieurs fois dans sa direction.

Tommy se laissa glisser jusqu'en bas, comme un pompier, et heurta le plateau dans un bruit sourd. Les balles de l'Assassin avaient été arrêtées par la grille de l'étage supérieur, mais plusieurs ricochèrent pour venir frapper sur la balustrade autour de Tommy. Il courut à l'autre bout du plateau et donna un coup de pied dans le crochet suivant.

Tout à coup, le vertige n'avait plus d'importance. Il fallait qu'il s'en aille.

33

Atlanta

Sean retourna dans le sas hygiénique et tendit la main à Alex pour l'aider à se relever.

« Ça va ? demanda-t-il en le regardant de la tête aux pieds.

– Oui, répondit Alex en frottant son cou encore marqué par la pression des câbles.

– Sûr ? »

Alex inclina la tête.

Tara lâcha soudain son revolver pour l'enlacer, puis lui posa une main sur chaque joue et le regarda dans les yeux avant de l'embrasser. Alex fut d'abord pris au dépourvu. Puis il se détendit.

« Désolé de vous déranger, dit Sean en se raclant la gorge, mais on a un problème à régler. Tusun vient de nous filer entre les doigts, et il a la tablette et toutes vos notes. »

Tara relâcha son étreinte, et Alex tituba un instant comme s'il était sur le point de s'évanouir.

« Comme ça, la question ne se pose plus, commenta Sean.

– Quelle question ? » demanda Alex.

Sean les désigna l'un et l'autre, à tour de rôle.

« Vous... vous deux... Bon, mais il faut retrouver la tablette et ces notes.

– Et la police ? demanda Tara. Tu as dit que le bâtiment était cerné.

– C'était du bluff.

– Dans ce cas, tu ne devrais pas être à ses trousses ? »

Sean remua la tête.

« Ça ne changerait plus grand-chose, maintenant. Il est déjà sorti du bâtiment. Le temps que je monte au rez-de-chaussée, il aura disparu depuis longtemps.

– Alors on appelle les flics, suggéra Alex. Ils mettront des barrages en place pour le coffrer.

– Ce n'est pas tout à fait comme ça que ça marche, répondit Sean. Ils enverront d'abord des enquêteurs, qui nous demanderont ce que font ces cadavres dans le laboratoire. Ils nous poseront des tas de questions avant de faire le moindre geste pour le retrouver.

– Alors, que faire ? »

Sean avait une idée.

« Vous le connaissez bien, ce document que tu as imprimé pour lui ?

– Oui, dit Alex. En fait, il n'était pas super utile... Une simple suite de chiffres, sans rime ni raison.

– En plus, les instructions étaient incomplètes, renchérit Tara. Nos ordinateurs avaient encore besoin de temps pour démêler tout ça.

– Je connais parfaitement les instructions, dit Sean. Elles n'ont jamais été secrètes.

– Ah bon ? firent Alex et Tara en chœur.

– Non, mais le but n'est pas d'activer l'Arche d'Alliance. Il est seulement d'empêcher Alain et sa bande de tueurs de le faire. Cela veut dire qu'on doit la trouver avant eux.

– Mais comment ? demanda Tara.

– Vous avez parlé d'une suite de chiffres ? demanda Sean.

– Oui, mais sans aucun sens », répondit Alex.

Sean savait se méfier de ce genre d'impression. Il avait déchiffré assez de signes, de textes, de codes et de cryptogrammes dans sa vie pour savoir qu'il n'y avait jamais d'erreur, ni de hasard.

Cette séquence chiffrée n'était pas là sans raison.

« Montre-moi ça. »

Ils retournèrent dans le laboratoire, où flottait encore un nuage de fumée, et Alex, s'installant dans le même fauteuil qu'avant le début de la fusillade, cliqua sur le fichier qu'il avait imprimé.

« Tu vois ? dit-il en indiquant l'écran. Voilà ce qu'on a reconstitué avec la séquence de symboles qui figurait sur ces photos que Tommy avait envoyées. Ça nous a pris pas mal de temps. Au début, on croyait que ces emblèmes représentaient des lettres. En fait, ils représentent des chiffres. Ça se tient, non ? On dirait une suite de Fibonacci.

– Non, répondit Sean. Pas du tout.

– Euh… non, bien sûr, bredouilla Alex, qui ne voulait pas avoir l'air idiot.

– En tout cas, dit Tara, on a essayé de trouver ce que ça voulait dire, mais on ne sait pas encore très bien. »

Sean examina scrupuleusement la séquence de vingt-quatre chiffres. « Vingt-quatre chiffres, dit-il. Douze et douze. Certains se répètent, d'autres non. Impairs, pairs. Pas de schéma. » Son cerveau était en ébullition. Les chiffres tourbillonnaient dans sa tête comme une tornade. Il se pencha sur le bureau et se mit à parcourir le clavier sans cesser de regarder l'écran.

« Douze est un numéro sacré dans la Bible. Il y a peut-être un lien.

– Pas impossible… D'autant qu'on cherche la relique la plus sacrée de tous les temps… »

La voix d'Alex résonna dans la pièce un moment avant de s'éteindre.

« Mais on ne parle pas ici de textes bibliques, dit Sean, balayant finalement cette possibilité. Il y aurait de la ponctuation.

– Peut-être La Fayette a-t-il cherché à brouiller les pistes ? suggéra Tara.

– Non, je ne crois pas, dit Sean d'un air peu convaincu. Les livres de la Bible sont faits de mots et ils ont des titres. Je n'ai jamais entendu parler de système chiffré pour faire référence aux Écritures ! »

Le silence revint dans le laboratoire, Sean, Alex et Tara restant de plus en plus profondément absorbés dans leurs réflexions. Aucune de leurs hypothèses ne tenait, et ils n'échangèrent pas un mot pendant ce qui sembla durer une heure entière.

Sean se redressa et se mit à s'étirer en levant les bras vers le plafond. Il était encore éprouvé par le combat, le mouvement et cette fusillade. Sans être vieux, il se sentait rattrapé par l'âge dans certaines circonstances, comme celle-ci.

Son regard se mit à errer dans le laboratoire. Il vit les cadavres étendus au sol. Il faudrait qu'il s'en occupe, et mieux valait tôt que tard. Un coup de fil à Emily s'imposait. Elle saurait faire ce qu'il fallait pour que personne ne sache rien. Pas besoin d'alerter les policiers, surtout pour des types de ce genre. Moins la police en savait, mieux c'était. D'ailleurs, il n'aimait pas que les policiers viennent fourrer leur nez dans ses affaires. Il évitait au maximum les rapports avec les autorités, parce qu'il se sentait supérieur à elles à plus d'un titre, et parce qu'il n'aimait pas la dose d'ennui et d'incompétence qu'ils introduisaient dans les enquêtes comme celle-ci.

Sean inclina le cou et sentit un léger craquement soulager une tension. Il allait se replonger dans le code sur l'écran de l'ordinateur lorsqu'une carte géante qu'il avait déjà vue plusieurs centaines de fois sans y faire attention attira son regard à l'autre bout de la pièce.

C'était une carte du monde qui occupait tout le mur, avec des épingles à tous les endroits où l'IAA avait récupéré et acheminé des objets patrimoniaux. Ce fut comme si le subconscient de Sean l'attirait vers cette carte, et il traversa sans même s'en apercevoir tout le laboratoire pour pouvoir observer de près les continents, les océans et les mers qui les entouraient, ainsi que les frontières non naturelles qui séparaient les différents pays.

« Sean ?… » demanda Alex. Avec Tara, il était resté devant son écran et l'avait suivi attentivement dans tout son déplacement. « Ça va ?… »

Sean remua la tête d'un air absent. « Et si… Et si les chiffres n'étaient pas les pièces d'un puzzle ? Et s'ils n'avaient pas d'autre sens qu'eux-mêmes ? Et s'ils se trouvaient sur cette carte ? »

Il ne vit pas leurs yeux s'arrondir derrière lui.

« Que veux-tu dire par là ? » demanda Tara.

Sean retourna au bureau à grandes enjambées. Son regard était plein d'une énergie nouvelle, de détermination et d'enthousiasme.

« Vous avez un stylo ?

– Euh… oui, dit Alex avant de fouiller dans les tiroirs pour en sortir toutes sortes de Post-it, blocs-notes, carnets et autres supports papier.

– Tiens », dit Tara, qui venait de trouver un stylo derrière l'écran de l'ordinateur.

Elle le tendit à Sean, qui prit un Post-it et se mit à gribouiller dessus.

Quand il eut terminé, il y avait deux séries de chiffres séparées l'une de l'autre par un tiret. Il tapota le papier avec le bout de son stylo. « Vous voyez ? »

Alex et Tara froncèrent les sourcils.

« Non, avoua Alex. Je suis censé voir quoi, là-dedans ? »

Sean ajouta un point par-ci et un tiret par-là avec un sourire malicieux. « Et maintenant ? Ça te fait penser à quoi ? »

Ce fut Tara qui comprit la première. « Bravo ! dit-elle en tapotant l'épaule de Sean avec un regard d'admiration. Je n'avais pas pensé à ça une seule seconde. »

Alex finit par comprendre.

« Des coordonnées ! s'exclama-t-il. Les chiffres indiquent la latitude et la longitude !

– Eh oui ! confirma Sean avec un hochement de tête. Vous voulez bien me rendre un service et saisir ces premières indications pour voir où le général La Fayette va nous emmener ?

– C'est ce que j'étais en train de faire, chef ! »

Alex avait déjà les doigts en train de planer au-dessus du clavier, parcourus de frissons, animés à la fois par l'enthousiasme de la découverte et par la perspective de percer un mystère vieux de deux siècles.

Il appuya sur le bouton ENTRÉE, et une carte apparut, indiquant un site qu'ils connaissaient tous les trois. Alex agrandit au maximum, et une image satellite révéla un dôme doré.

« Jérusalem, murmura Tara.

– Le point de départ du voyage des Templiers, ajouta Sean. Maintenant, saisis les autres coordonnées. »

Il se pencha au-dessus de l'épaule d'Alex alors que celui-ci saisissait la seconde série de chiffres.

Cette fois-ci, lorsqu'il appuya sur le bouton ENTRÉE, leurs yeux s'écarquillèrent à tous les trois. Alex et Tara regardèrent bouche bée. Sean, les mâchoires serrées, déglutit à grand-peine.

Son cœur battait à tout rompre et son sang fusait dans ses veines.

« Je n'arrive pas à y croire, dit Tara.

– Elle était là pendant tout ce temps, renchérit Alex.

– Alors, c'est *là* qu'ils ont caché l'Arche d'Alliance, dit Sean, dont l'enthousiasme s'était dissipé en un instant. Il faut qu'on récupère Tommy. »

Alex et Tara le regardèrent, attendant une explication. Ils s'étaient bien demandé où était passé Tommy, mais n'avaient pas eu l'occasion de lui poser la question.

« Je ne veux pas vous faire courir de risque, mais je ne pense pas pouvoir y arriver tout seul. »

Alex et Tara échangèrent un regard, puis se retournèrent vers Sean.

« On a eu le meilleur maître, dit Tara.

– Oui, ajouta Alex. Grâce à toi, on sait comment se battre. On va y arriver. »

Sean n'avait pas desserré les mâchoires. S'il admirait leur courage, il savait aussi qu'ils n'avaient aucune idée de ce qui les attendait. Comment savoir combien d'hommes allait envoyer l'ordre des Assassins ? Les quatre cadavres étendus au sol dans le laboratoire ne représentaient peut-être qu'une goutte d'eau dans l'océan. Il avait visité leur siège, il avait vu leurs couloirs, leurs cellules. Il y en avait des dizaines, des centaines, peut-être. Alain Depricot s'était constitué une armée clandestine parmi les plus dangereuses du monde. Sean, assailli par un mauvais pressentiment, avait l'impression que tout le monde ne rentrerait pas vivant de cette opération. Mais avait-il le choix ?

« D'accord, les jeunes. On va cueillir le chef. Ensuite, on va récupérer l'Arche d'Alliance. »

34

NEW YORK

Tommy décrocha l'échelle comme il l'avait fait aux niveaux supérieurs. L'Assassin du dixième étage, toujours à ses trousses, gagnait déjà du terrain sur lui.

Tommy se jeta le long de l'échelle alors qu'elle balançait encore. Le frottement lui abîma ses chaussures et lui érafla les mains et les doigts, mais il préféra l'ignorer, pressé de retrouver sa liberté au milieu des passants. Les Assassins n'avaient pas froid aux yeux, mais ils n'étaient pas bêtes au point de déclencher une fusillade en pleine rue, au grand jour.

Il pouvait du moins l'espérer.

Tommy faillit tomber en atterrissant sur le plateau inférieur, mais se rattrapa à la balustrade. Il se retournait vers l'échelle suivante lorsqu'une fenêtre éclata soudain sur sa gauche.

Des bris de verre se répandirent sur la grille, et Tommy fut bousculé une fraction de seconde plus tard par quelque chose de plus grand que lui. Il ne comprit ce dont il s'agissait que lorsqu'il se retrouva écrasé au sol contre la balustrade.

Son épaule la cogna de plein fouet et une douleur nouvelle se propagea dans tout son corps.

Son visage se crispa, mais il se ressaisit tout de suite. Un Assassin venait de sauter contre le carreau pour s'abattre sur lui plusieurs étages au-dessus du sol. Son plan d'attaque étant loin d'être au point, il avait failli les faire basculer tous les deux dans le vide.

Tommy poussa du poing sur la grille pour se remettre sur pied. Son agresseur se redressa en titubant, armé. D'un coup de pied dans la main, Tommy lui fit lâcher son pistolet, qui glissa sur le sol.

Le moment était venu de tirer, mais l'Assassin ne lui laissa pas le temps de toucher la crosse du premier pistolet qu'il chercha sous sa ceinture : il bondit droit sur lui, lui plantant son talon dans la poitrine.

Tommy tituba et sentit bientôt le bas de son dos buter contre la balustrade. Un coup d'œil lui permit de s'apercevoir que l'autre Assassin continuait sa descente, essayant de le rattraper même s'il n'avait pas l'air de vouloir se servir de son arme à travers la grille.

Parant au plus pressé, Tommy chercha une nouvelle fois à saisir un de ses pistolets, mais son adversaire lui décocha un coup de poing dans la mâchoire.

Sa vision se brouilla. Les bâtiments autour de lui se mirent à tournoyer. Tommy leva les deux mains pour se protéger le visage, mais il tenait à peine debout.

L'Assassin se précipita sur lui, sachant que le combat était loin d'être terminé, et lui donna un crochet droit. Tommy était trop diminué pour savoir quoi faire d'autre : il posa un genou au sol, et son adversaire, emporté dans son élan, alla s'écraser contre le garde-corps, essayant au passage de lui enfoncer son genou dans le crâne.

Tommy pivota juste à temps pour éviter le coup, puis il se pencha en avant, coinça le crâne entre les cuisses de son adversaire et, lui empoignant la jambe droite, il poussa vers le haut de toutes ses forces.

L'Assassin savait ce qui allait suivre, mais il ne put rien faire pour l'éviter. Il poussa un bref cri au moment où ses pieds quittèrent le sol et où son corps perdit contact avec la balustrade, après quoi il tomba en chute libre sur le trottoir sept étages au-dessous.

Tommy se pencha : l'Assassin gisait sur le bitume et déjà les curieux se pressaient autour de lui. Certains portaient une main à leurs lèvres, horrifiés. D'autres cherchaient des secours parmi les passants ou bien sortaient leur téléphone pour appeler les urgences. C'était une grande chance que l'homme n'ait blessé personne en tombant ainsi du bâtiment.

En levant la tête, Tommy aperçut l'autre Assassin, lui aussi penché à la balustrade quoiqu'à un étage supérieur. Sa distraction ne dura pas, et il reprit sa course.

Maintenant, ça suffit ! se dit Tommy avant de sauter par la fenêtre. Il se retrouva dans une pièce qui avait tout de sa cellule improvisée plusieurs étages plus haut, même si le plancher manquait çà et là : soit il avait pourri, soit il avait été déposé pour réparation.

Il savait que l'Assassin le suivrait, mais c'était le cadet de ses soucis. Il pouvait faire face. Ce qui l'inquiétait, c'étaient les deux autres. Son interlocuteur dans l'oreillette avait lancé quatre hommes à sa poursuite. L'un d'entre eux gisait mort sur le trottoir. Une autre était sur la sortie de secours. Et les deux derniers ?

Il sortit deux pistolets, courut vers la porte et risqua un coup d'œil dans le couloir – identique à celui du dernier étage –, qu'il trouva désert.

Aucune trace des deux hommes, mais il savait qu'ils apparaîtraient tôt ou tard. L'Assassin derrière lui était probablement en train de tenir ses complices au courant de l'évolution de la situation et de la position de leur prisonnier.

Tommy partit sur la gauche, sachant qu'il trouverait l'escalier de ce côté-là. Puis il se ravisa. Les Assassins qui étaient montés à ses trousses jusqu'au dernier étage redescendraient par là, et si leur chef envoyait encore des renforts, Tommy se retrouverait pris en sandwich. Il avait beau avoir un paquet de balles sur lui, jamais il ne sortirait vainqueur d'une telle fusillade, dans un espace aussi étroit. Il se ferait soit tuer soit capturer – ce qui serait pire, puisqu'il devrait alors se préparer à une nouvelle séance de torture, bien plus élaborée que la première.

Il regarda de l'autre côté et vit une porte d'ascenseur qui n'était condamnée ni par des barres ni par des rubans adhésifs. Il était clair que tout le monde dans le bâtiment savait qu'il ne fallait pas s'en servir, ce qui rendait ce genre de procédé inutile.

Tommy n'avait pas l'intention de descendre en ascenseur. Il cherchait seulement une issue discrète. Soudain, il s'aperçut qu'il n'entendait plus de voix. À un certain moment, sans doute en luttant sur l'issue de secours, il avait perdu l'oreillette. Il ne pouvait plus suivre les échanges des Assassins lancés à sa poursuite. Il s'en voulut d'avoir laissé cela se produire, mais ce n'était pas non plus un problème majeur. Pas de quoi en faire tout un drame.

Il s'élança vers l'ascenseur au moment où l'Assassin sortait de la pièce et, l'ayant heurté sans le vouloir, il tomba au-dessus de lui comme un *linebacker* sur le terrain de football.

L'homme ne comprit rien à ce qui lui arrivait. Tommy glissa ses bras sous le dos de son adversaire et poussa si fort sur ses jambes qu'il finit par le décoller du sol. Son élan était tel qu'il put ainsi parcourir plusieurs mètres en portant son adversaire au-dessous de lui, après quoi il bondit en le projetant au sol. L'instant d'après, la tête de l'Assassin heurtait le plancher en faisant un bruit révoltant. Ses yeux se troublèrent instantanément et il tourna la tête de gauche à droite, sans doute en proie à une commotion cérébrale.

Tommy lui arracha son pistolet, se redressa et lui décocha une balle dans la tête. Son adversaire ne bougea plus du tout. Tommy jeta le pistolet sur sa poitrine en se disant qu'il ne contenait sans doute plus beaucoup de balles après la fusillade sur l'issue de secours et cet ultime coup de feu.

Tommy ne s'attarda pas. Il savait que le moindre retard pourrait lui coûter la vie. Il venait d'avoir un coup de chance en tombant sur cet Assassin dans de telles circonstances, mais il savait qu'il était peu probable que cela se répète.

Il arriva devant l'ascenseur. Le joint laissait assez d'espace pour qu'il puisse y glisser les doigts, et les deux battants s'ouvrirent sans grande résistance. Il jeta un coup d'œil à l'intérieur, puis glissa les épaules par l'ouverture et se mit à tâter dans le noir.

Sean ne ferait jamais une chose pareille ! songea-t-il en pensant au niveau où il se trouvait.

Une chute de sept étages dans un obscur conduit serait une mort terrible – et regrettable, après toutes les épreuves qu'il venait de surmonter.

Il agrippa le battant derrière lui pour se pencher au-dessus du trou noir, avec une poigne telle qu'il aurait sans doute froissé le métal si celui-ci avait été d'une autre trempe. Les câbles étaient-ils encore là, ou tendait-il la main vers un vide absolu ?

Il entendit une porte s'ouvrir brusquement à l'autre bout du couloir, ce qui le fit sursauter. Instinctivement, il tourna la tête, et, ce faisant, perdit le contrôle de son pied gauche, sur lequel reposait la majeure partie de son poids. Il eut soudain la sensation terrifiante d'être emporté par une chute dans la gaine d'ascenseur.

Il agita les bras autour de lui et, trouvant un câble, il s'y agrippa d'une main. Il ralentit ainsi sa chute. Lorsqu'il y ajouta son autre main, il réussit enfin à s'immobiliser.

Désespéré, il leva les yeux et put constater qu'il n'était pas tombé très bas.

Il savait qu'il n'avait pas le choix. Les Assassins allaient passer le bâtiment au peigne fin, et, tôt ou tard, ils vérifieraient la gaine d'ascenseur. Ils n'étaient clairement pas du genre à laisser des angles morts dans leurs recherches.

Il se laissa glisser dans le noir, une main au-dessus de l'autre, impatient de voir le bout du tunnel.

La gaine d'ascenseur répercuta tout à coup des bruits de pas qui venaient d'en haut comme d'en bas, puis des voix dont la plupart, quoique pas toutes, s'exprimaient en anglais. Il se demanda combien d'hommes comptait cette organisation. Il en avait déjà éliminé plusieurs, mais, d'après le bruit qu'ils faisaient, il en restait encore des dizaines à ses trousses, peut-être même plus d'une centaine.

Tommy poursuivit sa descente en serrant parfois les jambes et les pieds de manière à relâcher la pression de ses avant-bras, qui étaient en surchauffe, à l'étroit sous sa chemise à manches longues.

Pour lutter contre son envie de tout lâcher, il repensa à ses vieux cours de gym. Comme la plupart des élèves, il s'était révélé incapable d'arriver en haut de la corde à grimper. Sean y arrivait sans difficulté, mais Tommy n'avait jamais eu la même condition physique que lui. Sauf depuis peu. Il s'était mis à faire attention à son alimentation et à suivre un régime d'entraînement strict.

Et cela tombait bien, car, à son âge, il savait que ses muscles auraient pu lâcher dès le haut du sixième étage !

Malgré tout, ses doigts se crispaient, ses tendons se raidissaient tout le long de ses bras. L'effort était trop important.

En évaluant la distance qui le séparait du mince filet de lumière au-dessus, il se dit qu'il avait descendu au moins quatre étages, mais ce n'était qu'une approximation.

Les bruits de voix se firent plus forts et la douleur devint telle qu'il se laissa glisser de plus en plus vite le long du câble en espérant qu'il ne se couperait pas. Une écharde ne serait rien en comparaison du reste, mais il préférait éviter à la fois la blessure et le risque de tétanos.

Avec l'augmentation de sa vitesse, le câble se mit à grincer et à osciller de part et d'autre, ce qui ne lui facilita pas la descente.

Plus haut, des torches se mirent à balayer le mur à l'étage où il était entré. Des hommes venaient d'arriver pour vérifier la gaine d'ascenseur. Les lumières étaient loin au-dessus de sa tête, mais il ne savait pas quelle distance il lui restait à parcourir jusqu'au rez-de-chaussée. Il relâcha un peu la pression et sa vitesse augmenta encore.

Le frottement lui brûlait les doigts, les mains, mais il n'était pas question de ralentir. Soudain, le câble fut déporté sur la gauche et Tommy fut projeté contre le mur. Il ouvrit les mains et perdit contact.

Il agita les bras autour de lui pour retrouver le câble, en vain. Il ne sentait rien sous ses pieds, qui battirent l'air un bref instant comme pour agripper le câble et ralentir sa chute.

Enfin, il eut une douleur brutale au coccyx, son dos fut frappé en deuxième, puis ce fut le tour de ses bras et de ses talons. Il regarda autour de lui mais ne vit rien. Était-il mort ?

Non. Quelle question idiote ! Il avait toujours toutes ses facultés. Il avait atterri en bas de la gaine d'ascenseur après une chute de deux mètres environ. Plus haut, les torches exploraient le conduit.

Tommy bondit sur ses deux pieds pour se plaquer du côté de la porte, qu'il finit par sentir en tâtant le mur, identique à celle du dessus.

Il avait libéré le conduit juste à temps : le sol s'éclaira soudain à l'endroit où il venait de tomber. Le balancement du câble aurait pu le trahir, mais ses poursuivants ne pouvaient pas le voir.

Tommy regarda devant lui en cherchant à maîtriser sa respiration. Il remarqua les ressorts et les tampons qui étaient vissés au sol. C'était un petit miracle qu'il ne soit pas tombé dessus. S'il s'était cogné la tête contre l'un de ces énormes blocs, la chute aurait pu lui être fatale, ou du moins le plonger dans l'inconscience.

Les lumières disparurent.

Tommy attendit un moment avant de risquer un coup d'œil. Les hommes n'étaient plus là. Ils étaient sans doute partis vérifier le reste du bâtiment.

Il glissa les doigts entre les deux battants de porte et les entrouvrit. Derrière se trouvait un espace obscur baigné d'une lumière terne, et une odeur d'humidité mêlée de narguilé, d'oignons et de curry lui emplit les narines. Augmentant l'ouverture, il vit un couloir devant lui. Ce couloir était vide, à l'exception d'une chaise qui se trouvait devant une porte en face, une porte métallique équipée d'un guichet qui permettait de voir les visiteurs avant de leur ouvrir.

Le gardien était très probablement parti aider ses camarades à retrouver le prisonnier. Tommy ne fit pas le difficile. Sean le lui avait dit et répété : « Saisis l'opportunité dès qu'elle se présente. »

Il courut à toutes jambes vers la porte, ôta le verrou et l'ouvrit.

L'air de la ville lui rafraîchit la peau et son visage fut frappé par la lumière grise du jour. Après un dernier regard en arrière, il s'élança sur le trottoir alors que la police arrivait dans un bruit de sirènes sur les lieux où un homme venait apparemment de sauter du dixième étage.

35

New York

Alain entra dans la pièce devenue vacante, et le bruit de ses chaussures résonna sur le plancher. Son regard se dirigea aussitôt vers la fenêtre en face, avec ses montants tordus et ses carreaux brisés. Il s'en approcha d'un pas décidé, passa la tête à l'extérieur et regarda la rue en contrebas. Les agents de police, dont certains étaient à sa solde, étaient en train d'éloigner les passants. Le nom de l'homme qui avait « sauté du dernier étage » ne serait jamais révélé au grand public, qui n'entendrait parler que d'un John Smith de plus dans les faits divers.

Cet homme était le cadet de ses soucis, même s'il était déconcertant de voir que, comme plusieurs autres avant lui, il avait pu être éliminé aussi facilement par un adversaire qui n'avait ni leur entraînement, ni leur discipline, ni leur sens du devoir. Il ne laissa cependant rien paraître de sa gêne.

Le fait que Schultz ait pu se libérer et leur échapper après avoir tué plusieurs de ses hommes éveillait en lui le soupçon qu'ils avaient mis le pied dans un engrenage. N'étaient-ils pas aussi prêts qu'il l'avait cru ? N'avaient-ils pas passé de longues années à se perfectionner et à se dévouer corps et âme en vue du triomphe des Assassins ? N'était-ce pas là ce qu'ils avaient tant attendu et tant préparé au point de tout sacrifier ?

Et voilà qu'un blanc-bec avait tué plusieurs d'entre eux comme s'ils n'étaient rien de plus qu'un gang des rues – sans aucune discipline ni cohésion.

Dans le passé, il aurait sans doute recouru à un châtiment exemplaire. Mais le fait est que, dans le passé, il n'aurait jamais eu à le faire. Une telle faillite ne se serait jamais produite. Son maître aurait été déçu. Plus que ça. Révolté. Révulsé, comme Alain lui-même. L'idée de son indignité le mortifiait.

Un bout de verre semblait hésiter sur le montant de la fenêtre, et une force invisible l'en détacha avant de l'envoyer sur le parquet parmi tant d'autres.

À droite du cadre se tenait l'un des plus anciens membres de l'ordre, et la lumière du dehors faisait reluire ses longs cheveux bruns réunis en queue-de-cheval. Alain l'avait recueilli lui-même dans les rues de Séoul une semaine après son intégration. C'était un soldat intrépide, qui n'avait jamais fléchi dans sa discipline et qui s'était montré d'une loyauté sans faille – comme tous les autres, du reste, car ceux qui ne l'étaient pas se faisaient automatiquement éliminer.

« Devons-nous poursuivre les recherches, maître ? »

Alain était tellement perdu dans sa rêverie qu'il avait quasiment tout oublié des hommes qui l'entouraient. Malgré les pertes à déplorer, il en restait plus d'une dizaine dans le bâtiment, sans compter ceux qui devaient rentrer d'Atlanta.

« Non, Lee. Non, laissons-le partir », répondit-il en tournant légèrement la tête à droite.

Le visage de Lee se crispa. « Le laisser partir ? » Lui qui n'avait jamais remis un seul ordre en question ne put se retenir.

« Maître, il représente une menace.

– Je le sais parfaitement, répondit Alain. Mais aie confiance en Tusun. Il va rapporter la tablette et tout ce qu'il nous faut. Une fois qu'on aura ces objets, Schultz pourra faire ce qu'il voudra. Plus rien ne nous arrêtera. »

Lee dut se satisfaire de cette réponse.

Alain ne laissa rien paraître de la rage qui bouillonnait en lui. L'évasion de Schultz le rendait furieux, mais il ne pouvait désormais plus rien y faire. New York était une gigantesque métropole, et Schultz pouvait s'être réfugié dans mille endroits différents. Même avec les ressources étendues des Assassins, il était introuvable : autant chercher une aiguille dans une botte de foin.

« Que nous suggérez-vous ? » demanda Lee, interrompant à nouveau la rêverie de son maître.

Alain allait répondre lorsqu'il entendit sonner son téléphone dans sa veste.

Il le sortit de sa poche et reconnut aussitôt le numéro.

« Vous avez la tablette ? demanda-t-il en collant le combiné à son oreille.

– Oui, maître », répondit Tusun d'un air absent.

Alain sentit qu'il y avait un problème.

« Que se passe-t-il ?

– Wyatt nous a filé entre les doigts. Les deux associés de Schultz nous ont tendu une embuscade. »

Tusun ne se cherchait aucune excuse. Il n'essayait jamais de rejeter la faute sur quelqu'un d'autre. C'était une qualité qu'Alain aimait chez lui et l'une des raisons pour lesquelles il en avait fait son second. Il ne tournait jamais autour du pot et il donnait toujours des réponses franches.

Tusun savait qu'Alain serait furieux à l'annonce de cette embuscade, mais mentir n'aurait fait que retarder l'inévitable. Une perte était une perte : inutile de se voiler la face. Le mode d'action des Assassins était de persévérer et de pousser toujours vers la victoire, quel que soit le prix à payer. Une perte, quelle qu'elle soit, était inexcusable.

Alain serra les mâchoires. *Comment a-t-on pu en arriver là ?* L'ordre des Assassins avait été pendant des siècles une force d'élite parmi les plus redoutables au monde. Jamais ils ne perdaient, ou c'était le résultat de circonstances désastreuses, d'une importante infériorité en nombre, ou d'un pur et simple coup du sort. Comment ces deux vauriens avaient-ils pu leur filer entre les doigts à quelques heures d'intervalle ?

« Où es-tu ? demanda-t-il d'une voix neutre.

– Sur la route. Au nord de Knoxville, Tennessee. Plus très loin de la frontière de la Virginie.

– Tu as tout ? »

Il voulait s'assurer qu'il n'avait pas mal entendu.

« Oui, maître. J'ai la tablette et une suite de chiffres qu'ils ont imprimée juste avant l'embuscade. »

Alain fronça légèrement les sourcils. « Une suite de chiffres ? » Il fit signe à Lee de se préparer à prendre des notes, et Lee, sortant son téléphone, ouvrit l'application NOTES.

« Oui, maître. Il y a douze paires de chiffres. Je n'ai aucune idée de ce qu'elles veulent dire, et je n'ai pas pu obtenir d'information là-dessus avant le début de la fusillade. »

La fin de la phrase acheva de l'ébranler, mais Alain réunit toute la maîtrise dont il était capable. « Et tes hommes ? »

Il y eut un blanc prolongé. Alain, qui savait que Tusun disait toujours les choses comme elles étaient, même quand il avait de mauvaises nouvelles, se demanda un instant si la connexion s'était perdue.

« Ils sont tous morts. Je suis le seul rescapé. »

Alain sentit ses narines frémir. La même question revenait le narguer. *Comment a-t-on pu en arriver là ?*

Avait-il sous-estimé Wyatt et sa petite bande ? Sous-estimer son adversaire était une faute dont Alain se gardait toujours. Ses années de formation lui avaient appris la prudence, la précision et le respect de l'adversaire. Il était pourtant clair qu'il avait commis une erreur. Avait-il abaissé son niveau de vigilance tout en croyant appliquer le protocole à la lettre ?

Alain était à un carrefour. Soit il continuait comme si de rien n'était, poursuivant sa mission au risque de voir Wyatt et Schultz débarquer une nouvelle fois, soit il mobilisait toutes les ressources à sa portée pour localiser ses deux adversaires et les éliminer.

Cette deuxième option bouleverserait le calendrier et les ralentirait sans doute de plusieurs jours, voire de plusieurs semaines. Ils n'avaient donc pas le choix. Le président ne partait que pour quelques jours, et bientôt il serait déjà trop tard. S'ils voulaient entrer dans la Maison-Blanche, il fallait qu'ils le fassent très vite.

Alain pensa brièvement à Darren Sanders, le larbin dont il s'était servi pour les faire entrer. Quel moyen allait-il trouver ? En tout cas, il ne faudrait pas laisser passer cette chance.

« Maître ? »

La voix de Tusun le ramena au moment présent.

« Oui ?

– Quels sont vos ordres ? »

Pour la première fois depuis qu'il avait succédé au vieux maître, Alain hésitait à prendre une décision.

« Quels sont ces chiffres, Tusun ?

– Ne quittez pas. »

Alain leva un doigt vers Lee pour lui signaler qu'il allait bientôt devoir prendre des notes.

Tusun lut la séquence, puis répéta le tout, et Alain relaya l'ensemble à Lee, qui hocha la tête à la fin pour confirmer que les chiffres correspondaient.

« Merci. On se retrouve demain à Washington.

– Oui, maître. »

Alain raccrocha et regagna la porte à grandes enjambées. Sur le seuil, il s'arrêta et attendit Lee pour regarder son téléphone.

La séquence paraissait sans queue ni tête.

« Une idée d'interprétation ? demanda Alain.

– Non, maître, répondit Lee sans même proposer une hypothèse.

– Le contraire m'aurait étonné. »

Alain pivota théâtralement et retourna en direction de la fenêtre en faisant autant de bruit avec ses chaussures que la première fois. Il entrecroisa les doigts dans son dos et s'absorba dans la contemplation des bâtiments d'en face.

« Il y a bien douze paires de chiffres ? »

Lee prit le temps de recompter le tout, puis confirma : « Oui, maître.

– Très bien. »

Alain se hissa sur la pointe des pieds avant de redescendre. « Divisons ça en deux », dit-il comme s'il se parlait à lui-même plutôt qu'à Lee. Il se pinça le nez. « Quelle est la première série de douze ? »

Lee répéta la première moitié de la séquence d'une voix de robot.

Alain se tourna vers l'un des deux hommes qui se trouvaient également dans la pièce, un blond aux cheveux coupés ras. « Cherche ces numéros ! » ordonna-t-il.

L'homme les tapa aussitôt sur son téléphone, puis regarda Alain avec un air de déception. « Rien, maître. »

Alain se mordit la lèvre inférieure. « Divisons encore ça en deux. »

L'homme s'exécuta après un bref mouvement de tête, et, cette fois, il releva tout de suite les yeux. Alain savait ce que son regard signifiait.

« Oui ? »

L'homme s'approcha et tendit l'écran de son téléphone pour qu'Alain puisse le voir.

C'était bien ce qu'il s'était dit.

Les énigmes et les mystères n'en étaient pas pour Alain, qui savait les résoudre mieux que personne. En entendant la série de chiffres, il avait soupçonné une sorte de message codé, ou crypté, révélant l'emplacement de l'Arche d'Alliance. Cette hypothèse n'était pas très éloignée de la vérité.

Ce qui le surprenait, malgré tout, c'était le résultat. Depuis le début, il croyait avoir identifié l'endroit où les Templiers avaient caché la sainte relique. Il était persuadé qu'elle se trouvait dans les sous-sols de la Maison-Blanche. L'écran montrait pourtant tout autre chose.

Cet endroit était loin de lui être inconnu, et il l'avait même visité par une froide soirée d'automne. De nombreux reportages parlaient d'une vieille relique cachée là-bas, citant parfois le Saint-Graal. Alain avait conclu à un leurre, à un stratagème sophistiqué que les Templiers auraient mis en place pour tenir à l'écart ceux qui, comme les Assassins, cherchaient à creuser toujours plus loin, sans hésiter à faire le sacrifice de vies entières et de fortunes colossales pour aboutir sans cesse à de nouveaux indices qui ne les conduisaient nulle part, dans un éternel labyrinthe.

Manifestement, il s'était trompé.

Il rappela Tusun, qui répondit à la première sonnerie.

« Oui, maître ?

– Changement de projet.

– Changement de projet ?

– Nous nous étions trompés sur l'emplacement. En fait, elle n'est pas à la Maison-Blanche, mais en Nouvelle-Écosse. »

Il attendit que cette information soit bien enregistrée. « Départ pour Oak Island. »

36

Atlanta

Sean, Alex et Tara montèrent l'escalier prudemment, armés chacun d'un pistolet au cas où Tusun serait encore là – hypothèse improbable, Sean le savait, mais il savait aussi que la prudence était de mise.

Il gravit plusieurs marches en éclaireur dans le dernier tournant avant l'entrée du hall et tendit la main en arrière pour faire signe à ses deux compagnons d'attendre ses instructions.

Sean entrouvrit la porte – à peine quelques centimètres pour commencer – pour voir la pièce. La voie était libre. Il augmenta peu à peu l'ouverture pour étudier le terrain à droite, puis à gauche. Personne.

Il se redressa tout à fait, glissa d'abord son revolver par la fente, puis pénétra furtivement dans le hall. Ses chaussures ne faisaient pas de bruit. On aurait pu entendre une plume tomber.

Sean venait de faire signe à Alex et à Tara lorsque le téléphone sonna sur le bureau de Henry. Il se figea, surpris, et Alex et Tara en firent autant.

Sean jeta un coup d'œil par-dessus le guichet de la réception et vit Henry se pencher soudain pour prendre l'appel.

« Agence internationale d'archéologie. Que puis-je faire pour vous ? »

À en juger par le son de sa voix et par son sursaut de dernière minute, il était clair que l'appel l'avait réveillé. Sean en fut profondément soulagé. Tusun n'avait pas tué Henry. Pourquoi ? Ne l'avait-il pas remarqué, ou l'avait-il jugé inoffensif ? En tout cas, Henry était sain et sauf.

« Allô, monsieur Schultz ! Eh bien alors, où étiez-vous passé, comme ça ? » Son flegme d'homme du Sud était perceptible à sa voix, et il ponctua sa question d'un petit rire chaleureux.

Tommy ?

Oubliant toute prudence, Sean traversa le hall en abandonnant Alex et Tara.

« Sean ? Oui, il est entré dans le bâtiment avec deux ou trois amis tout à l'heure.

– Henry ! Passez-le-moi !

– Ah, justement, le voilà, monsieur Schultz ! Il a l'air un peu… » Henry aperçut soudain le pistolet de Sean et sa mâchoire tomba si bas que celui-ci vit le moment venir où il allait lâcher le combiné.

« Vous allez bien, monsieur Wyatt ? demanda Henry avec un empressement qui ne lui était pas habituel.

– Oui, répondit Sean en courant vers le bureau, avant de s'apercevoir qu'il avait toujours son revolver à la main. Ah, désolé… Il y a eu un… pépin avec le… détecteur de fumée au labo ! »

Comme par un fait exprès, une alarme se déclencha juste à ce moment-là. Sean leva les yeux au plafond, puis se retourna vers Alex et Tara. Alex sortit tout de suite son téléphone et entra le code de désactivation dans l'application correspondante. Le hurlement s'arrêta enfin et le hall retomba dans un calme relatif.

« Euh… On ne ferait pas mieux d'évacuer le bâtiment ?

– Non, Henry, tout va bien.

– Vous êtes sûr ? » Le vieil homme leva vers Sean un regard pétri de doute. « Je ne ferais pas mieux d'appeler le 911 ?

– Non, Henry, je vous assure, tout va bien. Il n'y a pas d'incendie. »

Le nouveau système de sécurité dans le laboratoire n'était pas encore tout à fait finalisé, ce qui posait quelques problèmes, notamment des retards dans le déclenchement de l'alarme à incendie. Heureusement que le système n'avait pas encore été raccordé au réseau ! S'il détectait du feu ou de la fumée, il aspirait tout l'air du bâtiment pour étouffer les flammes. Les occupants n'avaient qu'une trentaine de secondes pour sortir s'ils ne voulaient pas être condamnés à l'asphyxie.

« Allô ? fit la voix étouffée de Tommy dans le combiné.

– Merci, Henry, fit Sean en le lui arrachant des mains. Tommy ?

– Sean ! Ouf, tu vas bien.

– Oui, et les jeunes aussi. Mais Tusun a filé. Et toi, tu as donc réussi à t'évader ?

– Une longue histoire. Sean, je suis dans un grand magasin, et j'appelle avec le téléphone de courtoisie. »

Il savait que Sean comprendrait. « Dis-moi que tu as la tablette et le journal. Comme c'est toi qui as pris le téléphone, et non pas un des sbires d'Alain, je suppose que c'est le cas. »

Sean ne répondit pas tout de suite.

« Sérieux, ne me dis pas que tu ne les as plus ? » Tommy paraissait nerveux – voire furieux.

« Tout va bien, malgré tout.

– Quoi ? »

Sean entendait rarement Tommy se mettre en colère, mais quand ça lui prenait, il n'y allait pas de main morte.

« Ils l'ont pris ?

– Il y a eu une fusillade. On les a tous butés, sauf un. C'est Tara qui nous a sauvés. »

Sean tourna la tête vers Henry, qui le regardait, incrédule, dans son fauteuil. « Ça va, lui glissa Sean. Tara a fait du beau boulot. »

Henry tourna lentement la tête vers la jeune femme qui se tenait maintenant devant la réception avec Alex. Elle haussa les épaules comme si ce n'était qu'une petite histoire de rien du tout.

« Je suppose que tu as un plan, pour être si calme ? Dis-moi que tu as un plan ! Dis-le-moi ! » La voix de Tommy jaillissait comme un volcan à l'autre bout de la ligne.

« Oui, j'ai un plan. On a décrypté le code – les chiffres qui étaient dans le journal. On n'a pas la tablette, mais on sait où est l'arche. »

Henry fronça soudain les sourcils et bredouilla du bout des lèvres : « L'arche ? »

Sean répondit par une grimace et secoua très brièvement la tête.

« Vous êtes sûrs ? Sûrs à cent pour cent ? » La voix de Tommy n'était plus du tout la même.

« Oui. C'étaient des coordonnées géographiques. Latitude et longitude.

– Incroyable ! »

Tommy se sentait plus que jamais pétri de respect pour les habitants de l'Ancien Monde.

« Oui. Dis-moi, où es-tu ?

– Toujours à New York. Pas d'argent ; et pas de téléphone. Je vous appelle de chez Macy's.

– Macy's ? »

Sean était allé mille fois à New York, mais jamais il n'était entré dans ce grand magasin dont tout le monde savait qu'il sponsorisait la parade annuelle de Thanksgiving.

« Oui. Et je vous attends. »

Sean sentit la nervosité de Tommy. C'était bien plus qu'une inquiétude, et il la comprenait. Les Assassins étaient partout. Peut-être y en avait-il un juste derrière Tommy, qui ne guettait plus que le bon moment pour lui planter un poignard dans le dos. Quoique presque invisibles, ils infiltraient toutes les institutions.

« OK, dit Sean. Commençons par le commencement. Trouve un endroit où tu pourras passer inaperçu jusqu'à ce qu'on arrive.

– Euh… »

Tommy marqua une hésitation, comme s'il ne savait pas où chercher. « Une idée ? J'ai quelques relations ici, mais je ne veux mettre personne en danger. »

Sean savait parfaitement ce qu'il voulait dire. Les amis – ou plutôt les connaissances – de Tommy appartenaient un peu à une élite. Des philanthropes, des collectionneurs et des conservateurs enthousiastes. S'ils passaient généralement pour des grands de ce monde, ils ne se comportaient jamais comme tels. Ils ne regardaient personne de haut et cherchaient, au contraire, à hisser tout le monde à leur niveau. Et c'était justement cette attitude, cette générosité, qui faisait que Tommy n'était pas très enclin à les solliciter dans cette situation particulière. Il devait absolument éviter de mettre en danger des gens respectables.

« Moi non plus, Schultzie, je n'ai pas envie qu'il leur arrive du mal, mais il faut bien que tu ailles quelque part. »

Il y eut un blanc prolongé.

Sean eut soudain une idée, mais préféra d'abord en chercher une autre. Il savait que Tommy l'aimerait encore moins que lui.

« James Hadley ? demanda-t-il finalement, ne voyant pas de meilleure option.

– Traquenard ? »

Sean sentit une pointe d'amertume dans la voix de Tommy et il imagina le genre de tête qu'il devait faire : nez retroussé, mine renfrognée et deux grands plis en travers du front.

« Tu vois autre chose ? Tu as des amis à New York dont tu ne m'as jamais parlé ? »

Tommy réfléchit en silence. James Hadley, surnommé affectueusement « Traquenard » par quelques personnes de sa connaissance, était un chasseur de reliques qui se ruait sur toutes les histoires de trésors possibles et imaginables. Il lui arrivait d'avoir de la chance, et s'il trouvait quelque chose qui avait de la valeur, il le revendait aussitôt au plus offrant.

Hadley incarnait tout ce que méprisait Tommy dans ce secteur d'activité – si tel était bien le mot. Tommy ne le considérait d'ailleurs pas comme un ami, et ils n'auraient jamais eu aucun lien si Hadley, apprenant un jour qu'il était collecteur de fonds, ne s'était pas accroché à lui comme une moule à son rocher.

Ironiquement, Hadley semblait tenir Tommy en haute estime, et il le traitait comme l'un des meilleurs dans son domaine alors qu'il faisait tout différemment.

Tommy était hautement intègre. Toutes les chasses au trésor ne lui semblaient pas bonnes à entreprendre. Et il était loin de vendre tout ce qu'il trouvait, même si, au fond, il ne faisait le plus souvent que prendre en charge des objets patrimoniaux découverts avant lui. En l'occurrence, il en assurait seulement l'acheminement.

Malgré ces différences profondes, Hadley semblait considérer Tommy un peu comme une rock star dans cette branche. Tommy ne comptait plus le nombre de fois où, en pleine discussion avec tel ou tel collègue, il s'était aperçu que Hadley se trouvait juste à côté et buvait toutes ses paroles comme un fan lobotomisé.

Tommy avait déjà rencontré d'autres fans, mais un tel degré de vénération restait rare.

« Je ne sais pas, dit Tommy. Il est un peu du genre crampon.

– Justement, personne ne te cachera aussi bien que lui, le temps qu'on arrive ! C'est une affaire de quelques heures, six ou sept au maximum. On fait préparer le jet et on décolle ! »

Tommy poussa un soupir prolongé dans le combiné et Sean sentit son exaspération. Le fait est que Sean avait très envie que Tommy se retrouve collé avec Traquenard.

La légende disait que Hadley, d'origine maghrébine, s'était jadis fait capturer par un groupe de brigands itinérants, qu'il s'était évadé d'une manière improbable et audacieuse, et qu'il avait découvert à cette occasion d'importantes pièces provenant d'un ancien temple assyrien.

Hadley avait tout vendu aux enchères, et, pendant des mois, il avait été la coqueluche des médias.

Tommy n'était sans doute pas jaloux de cette aventure, et il était probablement conscient non seulement que la majeure partie de l'histoire était exagérée, mais que la découverte de Hadley était due à un coup de chance pur et simple. Sean trouvait cependant très drôle l'idée que Tommy puisse rester coincé avec lui pendant plusieurs heures.

Du moment que Traquenard ne poussait pas les choses trop loin ! Sean fut soudain moins amusé par les scènes inquiétantes qui défilèrent dans son esprit, notamment l'une d'entre elles où Tommy se retrouvait ligoté en travers d'un lit.

Cette image suscita soudain un certain malaise.

« OK, répondit Tommy juste à ce moment-là. Alors ce sera Traquenard, mais l'idée ne me plaît pas beaucoup.

– Personne ne t'y oblige !

– Tu es insupportable… On te l'a déjà dit ? »

Sean s'esclaffa.

« Depuis le temps que je te connais, je crois que c'est la première fois que tu me dis ça.

– Viens vite me chercher chez Hadley. J'espère que d'ici là je ne serai pas dans son congélateur.

– Je suis sûr que tout ira bien ! Il ne m'a pas l'air cannibale. Crampon ? Oui. Cannibale ? Non.

– Merci pour ton soutien. OK, j'appelle Hadley, mais dépêche-toi. Moins je devrai rester avec ce psychopathe, mieux je me porterai.

– C'est moi ou tu ne m'aides pas beaucoup à me dépêcher ? demanda Sean en se retenant de glousser.

– Et si je te dis que les Assassins sont à mes trousses, ça te motive un peu plus ?

– Oui, et le fait qu'ils ont embarqué la tablette ! Tiens bon. On arrive dès que possible.

– OK. » Tommy allait raccrocher lorsqu'il se ravisa. « Au fait, Sean ?

– Oui ?

– Ils vont où avec cette tablette ? »

Sean fut envahi par un vieux sentiment familier. Quel nom pouvait-il lui donner ? Le frisson de la découverte ? En tout cas, c'était ça. Lorsqu'il découvrait quelque chose avec Tommy, lorsqu'ils démêlaient un indice ou qu'ils se savaient sur le point de percer une énigme, il sentait parfois ce frisson. Pour le coup, c'était plutôt un cocktail. Il savait où allait Alain. Plusieurs personnes avaient perdu la vie en essayant de retrouver un hypothétique grand trésor enfoui sous terre. Des fortunes avaient été ensevelies. Rien ne permettait de croire que les Assassins pourraient réussir là où tant d'autres avaient échoué, ce qui ne voulait pas dire qu'ils n'allaient pas essayer.

Lorsque Sean répondit enfin, il le fit d'une voix blanche, sans recherche d'effet : « Oak Island. »

37

Washington

Le jour était venu pour Darren Sanders de faire un pas décisif vers la Maison-Blanche, au propre comme au figuré. Il laça ses chaussures vernies, de fabrication italienne, puis passa sa veste bleue à fines rayures sur une chemise blanche. Il aimait les costumes rayés, sans doute pour la prestance qu'ils lui donnaient : on aurait dit le PDG d'une multinationale chiffrée à plusieurs milliards de dollars. Sauf que, bientôt, tout ce beau monde ferait des courbettes devant lui.

Il poussa un soupir devant le miroir. *Il est encore temps*, songea-t-il. Il n'était pas trop tard pour fuir, pour se retirer loin de cette histoire. Que se passerait-il s'il se faisait prendre ? Cette seule question faisait naître en lui une montagne de doutes. Il ne voulait pas finir en prison ! Si Sanders se faisait prendre la main dans le sac… Non, il préférait ne pas y penser. L'acte qu'il s'apprêtait à commettre tomberait sous les pires chefs d'accusation possibles, du moins pour quelqu'un de sa position. Mieux valait encore une arrestation pour meurtre : cela lui vaudrait un minimum de respect de la part des autres prisonniers.

Sanders balaya cette idée. Il allait s'en tirer. Toute cette histoire lui faisait peur, rien de plus. Le plan était parfait. Si quelqu'un entrait dans la salle de repos à ce moment-là, il dirait que c'était un accident. Car là était le coup de génie. Les meilleurs crimes étaient ceux qui pouvaient passer pour des accidents, comme il le savait depuis longtemps. Au moins depuis Cindy.

Excellente assistante, Cindy ! Belle, ambitieuse... Parfois, en croisant une femme sur un trottoir ou dans un grand magasin, il reconnaissait son parfum, et c'était à chaque fois comme si son fantôme revenait lui titiller les narines et lui rappeler son crime.

Quelle fine équipe ! Sanders avait très envie d'elle, mais il avait attendu de s'assurer que son désir était réciproque. N'avait-elle pas vingt-quatre ans, alors qu'il en avait plus du double ? Que pouvait-elle trouver en lui, sinon l'incarnation de l'argent et du pouvoir ? Dans tout ce qu'elle disait, dans tout ce qu'elle faisait, elle s'efforçait de passer pour une femme sincèrement attirée par lui. Étrangement, elle l'était peut-être.

Mais alors pourquoi l'avait-il trouvée dans les bras d'un homme de vingt-quatre ans plus jeune que lui ?

Ce jour-là, des torrents de pluie s'étaient déversés sur la ville, et Sanders s'était retrouvé chez elle. Elle lui avait donné une clé, et il ne se donnait jamais la peine de frapper. Sinon à quoi aurait servi la clé ?

Il avait entendu des bruits à l'étage. Des gémissements. Des râles. Et le lit qui grinçait, aucun doute là-dessus.

Sanders ne s'en était pas offensé. Il pouvait la comprendre. Mais il était jaloux. Cindy était à lui. Pas à un jeune crétin qui ne se souciait que du dernier tube à la mode ou des likes sur son dernier post !

Cette pensée avait allumé en lui un feu que chaque cri n'avait fait que renforcer. Il avait battu des paupières et agité les pieds sans même s'en apercevoir.

Puis il s'était posté comme un zombie devant la gazinière. Cindy avait une gazinière un peu comme celles des chefs qu'on voit à la télévision, qui n'utilisaient jamais de plaques électriques. Ils avaient mieux à faire que de cuisiner avec des plaques électriques ! Et Sanders aussi avait mieux à faire que de supporter ces petits rebelles de moins que rien !

Était-ce le trop-plein de bourbon ? Était-ce le bruit de la tête de lit qui battait contre le mur de la chambre ? Cindy criait comme il ne l'avait jamais entendue crier sous lui.

Debout dans son costume rayé et ses souliers vernis, Sanders revit toute la scène.

Il avait ouvert un brûleur, sans déclencher l'étincelle. Il s'était retenu de les ouvrir tous les quatre, pour ne pas se trahir. Les enquêteurs auraient aussitôt soupçonné un meurtre. Un brûleur, un seul : cela pourrait passer pour une erreur, pour un simple accident qui avait provoqué le drame.

Sanders savait ce qui allait suivre. Après l'amour, Cindy grillait toujours une cigarette. Elle était réglée comme du papier à musique. Il s'était même demandé si c'était une façon pour elle de se libérer d'un vice par un autre. En tout cas, elle avait fumé religieusement, sans faire aucune exception au cours de leur relation.

Il était reparti en verrouillant la porte. Au beau milieu de la nuit, dans ce quartier de banlieue, les rues étaient désertes. Personne n'avait croisé sa route.

Sanders resserra très légèrement sa cravate devant le miroir de l'entrée tout en repensant aux articles du lendemain, qu'il avait vus passer avec la même insensibilité que les autorisations qu'il signait à tour de bras pour les bombardements en Afghanistan.

Il eût mérité un Oscar pour la grâce distinguée avec laquelle il avait reçu toutes sortes de marques de sympathie et de messages de condoléances. Au fond de lui, il se réjouissait de la savoir morte, écrabouillée en mille morceaux dans l'explosion avec son amant ridicule.

Sanders n'avait même pas cherché à savoir le nom de cet homme. Il s'en moquait. Ils étaient partis en fumée, et c'était tout ce qu'il y avait à en dire.

Il sortit sur le perron de sa maison et poussa un profond soupir. S'il s'était tiré d'affaire cette nuit-là, la journée qui s'annonçait ne serait qu'une bagatelle. Cette fois, il n'y aurait pas mort d'homme ! Du moins, il l'espérait. Tout ce qu'il aurait à faire une fois à la Maison-Blanche, ce serait de descendre à la salle de repos, de mettre un peu de pop-corn au micro-ondes et de laisser le drame se produire. C'était le plan parfait, pas besoin de chercher un alibi.

« Bonjour, Cliff », dit Sanders à son chauffeur, qui l'attendait au bas du perron.

Cliff portait un costume noir et une cravate de la même couleur sur une chemise blanche. Malgré l'heure matinale et le ciel nuageux, il avait des lunettes de soleil sur le nez. Agent de sécurité depuis longtemps au service de Sanders, il travaillait le jour, tandis que d'autres, bien sûr, prenaient la relève la nuit.

« Bonjour, monsieur Sanders », dit Cliff avec un mouvement de tête.

Une des principales qualités que Sanders appréciait chez lui, c'était sa discrétion. Cliff connaissait toutes sortes d'informations sur la vie privée de Sanders, et il aurait pu les divulguer s'il l'avait voulu. Sans parler du meurtre de Cindy, qui ne s'était pas produit pendant ses heures de service, de nombreux événements auraient pu faire les choux gras des médias si Cliff s'était montré prêt à trahir la confiance de son employeur – ce qui, bien sûr, eût été un suicide professionnel. Le milieu de la sécurité, surtout à Washington, était restreint. Tout le monde savait à quoi s'en tenir, sans sortir de son rôle. Et les hommes et les femmes qui travaillaient dans ce secteur avaient une belle récompense en échange de leur discrétion : beaucoup amassaient une coquette somme d'argent pour leur retraite.

« Au bureau, comme d'habitude, monsieur Sanders ? demanda Cliff en escortant le secrétaire d'État vers son véhicule.

– Non, je dois passer vite fait à la Maison-Blanche. »

Cliff ouvrit la portière du SUV.

« La Maison-Blanche ? Le président part d'ici une heure pour le Brésil.

– Oui, je sais. »

Sanders avait anticipé cette objection, et ne fut pas étonné de l'entendre, même dans la bouche de son loyal protecteur. « J'ai rendez-vous avec des membres de son cabinet. On ne devrait pas en avoir pour longtemps, peut-être une heure. »

Il s'installa sur la banquette arrière, dont le cuir était déjà tiède sous l'action des convecteurs intégrés. Il savait que Cliff ne l'avait pas cru. Il lui avait rarement menti, mais cette fois-ci, il ne pouvait faire autrement. Personne ne devait savoir ce qu'il manigançait.

Lorsqu'ils arrivèrent à la Maison-Blanche, les gardiens les laissèrent entrer. Cliff ralentit et déposa son passager devant la porte latérale qui donnait accès au grand hall. Sanders savait que Cliff partirait ensuite se garer et l'attendre dans le SUV le temps qu'il termine ses affaires. Maintenant qu'il se trouvait dans l'enceinte de la Maison-Blanche, il savait que tout se passerait bien.

Sanders salua les agents de sécurité, ainsi que les agents de nettoyage, occupés à passer le chiffon et l'aspirateur.

Personne n'était surpris de le voir. Pourquoi l'eussent-ils été ? Il était secrétaire d'État, et il avait toute la confiance du président. Il était déjà venu mille fois. Comment imaginer qu'il était là pour déclencher un incendie ?

Le plan était d'une simplicité enfantine. Le feu ne s'étendrait pas au-delà de la salle de repos. En quelques minutes, tout serait maîtrisé, et il n'y aurait ni blessés ni même assez de dégâts pour que son mystérieux bienfaiteur ne puisse les réparer facilement.

Sanders traversa le couloir, puis le foyer, et descendit par l'escalier dans le sous-sol où se trouvait, entre autres, la salle de repos.

Une employée de ménage le salua poliment. Elle portait un masque chirurgical par mesure de prévention contre la grippe, comme de plus en plus de personnes à cette période de l'année. Le petit stratagème de Sanders pour mettre une partie du personnel en arrêt de maladie avait donc fonctionné ! Beaucoup devaient être cloués au lit – ou devant la cuvette des toilettes – avec ce qu'ils prenaient pour une intoxication alimentaire. La chose avait été très simple : quelques germes vaporisés dans la cafétéria, et le tour était joué.

Au pied de l'escalier, il rencontra un petit groupe d'internes et de secrétaires qui le saluèrent discrètement sur son passage. Puis il s'arrêta sur le seuil de la salle de repos et jeta un coup d'œil à l'intérieur. Personne. Les jeunes femmes qu'il venait de croiser venaient sans doute de la quitter. Tout semblait jouer en sa faveur.

Sanders envisagea de refermer la porte derrière lui pour que personne ne le voie, mais il chassa cette pensée. Qu'y avait-il de mal à mettre du pop-corn au micro-ondes ? Ce n'était pas un crime. Il n'y avait aucune raison de s'en cacher. Mieux valait se garder d'éveiller les soupçons.

Il gagna le comptoir d'un pas déterminé et ouvrit un placard qui ne contenait rien d'autre que des tasses dépareillées dont certaines étaient en carton, avec quelques assiettes et des doses de sucre et de crème végétale. Il passa au placard de gauche. Rien là non plus. Une inquiétude naquit soudain en lui. Et s'il n'y avait plus de pop-corn ? Il n'en avait pas apporté, préférant ne pas éveiller les soupçons si les agents de sécurité l'avaient trouvé caché dans la poche de sa veste. Auraient-ils vraiment procédé à des fouilles plus approfondies ? Ou n'était-ce que de la paranoïa de sa part ?

Il se creusa la cervelle pour essayer de se rappeler où le jeune homme de l'autre jour avait pris son sachet. Ah ! oui.

Il ouvrit un autre placard et fut soulagé de trouver encore deux sachets dans la boîte.

Sanders en prit un, déchira le plastique et ouvrit la porte du micro-ondes. Il se retourna vers l'entrée de la pièce et guetta d'éventuels bruits de pas. Personne.

Rassuré, il mit le sachet sur le plateau avant de refermer le four. Deux minutes suffisaient pour du pop-corn, mais, par sécurité, il décida de programmer vingt-deux minutes. Comme ça, si quelqu'un faisait le lien avec lui, il pourrait dire qu'il avait appuyé deux fois au lieu d'une, par erreur.

L'alibi, là encore.

Il allait appuyer sur START lorsqu'il entendit un bruit dans le couloir.

Sanders soupira, irrité. *Je savais bien qu'il y aurait des problèmes !* pensa-t-il.

Il appuya sur le bouton ANNULATION pour éviter que l'arrivant ne s'aperçoive du temps de cuisson qu'il avait saisi.

Les bruits de pas se rapprochèrent, de plus en plus forts.

Un visage familier apparut sur le seuil.

« Cliff ? demanda Sanders, surpris. Que faites-vous ici ? Pourquoi ne pas m'attendre dans la voiture comme d'habitude ?

– Pardon, monsieur Sanders. Je n'ai pas eu le temps de prendre mon café, ce matin. J'espère que vous ne voyez pas d'objection à ce que je vienne en prendre un ici, à emporter. »

Sanders essaya de réagir comme si de rien n'était et fit un vague non de la tête.

« Pas d'objection ? Mais je vous en prie, faites comme chez vous. Je sais ce que c'est que d'avoir besoin d'un café !

– Merci, chef, répondit Cliff en s'approchant du comptoir d'un pas décidé.

– J'aurais même pu vous en apporter une tasse, vous savez ! Si vous avez besoin de quelque chose, n'hésitez pas à me le demander. On se connaît depuis longtemps. Toujours heureux de vous aider ! »

Cliff lui répondit par une esquisse de sourire. Il savait que Sanders était sincère, malgré tous ses défauts d'homme politique, et ils avaient de bons rapports. Cliff avait cependant un air inhabituel. Certes, dans un tel secteur d'activité, le sourire n'était pas monnaie courante, mais il connaissait Sanders depuis de nombreuses années et son employeur le déridait parfois par une petite blague ou un commentaire inattendu.

Cette fois-ci, c'était différent, comme si Cliff prenait l'offre de Sanders au sérieux. À moins que son attitude ne cache autre chose ?

Sanders chercha où il avait bien pu voir une expression similaire avant, et le seul souvenir qui lui revint, c'était le regard que certaines femmes lui avaient lancé avant de lâcher la fameuse formule : « Il faut qu'on parle. »

Pourtant, pas de rupture, ici ! Cliff allait-il lui annoncer qu'il démissionnait de ses fonctions ?

Sans être un expert en matière de langage corporel et d'expressions faciales, Sanders avait plus d'intuition que la moyenne. Il sentait bien que Cliff avait quelque chose à lui dire, mais quoi ?

« Tout va bien, Cliff ? J'ai l'impression que vous avez le cœur lourd.

– Non, monsieur Sanders », répondit Cliff d'un air parfaitement naturel. Soit il s'était aperçu de sa bizarrerie et s'était ressaisi, soit Sanders s'était trompé dès le début. « Il faut juste que je boive un café. Sinon je n'ai pas les yeux en face des trous.

– Bon, dans ce cas, c'est moi qui vais vous faire une tasse ! »

Sanders ouvrit le premier placard, avec les tasses en carton, et pivota pour en attraper une. Il essayait de la décoincer lorsqu'il détecta du coin de l'œil un mouvement brusque. Il sentit ensuite un contact dur et froid contre sa tempe.

Il fronça les sourcils si fort qu'on aurait presque pu casser une noix entre les deux. « Cliff, qu'est-ce qui vous prend ? C'est une mauvaise blague ? Le coup peut partir. »

Le canon du pistolet ne fit que s'appuyer davantage sur son crâne.

Sanders essaya de se retourner pour regarder Cliff dans les yeux, espérant mieux comprendre ce qui arrivait soudain à son agent de sécurité.

« Cliff, soyez sérieux. » Sanders savait que le revolver était chargé et armé. Cliff ne le portait jamais autrement.

Pas de réponse.

La contrariété de Sanders frôlait désormais la colère. « Cliff, je ne plaisante pas. Posez cette arme ! Vous me faites peur. » Il essaya de se libérer, mais son chauffeur lui serra l'épaule comme une pince grâce à sa main libre.

« Qu'est-ce qui se passe, Cliff ? Ils ne sont quand même pas allés te raconter que je… »

Le coup partit sur une infime pression du doigt de Cliff et le placard fut aussitôt éclaboussé de rouge, ainsi que le réfrigérateur.

Cliff laissa le cadavre s'affaisser et, une fois qu'il fut retombé au sol comme un paquet, il glissa le pistolet dans sa main gauche en s'assurant que l'index était bien inséré dans le pontet. Ensuite, il ôta ses gants en latex et les rangea dans la poche arrière de son pantalon. Alain serait satisfait de son travail. Depuis qu'il savait que l'Arche d'Alliance se trouvait en réalité sur Oak Island, il avait perdu tout intérêt pour Sanders, dont il fallait se débarrasser.

Cliff sortit de la salle de repos et se précipita vers l'escalier. Les services de sécurité arriveraient d'ici quelques secondes, et il n'avait pas l'intention de se faire prendre. Il ne chercha cependant pas à se cacher des caméras. À quoi bon ? Voilà trop longtemps qu'il avançait masqué. Toutes ces années à jouer les chauffeurs…

Parvenu au pied de l'escalier, il attendit le moment où il entendrait des bruits de pas. « À l'aide ! s'écria-t-il. Envoyez des secours au sous-sol ! Le secrétaire d'État vient de se tirer une balle dans la tête ! »

38

New York

Sean frappa comme il le faisait toujours depuis une vingtaine d'années. Ce n'était pas un code secret, mais il aimait ce rythme, qui lui servait en quelque sorte de signature chaque fois qu'il frappait à une porte. En tout cas, c'était devenu une habitude.

Au bout d'une petite minute, la demi-douzaine de verrous derrière lesquels se barricadait ce paranoïaque de James Hadley cliqueta l'un après l'autre.

Puis la porte s'ouvrit, et, d'un visage de marbre, James Hadley se prépara à laisser entrer ses visiteurs.

« Bonjour, Sean.

– Hey, Jim ! s'écria Sean en lui tapotant l'épaule, avant de le bousculer sur son passage.

– Euh… on ne m'appelle pas Jim », répondit James, à la fois contrarié par ce ton familier et trop pusillanime pour réagir.

Pas besoin d'être un expert en éthologie pour voir lequel des deux était le mâle alpha !

James Hadley était un gringalet qui faisait à tout casser soixante-dix kilos pour un peu moins d'un mètre quatre-vingts. Sa tignasse brune n'était pas d'une couleur très différente des cheveux de Sean. Lui non plus ne s'était pas rasé depuis plusieurs jours, mais ce n'était sans doute pas pour les mêmes raisons. Sean aimait bien le style « à peine sorti du lit », mais Hadley semblait plutôt être un partisan du « trop la flemme de prendre ma douche ». Son entrée dans les lieux confirma ses soupçons sur l'hygiène douteuse du jeune homme.

L'appartement avait la même distribution que beaucoup d'autres où Sean avait vécu ou qu'il avait pu visiter : petite cuisine d'un côté et salon de l'autre, sans cloison entre les deux, petit couloir avec une chambre au milieu et la chambre principale au fond. Le parquet sombre disparaissait presque sous les piles de boîtes et de magazines – surtout sur des jeux vidéo et des consoles – qui y traînaient.

Alex et Tara entrèrent à sa suite.

« Euh… et c'est qui ? demanda Hadley, soudain soupçonneux.

– Des amis de Tommy et moi, répondit Sean. Ça pose problème, peut-être ? » ajouta Sean pour bien lui faire sentir qui commandait.

Hadley avait eu vent des exploits de Sean, et il savait qu'il était toujours aussi dangereux qu'avant, quand il avait son âge et qu'il était agent secret. Cette menace dessina autour de Sean comme une aura qu'il ne fit rien pour dissiper.

« Non, dit Hadley. Aucun problème.

– Tara, Alex, je vous présente Traquenard ! » dit Sean en ouvrant le bras comme s'il faisait la publicité d'un nouveau modèle de voiture.

Ce surnom ne fit rien pour mettre Hadley à l'aise, et s'il réussit malgré tout à leur souhaiter timidement la bienvenue, il n'essaya pas de corriger Sean, ni de lui expliquer qu'il n'aimait pas qu'on l'appelle ainsi.

« Tommy est en train de s'habiller. J'ai dû aller lui acheter de quoi s'habiller. Il ne voulait pas sortir seul, mais je n'allais quand même pas le laisser avec les vêtements dégueulasses qu'il avait sur le dos en… s'échappant de je ne sais où.

– Il t'a tout raconté ?

– Non », répondit Hadley avec un mouvement de tête nerveux.

Sa voix était toujours tremblante, comme s'il était perpétuellement en état de tension. Était-ce de l'insécurité ? Était-ce une drogue quelconque ? En tout cas, Sean avait le sentiment qu'il ne pouvait pas parler autrement. « Non, mais j'avais deviné. Sinon pourquoi serait-il amoché comme ça et pourquoi aurait-il besoin de se terrer chez moi ? J'ai tout de suite compris quand il m'a demandé si je pouvais le cacher pour la journée. »

Sean savait que Hadley n'était pas un idiot. La chance l'avait aidé à découvrir certains objets de valeur, mais il était clair qu'il était intelligent. Et, dans cette affaire, il avait vu juste.

« Merci pour ta gentillesse, Traquenard ! » dit Tommy du fond du couloir. Il apparut l'instant d'après en train d'enfiler un sweat à capuche sur son tee-shirt. « Et pour les vêtements ! Ça m'a fait du bien de prendre une douche et de me mettre quelque chose de propre.

– Je vous en prie, monsieur Schultz, répondit Hadley sur un ton de déférence un peu effrayant, dont tout accent fébrile avait soudain disparu.

– Tu sais que tu peux m'appeler Tommy.

– Oui, monsieur, répondit Hadley, qui se reprit aussitôt. Oui… Tommy.

– Parfait ! » Tommy se tourna vers Sean. « Tu as donc survécu. Le labo est en bon état ?

– Ça va, dit Sean. On s'en est sortis, tous les trois – grâce à Tara. Une petite fusillade qui nous a bien sauvé la vie !

– Pas une grande première… », dit Tommy d'un air blasé avant de changer de sujet. « Alors, comme ça, on part pour Oak Island ? demanda-t-il sur le ton de l'affirmation. Cette histoire me turlupine depuis tout à l'heure.

Je m'étais toujours demandé s'il y avait vraiment quelque chose là-bas. Ce puits me paraissait bien trop sophistiqué pour n'être qu'un leurre.

– Ou c'est une œuvre de la nature, hasarda Hadley.

– Possible. »

Cette marque d'approbation fit rougir Hadley.

« Et… on part quand ?

– Navré, Traquenard, mais on va devoir rester entre nous, répondit Sean. On ne veut mettre personne en danger. L'opération risque d'être dangereuse. On a quand même affaire à une ancienne organisation d'assassins !

– Pourtant, ils vous ont capturés et vous vous en êtes sortis. Et si *elle* les a fait fuir, ajouta Hadley en désignant Tara, je ne vois pas pourquoi je n'en serais pas capable. »

Tara se renfrogna face à cette insinuation, mais ne desserra pas les lèvres.

« Tout doux, l'animal ! dit Sean. Tara est bien entraînée. Je n'aimerais d'ailleurs pas trop la voir fâchée contre moi. »

Hadley préféra ne pas réagir à cette menace.

« En tout cas, dit Tommy, j'ai une mission à te confier. »

Cette annonce rendit espoir à Hadley, qui leva les sourcils.

« Eh oui ! » dit Tommy en ignorant le regard interrogateur de Sean, qui était aussi surpris que Hadley. Il sortit un morceau de papier de son tout nouveau jean et le remit au jeune homme, qui le déplia et y découvrit une suite de chiffres.

« Qu'est-ce que c'est ?

– Un code, mon ami ! On a l'original au labo, à Atlanta, mais j'avais tout mis là-dedans, dit-il en se tapotant le crâne, au cas où je te recroiserais. Un type intelligent comme toi va bien pouvoir déchiffrer ça. En tout cas, si tu y arrives, il y a de bonnes chances pour que tu puisses mettre la main sur un des plus grands trésors enfouis dans le sol américain. »

Sean dut se retenir pour ne pas exploser.

Hadley ouvrit si grand les yeux qu'on eût dit deux volcans prêts à entrer en éruption. L'excitation qui bouillonnait en lui était palpable. « Vous êtes sérieux ? Vous voulez m'associer à un projet ? »

Tommy hocha la tête. « Essaie de déchiffrer ça. Tu sais où me trouver. »

Hadley fit oui de la tête d'un air reconnaissant. « Ça alors ! »

Tommy fit signe à ses amis de sortir, puis les suivit sur le seuil. Il se retourna vers Hadley : les yeux sur le papier, celui-ci était déjà en train d'envisager des millions de combinaisons possibles.

« Merci encore, James ! Merci pour ton aide.

– Pas de quoi, monsieur, euh… Tommy. »

Tommy poussa un soupir en claquant la porte et fusilla Sean du regard.

« Tu me revaudras ça.

– Je vois que vous vous êtes bien amusés ? » lui répondit Sean avec un clin d'œil avant de s'élancer dans le couloir, suivi par Alex et Tara.

Tommy les rattrapa en courant.

« Vous ne pouvez pas imaginer l'ennui, surtout vivre avec lui !

– Vivre avec lui ? Tu n'es même pas resté toute une journée, Schultzie. N'exagère pas.

– Il prend des céréales le soir ! Et vous avez vu son appartement… Une porcherie. »

Ils s'engagèrent dans l'escalier.

« En tout cas, les Assassins ne t'ont pas trouvé…

– Non, concéda Tommy. De ce point de vue, c'était une bonne idée. Sinon, franchement, il fout les boules.

– Tu sais, je crois que tu es un peu son idole », dit Alex. C'était la première fois qu'il prenait la parole depuis leurs retrouvailles.

« Tu as encore des portes ouvertes à enfoncer ? »

Alex s'esclaffa.

« Mais c'était quoi, cette feuille ? Tu lui as donné un vrai code ? C'est moi qui ai raté un épisode ou tu ne nous as jamais parlé de cette découverte ?

– Oui, renchérit Tara. C'était quoi, cette histoire ? »

Ils enchaînèrent une dernière volée de marches avant le rez-de-chaussée, et Tommy se retourna comme pour vérifier que Hadley n'avait pas suivi leur conversation.

« Tu ne t'es jamais débarrassée d'un type en lui donnant un faux nom et un faux numéro de téléphone pour qu'il te fiche la paix ? »

Tara esquissa un sourire.

« Eh bien, voilà ! Je n'ai fait que pousser la ruse un cran plus loin. »

Ils sortirent de l'immeuble et traversèrent la rue jusqu'au SUV que Sean avait loué à l'aéroport.

« Et les méchants, ils en sont où ? demanda Tommy tout en s'installant sur le siège passager.

– Déjà en Nouvelle-Écosse, à ce que je sais. On n'a pas la partie facile. Ce sont vraiment des pros de chez pro.

– Oui, mais tu as un plan, n'est-ce pas ? »

Sean lui répondit d'abord par un hochement de tête. « Oui. J'ai un plan. »

39

Oak Island, Nouvelle-Écosse

Alain rangea le téléphone dans la poche de sa veste. Une rafale venue de l'ouest vint refroidir les rares bouts de peau encore à découvert sous ses vêtements d'hiver. Il ne put retenir une grimace derrière ses lunettes de soleil. Heureusement, aucun de ses hommes ne le remarqua.

Les Assassins étaient tous endurcis contre les éléments et entraînés de façon à ne jamais trahir le moindre malaise. La pluie épaisse venait les frapper à la manière d'une gomme exfoliante, perlant sur leurs vêtements spéciaux sans les perturber autrement que par l'irritation qu'elle leur donnait d'être ainsi exposés aux intempéries. La grisaille au-dessus de leur tête n'annonçait aucun espoir de répit : ils allaient devoir s'en accommoder.

Il n'y avait personne sur le chantier ce jour-là. Les équipes qui cherchaient toujours à percer les secrets du puits étaient parties. Les bureaux temporaires que les propriétaires avaient montés au milieu de l'île étaient déserts et aucune voiture n'était garée devant. Tout indiquait qu'Alain et ses hommes avaient le site pour eux.

Passer la barrière de protection n'avait pas représenté de difficulté. Le seul gardien qui leur avait barré la route avait été aussi facile à tuer qu'un moucheron sur une vitre.

Alain, dos au mur le long du bâtiment principal, examinait la fosse béante. Deux grues étaient montées sur le terrain de chaque côté du puits, flanquées de machines immenses dont sortaient soit des câbles plongeant dans les profondeurs, soit des bras métalliques suspendus au-dessus du vide, soutenant des tuyaux.

« Alors ? » demanda Tusun, à côté de lui. Ses épaules frôlaient presque celles d'Alain. Il ne tremblait pas et ne marquait aucun signe d'impatience malgré le froid qui ne pouvait que le contrarier.

« C'est fait. Sanders est mort. Suicide, selon les enquêteurs. Notre homme à Washington a pu s'enfuir et il est maintenant en route vers New York où il rejoindra les autres. »

Alain avait amené une partie de ses hommes sur Oak Island tandis que les autres étaient chargés de garder le siège. Il en avait perdu beaucoup ces derniers jours, une chose qui n'était jamais arrivée depuis les exactions des Templiers plusieurs siècles auparavant.

« Quel est le plan, maître ? » lui demanda Tusun, que cette question avait préoccupé pendant tout le voyage.

Il savait que les secrets de ce puits étaient convoités depuis plusieurs siècles. Alain n'était pas présomptueux au point de croire qu'il lui suffirait d'arriver pour que la fosse les révèle par magie. Il devait avoir une idée en tête.

« Medar ! » s'écria Alain en tournant la tête vers le plus petit homme du groupe, sur sa gauche. Medar faisait moins d'un mètre soixante. Ce qui lui manquait en hauteur, il le compensait en hargne et en ingéniosité. C'était un soldat féroce qui n'avait pas rencontré moins de succès dans ses missions que les autres.

« Oui, maître ? » répondit Medar en s'approchant avec une expression tout aussi dévouée que résolue.

« Vous avez la combinaison ?

– Oui, maître.

– Bien. Mettez-la. C'est vous qui descendez. »

Medar contourna le bâtiment pour regagner les SUV qui étaient garés là.

« Qu'est-ce qu'il est parti faire ? » demanda Tusun, qui n'y voyait toujours pas très clair dans le plan d'Alain. Comme ils n'avaient pas voyagé ensemble depuis New York, il n'avait pas pu se renseigner en route.

« Medar va descendre dans le puits. D'après nos dernières vérifications, il n'y a pas eu d'effondrement depuis plusieurs mois, et le trou est rempli d'une eau de mer trouble. Il pourra donc explorer mais sans voir grand-chose, d'où l'objectif spécial dont on a équipé son casque de plongée, qui fait apparaître sous forme numérique les contours des objets.

– Comme une réalité virtuelle ?

– Exactement, confirma Alain. Il y a des capteurs capables de détecter les objets solides dans l'eau. À l'œil nu, il ne verra rien, mais il aura une image numérique de ce qui se cache là-dessous. Il pourra donc descendre au fond du puits et, espérons-le, récupérer ce qui s'y trouve. »

Tusun fronça les sourcils.

« Le dernier effondrement n'est pas si ancien.

– D'où un outil spécial que j'ai procuré à Medar. Lorsqu'il atteindra le fond, il s'en servira pour creuser jusqu'au prochain niveau.

– Un outil ?

– Une tarière, sauf qu'elle a été conçue spécifiquement pour ce genre de tâche.

– Ce n'est pas dangereux ? »

Le regard irrité d'Alain le dissuada de continuer. « Medar saura bien s'en tirer. Il a quatre micro-réservoirs d'air qui lui permettront de manœuvrer dans les recoins étroits du puits avec la tarière. Tous ceux qui sont arrivés près du fond ont échoué, mais nous ne ferons pas comme eux. Le problème, c'était qu'ils n'y voyaient rien. Maintenant, la technologie nous permet de voir sans voir. »

Tusun rumina ces informations.

« Vous semblez avoir pensé à tout, maître.

– Oui, mon cher. La possibilité que l'Arche d'Alliance ait été déposée dans ce puits n'est pas nouvelle. Tu connaissais cette hypothèse aussi bien que moi, mais j'ai attendu qu'elle devienne une certitude avant d'agir, ce qui ne m'a pas empêché de me préparer. Le hasard ne favorise que les esprits préparés, Tusun. C'est pourquoi j'ai fait élaborer ces objets. »

Tusun hocha la tête avec respect. Tout s'éclairait. « Vous êtes le maître. » Au fond de lui, cependant, les questions fusaient, dont une tout particulièrement : *Le maître me cacherait-il autre chose ?*

Alain accueillit ce compliment avec un sourire stoïque, sans desserrer les lèvres.

Quelques minutes plus tard, Medar réapparut habillé de son vêtement gris. L'eau du puits était beaucoup trop froide pour une combinaison ordinaire. Une combinaison sèche rendait quant à elle la descente un peu plus difficile à cause de son volume, mais Alain avait confiance en Medar. Il n'avait pas choisi par hasard le plus petit du groupe.

Alain se retourna vers certains de ses hommes. « Mettez le camion en position. »

L'un d'eux fit signe au conducteur d'un pick-up de chantier qui était resté là. Le moteur vrombit, puis le véhicule prit position de façon que le hayon se retrouve face à l'ouverture du puits.

Alain se retourna ensuite devant ses hommes qui, pour les uns, se tenaient debout dans la pluie glaciale et, pour les autres, étaient à ses côtés sous l'auvent qui leur offrait un abri tout relatif.

« Nous sommes aujourd'hui venus récupérer un bien qui nous appartient de plein droit et dont nos ennemis nous ont privés pendant bien trop longtemps. »

Ses hommes saluèrent ces paroles par des acclamations.

« Nos prédécesseurs ont entrepris une guerre sainte contre les Templiers il y a plusieurs siècles. Certes, ils se sont battus pour la justice et la vérité. Mais ils ont été mal inspirés. »

Les oreilles de Tusun frémirent. *Mal inspirés ?*

« Ils servaient une cause religieuse et croyaient avoir été investis de leur mission par le Tout-Puissant en personne. Et peut-être avaient-ils raison, peut-être Allah les avait-il recrutés à cette fin. Mais, pour ma part, je crois que vous avez assez souffert. Vous, mes frères, qui êtes nés dans les pires endroits de la planète et qui avez été élevés dans la pauvreté et dans le crime, vous méritez de goûter à la gloire. Nous avons vécu dans la servitude, comme nos frères avant nous. J'espère que notre mission est placée sous la bénédiction du ciel, mais je pense aussi qu'il est temps que, tous, vous récoltiez le fruit de votre sacrifice. »

Il promena les yeux sur son auditoire captivé et regarda successivement tous ses hommes avec détermination. Tous, sauf Tusun.

« Avec cette arme, nous représenterons une puissance sans rivale dans le reste du monde. Les nations se mettront à genoux devant nous et nous donneront tout ce que nous voudrons pour éviter d'être vouées à l'annihilation complète. Et vous, mes frères, vous serez les hommes les plus fortunés de la planète. Vous le méritez. Vous avez assez souffert. Nous nous apprêtons maintenant à honorer nos morts en élevant l'ordre des Assassins à un niveau de puissance encore jamais connu sur la planète. » Il s'arrêta et fit un signe de tête à Medar. « Commençons ! »

Les hommes applaudirent et acclamèrent ce discours avant de se diriger vers l'ouverture du puits. L'un d'entre eux cependant s'attarda, restant à côté d'Alain.

« Mais de quoi parlez-vous, maître ? lui dit Tusun. Nous sommes des serviteurs d'Allah. Ce… discours que vous venez de prononcer… n'est pas juste.

– Remets-tu en question mon autorité ? demanda Alain en tournant brusquement la tête vers son second, détournant ainsi les yeux de la scène.

– Si elle va contre la volonté de Dieu, répondit Tusun après une légère crispation, alors oui, je la remets en question. Ce… discours est… profane. Nous ne sommes pas voués à ce bas monde. Nos vues sont censées se porter plus haut. Notre mission depuis le premier jour est de purifier cette planète et de faire accéder l'humanité à une plus grande vérité.

– Oui, Tusun, dit Alain. Tu as raison. C'était notre mission au premier jour. Mais ton sacrifice n'est-il pas suffisant ? Et le nôtre ? Nous n'étions rien et nous sommes devenus l'une des forces les plus puissantes du monde. Ne souhaites-tu pas goûter aux bonnes choses de la vie avant de mourir ? Tous les pays de la planète nous devront une rançon pour ne pas être éliminés de la surface terrestre. Une fois qu'on aura empoché ces milliards de dollars, on pourra se remettre à réfléchir sur la volonté d'Allah ! Je suis las de cette vie de sacrifice. Je veux goûter à l'opulence. »

Tusun, qui avait froncé les sourcils, tourna lentement la tête de droite et de gauche et lança à Alain un regard qui en disait long sur le dégoût que ces paroles lui inspiraient. Il chercha au fond de ses yeux un signe d'espoir, quelque chose qui lui montrerait que tout cela n'était qu'une méprise. En vain.

« Vous vous êtes fourvoyé, maître. Notre raison d'être n'est pas de rechercher les plaisirs terrestres. Les véritables richesses nous attendent au paradis. »

Alain regardait les préparatifs pour la plongée de Medar.

« Je suis navré d'entendre ça, Tusun. Tu t'es montré loyal pendant toutes ces années. Tu mérites cette récompense encore plus que les autres.

– Je viens de vous le dire, maître – ce dernier mot était chargé de venin –, c'est au paradis qu'est ma récompense.

– Très bien, dit Alain, le visage crispé. Alors je vais t'aider à y monter. »

Il se tourna vers lui dans un mouvement subtil que Tusun n'avait pas anticipé, et le bruit sourd qui s'échappa de sa main fut couvert par celui de l'orage et du chantier en place autour du puits. Tusun tomba à genoux en portant sa main à sa poitrine, dont sortait un flot de sang. Le choc et la rage se lisaient dans le blanc de ses yeux. Puis il bascula, face au sol, aux pieds d'Alain.

« Dommage que nos vues nous aient opposés, mon cher. Maintenant, tu as ta récompense. Je devrais aussi avoir la mienne aujourd'hui. »

Il rangea son arme dans son manteau et s'avança sur le gravier au bas des marches. Medar avait mis son casque, ses réserves d'air étaient en place, et son harnais était maintenant rattaché à un long câble par un mousqueton.

Alain se dirigea vers le pick-up et ouvrit la portière. Un de ses hommes était assis sur le siège passager avec un ordinateur portable sur les genoux. Sur l'écran s'affichait la reconstitution des informations transmises par le casque de Medar.

« Tout est prêt ? demanda Alain.

– Oui, maître.

– Bien. »

Alain se dirigea vers l'arrière du pick-up, penché en avant et les paupières plissées sous la pluie battante. « Tu es prêt ? »

Medar répondit en levant le pouce.

« Alors commençons. Le câble va t'emmener jusqu'au plan d'eau. Une fois que tu seras à la surface, il te donnera du mou. »

Medar hocha la tête et gagna le rebord du puits.

Une échelle accrochée à la paroi descendait vers une plateforme en dessous. L'installation donnait l'impression d'être ancienne, de remonter peut-être à plusieurs décennies.

Medar prit une profonde respiration avant de se pencher pour saisir les anneaux en haut de l'échelle. Soudain, son corps apparut secoué sous le coup d'une force invisible. Il se redressa pour regarder Alain d'un air de souffrance et d'incompréhension, puis baissa les yeux sur son costume sec. Du sang jaillissait par une ouverture. Sa vision se brouilla. Ses paupières se mirent à cligner, mais il lutta en vain contre l'obscurité qui arrivait. Ses jambes cédèrent et il tomba dans le puits. Le câble se tendit au maximum. Son corps fut violemment secoué, après quoi il partit cogner contre la paroi.

Alain se retourna aussitôt vers Tusun, mais un coup d'œil sous l'auvent lui montra qu'il gisait toujours sur le sol, inerte.

Pendant ce temps, ses hommes se déployaient déjà sur le terrain, comme ils avaient l'habitude de le faire.

Alain venait de plonger sous le pick-up lorsque le bruit du vent et de la pluie battante fut soudain surmonté par le vacarme d'une fusillade.

Il prit position sans s'inquiéter des cailloux qui s'enfonçaient dans sa peau et sortit son arme. Des balles entraient dans la carcasse et dans les pneus du pick-up. Le gravier se soulevait partout autour de lui.

Alain dut se résoudre à cette amère, cette pénible vérité.

Ils étaient attaqués.

40

Oak Island

« Ne tirez plus. Abritez-vous », dit Sean dans le micro épinglé à sa veste.

Il savait qu'il pouvait compter sur Tommy, Alex et Tara.

Sans grande surprise, ils étaient arrivés trop tard. Comment auraient-ils pu rattraper Alain et ses hommes ? Du moins avaient-ils pu prévenir le début des opérations.

Sean avait compris aussitôt ce que le pick-up et la bobine de câble faisaient là. Il ne voyait pas bien comment le plongeur allait pouvoir explorer le puits, mais l'essentiel pour lui était ailleurs. Avec sa combinaison, ce plongeur offrait une cible facile.

Sean lui avait logé une balle dans le cœur à une centaine de mètres. Il s'était étonné lui-même de la précision de son tir dans de telles conditions, et il savait qu'une distance supérieure eût rendu la chose impossible. Seuls les meilleurs tireurs au monde étaient capables d'une telle précision, et il n'en faisait pas partie.

Ce n'était que lorsque le plongeur avait disparu dans le puits que Tommy, Alex et Tara avaient ouvert le feu de l'endroit où ils se trouvaient respectivement.

Ils avaient vu le cadavre du gardien à l'entrée de l'île. Sean s'était étonné qu'Alain n'ait pas laissé d'homme pour surveiller la chaussée, mais il connaissait son outrecuidance. Peut-être était-il aussi l'un de ceux qui avaient l'étrange désir de se faire attraper ? Ou de ne triompher qu'au prix d'un ultime combat ?

Quoi qu'il en soit, Sean n'allait pas laisser passer cette opportunité. Il avait envisagé de prendre un bateau, mais la mer agitée aurait rendu la traversée difficile, voire dangereuse. Ils auraient par ailleurs été facilement repérés dans les hautes vagues, malgré la nuit.

Sean s'accroupit derrière un gros rocher pour se protéger des assauts de la mer et battit des paupières pour chasser les embruns – effort futile qui ne faisait que souligner quelle chance il avait eue de faire mouche.

Les Assassins ne cédaient pas à la panique. Ils avaient réagi immédiatement en se déployant et en se retirant derrière des abris. Alain avait plongé sous le pick-up avec un de ses hommes. Tommy, Alex et Tara avaient criblé toute la zone de balles jusqu'au moment où Sean avait ordonné le cessez-le-feu. Le seul bruit qui régnait sur l'île était désormais le bourdonnement perpétuel de la pluie.

Il fallait désormais attendre que les autorités arrivent sur les lieux, sans savoir combien de temps cela prendrait. La police locale n'était pas de taille à lutter. Le personnel se réduisait à quelques policiers, qui n'étaient pas équipés pour faire face à des menaces de cette ampleur.

Sean parcourut la baie des yeux. Aucun convoi nulle part. Il regarda derrière lui. Pas de phares sur la chaussée.

Emily avait déjà contacté les agences qui pouvaient se révéler les plus utiles, mais le protocole, les chaînes de commandement et les obligations de confidentialité imposaient des délais avant que les responsables puissent prendre des décisions.

Sean craignait de devoir attendre trop longtemps. Il savait que le siège ne pouvait pas durer, et que les Assassins allaient forcément contre-attaquer tôt ou tard.

« Qu'est-ce qu'on fait ? demanda Tommy dans l'oreillette.

– Pour le moment, observe-les, Schultzie. Si tu en vois qui bougent et que la visibilité le permet, appuie sur la détente. Sinon ne trahis pas ta position. Il faut miser sur les renforts qui arrivent et se contenter d'intervenir au coup par coup en attendant. »

Ils avaient décidé d'un plan avant leur arrivée, mais les conditions s'étaient dégradées, et les Assassins étaient plus nombreux qu'ils ne l'avaient prévu.

Sean, toujours derrière son rocher, regarda la zone dégagée avec les gigantesques machines de part et d'autre du puits. Tous les Assassins étaient désormais cachés, chacun attendant sans doute le moment où l'un de leurs attaquants commettrait une erreur.

Sean et ses compagnons avaient stratégiquement pris position aux quatre coins de l'île pour qu'aucun de leurs adversaires ne puisse leur échapper.

Plusieurs minutes s'écoulèrent dans un calme plat. Que se passait-il ? Pourquoi n'y avait-il aucun mouvement parmi les Assassins ? Ils ne pouvaient pas rester longtemps sans rien faire. Quel intérêt pouvaient-ils y trouver ?

Sean ne tarda pas à obtenir des réponses à ses questions.

Quelques hauts projecteurs nimbaient la zone d'une étrange lueur orangée, dans laquelle Sean vit un bras décrivant un arc et aperçut tout de suite après un objet en train de survoler la chaussée qui le séparait de Tommy.

C'était une grenade, mais était-elle explosive, lumineuse ou fumigène ?

Sean se jeta au sol et attendit. Une lumière fulgurante embrasa le ciel dans une détonation assourdissante.

« Une grenade lumineuse, dit Sean dans son micro. Reste à terre. Ils essaient de nous débusquer.

– Message reçu », dit Tommy.

Sean jeta un coup d'œil autour de son rocher et vit un certain nombre d'Assassins en train de lancer des grenades depuis leur position derrière les pick-up, les engins de chantier et les piles de conteneurs métalliques.

« Ce n'est pas terminé », avertit Sean.

Cette fois, cependant, il n'y eut ni éclair ni détonation. Sean risqua un nouveau coup d'œil et comprit aussitôt ce que tramaient les Assassins.

Les grenades décrivirent un large cercle autour du puits et de la zone dégagée où leurs adversaires avaient pris position, et la fumée grise qui s'en échappa recouvrit tout le terrain d'un voile nébuleux. La visibilité diminua au point que Sean n'arrivait même plus à distinguer les contours du pick-up.

« Des grenades fumigènes, dit-il dans son micro, confirmant ce qui était déjà une évidence.

– Je ne vois plus rien », lui répondit Tommy.

La fumée l'encerclait.

Sean fut remué au plus profond de lui par un mauvais pressentiment. Il savait ce qu'Alain et ses hommes voulaient faire. Comme ils se savaient encerclés, la seule manière pour eux de gagner la bataille était de forcer l'accès au rivage en trouant ce périmètre autour d'eux et en éliminant leurs adversaires un par un. Le vent emportait la fumée vers la position de Tommy, qui risquait ainsi d'être leur première victime.

« Tommy, il faut que tu bouges ! dit Sean d'une voix soudain pressante.

– Quoi ? Mais tu nous as dit de…

– Bouge. Maintenant ! »

Sur ces paroles, Sean se leva, s'exposant ainsi aux tireurs. Il regarda sur sa droite vers le rocher où Tommy s'était caché : celui-ci avait disparu sous un nuage de fumée. Puis il se tourna vers la zone dégagée : les Assassins avaient forcément déjà commencé leur progression sous leur manteau de fumée.

Sean devait agir rapidement. Même si Tommy se mettait en sécurité, il y avait désormais une menace plus urgente.

Alex et Tara, depuis leurs positions respectives, ne pouvaient pas comprendre que les tireurs avaient entrepris une manœuvre pour les éliminer.

Sean devait empêcher une telle chose de se produire. Tout de suite.

Il bondit de sa cachette et courut. La pluie battait sur son visage. Le gravier décollait sous ses semelles. Son fusil ruisselait. Les grenades arrivaient au bout de leur réserve et le nuage de fumée commençait à se dissiper.

À droite de l'endroit où devait se situer le puits, il perçut un mouvement, puis un homme en train de s'éloigner du pick-up en courant. Il leva son arme et fit feu en pleine course. Le fusil buta contre son épaule, mais il continua sans même savoir s'il approchait de sa cible. Il devait de toute façon détourner l'attention des Assassins de Tommy et de leurs compagnons.

« Ils avancent sous l'écran de fumée pour forcer l'accès au rivage, dit Sean dans son micro. Tirez dans la fumée. Guettez le moindre signe de mouvement. »

41

Oak Island

Alain entendit les coups de feu et s'immobilisa sur le gravier. L'un de ses hommes ralentit aussi et s'arrêta à côté de lui.

Quelque chose ne tournait pas rond. Si ces tirs étaient ceux de Wyatt ou de l'un de ses compagnons, ils seraient venus de loin, puisqu'ils avaient pris position sur le rivage pour les empêcher de leur échapper.

Or, ces tirs venaient de beaucoup plus près.

La conclusion qui s'imposait, c'était que Wyatt ou l'un de ses compagnons se rapprochait.

Pensaient-ils naïvement pouvoir resserrer leur étau comme un python cherchant à étouffer sa proie ?

Bien sûr que non.

Alain vit soudain un Assassin tomber près de lui, et, posant un genou à terre, vit une blessure mortelle dans son dos.

Encore une perte.

Ce moment de regret ne dura pas longtemps. Les balles continuaient de fuser, venues d'un peu partout. L'une d'elles frappa le sol à côté de sa jambe gauche. Il bondit sans céder à la panique.

Du côté du rivage, il vit deux de ses hommes tomber face contre terre, fauchés en pleine course.

Comment était-ce possible ? Wyatt et ses compagnons mal formés, manquant de discipline, avaient pris le dessus. Alain avait-il péché par excès de confiance ? Non. Son maître aurait tout fait pareil, à la lettre.

Ses hommes ripostèrent, le bruit des armes faisant écho au grondement du tonnerre dans le ciel au-dessus de l'île et de toute la baie. Ils allaient se faire massacrer, victimes de l'écran de fumée qui avait été censé leur fournir une issue.

Alain sentit comme un poignard lui entrer dans le cœur. Il aimait ses hommes. Il n'avait pas envie de les abandonner, mais il n'avait pas le choix. Les clés étaient sans doute encore dans le pick-up. Il pouvait fuir. Les grenades fumigènes n'avaient pas tout à fait fini leur œuvre. En se dépêchant, il pourrait y arriver.

Sans s'attarder davantage, Alain bondit en direction du véhicule. Il ne voyait pas beaucoup plus loin que ses chaussures, mais il allait dans la bonne direction et il le savait. Il dépassa des pelles et toutes sortes d'outils qu'il avait vus sur sa route en venant. La fusillade se poursuivait derrière lui, mais le nombre d'armes semblait diminuer de seconde en seconde.

Lorsqu'il aperçut un câble électrique jaune déroulé au sol, il comprit qu'il arrivait au pick-up. Il venait de ralentir pour éviter de se cogner dans le véhicule lorsqu'une silhouette se dessina dans le brouillard devant lui.

Il buta contre cette apparition et tomba à la renverse comme s'il était rentré dans un mur.

Son arme lui ayant glissé des mains pour tomber par terre dans un bruit sourd, il se mit à tâter le gravier autour de lui.

C'est alors qu'il vit l'homme au-dessus de lui. C'était Sean Wyatt.

Sean sentait l'adrénaline qui lui courait partout dans les veines. Il tenait son fusil d'assaut avec le canon braqué sur la tête d'Alain.

Pendant ce temps, Tommy appuyait sur la détente après avoir rechargé son arme. Les dernières nappes de fumée se dissipaient et les derniers Assassins couraient à l'abri.

Il en tua deux de plus et vida son chargeur en essayant d'en éliminer un autre, qui avait plongé derrière une Jeep garée là.

Tommy bondit de sa cachette – il s'était abrité derrière des palettes empilées – pour passer derrière un fût en acier. Un Assassin apparut sur sa droite dans la zone dégagée. Tara, l'ayant repéré, tourna brusquement son arme et tira deux balles qui le frappèrent l'une au ventre et l'autre à la poitrine.

Tommy se pencha pour voir ce qui se passait, mais fut accueilli par une volée de balles qui transpercèrent le fût et soulevèrent le gravier autour. Il se replia donc et fit signe à ses jeunes compagnons de faire le tour. Alex partit le premier au bord de la zone dégagée, suivi de près par Tara. Tommy attendit quelques secondes, puis pointa son arme et appuya sur la détente. Au bout de trois clics, il se rappela qu'il avait épuisé toutes ses balles sur ses dernières cibles.

Il se maudit au fond de lui et jeta son revolver. Il lui restait le pistolet dans son étui, avec deux clips de munitions à sa ceinture.

Il sortit le pistolet et voulut le pointer sur le côté du fût. À nouveau l'ennemi ouvrit le feu avant même qu'il ait pu tirer une balle. Il se replia une fois de plus, espérant ne pas se faire transpercer la main ou le poignet dans le mouvement. Puis il déglutit et respira à grand-peine.

« Je déteste les fusillades ! » se dit-il à lui-même en enfonçant les pieds dans le gravier.

Il leva le pistolet au-dessus de sa tête, le tourna vers l'arrière et appuya sur la détente, quatre fois, avant de le redescendre. Les balles avaient-elles au moins frôlé l'adversaire ? De toute façon, son but était seulement de faire gagner du temps à Alex et à Tara, pour qu'ils puissent cerner et éliminer leur cible.

Un tonnerre de coups de feu s'éleva sur sa gauche. Il pointa juste assez la tête sur le côté pour voir Alex et Tara en train de tirer sur le dernier Assassin. Depuis sa position, Tommy le vit pivoter et essayer de contre-attaquer, trop tard. Chaque balle qui le frappa le fit partir dans une direction différente, puis il retomba en arrière sur le gravier et cessa de remuer.

Tommy reprit son souffle avec difficulté et bondit hors de sa cachette. Il regarda Alex et Tara d'un air soulagé et leur fit un signe de la main. Entendant quelque chose derrière lui, il se retourna, prêt à tirer sur un éventuel assaillant. Personne. Le bruit qu'il avait entendu venait de Sean, qui, de l'autre côté de la zone dégagée, venait de jeter son fusil.

Pendant que le fusil s'immobilisait un peu plus loin dans un bruit de gravier, Sean se pencha au-dessus d'Alain. Il ôta son pistolet de son étui, sortit le magasin et éparpilla toutes les balles dehors, rendant ainsi l'arme inutile.

« Debout ! »

Alain plissa les paupières et se releva sans prendre ni une position de défense, ni une posture d'arts martiaux, ni une position de boxe. Il semblait perdu sous la pluie – un arbre sous l'orage.

« Nous voilà seuls, Alain, dit Sean avant d'ouvrir les bras. Il ne reste plus que vous et moi. Vos hommes sont morts jusqu'au dernier. Votre quête s'arrête là. » Il aperçut Tommy qui approchait, un pistolet dans chaque poing. Sean lui adressa un bref signe de tête, accompagné d'un geste de la main, pour lui dire que ce combat se terminerait à l'ancienne.

Alex et Tara s'arrêtèrent à une douzaine de mètres.

« C'est entre lui et moi, dit Sean.

– Vous n'avez aucun intérêt à faire une chose pareille, Wyatt, dit Alain en remuant la tête. Vous ne pouvez pas gagner.

– Vous non plus.

– Peut-être, répondit Alain en haussant les épaules. Je vous tuerai et vos amis me tueront. Très bien ! Vous partirez avec moi. »

Là-dessus, il dirigea son poing vers la tête de Sean de toutes ses forces. Sean para le coup et frappa le poignet d'Alain de la main gauche. Il essaya de lui attraper le bras dans la foulée, selon un mouvement qu'il avait exécuté de nombreuses fois pour casser le bras à ses adversaires. Sentant le coup venir, Alain lui cogna le genou d'un coup de talon. Le choc sur les cartilages et les ligaments fut tel que Sean ne put retenir une grimace.

Il tomba sur son genou sain et réussit à éviter un deuxième coup de talon en bloquant la cheville d'Alain, qu'il leva dans un mouvement brusque. Celui-ci bascula la tête la première et atterrit dans un bruit sec et retentissant sur le dos. Quelques morceaux de gravier se soulevèrent dans sa chute. Il battit des paupières, essayant de chasser la stupeur qui l'avait frappé, puis roula sur le flanc pour un nouvel assaut.

Sean n'était pas remis de la douleur cinglante qui lui broyait le genou. Il réussit à se relever et à faire un pas en direction d'Alain. Il pouvait avancer, mais une sombre intuition lui diagnostiquait une rupture des ligaments, et les déplacements latéraux seraient sans doute problématiques.

Alain se rua sur lui et ses poings se mirent à s'agiter comme des marteaux-piqueurs, visant son ventre et sa tête. Sean arrivait à les contrer, mais il ne pouvait pas placer un coup. Alain finit par forcer le barrage. Il lui percuta la mâchoire. La tête de Sean bascula en arrière. Ensuite ce fut le tour de son ventre et de sa joue. Il le pilonna sans relâche et le fit reculer un peu comme un ivrogne.

Sean finit par buter contre le capot du pick-up. Alain passa à la technique du *haymaker*, glissant un poing dans l'autre avant de frapper. Il enfonça si violemment la mâchoire de Sean que celui-ci partit en arrière sur le capot et retomba en tas de l'autre côté.

Alain le rattrapa en haletant. Sean restait inerte, et Tommy se demanda s'il était inconscient – voire pire. Il braqua le canon de son pistolet sur le crâne d'Alain et palpa la détente sous son index.

Tommy ne supportait pas de voir Sean prendre la pire raclée de sa vie, mais c'était ce que son ami avait voulu. Il se sentait comme un entraîneur à un match de boxe, au bord du ring, avec une serviette qu'il pouvait jeter sur les cordes pour mettre un terme à la rencontre. Quelque chose le retenait cependant de le faire. Il ne savait pas quoi.

« C'est tout ? » hurla Alain. Ses postillons se mêlaient à la pluie. « C'est tout ce dont vous êtes capable, Sean Wyatt ? Je ne regrette pas ces hommes que vous avez tués. Les faibles n'ont pas leur place dans mon ordre. S'ils ont pu tomber aussi facilement devant quelqu'un comme vous, c'est qu'ils ne valaient pas mieux que des fillettes. J'ai dû manquer d'exigence. Mais qu'est-ce que ça change ? Vous et moi, nous sommes en sursis, n'est-ce pas ? Dès que je vous aurai tué, votre ami, là-bas, me tuera. Œil pour œil. Quoi de plus approprié, pour nous qui cherchions une relique biblique ? »

Il se retourna vers Tommy.

« Que ferez-vous avec cette Arche d'Alliance une fois que vous l'aurez récupérée ? Vous la mettrez dans votre musée ? Vous l'examinerez dans votre laboratoire ? Vous la vendrez ? Non, ce n'est pas votre style ! Vous travaillez pour la gloire, n'est-ce pas ? Vous ne pensez qu'à ça ! Vous allez l'exposer dans votre agence à Atlanta pour que tout le monde puisse l'admirer. Le grand Tommy Schultz pourra se vanter d'avoir fait la plus grande découverte de tous les temps ! » Tommy ricana, sans rien dire. « Vous êtes comme moi, poursuivit Alain. Tous ! Vous vous donnez des airs, mais vous cherchez tous la même chose. Vous voulez que le monde entier se prosterne à vos pieds et vienne mendier vos miettes.

– Vous n'y êtes pas », le corrigea une voix derrière lui.

Il tourna brusquement la tête et vit Sean de nouveau debout, avec du sang sous le nez et aux commissures des lèvres. Son visage était tuméfié. Il avait un œil poché, presque fermé.

Alain s'esclaffa.

« Et moi qui vous donnais pour mort ! Le moment ne va pas tarder. Puis ce sera mon tour.

– Non », répondit Sean d'un ton ferme.

Alain le visa à la tête de toutes ses forces, mais Sean esquiva cette fois-ci le coup d'un centimètre et enfonça son coude dans les reins de son adversaire. Alain, recroquevillé sur lui-même, alla se cogner contre le ventilateur du pick-up. Il ne tomba pas, cependant, mais rebondit contre le véhicule pour contre-attaquer.

Ses poings se mirent à battre l'air dans un mélange de boxe et de kung-fu. Sean bloquait, éludait ou détournait chaque coup, laissant son adversaire se fatiguer. En proie à une colère croissante, Alain visa le genou sain de Sean d'un pied qu'il reposa au sol lorsqu'il vit son adversaire l'esquiver, après quoi il tenta un coup de pied circulaire avec son autre jambe. Sean l'évita et, en même temps, frappa le chef des Assassins au sternum du tranchant de la main.

Alain eut la respiration coupée. Il tomba sur ses deux genoux aux pieds de Sean et se mit à se palper la poitrine pour faire revenir l'air dans ses poumons. Il suffoquait, mais rien ne venait.

« Vous qui parliez de se prosterner… », dit Sean.

Des phares apparurent au bout de la chaussée qui reliait l'île au continent. Certains véhicules étaient surmontés de gyrophares bleus. Sean et ses compagnons savaient que les autres étaient ceux des agents spéciaux canadiens. À cette distance, le bruit des sirènes était étouffé par le vent et la pluie battante.

Alain finit par retrouver son souffle, et ce fut à ce moment-là qu'il aperçut les lumières au loin.

Sean baissa les bras et se détendit.

« Des amis qui arrivent ? dit Alain d'un ton dédaigneux.

– C'est fini, répondit Sean avec toute l'arrogance qu'il put réunir. Votre ordre est terminé. Vos hommes sont morts. Vous allez croupir en prison.

– Voilà qui est bien peu probable, Sean ! dit Alain en ricanant. Vous n'avez pas idée de l'étendue de mes relations. Une nuit dans une cellule ? Très peu pour moi ! Je serai parti avant même que vous ayez eu le temps de vous retourner, et c'est vous que je viendrai chercher.

– Ça, je ne crois pas… », dit Sean en esquissant un sourire de ses lèvres ensanglantées.

Il sentait au fond de lui la même étrange ivresse qu'au moment où il avait tué un Assassin à mains nues. C'était l'envie de tuer, primitive, dans toute sa barbarie. Il essayait de la réprimer, mais le regard d'Alain était comme une invitation. Malgré toutes ses fanfaronnades, le chef des Assassins était sans doute conscient que le mieux était d'en finir tout de suite.

La soif de sang fit flancher Sean. Il repensa à tous les crimes d'Alain et aux innombrables victimes qu'il avait laissées derrière lui, sans doute plusieurs centaines. Sean ne les connaissait même pas, mais il savait que la plupart d'entre elles n'avaient rien fait. Les yeux d'Alain, ces orbes froids et fades où ne se lisait aucun respect pour la vie, le lui disaient pleinement.

Sean leva la main, la paume tournée vers le ciel et la tranche vers Alain. « Quand je vais vous enfoncer ça dans le nez, l'os va rentrer dans la cervelle et vous tuer presque instantanément. »

Alain sourit comme un requin qui nagerait dans une mer de sang. Sean attrapa ses cheveux dégoulinants d'eau à l'arrière de sa nuque et fit basculer sa tête pour exposer son nez.

« Sean ? demanda Tommy. Qu'est-ce que tu fais ? La police est presque arrivée. Laisse-les s'occuper de lui.

– Non, Tommy ! Ça, c'est mon affaire.

– Arrête ! »

Un rire mauvais s'échappa des lèvres d'Alain.

« Allez, Sean ! Faites. Tuez-moi et devenez l'un d'entre nous.

– Sean, non ! » hurla Tommy au-dessus de la pluie battante. Les sirènes percèrent soudain le bruit de l'orage. « Ne lui fais pas ce plaisir !

– Tout le plaisir est pour moi, Schultzie », répondit Sean d'une voix que Tommy ne lui avait jamais entendue. Une voix cruelle, perverse. « Je suis doué pour ça. J'aime ça.

– Sean ? »

Déjà sa main droite s'était levée, sous l'impulsion de cette soif de tuer qu'il sentait courir dans ses veines. Puis, lâchant soudain les cheveux d'Alain, il lui planta le pied dans la poitrine. Alain s'étala sur le dos, les jambes fléchies à un drôle d'angle.

Soudain, Sean suffoqua. Il s'écroula et s'appuya au sol de sa main gauche.

Le chef des Assassins se mit à rire à gorge déployée. Tommy regardait Sean, ne comprenant plus ce qui se passait. Il ne vit pas son adversaire glisser la main sous sa ceinture pour en sortir un petit pistolet.

« Le moment est venu de mourir, Sean Wyatt », dit celui-ci en levant son arme. Tommy le vit, mais il était déjà trop tard.

Un coup partit, qui ne venait ni de lui, ni d'Alain.

Une balle traversa le crâne de l'assaillant, qui s'affaissa aussitôt, inerte.

Tommy se rua vers le corps pour donner un coup de pied dans le revolver, geste inutile maintenant qu'Alain était mort, puis il chercha des yeux le tireur. Alex et Tara firent non de la tête. C'est alors que Tommy vit un homme étendu au sol devant le bâtiment à une douzaine de mètres, la joue contre le gravier, le bras tendu, et un pistolet à la main. Un mince filet de fumée sortait du canon, chassé par la pluie. C'était Tusun, qui ferma les yeux et rendit enfin son dernier souffle.

Tommy partit s'agenouiller à côté de Sean. « Ça va, l'ami ? »

Sean était agité de tremblements. Ses mains, sa tête, ses lèvres, tout tremblait.

« Non. Pas du tout.

– Qu'est-ce qui s'est passé ? demanda Tommy pendant qu'Alex et Tara approchaient. Je ne t'avais jamais vu dans cet état. C'était comme si…

– Non, c'était moi, Schultzie ! » Sean parlait d'une voix saccadée. « Je suis un tueur. J'aime ça.

– Mais non, Sean. C'est fini, tout ça. C'était une autre vie. Maintenant, tout va bien. »

Tommy serra Sean contre lui d'un geste un peu maladroit.

« Non, ce n'est pas une autre vie, Tommy. L'envie de tuer est toujours là. »

C'était de loin la chose la plus dérangeante que Tommy avait pu lui entendre dire.

« Non. Tu aurais pu tuer Alain, mais tu ne l'as pas fait. Tu t'es retenu de le faire.

– Mais c'était si puissant ! répondit Sean en secouant la tête. Si… fort !… J'avais l'impression d'être un…

– Dieu ?

– Oui, dit Sean en plongeant ses yeux dans ceux de Tommy.

– D'accord. Mais à la fin, tu as fait ce qu'il fallait. Tu as épargné le méchant. »

Sean laissa ses yeux errer sur le sol.

« Je ne veux plus tuer, Schultzie. Je suis devenu un monstre. Je ne veux pas être un monstre.

– Mais non, mon pote. Tout va bien. On va y arriver. »

Il berça son ami et le regarda dans les yeux. « Ensemble. OK ? »

Sean parut réfléchir, puis il hocha la tête. « OK. »

42

Washington

Le secrétaire d'État Darren Sanders reçut des funérailles somptueuses. La nation lui rendit hommage dans la presse et sur les réseaux sociaux. Presque toutes les chaînes de télévision se joignirent à ce concert de louanges.

Jamais la vérité sur sa mort ne fut dévoilée.

Selon la version officielle, il avait été retrouvé sans vie dans la salle de repos, ayant succombé à une crise cardiaque. Il ne fallait pas que les ennemis des États-Unis sachent qu'une organisation clandestine avait réussi à prendre en défaut les services de sécurité de la Maison-Blanche.

Le président Dawkins prononça un discours émouvant lors des funérailles, et le vibrant éloge qu'il fit de Sanders pour son ambition, pour sa détermination et pour le courage qu'il avait eu de dire toujours ce qu'il pensait, arracha des larmes à presque toute l'assistance.

Sean et Tommy avaient été invités personnellement par le président, et il n'était pas possible de décliner une telle invitation.

Sean n'avait pourtant pas l'impression que leur présence s'imposait. Derrière la foule compacte, il observait le prêtre, qui faisait un geste de la main au-dessus du cercueil pour les derniers sacrements.

Tommy lui avait présenté une nouvelle série d'armes qu'il comptait introduire à l'IAA. Des armes non létales qui, par leur haute technologie, permettaient de neutraliser l'ennemi aussi efficacement que les armes traditionnelles. Si Sean savait que le moment viendrait où il lui faudrait changer de vie, l'idée d'avoir une alternative le rassurait. Pour le moment.

Il avait rendez-vous chez le psy le lundi suivant pour étudier les sentiments qu'il avait éprouvés au cours des jours précédents. Ce serait seulement la deuxième fois de sa vie qu'il mettrait les pieds chez un psy.

En sortant de l'église, Sean et Tommy clignèrent les paupières dans la lumière du soleil. Pour un enterrement, il faisait particulièrement beau. Pas un nuage dans l'azur. Partout un éclat étincelant qui enveloppait la foule d'un tiède manteau. L'hiver n'était plus qu'un lointain souvenir.

« C'est une belle assemblée, dit Sean.

– Oui, tu me l'as déjà dit », lui répondit Tommy tout bas pour ne pas attirer l'attention.

Sean lui avait déjà fait le même commentaire à l'église, pendant la messe.

Une femme d'âge mûr, habillée d'une robe noire et d'un débardeur rouge, se retourna vers lui pour le regarder comme une bibliothécaire qui imposerait le silence.

Sean n'avait jamais su rester discret. Sur certains points, il semblait que jamais il ne changerait.

« Tu viens encore de nous faire des ennemis, lui dit Tommy lorsqu'ils se furent un peu éloignés de la femme, en se penchant assez près pour que seul son ami puisse l'entendre.

– Pardon », lui répondit Sean dans un grand sourire en se retenant de glousser.

Rire dans une telle circonstance était contraire à toute convention sociale.

Aussi se concentra-t-il sur la foule réunie autour de la tombe. Pour la plupart, il s'agissait de personnalités politiques. Sanders semblait avoir peu de famille, voire pas du tout : pas de femme, pas d'enfants et ses parents étaient sans doute morts avant lui. Il avait en revanche beaucoup de collaborateurs, et même ses adversaires au Capitole se joignaient à la masse. Sans doute une ruse électorale, se disait Sean, un petit stratagème pour augmenter leur cote de popularité.

Sean et Tommy attendirent la fin du rituel et ne commencèrent à repartir qu'à la descente du cercueil. Le président Dawkins se tenait au premier rang, à côté de la tombe, entouré par son équipe de sécurité, qui, en état d'alerte maximale, bouclait aussi le cimetière.

Ils le verraient plus tard, se disait Sean. Il trouvait toujours un peu fou d'être l'ami du président, ce qu'il avait fini par devenir avec Tommy. Combien d'Américains pouvaient en dire autant ?

Ils étaient en train de slalomer dans le labyrinthe de tombes pour regagner leur véhicule lorsqu'ils furent surpris par la voix de Dawkins.

« Eh, les amis ! »

Sean et Tommy se retournèrent, reconnaissant immédiatement ce timbre.

« Monsieur le président ? répondirent-ils en chœur.

– Repos, mes deux soldats, leur dit Dawkins en souriant. Ce n'est que moi !

– Pardon, Johnny ! dit Sean. Il y a beaucoup de monde. Déformation professionnelle. »

Dawkins hocha la tête d'un air compréhensif.

« J'ai un ami qui souhaite vous rencontrer.

– Un ami ? demanda Tommy.

– Oui, là-bas, dans cette limousine, dit Dawkins en montrant une longue voiture noire sur le bord du trottoir.

– Qu'est-ce qu'il nous veut ? dit Sean d'un air sceptique.

– C'est un bon ami. Vous pouvez lui faire confiance. »

Sean s'aperçut qu'il avait traité cet ami comme un suspect. Il l'avait fait machinalement. Sans doute était-ce une habitude ?

« Pardon. Déformation professionnelle, encore une fois.

– Ne vous inquiétez pas, dit Dawkins en souriant. Je sais que vous devez récupérer votre voiture, mais il aimerait vous emmener faire un tour. Il y a quelque chose dont il veut vous parler. Ça a l'air assez important. »

Sean et Tommy ne quittaient pas le véhicule des yeux. Ils se demandaient qui pouvait se cacher derrière ses vitres teintées. Sean haussa les épaules.

« D'accord, Johnny... Mais si c'est pour finir au fond du Potomac les deux pieds dans le ciment, je serai très fâché !

– Tout ira bien ; je vous le garantis », répondit Dawkins dans un éclat de rire.

Sean et Tommy s'approchèrent de la limousine et s'arrêtèrent au bord de la pelouse. La portière s'ouvrit à l'arrière, et ils aperçurent deux jambes sous une toile de pantalon noir. Un homme d'âge mûr, dont les cheveux bruns étaient gominés et dont le visage régulier était un peu hâlé, sortit la tête.

« Messieurs ? Installez-vous, je vous prie. »

Sean ne fut pas rassuré, mais le président lui avait garanti que tout irait bien. Il était impossible que Dawkins leur ait menti.

Ils montèrent dans la limousine, et Tommy était encore en train de se tortiller sur la banquette de cuir en face de leur mystérieux hôte lorsque le chauffeur referma la portière derrière lui.

« Je dois vous avouer que c'est un honneur de vous rencontrer. » La voix de l'inconnu semblait sincère. Le ton était suave, quoique un peu éraillé et masculin aussi.

« Pardonnez-moi, dit Sean. Mais qui êtes-vous ?

– Je m'appelle Daniel Jacobson », répondit l'homme dans un sourire satisfait.

La voiture s'ébranla, et bientôt ils se retrouvèrent sur la route principale.

« Qu'est-ce qui se passe ? demanda Tommy. On a quelque chose à se reprocher ? J'espère que vous n'êtes pas contrôleur des impôts, au moins ?

– Non, je ne suis pas contrôleur des impôts ! dit Jacobson en se retenant de rire. Auriez-vous maille à partir avec eux ?

– Non, mais on ne sait jamais, tant qu'on n'a pas de contrôle fiscal.

– Très vrai, dit Jacobson dans un petit gloussement. Non, je ne travaille pas pour les impôts. Je représente une autre institution. »

Sean fronça les sourcils.

« Une agence gouvernementale ?

– Pas tout à fait. »

Il laissa ces paroles planer dans l'habitacle avant de continuer. Pendant ce temps, le chauffeur tourna à gauche à un carrefour.

« Vous connaissez sans doute cette organisation jusqu'à un certain point, même si je doute que vous en sachiez davantage que le grand public. »

Piqués par la curiosité, Sean et Tommy se penchèrent en même temps sur leur banquette.

« Je suis à la tête de cette grande confrérie que sont les francs-maçons », poursuivit Jacobson.

Sean et Tommy se radossèrent à leur banquette en fronçant les sourcils.

« Je croyais que le Grand Maître des francs-maçons était… Son nom m'échappe, mais je l'ai vu un jour à la télévision, sur la chaîne History. Il était l'invité spécial, et il répondait à des questions sur le temple, et ainsi de suite.

– C'était une ruse, répondit Jacobson. Mark Westmoreland, dont vous parlez, joue, certes, un rôle important dans notre organisation, mais cette émission n'était qu'une façade. Une illusion.

– Et pourquoi ? lança Sean. Vous êtes du côté obscur de la Force ?

– Pas du tout, Sean, répondit Jacobson avec un sourire bienveillant. C'est même plutôt le contraire. Nous sommes du côté le plus lumineux qui soit.

– Mais encore ?

– Nous gardons l'arme la plus destructrice jamais conçue par l'homme. »

Sean et Tommy se penchèrent à nouveau, attendant qu'il leur en dise plus.

« Nous sommes les gardiens de l'Arche d'Alliance. »

Sean et Tommy eurent des frissons. Leur peau se hérissa. Les poils se dressèrent sur leur nuque.

Jacobson sentit toute leur émotion. « Je savais que ce serait un choc. C'est pourquoi je voulais vous emmener ici. »

La limousine s'engagea dans une allée qui menait vers un bâtiment gris d'allure quelconque et alla s'engouffrer dans un garage. Sean regarda la porte se refermer derrière eux par la lunette arrière. Ils se trouvaient en périphérie de la ville et près du fleuve. Il n'en savait pas plus.

« Tout va bien se passer, Sean. Je sais que vous aimez garder vos repères en toute situation. Vous n'êtes pas en danger. Il y a quelque chose que j'aimerais vous montrer.

– L'Arche d'Alliance ? demanda Tommy, dont les espoirs avaient déjà franchi la stratosphère.

– Non, je regrette, mais ça ne sera pas possible, lui répondit Jacobson en s'esclaffant. Et, honnêtement, cela vaut mieux. »

Le chauffeur, en venant leur ouvrir la portière, l'empêcha de continuer. Ils sortirent tous les trois du véhicule.

L'immense garage, qui s'étendait sur une bonne trentaine de mètres de chaque côté, pouvait contenir des dizaines de véhicules. Peut-être davantage.

« Où sommes-nous ? demanda Tommy.

– Aux archives, dit Jacobson en ouvrant les bras.

– Les archives ?

– Maçonniques. »

Il les escorta jusqu'au mur du fond où deux petites marches montaient devant une porte. Le chauffeur, qui les avait précédés, actionna la poignée pour les laisser entrer dans un vestibule curieusement banal. Des girandoles ponctuaient des murs gris dénués de tableaux et de tout rayonnage. Le lieu évoquait davantage le vestibule d'un hôpital ou d'un asile que des archives.

Jacobson partit sur la droite. Ses souliers de cuir verni résonnaient à chaque pas sur le sol cimenté.

« Je suppose que vous vous demandez pourquoi je vous ai emmenés ici ? demanda Jacobson.

– C'est le minimum qu'on puisse dire », confirma Sean tout en essayant de garder le rythme avec Tommy.

Ils passèrent sous une arcade sur leur gauche. La pièce où ils entrèrent était magnifiquement pavée et le plafond avait une hauteur de trois étages, avec des rangées de livres partout sur les murs. Au rez-de-chaussée, juste en face d'eux, se dressaient une bonne dizaine de caissons de verre sous vide, avec des conduits au-dessus. Ils contenaient des livres qui semblaient surgis de la nuit des temps, ainsi que des rouleaux, des objets divers et des coffres métalliques.

Jacobson étudia la pièce avec un soupçon de fierté dans le regard. « Nous n'avons jamais révélé où se trouvait l'Arche d'Alliance depuis les mois qui ont suivi son arrivée dans le Nouveau Monde. Elle est restée en sécurité pendant tout ce temps, malgré la menace récente. »

Les visiteurs ne dirent rien.

« Les Assassins cherchent l'Arche d'Alliance depuis la fondation de leur ordre. Lorsque les Templiers l'ont découverte sous le temple de Jérusalem, ils savaient que leurs adversaires la convoiteraient. Les Assassins n'ont jamais représenté qu'une lignée de jaloux. Ils se considèrent comme les propriétaires légitimes de l'Arche d'Alliance, en vertu de la promesse de Dieu au premier fils d'Abraham,

Ismaël, qui disait que de lui naîtrait une grande nation. Ils croient non seulement fixer les règles du jeu, mais aussi l'emporter sur tous leurs adversaires. Pendant des millénaires, le grand conflit opposant les fils d'Abraham est resté sans conséquence sur l'équilibre du monde. Mais l'Arche d'Alliance a le pouvoir de détruire cet équilibre. »

Sean et Tommy écoutaient de toutes leurs oreilles.

« Les Templiers savaient que même eux ne pouvaient pas être maîtres de l'Arche d'Alliance. Son pouvoir était trop grand, et ils croyaient dans cet équilibre, même si celui-ci supposait une guerre sans fin entre ces différentes factions.

– Les Templiers sont donc devenus les francs-maçons ? » intervint finalement Tommy.

Jacobson lui adressa ce sourire qui était rapidement devenu familier entre eux. « Non, Tommy. L'ordre du Temple n'existe plus. Il a complètement disparu. Mais il se trouve qu'un franc-maçon a jadis appris où se trouvait l'Arche d'Alliance. Il est allé la déterrer pour la transporter dans un lieu où personne ne pourrait jamais la retrouver et où elle serait en sécurité. »

Sean fronça les sourcils. Tommy aussi avait des milliers de questions qui lui passaient par la tête.

« Par ici », leur dit Jacobson avec un soupçon d'espièglerie dans la voix. Il leur fit signe de le suivre vers une porte au fond de la pièce.

Ils pénétrèrent ainsi dans une petite réserve où de nombreux livres étaient alignés contre trois de ses murs. Une grande table luisante se dressait au milieu. Le mur du fond était entièrement nu, ou plutôt il n'était orné que d'une peinture, représentant le premier président des États-Unis en train de diriger une cérémonie.

« 13 octobre », murmura Sean, parcouru des pieds à la tête par un frisson. Tommy eut la même sensation.

« Voilà pourquoi La Fayette a inscrit cette date dans son journal ! »

Jacobson confirma cette hypothèse par un hochement de tête.

« C'est un 13 octobre que les Templiers ont été exterminés en France, presque jusqu'au dernier.

– Et c'est aussi un 13 octobre que George Washington a posé la première pierre de la Maison-Blanche, ajouta Tommy.

– Exact.

– Je ne sais pas pourquoi on n'a pas fait le lien avant. »

Tommy était abasourdi par cette incroyable révélation.

« On comprend mieux ! dit Sean.

– Absolument, confirma Jacobson. Washington savait bien que, tôt ou tard, quelqu'un découvrirait où avait été cachée l'Arche d'Alliance. Et le puits d'Oak Island était sophistiqué, mais pas au point d'empêcher de l'en retirer.

– L'Arche d'Alliance y avait donc vraiment été enfouie ?

– Oui. Washington savait qu'elle n'y serait pas éternellement en sécurité. » Là-dessus, Jacobson marqua une pause. « Mais la Maison-Blanche a toujours été l'un des bâtiments les plus sécurisés au monde.

– Sauf pendant la guerre de 1812 ! objecta Tommy.

– En effet. Le plan de Washington a failli être anéanti par les Britanniques, qui ne savaient sans doute même pas ce que renfermaient les sous-sols du bâtiment. »

Sean était presque en transe.

« Maintenant, on comprend tout ! Les États-Unis sont littéralement un pays placé sous la protection de Dieu, de la relique la plus puissante de l'histoire de l'humanité.

– Exactement. Washington pensait non seulement que l'Arche d'Alliance serait en sécurité à la Maison-Blanche, mais que les États-Unis deviendraient le pays le plus puissant du monde libre, un phare pour le reste du monde. Il semble bien, si notre jeune histoire nous permet d'en juger, qu'il ne se soit pas trompé dans ses prévisions. »

La pièce retomba dans le silence. Sean et Tommy continuaient de regarder la peinture où George Washington posait la première pierre de la Maison-Blanche.

« C'était un clin d'œil aux Templiers, dit Jacobson avec un accent révérencieux. Il a choisi cette date exprès, en leur honneur.

– En leur honneur…, répéta Sean. Et nous, qu'avons-nous fait pour mériter l'honneur que vous nous dévoiliez ce secret que vous gardez depuis si longtemps ? Ne craignez-vous pas qu'on aille le révéler à la face du monde ?

– Non, je ne crains rien, répondit Jacobson dans un soupir. De toute façon, vous ne sortirez pas d'ici. »

Il attendit de voir la réaction de ses deux visiteurs, après quoi il éclata de rire. « Non, je plaisante ! »

Sean et Tommy répondirent par un petit rire nerveux.

« Si je vous révèle ce secret, c'est parce que vous avez parachevé la défaite des Assassins. Vous avez défendu l'Arche d'Alliance contre le mal, et, pour ce service, vous avez mérité de connaître la vérité. Les Templiers en auraient décidé ainsi. En tout cas, j'en ai décidé ainsi pour eux. »

Sean et Tommy déglutirent à grand-peine. Tant de questions se pressaient dans leur tête qu'ils ne savaient pas par où commencer.

« Je regrette, mais je vais devoir vous laisser. J'ai toujours un emploi du temps extrêmement chargé.

– Rien de surprenant, dit Sean.

– Mon chauffeur vous reconduira à votre véhicule, mais, avant, je vais vous faire un ultime cadeau.

– Quoi donc ?

– Une heure dans nos archives. Pas une seconde de plus ! Vous pourrez y rechercher tout ce que vous voudrez. Je compte sur vous pour leur témoigner autant de respect qu'à tous les documents historiques que vous avez pu consulter à ce jour. »

Là-dessus, Jacobson sortit de la réserve et commença à traverser la pièce principale à grandes enjambées, laissant Sean et Tommy bouche bée.

« Vous allez nous laisser comme ça ? demanda Tommy en le suivant jusqu'au seuil.

– Une heure », répéta Jacobson sans cesser de marcher et sans se retourner, mais en tendant l'index.

Puis il disparut dans le couloir.

Les deux amis gardèrent les yeux sur la porte jusqu'au moment où il fut clair qu'il ne reviendrait pas.

« Tu peux croire ça, mon pote ? dit Tommy en regardant Sean par-dessus son épaule. C'est dingue ! »

Sean remua la tête. « Non, pas du tout, dit-il d'un ton révérencieux. C'est incroyable. »

Tommy avança jusqu'au milieu de la grande salle et pivota sur lui-même en essayant de se demander ce qu'il souhaitait voir en premier. Il faillit se précipiter vers l'un des gigantesques caissons de verre pour regarder les vieux volumes et les documents oubliés depuis longtemps.

Sean, resté seul, balayait du regard le contenu de la pièce avec une admiration stupéfaite.

« Ça va ? lui demanda Tommy, qui avait détecté comme un malaise chez son ami.

– Oui. Oui, ça va. J'ai seulement l'impression que… je ne sais pas, qu'il y a certaines choses sur lesquelles il vaut mieux ne pas trop en savoir. »

Tommy fronça les sourcils.

« Tu peux t'expliquer ?

– Eh bien… Tu vois ces francs-maçons ? Ça fait des siècles qu'ils gardent soigneusement tous ces secrets ici. Honnêtement, je me dis qu'il vaut mieux ne pas y toucher. »

Tommy comprit ce que Sean voulait dire.

« Tout le charme du cadeau vient de ne pas savoir ce que cache l'emballage, c'est ça ?

– Voilà !

– Et quand on ouvre ses cadeaux de Noël avant le réveillon, c'est qu'on manque de respect à ses parents comme à soi-même ?

– Voilà, voilà !

– Bon, alors… qu'est-ce qu'on fait ? »

Sean lui décocha un de ses sourires espiègles avec une lueur dans les yeux. « Laissons ces secrets anciens à ceux qui en ont la garde et allons en percer de nouveaux. »

MIXTE
Papier issu de sources responsables
FSC® C003309

L'éditeur de cet ouvrage s'engage dans une démarche de certification FSC® qui contribue à la préservation des forêts pour les générations futures.

Pour en savoir plus :
www.editis.com/engagement-rse/

Cet ouvrage a été achevé d'imprimer sur Roto-Page par l'Imprimerie Floch à Mayenne en octobre 2021
N° d'édition : 6894 – N° d'impression : 99288
Imprimé en France